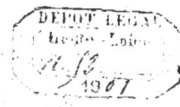

HISTOIRE DES SCIENCES

LES LAPIDAIRES

DE L'ANTIQUITÉ ET DU MOYEN AGE

OUVRAGE PUBLIÉ

SOUS LES AUSPICES DU MINISTÈRE DE L'INSTRUCTION PUBLIQUE

ET DE L'ACADÉMIE DES SCIENCES

PAR F. DE MÉLY

TOME III

Premier Fascicule

LES LAPIDAIRES GRECS

TRADUCTION

PARIS

ERNEST LEROUX, ÉDITEUR

28, RUE BONAPARTE, 28

1902

HISTOIRE DES SCIENCES

———

LES LAPIDAIRES GRECS

———

DU MÊME AUTEUR

SUR L'HISTOIRE DE LA MINÉRALOGIE DANS L'ANTIQUITÉ ET AU MOYEN AGE

Le poisson dans les pierres gravées. Paris, Leroux, 1889, in-8.

La table d'or de Don Pèdre de Castille (L'Escarboucle). Paris, Picard, 1889-1891, in-8.

Les reliques du lait de la Vierge et la Galactite. Paris, Leroux, 1890, in-8.

Les pierres chaldéennes d'après le Lapidaire d'Alphonse X le Sage. Paris, Imprimerie nationale, 1891, in-8.

Les Lapidaires de l'Antiquité et les cachets d'oculistes. Paris, Klincksieck, 1892, in-8.

Les Lapidaires grecs dans les lapidaires arabes. Paris, Klincksieck, 1893, in-8.

Strabon et le phylloxéra : l'Ampelitis. Paris, Société des Agriculteurs de France, 1893, in-8.

Du rôle des pierres gravées au Moyen Age. Lille, Desclée, 1893, in-4.

Le Grand Camée de Vienne. Toulouse, Société archéologique du Midi de la France, 1894, in-4.

Les pierres de foudre chez les Chinois et les Japonais. Paris, Leroux, 1895, in-8.

L'Alchimie chez les Chinois et l'Alchimie grecque. Paris, Imprimerie nationale, 1895, in-8.

L'émeraude de Bajazet II et la médaille du Christ d'Innocent VIII. Paris, Gazette des Beaux-Arts, 1898, in-4.

Les Lapidaires de l'Antiquité et du Moyen Age. T. 1. *Les Lapidaires Chinois.* Paris, Leroux, 1896, 1 vol. in-4 de LXVI-446 p.

— T. II. *Les Lapidaires Grecs* (texte grec). Paris, Leroux, 1897-1899. 1 vol. in-4, de XXI-318 p.

Le Camée byzantin de Heiligenkreutz. Paris, (Monuments Piot), 1900, in-4.

HISTOIRE DES SCIENCES

LES LAPIDAIRES

DE L'ANTIQUITÉ ET DU MOYEN AGE

OUVRAGE PUBLIÉ

SOUS LES AUSPICES DU MINISTÈRE DE L'INSTRUCTION PUBLIQUE

ET DE L'ACADÉMIE DES SCIENCES

PAR F. DE MÉLY

TOME III

Premier Fascicule

LES LAPIDAIRES GRECS

TRADUCTION

PARIS

ERNEST LEROUX, ÉDITEUR

28, RUE BONAPARTE, 28

1902

INTRODUCTION

———

Des textes qui doivent composer le *Corpus* des *Lapidaires grecs,* quelques-uns sont très connus : d'autres, au contraire, n'ont été l'objet d'aucune
attention ou sont même demeurés ignorés jusqu'ici, dans des manuscrits
où leur existence n'avait pas encore été révélée.

Parmi les premiers, plusieurs n'appartiennent pas essentiellement à
la littérature lapidaire : ce ne sont, en effet, que des fragments d'ouvrages
philosophiques sur l'origine des choses, qui traitent, incidemment, de la
génération des pierres sans s'attacher à aucune en particulier. Parmi les
seconds, quelques-uns mentionnent, nominativement il est vrai, les
pierres, mais simplement en raison de leurs rapports avec d'autres sujets
parallèles. On comprendra dès lors facilement l'économie différente qui a
présidé à la composition du volume des textes grecs et de celui des traductions. Le tome 1ᵉʳ devait uniquement comprendre les textes originaux des
Lapidaires inédits ou d'un abord réellement difficile ; le t. II, au contraire,
devait réunir, par ordre chronologique, et la traduction des ouvrages inédits comme de ceux déjà connus, et les extraits des philosophes signalés
plus haut, de façon à faire saisir l'enchaînement des successives étapes des
connaissances minéralogiques du monde grec, en même temps que la
filiation des idées scientifiques de l'antiquité et leur développement.

Mais encore, dans ce second volume, pour ne pas trop s'écarter du système adopté dans le premier, était-il indispensable de faire, entre les textes
dont la traduction seule était publiée, une très particulière distinction. Alors
que les véritables *Lapidaires* trouvaient leur place naturelle dans le corps
de l'ouvrage, pour n'en pas rompre l'harmonie, il convenait de mettre en
lumière, en dehors, dans l'introduction où viennent se résumer en définitive
tous les textes étudiés, les passages dans lesquels les maîtres de l'antiquité
développèrent leurs idées sur la génération des minéraux, comme aussi les

a

extraits d'auteurs qui n'ont parlé qu'accidentellement des pierres. Dès lors, voici l'ordre adopté pour les pages qui vont suivre.

Comme les plus anciennes croyances qui bercèrent l'humanité ont été recueillies par les poètes, les chants d'Homère, cette encyclopédie merveilleuse des temps les plus reculés, étaient les premiers à consulter. On verra combien fut mince la moisson récoltée dans l'*Iliade* et dans l'*Odyssée*. Elle n'en est que plus précieuse et plus intéressante pour nous, puisque le point de départ qui nous est imposé se trouve si pauvre qu'autant vaut dire qu'à cette époque les hommes ne connaissaient encore ni les gemmes ni leurs légendes. Dans ces conditions, les rares extraits d'Homère ne pouvaient être réunis que dans l'introduction, tout comme les citations des écrits hippocratiques, qui contiennent, en quelque sorte, les plus anciennes données minéralogiques.

C'est en réalité Platon, qui dans la plénitude de son génie, tentera le premier de pénétrer et d'approfondir les origines des minéraux; seule, toutefois, la théorie générale le préoccupe. Il en est de même d'Aristote, qui malgré l'attribution d'un *Lapidaire*, dont il ne sera pas difficile de montrer l'inauthenticité, semble avoir suivi une voie absolument identique. Les extraits des deux immortels philosophes, avaient donc, pour ce motif, leur place également marquée dans l'Introduction.

Théophraste, par contre, compose un traité *Des Pierres*, Περὶ λίθων, le premier ouvrage de ce genre parvenu jusqu'à nous. Là, il étudie les minéraux, chacun en particulier. Par lui doit donc débuter le *Corpus* des traductions. Strabon, dont la *Géographie* nous donne les renseignements les plus précis sur les gisements des pierres précieuses, suivra; puis viendra Dioscoride, qui leur consacre un livre tout entier de sa *Matière médicale*. Nous pouvons de cette façon compléter un cycle qui nous permet d'explorer une très intéressante période de critique vraiment scientifique. Seulement, comme les œuvres de ces trois auteurs ont été bien des fois éditées, il m'a paru inutile d'en publier le texte grec : leurs travaux, que j'ai traduits de nouveau, d'après les éditions les plus récentes, se trouvent donc uniquement dans le volume des traductions.

Mais à peine ont-ils disparu, qu'une modification bien extraordinaire se produit dans cette littérature scientifique : la magie, l'astrologie, le symbolisme chrétien, amalgamés par l'École d'Alexandrie, transforment tous les textes, et nous nous trouvons alors, sans transition, en présence d'idées tellement différentes, que les traités dont nous venons de parler semblent n'avoir jamais existé et vont se trouver remplacés par des mythes,

par des fables, qu'Apollonius de Tyane, le Pseudo-Plutarque, les *Cyranides*
enfin, répandront dans le monde entier. A l'École d'Alexandrie se rattachent
encore Damigéron, les *Lithica orphiques*, Socrate et Denys, le Pseudo-Dioscoride, le Pseudo-Hippocrate, Astrampsychus (?), le *Livre hermétique des
Décans*, qui recueilleront toutes les légendes ayant cours, tandis que saint
Méliton, évêque de Sardes au II° siècle, résumera dans sa *Clé*, le symbolisme chrétien. Mais, de ce dernier, bien que nous soyons assuré de l'existence d'un texte grec primitif, nous ne connaissons qu'un texte latin ; aussi
les mentions bien brèves qu'il consacre aux pierres, prendront-elles place
dans l'Introduction. Quant aux autres auteurs que nous venons de citer,
Apollonius de Tyane et le Pseudo-Plutarque, ils étaient assez connus pour
ne nécessiter qu'une nouvelle traduction française, d'ailleurs indispensable
en l'état actuel de nos connaissances. Les *Cyranides* par exemple, encore
inédites, demeuraient ainsi les premières à figurer dans le volume des
textes grecs ; j'ai cru devoir les accompagner du texte de Damigéron,
extrait des *Geoponica*, des *Lithica orphiques* et de leur *Epitome*, de Socrate
et Denys, du Pseudo-Dioscoride, du Pseudo-Hippocrate, appartenant au
même cycle. Ces derniers ne sont pas, il est vrai, tous absolument inédits,
mais leur publication dans les volumes, devenus si rares, du cardinal Pitra,
les rendait presque inabordables ; d'ailleurs, de nouveaux manuscrits,
inconnus du savant cardinal, nous ont permis d'en donner des textes
très amendés. Du *Livre des Décans*, on ne trouvera ici que la traduction ;
il se rattache, en effet, essentiellement à la littérature astrologique, et les
pierres n'y sont incidemment mentionnées, que pour leurs rapports
avec les constellations et les étoiles. Sa place, en réalité, était bien indiquée dans l'Introduction ; mais sa longueur nous a contraints, par exception, de l'insérer dans le corps des traductions.

   Il faut ici, au passage, dire un mot, mais pour le signaler seulement,
d'un traité que le cardinal Pitra a mentionné comme un *Lapidaire* de pierres
gravées : le Pseudo-Ptolémée, *de l'maginibus*. Non seulement nous ne
l'avons qu'en latin — ce qui ne nous eût pas empêchés de le publier, puisque
nous admettons bien ainsi et le *Lapidaire d'Aristote* et la *Clé* de Méliton —
mais il n'y est nullement question de pierres : ce sont de simples repré-
sentations astrologiques. Il était nécessaire néanmoins d'en parler, pour
qu'on ne pût nous reprocher de l'avoir négligé.

   Avec saint Épiphane, Michel Psellus et Méliténiote, dont les textes ter-
minent le volume grec, nous traverserons très rapidement tout le moyen
âge. Il ne nous a pas semblé utile d'accumuler les textes et les traduc-

tions pour cette basse époque, qui, en réalité, à partir de saint Épiphane,
va vivre uniquement sur le passé, sans ajouter aucune idée nouvelle, soit
aux légendes, soit au symbolisme antique, dont elle est toute imprégnée.
Nous les retrouverons d'ailleurs, parallèlement, beaucoup plus développés,
dans les *Lapidaires latins*, où ils prendront une importance considérable,
tandis qu'au contraire, dans la littérature grecque, leur vogue va s'arrêter
et leur renommée disparaître.

Loin de moi la pensée de vouloir laisser supposer un instant que je n'ai
pas largement utilisé les traductions des savants illustres qui m'ont précédé : je dois au contraire à Barthélemy Saint Hilaire, à Cousin, à Saisset,
à Littré, à Am. Tardieu, le meilleur de mon œuvre : pour les textes inédits,
le concours de mon savant collaborateur, M. Ch.-Ém. Ruelle, m'a été
fort précieux. Mais, sur quelques points, je n'ai pas cru devoir accepter
cependant les identifications admises jusqu'ici. Les études que je pour-
suis m'ont fait supposer que certaines idées, très spéciales, pouvaient n'avoir
pas été très exactement rendues et je me suis séparé de mes devanciers.
Pourtant je ne crois pas, comme Tardieu, qu'il soit nécessaire de sortir
de l'École des mines pour pénétrer le sentiment de ces vieux auteurs;
j'ai toujours pensé qu'on devait plutôt essayer, pour saisir leur conception, de se replacer dans leur milieu, un milieu assez primitif, où tout se
jugeait, non pas d'après les données d'un phénomène scientifique, mais
beaucoup plus simplement, d'après le résultat final. Et j'espère, que cette
manière de procéder m'aura permis, dans bien des cas, de proposer des
restitutions, peut-être pas toujours absolument conformes à la science de
nos jours, je le reconnais, — quoique, en résumé, les anciens en soient
beaucoup plus près qu'on ne le suppose — et de remettre au point l'expli-
cation des théories de philosophes, d'historiens, de minéralogistes, qui
n'avaient alors, comme science exacte, qu'un talent très remarquable
d'observation.

Il y avait également à se préoccuper du manque de termes spéciaux,
qui, forcément, obligeait les plus anciens auteurs, soit à user de périphrases
parfois difficiles à saisir, soit à se servir d'expressions, qui assurément plus
tard se précisèrent mais qui, au début, exprimèrent certainement des idées
si générales et parfois si indéterminées qu'ils purent les employer dans des
acceptions fort diverses. Et cette difficulté, nous la rencontrerons surtout
dans le *Timée*, où un même mot répété, et pour ainsi dire juxtaposé, dans
un sens presque contradictoire, nous laisse parfois dans une vague incer-

titude, que seuls, les traités qui lui succèdent, permettent de dissiper. Aussi, dans les morceaux publiés sans le texte grec, pour éviter toute ambiguïté, ai-je voulu accompagner toute expression sur laquelle un doute pouvait planer, du mot grec, — au cas même du texte —, de façon à permettre ainsi, sans être forcé de se reporter à l'original grec, la discussion de ma traduction.

Le moment n'est pas encore venu d'exposer scientifiquement les identifications nouvelles que mes recherches doivent me permettre de proposer; cependant il est indispensable de déroger ici un peu au plan précédemment arrêté et d'empiéter sur des publications ultérieures. Les *Lapidaires orientaux* nous ont, en effet, livré un certain nombre de noms de pierres dont la forme est une manifeste dégénérescence de termes grecs. Les définitions très complètes qui les accompagnent, sont trop précieuses, trop utiles, pour différer leur mise en lumière, car elles mettent immédiatement entre nos mains des renseignements indiscutables. Il n'en est pas, en effet, différemment des pierres et des plantes. La connaissance d'Ibn el-Beithar [1], par exemple, eût naguère épargné aux traducteurs de Dioscoride bien des dissertations laborieuses et Saumaise y eût trouvé toutes faites, les homonymies qu'il chercha si longtemps. D'ailleurs, ce ne sont pas seulement des pierres que les Arabes nous font connaître, mais aussi des auteurs dont les noms ne sont même pas parvenus jusqu'à nous. C'est, en effet, aux Grecs qu'ils empruntèrent leur science, et n'eussions-nous pas le témoignage d'Ebn Abi Ossaïbiah, le biographe d'Ibn el-Beithar, qui nous apprend que le savant naturaliste citait d'abord en grec, d'après Dioscoride, le nom des plantes qu'il examinait, qu'il suffirait d'ouvrir le *Livre des Talismans* [2] pour y rencontrer toute une série de dessins des moins orientaux, représentant des divinités mythologiques, au-dessous desquelles des noms défigurés ne peuvent laisser aucune hésitation, quant à leur origine hellénique. C'est Raouch, à cheval sur un aigle, qui est Ζεύς, Jupiter ; Arous, en guerrier, qui est Ἄρης, Mars ; Aphroudités, où l'on reconnaît Ἀφροδίτη, Vénus ; Afrounès, transformation de Al Qrounès, Κρόνος, Saturne ; Hermès, qui est Ἑρμῆς, Mercure.

Mais tous ces renseignements ne se rencontrent pas uniquement dans les livres arabes. Mes recherches, avec M. H. Courel, m'ont, en effet, permis de constater que trois lapidaires, regardés jusqu'ici comme occidentaux,

1. *Traité des Simples*, traduit par L. Leclerc, t. xxiii, xxv-vi des *Notices et Extraits des* | *Manuscrits*, Paris, Imp. Nat., 1877, 3 vol. in-4°.
2. Bibliothèque Nationale, Ms. arabe 2775.

le *Lapidaire d'Alphonse X* [1], — en espagnol, — le *Lapidaire de Liège* [2], attribué à Aristote, et Sérapion [3], — en latin, — étaient, en réalité d'origine arabe et que les noms, incompréhensibles au premier abord, par lesquels les pierres se trouvaient désignées, étaient simplement des mots arabes déformés; enfin, que le *Lapidaire de Montpellier* [4] d'Arnoldus Saxo, était la traduction latine d'un lapidaire hébraïque. Avec Ibn el-Beithar donc, le *Livre des Talismans*, Teifaschi [5], et surtout avec les si précieuses études de Clément Mullet [6], il était dès lors facile de former une petite bibliothèque lapidaire orientale, de laquelle il a été possible d'extraire les documents qui vont suivre. Ils sont, nous l'avons dit, de deux sortes : les uns concernent les auteurs, les autres se rapportent aux pierres mêmes : nous les diviserons donc en deux paragraphes distincts.

Dans le seul *Traité des simples* d'Ibn el-Beithar, on trouve cités plus de vingt auteurs grecs. A côté des noms de Dioscoride, de Galien, qui reviennent à chaque pas, à propos de pierres, Aristote est cité vingt-cinq fois, Théophraste, trois fois, Hermès, une fois; enfin Xénocrate, qui nous était connu par le témoignage de Pline, son contemporain, est cité trois fois. On en lira un peu plus bas des extraits, très curieusement déformés par le traducteur espagnol du *Lapidaire d'Alphonse X*.

On y rencontre aussi les noms de Platon, de Ptolémée, et d'autres auteurs, inconnus, qui auraient écrit sur les pierres; on ne saurait les admettre qu'avec la plus extrême prudence. S'il y a là un peu de vérité, bien peu certes, nous essayerons de la dégager tout à l'heure.

La chose en va différemment pour Théophraste. Ici, nous trouvons des passages de cet auteur qui ne sont pas dans le Περὶ λίθων, mais qui peuvent fort bien lui être attribués.

« L'albâtre est une pierre que l'on trouve dans le sol de Damas et en Syrie; c'est une pierre blanche, nuancée de raies pareilles à des ceintures; on la torréfie, on la mélange avec du sel gemme, on la pulvérise avec soin et on l'emploie comme dentifrice avec avantage. Elle fortifie les gencives. Elle convient aussi contre les brûlures : pour cela on la pulvérise et on en répand la poudre sur les parties brûlées. Cette pierre se trouve aussi en Egypte (IBN EL-BEITHAR, n° 2117). »

1. *Lapidario del Rey Alfonso X*, Madrid, J. Blasco, 1881, in-4°.

2. Édité par Rose, dans *Zeitschrift für deutsches Alterthum* (Berlin), 1875.

3. *Serapionis medici arabis celeberrimi practica studiosis medicinæ utilissima*, Venetiis, Iunta, MDL[X], in-f°.

4. Édité par Rose, dans *Zeitschrift für deutsches Alterthum*, 1875.

5. Ahmed ben Yousouf el Teifachi, *Fior di pensieri sulle pietre pretiose* (traduction de Antonio Raineri), Firenze, 1818, in-4°.

6. *Essai sur la minéralogie arabe*, dans le *Journal asiatique*, 1868.

Je ne vois pas non plus, dans le Περὶ λίθων, cette citation qu'Ibn el-Beithar donne de Théophraste d'après Dioscoride (citation que du reste nous lisons parfaitement dans Dioscoride (ci-après, p. 20, § cxxv), à propos de la *Pierre ponce* :

« Si on jette de la pierre ponce dans un tonneau rempli de vin en ébullition, elle en calme à l'instant l'effervescence. »

Sous le nom de Tartafès, à l'article *Diamant*, nous relevons enfin une citation qui peut parfaitement venir de Théophraste :

« Il ne considère pas comme un diamant le diamant de Chypre, parce qu'il se laisse attaquer par le feu. »

Ce qui concorde parfaitement avec cette qualité, attribuée dans le Περὶ λίθων (ci-après, p. 4), à l'ἀδάμας :

« Qui ne se laisse pas attaquer par le feu. »

Hermès n'est cité qu'accidentellement dans Ibn el-Beithar, à l'article *Cristal*, dont la vertu serait, suivant lui, de combattre les embarras de la parole.

Les Arabes admettent trois Hermès : l'Énoch des Hébreux ou Idris, l'Hermès babylonien (peut-être le Germa Babylonicus d'Albert-le-Grand), l'Hermès égyptien qui aurait porté le nom de Trismégiste. Comme nous ne trouvons le texte rapporté par Ibn el-Beithar, ni dans l'*Enoch* [1], ni dans les *Cyranides* de l'Hermès Trismégiste, il se pourrait parfaitement qu'il fût tiré d'un livre attribué à l'Hermès babylonien, dont Xénocrate aurait eu connaissance et qu'Albert-le-Grand a peut-être encore pu compulser.

Le Xénocrate dont nous trouvons ici le nom, et que Pline signale au livre xxxvi de son *Histoire naturelle*, en l'appelant « *Ephesius* », est certainement le médecin grec du i[er] siècle, dont Galien, au livre x de ses *Simples*, cite quelques passages, dont Oribase nous a conservé des fragments, recueillis et publiés par Fabricius dans sa *Bibliothèque grecque* (t. xi, p. 454). Mais tous ces extraits, dont le principal est intitulé Περὶ τῆς ἀπὸ τῶν ἐνύδρων τροφῆς, ont principalement rapport aux aliments. Par Pline,

---

1. Petit traité astrologique que j'ai publié en partie dans *Le Rôle des pierres gravées au moyen âge* (Lille, Desclée, 1893, in-4°), p. 20. Le cristal, qui dépend de l'étoile *Cloca*, y est mentionné comme aidant à prédire l'avenir, à évoquer les démons et les spectres et comme excellent pour les yeux.

nous savons que Xénocrate a écrit sur les pierres un traité aujourd'hui perdu, chapitre dépendant très probablement d'un livre *Des Simples*, auquel auraient puisé, d'après Fabricius, non seulement Galien et Oribase, mais Artémidore, Clément d'Alexandrie, Aétius. L'existence de cet auteur, en tant qu'ayant écrit sur les pierres médicales est donc nettement établie, contrairement à ce que permettrait de croire un passage du *Spicilège*[1] du cardinal Pitra, qui pourrait laisser subsister quelque confusion soit avec Xénocrate, le sculpteur, soit avec celui qui a écrit sur la peinture.

Ibn el-Beithar nous confirme son existence ; il le cite deux fois[2], et, à l'article *Cristal de roche*[3], complète le passage que Pline nous a conservé. A l'article *Morocht*[4], sous le nom de Ksinokratès [Xénocrate], Ibn el-Beithar nous fait enfin lire un nouveau passage qui, par ses citations coptes, nous révèle ses attaches alexandrines.

Dans le *Lapidaire d'Alphonse X*, sa trace était plus difficile à reconnaître. Cet ouvrage comprend trois traités bien distincts : le premier, celui d'Abolays, zodiacal et stellaire, signale les pierres d'après leurs rapports, soit avec les signes du zodiaque, soit avec les constellations et les étoiles ; le second planétaire, traite des pierres et de leurs relations avec les planètes, tradition certaine des théories chaldéennes, qui, en attribuant une couleur à chaque planète, rapprochait en même temps la pierre de cette couleur, de la planète ; un troisième enfin, le *Livre* de Mahomet Aben Quich, essentiellement magique et médical. Dans le premier, Abolays n'a pas pris le Pirée pour un homme, mais Xénocrate pour une pierre, ou plutôt, ce sont vraisemblablement les traducteurs espagnols, Juda Mosca-le-jeune et Garci Perèz, qui sont les coupables. La citation de Xénocrate, Ksuncratis, sous leur plume est devenue *A[l]xufaraquid*, l'*Açufaratiz*. Nous allons expliquer cette transformation qui, par la même occasion, nous donnera l'origine de deux pierres indiquées comme de source grecque, et que le parallélisme des textes permet seul d'identifier : c'est l'*Abritez*, qui est l'Ἀετίτης, *Mahe en arábigo*, *Cristal en latin* (sic), et la pierre *Zeraquiz*, qui n'est autre que la pierre de l'Ἰέραξ, de l'épervier. Nous les retrouverons dans la nomenclature des pierres que nous donnerons plus loin (p. xvii). Revenons à l'*Açufaratiz* :

De la piedra que llaman Açufaratiz.

De los XXV grados del signo de Aries es la piedra á que dizen Açufaratiz : et son quatro

---

1. T. II, p. 35.   3. 2183.
2. 881, 1093.   4. 599.

*maneras de ella. A la primera llaman Lyemeni, porque es fallada en tierra de Lyemen. A la
segunda dizen Kabroci, porque es fallada en tierra á que dizen Kabrocen en aravigo et en
latin Chipre. A la tercera dizen Lubi, porque es fallada en la tierra á que dizen Lubia. Et a
la cuarta dizen Antoqui, porque es fallada en la tierra á que llaman Antoquia, que quiere
dezir en latin Antiocha.*

Viennent ensuite les descriptions.

Primeramiente queremos dezir desta á que dizen Lyemeni.

*De su natura es caliente et seca ; et es de color negra, et liviana de peso. Et a figura de
agalla... Et quando la quebrantan fallan dentro otra piedra, que es dura et fuerte de
quebrantar.....*

*De los XXXVI grados del signo de Aries es la piedra á quen dizen Abyetitiz ; que quiere
dezir Boytrenna ; et este nombre a, porque la trae la fembra del boytre á so nido, por que
para mas de ligeramiente sus fiios. Et es de su natura calient et seca, et es la segunda
manera, que dixiemos, á que llaman Cabroci. Et es fallada de figura de bellota ; pero ay
algunas dellas que son ya quanto mas luengas. Blanda es, et ligera de quebrantar, et
lyviana de peso, et tira ya quanto á blanco ; mas no mucho.*

*Et quando la quebrantan fallan dentro otra mas dura, que tira á amariello un poco, et á
las vezes fallan dentro otrossi unas piedras menudas et amariellas, que son ligeras de quebrantar como las otras. Et esta piedra á tal vertud que quando la meten en cuero de ciervo et
la atan á la mugier á la coxa siniestra quando está de parto, pare luego ligeramiente et sin
peligro, et nascen los fijos sin occasion, si la natura no erró ante en formarlos.....*

*De los XXVII grados del signo de Aries es la piedra á que llaman Lubi..... Et es la ter-
cera manera que avemos dicho á que llaman Lubi..... Et estas piedras son menudas et de
color de arena. Livianas son et blandas de tiento, et ligeras de quebrantar.....*

*De los XXXVIII grados del signo de Aries es la piedra áque llaman Ceraquiz, et es la cuarta
manera desta piedra, que dixiemos, á que dicen Açufaratiz ; et es esta ala que llaman
Antiochena. Et es de faycion redonda et muy blanca de color, et liviana de peso, por que es
muy porosa ; ca a en ella muchos forados sotiles, que non parescen. Ligeramiente quiebra,
et quando la quebrantan, fallan dentro otra piedra que tira á amariello. De su natura es
caliente et seca ; et á tal vertud que vieda el parto de esta guisa : que si la ataren en cuero
de cordero, que sea degollado con cuchiello de azero fino, et la colgaren sobre la natura de la
mugier, destorvar la que non pueda parir en ninguna guisa : assi que convien que gela cuel-
gan al tiempo del parto, si non por derecha fuerça aurá la mugier de quebrar et morir. »*

Maintenant, que lisons-nous dans Ibn el-Beithar à l'article *Ietameçt,
Aëtite?* [1]

« — EL-GHAFÉKY. Suivant Xénocrate, la pierre d'Aétite comprend quatre espèces.
L'une vient du Yémen, la seconde de Chypre, et c'est l'espèce mâle, la troisième, de
Libye, et la quatrième d'Antioche. Quant à celle du Yémen, elle a le volume d'une noix
de galle, est noire, légère et contient à son intérieur une pierre dure. Celle de Chypre
ressemble à celle du Yémen, sinon qu'elle est plus large et longue. Parfois elle a la

1. 130.

b

forme d'un gland. Elle contient aussi une pierre et quelquefois du sable. Elle est
molle et se rompt sous les doigts. Quant à celle qui vient de Lybie, elle est molle, petite,
de la couleur du sable, contient une pierre blanche et légère et se rompt facilement. Celle
qui vient d'Antioche, où on la trouve sur les rivages, est blanche et arrondie. C'est elle
que les aigles emportent dans leurs aires comme talisman pour leurs petits. C'est pour
cela qu'on l'appelle *aétites*, ce qui veut dire pierre d'aigle. Elle jouit de la propriété de
faciliter l'accouchement. On la met dans un morceau de peau et on l'attache sur la cuisse
gauche. On peut aussi la pulvériser et la jeter dans du lait de femme, y tremper de la
laine et la faire porter par une femme qui ne conçoit pas, et alors elle conçoit par la
grâce de Dieu. On la suspend aussi à un fil rouge et on la fait porter par des femmes
enceintes, auxquelles elle est salutaire. Elle empêche aussi l'avortement et l'issue du
fœtus avant son terme. On en met aussi dans une peau d'agneau, d'une odeur péné-
trante, que l'on place, sur le pubis et le sacrum au moment de l'accouchement, et,
quand viennent les douleurs, on l'enlève, parce que, si on la laissait, la femme se rom-
prait. Il en est de même pour les animaux. »

Il est difficile, ce me semble, de trouver deux textes plus exactement
parallèles. L'un est la traduction littérale de l'autre, à part quelques mots
insignifiants. Ce n'est pas d'ailleurs la seule fois qu'Abolays introduit
dans son œuvre des passages entiers d'El-Ghaféky. Tout y est donc, tout,
excepté le « *suivant Xénocrate* » du commencement, qui est devenu
dans le *Lapidaire* espagnol, la *Xénocrate, Al Ksoucratis, Al Çufaratiz,* l'x
n'existant pas en arabe, et le ks se transformant tantôt en x, tantôt en ç ou
en z, en passant dans une langue occidentale.

Belinas, le philosophe, que nous rencontrons dans les *Lapidaires* arabes,
dans El-Birouni entre autres, est-il Pline ou Apollonius de Tyane [1] ? Sacy,
Clément Mullet penchent pour Apollonius de Tyane ; Flügel, au contraire,
adopte l'identification avec Pline. Leclerc nous semble trancher définitivement la question en expliquant comment, philologiquement, Apollonius
a fait Boulonius, Belinious. Nous y ajouterons un petit argument qui, s'il
n'est pas décisif, prouvera tout au moins que les Orientaux ont trouvé,
dans la *Vie et les Voyages d'Apollonius de Tyane*, le point de départ d'une
légende qui a traversé tout le moyen âge : la pierre qui, mise dans l'eau,
la fait séparer à droite et à gauche. Sérapion, le Pseudo-Aristote, l'Aristote de Liège, nous l'ont fidèlement conservée ; c'est le *bitume*.

« On dit, écrit Philostrate, qu'un puits près de Babylone est plein de bitume, d'huile
et d'eau : quand on répand ce qu'on y a puisé, ces trois liquides se séparent l'un de
l'autre [2]. »

1. Berthelot, *Chimie du moyen âge*, t. I, | 2. Ci-après, p. 27.
p. 257.

Voilà, prise sur le fait, car le *bitume* est considéré comme une pierre par tous les écrivains de l'antiquité, l'origine d'une fable lapidaire, qui a donné à supposer que le moyen âge avait créé de toutes pièces des mythes, qu'il ne faisait que nous conserver, en les défigurant bien souvent.

Pas plus que nous ne l'avons fait au nom d'Aristote, mentionné dans ces traités orientaux, nous ne nous arrêterons à celui de Platon. Le *Lapidaire d'Alphonse X* signale cependant, d'après lui, la pierre *Axonis*, aux sept métamorphoses, aux sept couleurs, se rattachant aux sept planètes. Avant que Mahomet Aben Quich ait parlé de cette pierre, le manuscrit arabe (Bibliothèque nationale, 2775) l'avait signalée sous le nom d'*Al Kharez*, sans parler d'une origine grecque. Le *Lapidaire d'Alphonse X* a-t-il voulu attribuer ce passage au philosophe grec, ou à Platon de Tibur qui, au commencement du xiiᵉ siècle, s'occupait d'astronomie, traduisait de l'arabe le *Liber Embadum* d'Abraham le Juif, dit Savasorda, le *Livre d'Almansor*, Ptolémée? Enfin, n'est-ce pas, ainsi que l'explique Leclerc, une mauvaise transcription du mot arabe *lakin* = cependant, devenu Platon? La question semble bien difficile à résoudre. En tous cas, le *Lapidaire* d'Abolays est le seul où, jusqu'à présent, nous rencontrions le nom de Platon, à propos de pierres. Mais il est indispensable de constater que tous ceux qui sont cités comme auteurs de *Lapidaires* antiques, s'occupèrent d'astronomie ou de physique, et qu'accidentellement, dans leurs œuvres, ils ont parlé de quelques pierres : ces passages seraient ainsi devenus le point de départ d'un soi-disant Περὶ λίθων, dont la trace aurait été perdue.

La recherche des termes lapidaires est plus difficile que celle du nom des auteurs. Les déformations qu'ils ont subies sont d'abord beaucoup plus nombreuses, les atteintes qu'ils ont reçues beaucoup plus violentes. Il n'existe pas, en réalité, de règles pour les transformations; elles sont presque toutes du genre de ce *dromadaire aux cheveux espars* des *Lapidaires* du moyen âge, qui n'est autre qu'Andromède aux cheveux épars [1] · le plus souvent il n'y a que des textes parallèles qui puissent éclairer la question.

Pour l'excuse des Arabes, il ne faut pas oublier de rappeler combien les copies grecques, dans lesquelles ils puisaient, étaient généralement défectueuses. Strabon (l. XIII, § 54) ne nous dit-il pas, à propos des œuvres d'Aristote et de Théophraste, comment furent défigurés leurs travaux par

---

1. Mély (F. de), *Du rôle des pierres gravées au Moyen Age*, § 15, p. 13.

des copistes négligents, à la mort d'Apellicon? Ensuite, nombre de ces
manuscrits grecs furent d'abord traduits en syriaque; la *Revue critique* [1]
nous a signalé précisément un *Physiologus* syriaque où le mot *Bruneion*
était une transcription de Χρύσειον : dans le *Traité des Fleuves du Pseudo-
Plutarque*, n'avons-nous pas rencontré Ἀστιγής pour Ἀετίτης; dans les
Cyranides, Σαλίττ, est pour Σάλπη, Μύρμηκες ἀνδροκέφαλοι pour ἀδροκέφαλοι,
ce qui donna lieu au mythe des fourmis à têtes humaines, enfin la formule
pour faire pousser dans un vase plein de terre une tête de Gorgone, quand
il s'agit tout simplement du collet de la racine du γοργόνιος, du panicaut.
Puis c'est l'*Hetus*, du *Lapidaire d'Alphonse X*, qui est une déformation
d' Ἀετός, l'A s'étant simplement ouvert en H. Dans Damigéron, c'est Hippocrate qui remplace Harpocrate; on en peut rapprocher l'inscription byzan-
tine du camée antique d'Apollon sur un char, où Ἥλιος est écrit Ἡλιάς,
transformant ainsi le char du Soleil en ascension du prophète Élie au ciel.
Et cette liste pourrait s'allonger à l'infini; je ne veux plus mentionner qu'une
erreur de copiste, provenant d'une ligne sautée, qui montre la prudence
avec laquelle on doit taxer de naïveté ou de mensonge les écrivains de
l'antiquité. Que n'a-t-on pas dit sur Ctésias et sur les fables qu'il a
recueillies? Qu'est-ce que « ce ver, qui se trouve au bord de l'Indus, qui
a douze mètres de long, qui a deux dents... » Et c'est Callisthène qui rétablit la phrase si invraisemblable de son prédécesseur : « Il y a, dit-il, au
bord de l'Indus, un crocodile qui a un ver et qui a douze mètres de long... »
Et combien d'autres, plus compliquées encore, qu'on pourrait certainement
restituer, mais qui furent des écueils absolument impossibles à éviter pour
des transcriptions et des traductions qui passèrent par la plume d'un copiste
grec, d'un copiste syriaque, d'un copiste arabe, puis enfin d'un traducteur
juif avant d'arriver au latin ou à la langue vulgaire ! Cependant les premiers traducteurs suivirent encore quelques règles. En remontant aux
sources, on peut parfois marcher avec une certaine assurance, en tâtonnant
toutefois.

Les déformations que nous allons rencontrer appartiennent à deux éco-
nomies bien différentes, suivant qu'elles se trouvent dans les manuscrits
arabes, ou dans les manuscrits occidentaux de source arabe. Comme les
transformations qui en résultent découlent d'ordres d'idées absolument
dissemblables, on ne peut se dispenser de les expliquer : on ne saurait sans
cela convaincre les érudits, qui, à juste titre, se refuseraient à admettre,

[1]. 1892, t. 1, p. 445.

du premier coup, des identifications cependant basées sur des textes parallèles, mais qui, dès l'abord, paraissent tellement invraisemblables, qu'il
faut des preuves matérielles, indéniables pour les faire accepter.

Ceci dit, examinons rapidement, chez les Arabes, les causes des fautes
rencontrées dans leurs manuscrits.

Il y en a deux : fautes d'écriture, traductions défectueuses.

L'oubli d'un point diacritique, l'abaissement de la saillie d'une lettre
changent absolument un mot. C'est ainsi qu'Empédocle se trouve méta-
morphosé en Abrucalis ou Abrucatus, dans le *Traité des Végétaux* d'Alfred
dit l'Anglais. Autre part, c'est Eunapus qui est écrit de telle sorte qu'on
lit *Oceanos;* plus loin il est qualifié, et cela est tout simple, d'*immensus*,
l'océan étant naturellement immense.

On ne pouvait guère remédier au second motif d'erreur. La langue
grecque et la langue arabe n'ont pas toutes les mêmes lettres; Π, Γ manquent en arabe, il fallait donc les remplacer par des à-peu-près ; en cela,
chaque auteur suivit son inspiration. Lorsque nous en arrivons à étudier
les manuscrits occidentaux dérivés ou traduits de l'arabe en espagnol, en
latin, aux règles phonétiques si différentes, on peut imaginer en quel état
se trouveront des noms grecs qui ont subi deux semblables assauts, trois,
devons-nous dire, car il ne faut pas oublier la première cause d'erreur, les
fautes matérielles de copie. Ajoutons encore que les traducteurs, suivant
le pays qu'ils habitent, transcriront diversement des noms techniques qu'ils
n'identifient pas de même : Jourdain, Dozy, Leclerc ont étudié ces questions sous leurs nombreux aspects; c'est à leurs ouvrages qu'il faut donc
recourir pour approfondir la question.

Mais nous n'en sommes encore qu'à la première transcription. Un savant
de Barcelone a traduit un nom, de l'arabe en langue vulgaire : le mot est-
il au bout de ses tribulations? Chaque copiste l'attaquera : *iudaica* se lira
uidiega; voilà un nouveau terme créé, et nous ne sommes qu'au xiii⁰ siècle.
Les éditeurs du xix⁰ siècle ne traiteront pas mieux les malheureux manuscrits, ils les rendront même *absolument* incompréhensibles; car, ignorant
l'arabe, ils ne sauront s'il y a, dans un mot où on voit trois jambages, *m*,
in, *ni*, *iu*, *ui;* le *t* et le *c* se confondront pour eux ; *a*, *e*, *i*, *o*, *u*, auront la
même valeur, et nous nous trouverons en présence d'un texte, comme celui
du *Lapidaire de Liège* édité par Rose, où *Elendhmon* est pour *Elendhermon*,
Elenica pour *Elmeca*, *Esrup* pour *Esrap*, *Etyndros* pour *Enhydros*, *Eliuda-
sang* pour *Elmerdaseng*, *Jussiador* pour *Nissiador*, *Lesbrio* pour *Lesbric*,
Mixatir pour *Nuxatir*, *Soiadana* pour *Sciadana*, *Andranon* pour *Audranon*,

Medhaing, pour *Medhanig*. Dans ces conditions, la difficulté devient, je le répète, insurmontable. Une copie nouvelle du manuscrit est indispensable; peut-on toujours la faire faire? Non; alors voilà un texte qui devient tellement ridicule qu'on l'abandonne en le taxant d'insanités, et cependant il y a grand parti à en tirer.

Il faut aussi tenir compte des grasseyements arabes, des aspirations, des emphases, des sons gutturaux : ce sont alors des adjonctions de consonnes, qui nous permettent cependant, en avançant avec les plus grandes précautions, de reconnaître dans le *Kabrate*, l'*Abritez*, l' Ἀετίτης ; dans le *Zeraquiz*, l' Ἱερακίτης; dans le *Nargoritiz*, l' Ἀργυρίτης; dans le *Rodem*, l'*Odem* hébraïque, et tant d'autres que nous allons rencontrer chemin faisant.

Enfin les vieux manuscrits grecs, sur lesquels les Arabes ou les Syriaques ont travaillé, ont sans nul doute causé plus d'une erreur. Dans bien des cas, Z a remplacé Σ : *Ztheyceyn* = Στέγειν. Η (grec) a été pris pour N (romain), *Kantos* pour [K]αητός; C qui est Σ, est tantôt une sifflante, *Çanderitès* pour Σιδηρῖτις, tantôt il compte pour un K, *Caaclaman* pour κάγλασμα.

On voit donc les difficultés qui entourent cette recherche, surtout quand on y ajoute les remarques de Dozy qui signale les changements continuels du *b* en *p*, les permutations du *b*, de l'*m*, de l'*l*, de l'*n*, de l'*r* qui devient *t* dans l'intérieur des mots. Enfin, Arabes et traducteurs transposent continuellement les consonnes, et pour couronner leur œuvre, après avoir supprimé les syllabes, après avoir syncopé les voyelles brèves, ils intercalent dans le corps des mots des voyelles euphoniques.

Mais, si ces déformations ont assurément varié suivant chaque traité, l'un d'eux peut cependant nous donner des renseignements en quelque sorte précis, parce que les mots d'origine grecque sont suivis de « *ha nombre en griego…* » Il s'agit du *Lapidaire d'Alphonse X* (Mahomet Aben Quich).

Là, les noms de pierres qui commencent par un G ou Q ont presque toujours une racine commençant par K ou X. On trouve ainsi Xα transformé en *Gui*, *Guielketiz* venant de Χαλκῖτις; Κυ, transformé en *Qu*, *Queyebiz* de Κυάνος.

Puis, il faut penser que les Arabes ont très souvent fait précéder les mots qu'ils empruntaient à une autre langue, de l'article *El*, qui, suivant les cas, devient *al, ein, ei, el, en :* la première syllabe des mots commençant ainsi doit donc être comptée pour peu dans les recherches[1]. Dans certaines copies l'*a* et l'*e* sont fréquemment tombés, il ne reste donc que *l* ou *n* ; par

1. Voir V. Bérard, *Topologie antique* dans la *Rev. archéol.*, 1901 (1), p. 404.

conséquent, dans les mots commençant par ces deux lettres il faut agir avec
la plus grande prudence, — *Nargoritis* = al'ἀργυρίτης. Voilà pour le commencement du mot.

Pour le suffixe, généralement la terminaison grecque n'a pas été modifiée ;
il faut cependant se rappeler que η et υ, depuis une certaine époque, se
prononcent *i* et que par conséquent ης, υς ont fait généralement *iz*. Mais,
dans plusieurs manuscrits, les auteurs ont adopté un suffixe qu'on pourrait appeler personnel ; ainsi Abolays a nombre de mots terminés par
-quid : Açufaraquid, *Muruquid* ; le Pseudo-Aristote de Liège nous donne
des suffixes en *-er* de forme arabe, en *-qung*, qui remplace le *-κον* grec ;
nous ne devons donc attacher qu'une mince importance à ces terminaisons
qui sont absolument variables ; elles n'ont jusqu'à présent qu'une valeur
documentaire.

Ce ne sont que des embryons de règles : mais chaque traducteur, dans
sa barbarie, dans ses incorrections, dans ses altérations n'a guère varié.
Voilà un point acquis : il ne nous a pas été inutile. Au milieu de ces termes
techniques, impossibles à identifier pour les auteurs du moyen âge, alors
que les langues différentes peuvent à peine fournir des équivalents, le
traducteur et les copistes se bornent à les transcrire simplement ; en les
transcrivant, ils les déforment, mais suivant le principe exposé plus haut.

Il y a aussi tels mots incompréhensibles, dont les clés ne sont pas parvenues jusqu'à nous, et que les pénétrantes explications de M. Berthelot
n'ont pu encore nous révéler. Il nous a bien fait connaître que certains
termes de cryptographie alchimique se composaient de lettres représentant
la lettre qui les précède ; — xkok = vini ; tbmkt = sulis, mais d'autres
sont composées des lettres initiales des mots de tout un membre de phrase,
comme notre ιnrι — Iesus Nazarenus Rex Iudæorum —. Si M. Le Blant a
su découvrir la signification de VRS, — Vade Retro Satanas, — combien
demeurent inexpliqués ? Telles ces invocations bacchiques des *Cyranides*
(p. 11 du texte grec), où la présence des voyelles musicales ne saurait
suffire à expliquer le sens encore caché pour nous : telles encore les inscriptions cryptographiques reproduites dans le *Lapidaire Orphique* (pp. 167,
168, 172 du texte grec).

Et nous n'avons pas parlé de la ponctuation, si arbitraire et si fantaisiste
dans les manuscrits grecs. Quelle n'est pas son importance cependant!
Elle est un fait primordial, philosophique, nous permettant de suivre la
pensée de l'auteur, qu'un oubli, qu'un déplacement de virgule peut complètement modifier. Et cela, nous avons pu surtout l'éprouver dans Théo-

phraste, dans les *Cyranides*, où nous avions à nous orienter dans des idées très nouvelles.

Enfin, pendant de longs moments, nous nous sommes buttés à des termes techniques, absolument inexplicables. Rien ne paraissait les rattacher à nos études, et cependant ils faisaient partie des *Lapidaires*. A force de recherches, nous en avons reconnu l'origine et la signification. A certaines pierres que les traducteurs ne pouvaient identifier, ou dont ils voulaient parler plusieurs fois pour sembler augmenter leur bagage scientifique, ils ont donné plusieurs noms. Ils les tirèrent de leur forme, de leur couleur, de leur vertu, de leur pays d'origine, créant ainsi de nouvelles espèces, la *ronde*, la *brillante*, la *noire*, la *pierre de miel*, la *pierre qui donne la vie*, l'*Arménienne*, qu'ils inséraient dans leurs traités, sous un adjectif la plupart du temps grec, mais transposé dans leur langue, ainsi que nous allons le voir dans la liste que nous donnons ici, à titre de spécimen ; elles augmentent donc le nombre des noms de pierres, mais n'en accroissent pas réellement les espèces différentes.

Aambruz. — Lapidaire d'Alphonse X, p. 75 [1] : *La segunda piedra de la Aym llaman en griego Aabruz, et en aravigo Aaquic.* Elle protège la femme contre l'avortement. L'Aaquic est l'Hager Salachil de Sérapion, l'Aquine d'Ibn al-Gezzar, la Cornaline. Aambruz n'a aucun sens, tandis qu'Aabruz dérive très probablement de al 'Αβρός, la jolie.

Aaran. — Lapidaire d'Alphonse X, p. 75 : *La tercera piedra del Aayn ha nombre Aaran en griego, et en aravigo Zabach.* C'est le Sebedj, le Jais, pierre noire : a[l] 'Αλαός, la noire.

Abcatritaz. — Lapidaire d'Alphonse X, p. 30 : *Esta es de natura fria et seca et fallanla mucho en tierra de Egypto, en la ribera del Nilo, envuelta en el arena... et esta semeya en color al diamant.* On ne voit que l'Albâtre pour remplir ces conditions : elle a en effet l'apparence du Cristal (Pline, *Lib. XXXVII*), elle se trouve en Égypte, et la transformation d' 'Αλαβαστρίτης en Abcatritaz n'a rien qui puisse surprendre (Théophraste, p. 2 ; Dioscoride, p. 23, CLIII [2]).

Abietitiz. — Lapidaire d'Alphonse X, p. 7 : *Que quiere dezir boytrenna.* La pierre du

---

1. Les renvois au *Lapidaire d'Alphonse X*, sont faits à la page de la *Reproduccion en caracteres tipograficos modernos*, du *Codex* original dont nous avons donné plus haut la référence bibliographique.

2. Je ne mentionnerai ici que les deux premiers auteurs grecs qui parlent de ces pierres ; il suffira de les signaler, pour qu'aux tables on puisse rechercher les autres références. La page indiquée est celle du volume des traductions.

INTRODUCTION

vautour, l'Aétite de Chypre (p. ix) qui est devenue al 'Ιετάτης (Dioscor., p. 24, clxi ; Cyranides, p. 35, § 1).

Abritez. — Lapidaire d'Alphonse X, p. 72 : *En griego, Mahe en aravigo, Cristal en latin.* Autre déformation de l''Αετίτης, dont une des espèces était précisément le Cristal qui facilitait les accouchements.

Açufaratiz. — Lapidaire d'Alphonse X, p. 6. La pierre de Xénocrate (cf. p. viii).

Açuz. — Lapidaire d'Alphonse X, p. 4 : *La piedra d que dizen Beruth. Et d otro nombre, quel llaman Açuz, porque la fallan en un monte que d en tierra de Egipto.* Ibn el-Beithar, n° 72, nous dit que le peuple et les médecins d'Égypte lui donnent le nom de Baroud : c'est le nitre.

Elle ne vient pas du tout d'Égypte, mais son nom de « Neige de Chine » l'a fait surnommer *fleur d'Asie,* pierre d'Asis, Άσιος λίθος, d'où Açuz (Dioscoride, p. 21, cxlii).

Ademuz. — Lapidaire d'Alphonse X, p. 63. On y reconnaît facilement l''Αδάμας (Platon, p. xxix ; Théophr., p. 4, § 28).

Aitofiquioz. — Lapidaire d'Alphonse X, p. 72 : c'est la pierre Αίθιοπικός.

Alcyonium. — Ibn el-Beithar, n° 1086 : « Cette pierre comprend cinq espèces. La première, lourde et spongieuse », c'est l'Alcyonium proprement dit, de ἀλκυόνιον, sorte d'algue..., *dicente en caldeo Guyrunion* (Lapidaire d'Alphonse X, p. 33).

« La deuxième a une odeur pareille à la lentille de mer » : c'est l'Alguena.

« La troisième est pourprée, il y a des gens qui l'appellent Milesion » : c'est le Farfiri (cf. ce mot).

« La quatrième ressemble à de la laine en suint. »

« La cinquième ressemble à un champignon, on l'appelle Halosochné » (cf. *Aluzahné*).

Aldardemuz. — Lapidaire d'Alphonse X, pp. 25 et 72 : *A nombre en griego la decima piedra de la A. Esta d color de fierro... et con esta alimpian el alioffar* (les perles) *et arredondan el vidrio et esclarecen las piedras.* C'est le Sambadheg, l'Emeril, l' 'Ανδροδάμας (Berthelot, *Alchim. grecs,* t. III, pp. 5 et 48. — *Chimie au M. A.,* t. II, p. 20).

Alharcon. — Lapidaire d'Alphonse X, p. 31. Très probablement une déformation de l'al Zerkoun, Σύρικον, car c'est également le Minium (cf. *Zerkoun*).

Almelin. — Lapidaire d'Alphonse X, p. 72 : *Llaman en griego la duodecima piedra de la A. Et es piedra mineral : et a en ella claridad a semeyanza de plata. Et esta piedra es ala que dizen Atalch. Et los sabios fablaron mucho della et dixieron algunos dellos que era el alum lo que non se funde en el fuego.*

La parenté entre les mots alun, alumen et almelin est assez proche effectivement ; mais c'est bien plutôt l'al Μηλιάς de Théophraste (p. 11, § 69), l'al Melinum de Pline, l'al Μηλία de Dioscoride et de Razès, qui est la racine de l'Almelin.

Al Quichour. — Ibn el-Beithar, n° 1865. La pierre ponce, qu'on retrouve aussi sous le nom de Alfichour, Alfeyru : le Κίσσηρις, précédé de l'article arabe (Hippocrate, p. xxvii ; Théophr., p. 3, § 22).

Aluzahné. — Lapidaire d'Alphonse X, p. 33. C'est l'ἁλὸς ἄχνη des Grecs (Ibn el-Beithar n° 1251), la fleur de sel (cf. *Alcyonium*).

Ameydicariz. — Lapidaire d'Alphonse X, p. 72 : *En griego. Et fallanla en Armenia.* C'est la pierre d'Arménie, A[r]me[n]idicariz (Dioscor., p. 17, cv).

Anakhates hadjer. — Ibn el-Beithar, n° 620. On reconnaît facilement ici l' 'Αχάτης.

Antoroz. — Lapidaire d'Alphonse X, p. 72 : d''Ανθραξ, ant[o]roz.

c

Apolokos. — Dans le *Lapidaire hébraïque*, d'où ce mot est extrait, c'est une transcription défectueuse du manuscrit arabe, Polophos (cf. ce mot), Πολύφωτος, qui, par suite du manque d'un point diacritique, est devenu Apolokos.

Arhoritiz. — Lapidaire d'Alphonse X, p. 72 : *A nombre en griego la terciadecima piedra de la A. Negra es, de color de plata* : c'est certainement la même pierre que la Nargoritiz, qui est également « *de color de plata* » et possède les mêmes vertus médicales. Racine : Ἀργυρίτης.

Articam. — Lapidaire d'Alphonse X, p. 13 : *En caldeo, et algunos ia quel dizen Artiqui et los griegos le dizen Asrra. Et fallanla en la tierra que llamada Artica.*

Ártica, c'est l'Attique, et Asrra est une altération de Ὠχρά, l'ocre jaune de l'Attique : dans Ibn el-Beithar, n° 51, c'est « l'Artekin, en grec Oukra » (Dioscoride, p. 18, cviii).

Arscitiz. — Lapidaire d'Alphonse X, p. 72 (cf. *Azcritaz*).

Aserthiz. — Mss. arabe 2275. Biblioth. nat., fol. 121 v° (cf. *Azcritaz*).

Asrrá. — Lapidaire d'Alphonse X, p. 13 (cf. *Articam*).

Astarnuz. — Lapidaire d'Alphonse X, p. 6. Sorte de Jaspe, ἀστέριος, étoilé (cf. *Yzf*).

Atarráz. — Lapidaire d'Alphonse X, p. 12 : *La gente da quella tierra o ella es mas fallada llaman le la piedra de la liebre, por esta razon que en aquel logar ó entra el grand ryo del Nilo en la mar Mediaterrana, cria se y un animal que semeya en sus miembros y en todas sus fayciones a la liebre de tierra ; et por endel llaman liebre marina.*

Jusqu'ici nous ne trouvons guère de moyen d'identification ; en continuant, par exemple, nous lisons : « *Son muy verdes de color, et tan duras que las non pueden quebrantar con ninguna causa ; et por essol dizen los Caldeos Rofolez, que muestra tanto como cosa que se non puede partir.* » c'est donc, sans aucun doute, le grec τέριν, friable, précédé de l'à privatif, dont le suffixe est devenu *raz*, pour suivre l'économie philologique de tant d'autres pierres du Lapidaire d'Alphonse X.

Ataçarifez. — Lapidaire d'Alphonse X, p. 72 : *Há nombre en griego la quinta piedra de la A. Esta de dos colores. La una vermeya asi commo la iargonza, et la otra parda, enque há atal claridad de noche que veye omne con ella assi commo con lumbre de fuego.* Sa racine doit être Ἀστράπιος, la pierre qui éclaire.

Axep. — Lapidaire d'Alphonse X, p. 46. L'alun. Vient de l'arabe al Cheb. Il est de trois espèces : *La primera es a que dizen Fendida en latin et en griego Çacaztir ; la segunda est redonda et dizenle en aravigo Çatiriculi ; et la tercia est humida et dicenle en griego Uguria et en aravigo Alyamei.*

Fendida est parfaitement le grec Σ[α]χιστός, fendu, avec l'interpolation d'un α. Pline, *Lib. XXXV*, signale cette espèce d'alun : « *concreti aluminis unum genus, Schiston appellant Græci.* » (Dioscoride, p. 24, clvi.)

Redonda explique également Σ[α]τ[:]ρογγύλος, avec interpolation de deux voyelles. Pline, *Lib. XXXV* : *Interioris est alterum generis [aluminis] quod Strongylem vocant. Duæ ejus species... Melius pumicosum et foraminum fistulis spongiæ simile, rotundumque natura, candido propius.* »

Humida est bien l'Ὑγ[υ]ρ[ι]ά ; Pline, *Lib. XXXV* : « *Hujus quoque duae species, liquidum spissumque.* » (Cf. Dioscoride, *Lib. V*, cxxiii.)

L'Alyamei est simplement un nom d'origine, l'El yemeni, — de l'Yémen.

Azcritaz. — Lapidaire d'Alphonse X, p. 72 : *Dizen en griego dla quarta piedra de la A. De color es blanca et blanda, et fallan la en las mineras de la Calcedonia.*

Au mot Marmar, Ibn el-Beithar, n° 2117, cite El-Gaféky : « On croit que c'est une
« espèce de marbre blanc; on le trouve surtout dans les carrières d'Onyx et c'est la
« meilleure espèce; on lui donne le nom d'Alabastritès, et le vulgaire prétend que c'est
« l'Onyx. » C'est comme l'Abcatritaz, une altération du mot 'Αλαβαστρίτης, comme aussi
l'Aserthiz du ms. arabe 2775. Le parallélisme avec notre texte ne peut laisser aucun
doute à ce sujet.

Azech. — Lapidaire d'Alphonse X, p. 28 : c'est le Vitriol, el Zajd : *Esta de quatro
maneras : ala primera dizen Çori, ala segunda Calcatar, ala tercera Calcadiz, et ala quarta
Calcant.*

Le Çori est le Σῶρυ de Dioscoride ; le Calcatar, le Colcatar; le Calcadiz, la Χαλκῖτις ; le
Calcant, le Colcotar.

Batharaxitaz et Batraciz. — Lapidaire d'Alphonse X, p. 72 : *En griego.* Rien, dans le
texte qui accompagne ces deux pierres, ne permettrait de les identifier avec certitude.
Mais, dans le manuscrit, il y a une particularité assez curieuse, c'est qu'à la pierre
Becenitiz, que nous allons voir à l'article suivant, on trouve ce passage : « *fallanla en
las sepulturas de los antigos en figura de rana* ». Il y a là certainement une transposition
de textes, car ces deux termes se trouvent tout naturellement identifiés par le mot
rana, βάτραχος, d'où βατραχίτης, la pierre de grenouille, la batrachite, qui n'a aucune
raison de se trouver dans la description où nous la lisons.

Becenitiz. — Lapidaire d'Alphonse X, p. 72 : *A nombre en griego la quarta piedra
de la B. Et es verde de color, et fregan sobrella el oro.* Aucune hésitation, c'est la βασα-
νίτης, la pierre de touche. Nous avons montré comment le passage où il était dit
qu'on la trouvait dans les tombeaux anciens en forme de grenouilles, devait s'appliquer aux deux pierres qui la précédaient, le Batharaxitaz et le Batraciz (Théophr.,
p. 8, § 55).

Berloz. — Lapidaire d'Alphonse X, p. 72 : *Dizen en griego a la primera piedra de la B.
Et semeya peira blanca. Et su virtut es âtal, que quiquier que aya mal en los oyos, et se
alcoffolare con su fregamiento, tirargelo a.*

Très probablement une contraction de βήρυλλος, le béril, pierre blanche, effectivement
réputée pour les maux d'yeux [1] (*Cyranides*, p. 40, § 1).

Bicaruquid. — Lapidaire d'Alphonse X, p. 51 : *Et d en si retenimiento et sequedad
con ya quanto de agudet, et su sabor es otro tal conpuesto dessa misma manera.* Nous croyons
y voir λίθο: πικρώδης, pierre à saveur désagréable, qui aurait fait bic[a]ro[quid], -*quid*,
un des suffixes habituels du Lapidaire d'Alphonse X, avant remplacé ici la dernière syllabe tombée.

Caaclaman. — Lapidaire d'Alphonse X, p. 74 : *A nombre en griego la segunda piedra
de la C. ; de color es blanca. Et dixo Mahomath el sobredicho que qui la engastonare en
aniello et la pusiere en un vaso, o un bacin muy egual et lleno de vinagre et fiviere poco el
aniello commençara la piedra de bollir et de moverse et yrsa yendo en desviando fata que
llegue al suelo.*

Certainement nous devons rechercher la racine de cette pierre dans κάχλασμα, bruit
de l'eau qui bouillonne. Il est d'ailleurs intéressant de la comparer également à la
pierre Κόχλαξ (cf. *Qoukhlaqs*).

---

1. Mély, *Les Cachets d'oculistes*, dans la *Revue de Philologie*, t. XVI (1892), p. 88.

Cahadenyz. — Lapidaire d'Alphonse X, p. 55 : *Esta es fallada en el monte aque llaman Çahyt, et dalli toma el nombre.*

Du mot Zahyt s'est formé un mot grec en terminaison ενης, et de Ζαυτενής est venu le Cahadenyz du Lapidaire d'Alphonse X.

Calcadiz. — Cf. *Azech*.

Çanderitiz. — Lapidaire d'Alphonse X, p. 75 : *Que quiere decir en aravigo Abhadidi et en latin fierro.*

Il est facile de retrouver ici le grec Σιδηρῖτις (Orphée, v. 361).

Capnias. — Fumée (Cf. *Yzf*).

Çacastir. — Lapidaire d'Alphonse X, p. 46 : Σ[α]χιστός, fendu (cf. *Axep*).

Çatiriculi. — Lapidaire d'Alphonse X, p. 46 : Σ[α]τ[ι]ρογγύλος, rond (cf. *Axep*).

Cayzor. — Lapidaire d'Alphonse X, p. 64. Le Quichour, la pierre ponce, le Κίσσηρις (cf. *Al Quichour*).

Cira. — Lapidaire d'Alphonse X, p. 76 : *En griego Zdayorofe, en aravigo Çavam et en latin Cira. Esta es rayz de las piedras. Ca las piedras principales de la tierra non son mas de tres. La primera es Marmor. La segunda ha nombre Calcedonio, o Pedernal. El la tercera esta misma que fablamos.*

Cira, c'est la γῆ ξηρά, la terre sèche, bien probablement le *lutum* des *Météores* d'Aristote (p. XXXVII), l'argile du *Timée* de Platon (p. XXIX), l'origine de toutes les pierres, qui serait donc assez naturellement le Ζείδωρος, qui donne la vie, transformé en Zdayorofe.

Zavam d'ailleurs, est également en hébreu, Zouam, la terre sèche.

Çulucandria. — Lapidaire d'Alphonse X, p. 29 : *Que quier tanto dezir, como tirador de fustes.*

La traduction du grec semble servile. Ἕλκων, par son esprit rude, se transforme en σίλκων, tirant, δρύα, le bois.

Dientoz. — Lapidaire d'Alphonse X, p. 73 : *Dizen en griego a la segunda piedra de la D. Esta es lexne assi commo marmor polido, et a en ella linnas negras. Et qui la veye, asma que es toda negra ; et cuando la moian en el agua tornasse vermeya.*

C'est l'agate, la pierre qui devient rouge quand elle est mouillée, ὁ λίθος διαντός.

Elbasiferkaker. — Pseudo-Aristote, p. 362 : *Lapis qui vocatur elsbacher a Grecis nominatus est elbasiferkaker*. El basi, c'est le bézoard : ferkaker, est une altération de φάρμακον, le remède.

Elendhermon. — Pseudo-Aristote, p. 352. Déformation d'Aldardemuz (V. ce mot).

Elphysior. — Pseudo-Aristote, p. 380 : *Elselsis lapis... levis et fragilis corporis : assimilatur lapidi qui vocatur elphysior, quando mare inflatum est*. Vient alors peut-être de φυσιάω, inflari, gonfler (?).

Faraztaz. — Lapidaire d'Alphonse X, p. 30 : *Et dtal marmor como este llaman en griego Faraztaz. Taz* est un suffixe, il reste donc Faraz, qui n'est autre que la transformation arabe du grec Πάρος = marbre de Paros, qu'il faut comparer avec le Πῶρος (Théophr., p. 2, § 14).

Farfiri. — Lapidaire d'Alphonse X, pp. 33 et 53. Troisième espèce d'Alcyonium (cf.), de couleur pourprée. On retrouve très facilement ici πορφύρεος, le Π s'étant encore transformé en **F**.

Gaciuz. — Sorte de Jaspe ; de καπνίας, couleur de fumée (cf. *Yzf*.).

Geleatiz. — Lapidaire d'Alphonse X, pp. 72 et 73. Γαλακτίς, galactite (Berthelot, *Chimie au M. A.* t. II, p. 15.)

Ghaghatès hadjer. — Ibn el-Beithar, n° 610 : Γαγάτης, jais (Dioscoride, p. 23, CXLVI).

Guielketiz. — Lapidaire d'Alphonse X, p. 28. Quatrième sorte d'Azech (cf.), *que dizen le en griego Guielketiz*. C'est la transformation du grec Χαλκῖτις, sulfate de cuivre, avec le changement habituel de Χα en Gui (Dioscoride, *Lib. V*, CXV).

Guyrunion. — Lapidaire d'Alphonse X, 33 : *De la piedra que a nombre Lavenna et dizen le en caldeo Guyrunion.*

Ce n'est ni du chaldéen, ni du syriaque, mais une transformation du grec, ἀλκυόνιον. Le traducteur espagnol, croyant à un mot arabe, précédé de al, a simplement laissé de côté le soi-disant article et de κυόνιον a fait très facilement Guyrunion (cf. *Alcyonium*) [1].

Hetus. — Lapidaire d'Alphonse X, p. 73 : *Dizen en griego a la primera piedra de la H. Et otrossil'dizen Iargonça cardena… Et quando la omne bien cata, veye en ella figura de un aigla que tiene sus alas esparzidas, et una sobresi et la otra so sus pies.*

Il est très facile de retrouver ici le mot Ἀετός. Dans le ms. primitif l'A n'était peut-être pas fermé par en haut et le copiste aura lu H et mis cette pierre a l'initiale H (cf. *Abietitiz* et p. XII).

Isfondj-el-bahr. — Ibn el-Beithar, n° 75. C'est le Σπόγγος, éponge, el bahr, de la mer. (Dioscoride, *Lib. V*, CXXXVIII.)

Kantoz. — Lapidaire d'Alphonse X, p. 76. C'est, dit le *Lapidaire*, la même pierre que l'Hétus et l'Hatux : nous avons expliqué ce qu'était l'Hetus. Ne faut-il alors pas voir ici une simple erreur de copiste occidental qui aura pris pour un *n*, l'η grec, car ἀετός s'écrit également ἀητός : nous aurions alors ἀντός. Nous savons que la lettre initiale ne signifie souvent rien : Nargoritis pour ἀργυρίτης, Roden pour Odem, Sayastuz pour ἀγάτης ; de sorte qu'ici Kantoz serait une simple déformation d'ἀητός, ce qu'annonce d'ailleurs le texte que nous étudions.

Kauman. — Arnoldus Saxo, p. 439 : *Lapis est. Color albus… Cauma idem quod incendium.* De καῦμα, chaleur.

Kedoritoz. — Lapidaire d'Alphonse X, p. 18 : *Que quier dezir tirador de gusanos… Color a cardena, assi como azul… Et a tal vertud que si la meten en la boca al que a sangusuelas en la garganta, tiragelas todas assi como la aymante tira el fierro.*

Cette vertu de faire sortir les sangsues introduites dans la gorge nous permet l'identification de cette pierre. Au mot Zift, Poix, Ibn el-Beithar, n° 1114, écrit d'après Le Chélif : « S] l'on rase le milieu de la tête d'un individu qui a avalé une sangsue, et que l'on « pratique en cet endroit des frictions avec le goudron, on fera sortir immédiatement « la sangsue. C'est un fait à l'épreuve. »

Dioscoride nous apprend « que la poix liquide se récolte sur les troncs les plus gros « du pin et du sapin. » La terminaison *toz* indiquant ici un terme grec, ce serait donc la poix qui découle du cèdre, κεδ [ο] ρίτης, la *Cedria* de Dioscoride (*Lib. I*, CV). La poix d'ailleurs était considérée par les anciens *Lapidaires*, comme une pierre: *De la piedra que a nombre de la pez*, nous apprend le Lapidaire d'Alphonse X (p. 34).

---

1. Cette chute de l'A initial doit être rapprochée des disparitions de la même lettre dans les noms de lieux. Longnon, *Revue archéologique*, 3ᵉ s., t. XX (1892), p. 284.

Kiron. — Lapidaire d'Alphonse X, p. 44 : *En aravigo uarez*. — « C'est une pierre « arrondie, de couleur jaunâtre, dit Ibn el-Beithar, qu'on appelle Ouars, dans le Maghreb et en Espagne. Elle provient du fiel de bœuf encore frais et humide. » C'est de sa couleur jaunâtre, de cire, κηρός, que lui vient son nom.

Meli. — Lapidaire d'Alphonse X, p. 74 : *Llaman ala primera piedra de la M. Et fallanla en las alboheras de Cabraz*.

C'est la Μηλία qui vient de Chypre (cf. *Almelin*).

Melititaz, Melitaz, Miliztiz. — Lapidaire d'Alphonse X, pp. 3, 23, 52. La Μελιτίτης, la pierre de miel (Dioscoride, p. 23, CLI : Berthelot, *Chimie au M. A.*, t. II, p. 16).

Milicion. — Lapidaire d'Alphonse X, p. 33 : *La piedra que se faze del espuma de la mer, que a nombre Farfiri. Esta es toda forada et fecha en forma de gusanos menudiellos... en griego lo llaman Milicion*. Au mot *Farfiri*, nous avons vu que c'était la troisième espèce d'Alcyonium (cf.); son aspect semblable à un gâteau de cire lui a fait donner le nom de Μελισσεῖον, ruche d'abeilles.

Muruquid. — Lapidaire d'Alphonse X, p. 47. En supprimant le suffixe *quid*, il reste muru : d'après sa description, c'est le Morocht de Xénocrate (p. VIII), de Dioscoride, de Galien, que j'ai étudié dans les *Reliques du lait de la Vierge et la galactite* [1] (Dioscoride, (p. 23, CL.).

Nargoritiz. — Lapidaire d'Alphonse X. p. 75. De la racine ἀργυρίτης (cf. *Arrhoritiz*).

Neftiz. — Lapidaire d'Alphonse X, p. 75 : *La piedra que es fallada en la ribera del Nilo*. Quand un peu plus loin, nous trouvons la pierre Nelitiz, avec la même description, nous sommes forcés de croire à une faute de copiste, l'*f* ayant pu être confondu avec un *l*. Dès lors, c'est la pierre du Nil, Νεῖλου λίθος.

Nelitiz. — Lapidaire d'Alphonse X, p. 75. La pierre du Nil.

Netis. — Pseudo-Aristote, p. 381. C'est la pierre μαγνῆτις, dont la première syllabe est tombée (Platon, p. XXVI; Théophr., p. 7, § 52).

Polophos et Pholopos. — Pseudo-Aristote, p. 377 : *Iste lapis habet colorem multorum colorum mixtum..., de nocte splendet aliqua claritate*. C'est donc la pierre Πολύφωτος, de beaucoup de lumière (cf. *Ayolokos*).

Qoukhlaqs. — Ibn el-Beithar, n° 1960. A l'article *Kils*, chaux, après avoir indiqué la manière de la préparer, Ibn el-Beithar ajoute : « On en prépare aussi avec les pierres appelées *Qoukhlaqs*, Κόχλαξ, que certaines personnes disent être des pierres arrondies naturellement à la façon des pilons » (cf. *Caaclaman*).

Qoural. — Ibn el-Beithar, n° 1769. Le *Bessed*; on le nomme aussi Qouralion, Κοράλλιον ; c'est le corail (Théophr., p. 7, § 47; Dioscoride, p. 20, CXXXIX).

Quedoritoz. — Lapidaire d'Alphonse X, p. 18 (cf. *Kedoritoz*).

Queyebiz. — Lapidaire d'Alphonse X, p. 53 : *Llaman le en latin azul arambrenno* : c'est-à-dire bleu de cuivre : le Κύανος. La dernière syllabe est donc seule modifiée, car il devrait y avoir Queyanoz, qui serait alors la transcription littérale du grec (Théophr., p. 6, § 38; Dioscoride, p. 17, CVI).

Sayastuz. — Lapidaire d'Alphonse X, p. 153 : *Esta a color de iargonça amariella, et es muy clara et muy luzia, de manera que la passa el viso, et es de fremosa amarellor ; pero tira ya quanto d bianco... Et a tal vertud que sí la echan en alguna cosa que fierva, esfria luego*.

---

1. *Revue archéologique*, 3e s., t. XV (1890), p. 107.

Pline, *Lib. XXXVII*, parlant de l'agate : « *Argumentum esse, si in ferventes cortinas additæ, refrigerant.* »

C'est donc l' Ἀχάτης, avec une lettre initiale ajoutée, comme à Nargoritiz, comme à Kantoz (Théophr., p. 6, § 40).

Taoz. — Lapidaire d'Alphonse X, p. 73 : Ταώνιος λίθος, la pierre du paon (*Cyranides*, p. 60).

Tayole. — Lapidaire d'Alphonse X, p. 73 : *A nombre en griego la quinta piedra de la T ; que quier dezir retenimiento... pora retener en los arbores las foyas et el fruto que non cayan colgando la sobrellos. Et otrossi dixo que creye que bien assi reternie la creatura que non cayese del vientre del madre.*

Semble bien se rattacher à la racine grecque τλάω, porter, supporter.

Tonitoz. — Lapidaire d'Alphonse X, p. 73 : *Tonitoz dizen en griego ala segunda piedra de la T. Et en aravigo, Taoz.*

Il doit y avoir confusion, car Taos est grec (cf. Taoz).

Toryn. — Lapidaire d'Alphonse X, p. 74 : *Dizen en griego a la novena piedra de la T. Et es blanca assemeiança de cristal... Et si oviere en ella figura de lobo enfrenado, seer lo a de todos los omnes.*

Il est assez étrange de rencontrer, dans un lapidaire, uniquement de pierres précieuses, une pierre gravée, qui appartient à une littérature d'une tout autre économie. Aussi, est-ce à cette exception qu'il faut demander précisément le nom de cette pierre; τορεύειν, c'est graver en intaille : la pierre Toryn serait donc *la pierre gravée*, en quelque sorte, la sœur de la pierre *autoglyphe* du Pseudo-Plutarque (p. 30, § 10).

Tuminon. — Lapidaire d'Alphonse X, p. 6. De κύμινον, graine de cumin (cf. *Yzf*).

Uguria. — Lapidaire d'Alphonse X, p. 46. De Ὑγ[υ]ρ[ι]ά, humide (cf. *Axep*).

Yelitiz. — Lapidaire d'Alphonse X, p. 74 : *A nombre en griego la quarta piedra de la Y. Et es mineral por natura, et la color della semeia atodas colores, et tira ya quanto assemeiança doro.* Certainement la racine est Ὑελίτις, sable pour le verre (Théophr., p. 8, § 58; Strabon, p. 13, § 13).

Yenetatiz. — Lapidaire d'Alphonse X, p. 74. Bien que nous n'ayons ici d'autre description que « *Et semeia al coraçon de una ave a que dizen Caeracoz,* il est, croyons-nous, difficile de nier l'identification avec l' Ὑαινίτης, l'Hyæna lapis d'Orphée (*Epitome*, § 32, p. 170 du texte grec).

Yzf. — Lapidaire d'Alphonse X, p. 3 : *Es aquella a que nos llamamos Iaspio.*

Vient certainement de l'arabe Yachf, par la chute de la voyelle a.

Et es ostrossi de muchas guisas; pero las meiores son cinco.

La primera destas es de color de Prasme verde.

La segunda es la piedra a que llaman Tumynon, et esta es de color de vino blanco que tira á amariello.

Tumynon est ici pour κύμινον, graine de cumin, de couleur jaune.

La tercera es la piedra que dizen Astarnuz, que quiere dezir tanto como semeiante de estrella.

Ibn el-Beithar, à l'article Yachf, n° 2313, nous signale la variété Astharios, ἀστέριος, étoilée, c'est certainement l'Astarnuz.

La piedra a que llaman Belyniz. Esta es la otra manera de Iaspio que dixiemos, que á color de ayre claro et limpio quanto en luz.

Très probablement le jaspe térébenthiné d'Ibn el-Beithar ; mais jusqu'à présent il m'est impossible de découvrir le rapport entre ces deux mots.

La piedra Gaciuz, que quiere dezir fumienta, et esta es la quarta manera de Iaspio.

C'est la Capnias, de Pline ; l'enfumée, d'Ibn el-Beithar ; c'est donc le Καπνίας grec. Mais comme dans le *Lapidaire* d'Alphonse X, le γ remplace très souvent le κ, καπνίας est devenu d'abord γαπνίας, qui s'est assez facilement transformé ensuite en Gaciuz (Dioscoride, p. 21, CLX).

Zdayorofe. — Lapidaire d'Alphonse X, p. 76. Très probablement Ζείδωρος, qui donne la vie (cf. *Cira*).

Zeraquoz. — Lapidaire d'Alphonse X, pp. 6 et 7. Quatrième sorte d'Açufaratiz (cf. p. VIII) ; la pierre de l'épervier, Ἱέραχος λίθος, dont l'esprit rude s'est transformé en Z.

Zerkoun. — On avait supposé, avant Dozy, que ce nom venait de zarca, couleur bleue ; mais, puisqu'il est certain qu'il s'agit du Minium, c'est assurément le Σύρικον, le Syricum, *rubis coloris pigmentum*, de Pline, *Lib. XXXV*, qui est la racine du mot. Il a donné également l'Azarcoun persan et l'Alharcon (cf.), qui signifient également tous les deux le Minium. C'est l'*azur*, *acciça*, azenzar (Berthelot, *Chimie au M., A.*, t. I, p. 298).

Zinderch. — Lapidaire d'Alphonse X, p. 45 : *La piedra a que dizen Azarnech et llaman le en caldeo Zinderch, et en latin le dizen Orpiment. Esta se parte en dos maneras ; la una que es de color vermeya et la otra ialde que a nombre Zeurech.*

Le Zinderch n'est autre que la Σανδαράκη, empruntée au grec par le traducteur syriaque et que le traducteur arabe a pris ensuite pour un mot syriaque (Hippocrate, p. XXVII).

Ztheyceyn. — Lapidaire d'Alphonse X, p. 76 : *En griego, et en aravigo Kaeden. Et su vertud es que si la molieren la pusieren sobre ferida o taiadura de nervio ó de vena de que sala sangre, estanca la luego.*

Ne faut-il pas demander la racine à στέγειν, protéger, défendre ?

Dans ces extraits, il n'a été parlé ni des métaux, ni des sels. Des premiers, il ne restait plus rien à dire, depuis les si savants et si précieux travaux de M. Berthelot ; je les ai donc seulement conservés à leur place quand ils faisaient partie intégrante d'un lapidaire, mais je n'ai pas cru devoir les étudier particulièrement. Les seconds, peuvent s'étendre à l'infini. Quand nous arriverons aux *Lapidaires français*, il sera temps de s'en préoccuper, car alors, pour augmenter leur prestige, les auteurs ne cesseront d'accumuler, sous le nom de pierre, toutes les productions de la terre, pour donner plus de valeur à leurs formulaires.

Maintenant nous allons examiner dans leurs détails les traités traduits dans ce volume.

Homère.   Si on demande à Homère, qui puise dans tous les règnes de la nature le sujet de ses tableaux et les approfondit avec une exactitude que notre imagination a peine à concevoir, les minéraux connus de son temps, on est frappé de l'art avec lequel les métaux étaient travaillés dans ces âges héroïques, mais en même temps, on demeure surpris de ne rencontrer, dans la composition des délicats objets d'art dont le souvenir nous a été conservé, et que les fouilles de Schliemann nous ont d'ailleurs révélés, aucune de ces pierres qui ne vont pas tarder cependant à devenir plus recherchées que les métaux les plus précieux eux-mêmes. Si donc, dans ces poèmes qui sont en réalité l'encyclopédie de civilisations très antiques, dont les documents peuvent à juste titre être comptés au nombre des plus reculés, nous ne trouvons pas trace des gemmes, il faut nécessairement croire, ou qu'elles étaient inconnues à ce moment, ou qu'on n'y attachait aucune importance.

Dans l'*Iliade* et dans l'*Odyssée* en effet, alors qu'il est continuellement question de ciselures sur métaux, que le bouclier d'Achille nous apprend la perfection atteinte déjà par l'art grec, que les ouvriers habiles, instruits par Vulcain, savent entremêler, pour le plus grand charme des yeux, l'or, l'argent, le cuivre, l'électron, le fer, le plomb, l'étain, comme nous le font voir les merveilleux poignards de Mycènes, que des statues d'hommes et d'animaux en or, en argent, ornent les palais, on ne rencontre, à côté de la terre cuite (κέραμος), de la poussière (κονίη), du sable (ψάμμος), de la pierre (λίθος, λᾶας, χερμάδιον, μύλακες), du soufre (θέειον), du sel (ἅλς), que les Τρίγληνα, pierres aux trois pupilles :

Ἕρματα δ'Εὐρυδάμαντι δύω θεράποντες ἔνεικαν
Τρίγληνα μορόεντα· χάρις δ'ἀπελάμπετο πολλή (*Odyssée*, XVIII, 297-8).

qui ornaient les pendants d'oreilles d'Eurydamante.

On s'est demandé quelle pouvait être cette pierre : il ne semble pas douteux qu'Homère veuille ici parler du *triophthalmos*, sorte d'agate à triple ocellation, que Pline mentionnera plus tard et que nous retrouverons jusques dans les *Lapidaires* du moyen âge.

Mais qu'est donc l'électron signalé par le poète ? On sait que dans l'antiquité, et Strabon va tout à l'heure nous préciser la chose (p. 13, § 5), ce nom dont l'origine est le sanscrit *alc*, briller, s'appliquait aussi bien à un métal, qu'à l'ambre ou à une matière vitrifiée. Les intéressantes dissertations qui lui ont été consacrées ont vainement tenté de spécifier la matière qu'elle désignait. Elle semble aujourd'hui aussi difficile à déterminer que l'Ἀδάμας, qu'on ne saurait vouloir toujours identifier sans crainte d'erreur. Ces premiers âges des civilisations, tout comme les Chinois, ne pouvant juger que d'après les qualités extérieures, ne faisaient pas les distinctions que leurs successeurs établirent dans la suite, en même temps qu'ils enrichirent leur langue de termes nouveaux : l'électron, c'est la matière brillante par excellence, comme l'adamas est la matière dure : et si plus tard nous devons reconnaître l'ambre sous ce nom, je ne vois pas que chez Homère, il puisse encore être autre chose que le métal dont Strabon nous donne la composition. Lorsqu'on lit dans l'*Odyssée* que l'or, l'électron, l'argent, l'ivoire (IV, 73) servirent à décorer le palais de Ménélas, pour qui connaît la précision du poète, la place du mot, entre l'or et l'argent, est significative : elle ne peut indiquer qu'un métal éclatant. Après les précieux spécimens de l'art mycénien[1] que nous ont fait connaître MM. Perrot et Chipiez, nous ne verrons pas davantage une incrustation d'ambre au collier d'Eurimaque (*Odyssée*, XVIII, 296) :

> ...'ηλέκτροισιν ἐερμένον ἠέλιον ὥς.

Ces ἤλεκτροι devaient être de brillantes bossettes métalliques ; alors surtout que dans les présents si riches, offerts par Ménélas à Télémaque (*Odyssée*, XV, 111), on ne voit que des objets uniquement de métal, et que dans la minutieuse description du bouclier d'Achille (*Iliade*, XVIII, 504) où cependant les pierres auraient si naturellement trouvé leur place, il n'est question que de la ciselure des métaux combinés, associés, juxtaposés, dont la seule diversité des couleurs, faisaient valoir la richesse et le curieux fini du travail.

Et pourtant sur la cuirasse d'Agamemnon, nous voyons le Κύανος; s'agit-il de plomb, comme le croit Millin[2], d'émail bleu, comme le suppose M. Perrot[3]? Je pencherais plutôt pour le Κύανος de Théophraste (p. 9, § 62), le Cyanus de Chypre[4], le Kesbet d'Égypte, turquoise ou plutôt lapis-lazuli ou malachite, dont les diaprures devaient parfaitement simuler les écailles des serpents qui décoraient l'armure du roi.

Telle est, dans son extrême simplicité, la minéralogie homérique. Pour le poète, les pierres, soit comme remèdes, soit comme ornements, n'existent pas encore.

Hippocrate.   Il nous faut arriver à Hippocrate pour trouver dans la pharmacopée du père de la médecine[5], l'emploi de minéraux, qui apparaissent ainsi pour la première fois dans l'histoire de la science antique. Mais avons-nous bien là de véritables pierres ? Nous y voyons surtout des terres, des sels, des

---

1. Perrot et Chipiez, *Histoire de l'art dans l'antiquité*, Paris, Hachette, 1894, in-4°, t. VI, p. 780.

2. Millin, *Minéralogie homérique*, Paris, Wasermann, 1816, in-8°, p. 147.

3. Perrot et Chipiez, *Hist. de l'art dans l'antiquité*, t. VII, 1899, p. 233.

4. Berthelot (M.), *Les Alchimistes grecs*, t. I, p. 243.

5. Hippocrate, *Œuvres complètes*, traduction Littré, Paris, Baillière, 1839, 10 vol. in-8°.

oxydes ; cependant, comme presque jusqu'à nos jours, à vrai dire, ils ont été mis au nombre des pierres et inscrits comme tels dans tous les *Lapidaires*, nous ne sommes pas autorisés à les passer sous silence ; le compte en est d'ailleurs restreint. Voici la litharge (ἄνθει ἄργυρον, VI, § 13, p. 417), l'arsenic rouge de Carie (σανδαράχης, VI, § 17, p. 421) et l'arsenic jaune (ἀρσενικοῦ) l'orpiment, l'alun, la chalcite bleue, la pierre ponce (VIII, p. 371), le spode (VIII, p. 93), le miltos (VI, p. 427), enfin l'aimant, qu'Hippocrate appelle encore simplement λίθον ἥτις τὸν σίδηρον ἁρπάζει, bien qu'Euripide l'ait déjà nommé Μάγνης [1].

Quoique la médecine magique soit assurément déjà en vogue puisqu'Hippocrate parle des mages, de la magie, de l'influence des astres sur les maladies, on ne trouve pas dans son œuvre de légendes sur les pierres. Une cependant s'y rencontre — pas encore l'aétite, — mais la pierre rouge, τῇ ἐρυθρᾷ λίθῳ, impossible à identifier par exemple, qui frottée sur les yeux d'une femme, indique si elle est grosse ou non (VII, p. 417).

Mais ce qu'il est surtout intéressant de remarquer dans ces traités, c'est l'apparition de la théorie du chaud et du froid, du sec et de l'humide, θερμόν, ἢ ψυχρόν, ἢ ξηρόν, ἢ ὑγρόν (I, § 13, p. 399), indispensables à l'existence « sans lesquels tout disparaîtrait et qui se complètent les uns les autres, car, en vertu d'une seule et même nécessité, tous sont maintenus et alimentés l'un par l'autre » (VI, § 7, p. 51). Seulement Hippocrate, ne s'imaginera d'en tirer aucune conséquence philosophique ; il se contentera de l'appliquer à l'art de soigner les hommes et de guérir leurs maladies. Il faut arriver à Platon, pour voir prendre son premier développement à un système qu'Aristote, un peu plus tard, fera si bien sien, que tous ses prédécesseurs disparaîtront en quelque sorte devant lui et que son nom seul va demeurer attaché à cette conception.

C'est avec Platon seulement, en effet, que la science grecque fait sa réelle apparition. A ce moment, les maîtres s'appliquent aux questions naturelles les plus abstraites, aux recherches les plus délicates ; et la critique sur laquelle ils s'appuient repose sur des bases si solides, qu'elle va marquer de sa forte empreinte l'humanité tout entière. Mais, si l'origine, la formation, la composition des minéraux, des rochers, des pierres communes ou précieuses, si étroitement unies à la genèse des autres choses terrestres, offraient au philosophe un sujet d'études aussi vaste qu'intéressant, on ne les trouve cependant pas encore condensées dans un tout particulier, dans un

Platon.

----

1. Ἦν Εὐριπίδης μὲν μαγνῆτιν ὠνόμασεν, οἱ δὲ πολλοὶ Ἡράκλειαν (Platon, *Ion*, V).

Lapidaire. Dans l'œuvre du philosophe, les détails en sont encore dispersés : pour en connaître l'ensemble et l'intérêt, on doit les y rechercher et les y découvrir, et leur importance devient évidente aussitôt qu'ils sont dégagés et mis en lumière.

Avant tout, nous devons nous rappeler que c'est aux quatre éléments que Platon rattache tout ce qui est sur la terre, la terre où tout s'engendre, γῆ μὲν τροφὸς ἡμετέρα [1] : γαῖα μητήρ ἁπαντοτρόφος, disent les *Cyranides* [2] qui ne sont que l'écho de Platon.

Lisons donc cet exposé :

« D'abord l'eau, comme nous l'appelons aujourd'hui, en se condensant, devient à ce
« qu'il semble des pierres et de la terre, en se fondant et en se divisant, du vent et de
« l'air ; l'air enflammé devient du feu ; à son tour, le feu comprimé et éteint se trans
« forme en air ; l'air resserré et épaissi donne naissance aux nuages et aux brouillards ;
« ceux-ci pressés et rapprochés, s'écoulent en eau ; de l'eau, se forment de nouveau
« de la terre et des pierres, de sorte que ces corps roulent dans un cercle et semblent
« s'engendrer les uns les autres [3]. »

Ainsi, l'élément humide est l'origine des minéraux. Un peu plus loin, nous allons rencontrer, dans son entier développement, une théorie qui n'est encore ici exposée qu'en principe.

« L'eau [4] se divise d'abord en deux espèces, l'une liquide, ὑγρόν, l'autre fusible, χυτόν.
L'espèce liquide, qui se compose de parties d'eau très petites et inégales, se meut facilement elle-même et se laisse facilement mouvoir, grâce à la diversité de ses éléments
et à la nature de sa forme. L'espèce fusible, qui se compose de parties grandes et égales
entre elles, est plus stable et pesante, grâce à l'uniformité de ses éléments ; mais lorsque
le feu la pénètre et la dissout, lorsqu'il détruit son uniformité, elle se prête plus volontiers au mouvement et, devenue mobile, elle est poussée par l'air environnant et précipitée sur la terre. On désigne alors la division de ses parties en disant qu'elle est fondue,
et son épanchement sur la terre en disant qu'elle coule : deux mots qui expriment ce
double changement. Et puis, le feu vient-il à s'échapper ? Comme il n'y a pas de vide où
il puisse entrer, il comprime l'air environnant, lequel chasse la masse liquide encore
mobile dans les intervalles laissés libres par le feu, et s'unit avec elle. L'eau ainsi comprimée, recouvrant son uniformité par la retraite du feu qui lui avait apporté l'inégalité,
revient à elle-même et à sa nature. On a nommé ce dégagement du feu refroidissement,
ψῦξις, et condensation, ξύνοδος, la solidification, πηπηγός, qui en est la suite. De toutes les
eaux que nous avons appelées fusibles, celle qui a les parties les plus ténues et les plus
égales, qui est la plus dense, ce genre unique, dont la couleur est un jaune éclatant,
le plus précieux des biens, l'or enfin, s'est formé en se filtrant à travers la pierre. Le

---

1. *Timée* (éd. Teubner), t. IV, p. 343 B.
2. Texte grec, p. 20, ligne 1.

3. *Timée*, p. 354 C.
4. *Timée*, pp. 365-69.

nœud de l'or, χρυσοῦ ὄζος, devenu très dur et noir, à cause de sa densité, est appelé ἀδάμας [1]. Un autre corps, voisin de l'or pour la petitesse de ses parties, mais qui a plusieurs espèces, ayant plus de cohésion dans sa composition que l'or, qui renferme un faible alliage de terre très ténue, ce qui le rend plus dur que l'or et qui est en même temps plus léger, grâce aux pores dont sa masse est creusée, est une de ces eaux, ἓν γένος ὑδάτων, brillantes et condensées qu'on nomme l'airain, χαλκός.

Lorsque la portion de terre qu'il contient s'en trouve séparée par l'action du temps, elle devient visible personnellement et prend le nom de vert-de-gris, ἰός. On expliquerait sans plus de difficulté, en prenant la vraisemblance pour règle, les autres phénomènes analogues. Et s'il est quelqu'un, qui pour se distraire, néglige l'étude des êtres éternels, et essaye de se faire des opinions raisonnables sur la génération des choses et se procure ainsi un plaisir sans remords, il se ménage pour la vie un amusement sage et modéré. Poursuivons donc nos recherches, et aux questions qui suivent, comme à celles qui précèdent, tâchons de faire des réponses vraisemblables...

Si l'eau mêlée de feu, qu'on appelle liquide, à cause du mouvement par lequel elle s'écoule en roulant sur la terre, et molle, à cause de ses bases qui, moins stables que celles de la terre, cèdent facilement, se trouve séparée du feu et de l'air et isolée, elle devient plus uniforme, se contracte par le dégagement de ces deux corps et se condense : et alors, elle se forme en grêle, si c'est au-dessus de la terre que se passe le phénomène et en cristal, si c'est sur la terre... παγέν τε οὕτως τὸ μὲν ὑπὲρ γῆς μάλιστα παθὸν ταῦτα χάλαζα, τὸ δ' ἐπὶ γῆς κρύσταλλος... [2].

Venons aux espèces de la terre. Voici comment, purifiée par l'eau, la terre donne naissance au corps pierreux, σῶμα λιθικόν. Lorsque l'eau, mêlée à la terre, se trouve divisée en parcelles au sein même du mélange, elle se transforme en air. Devenue de l'air, elle s'élève à la place qui lui est propre. Le vide n'existant pas, cet air comprime l'air voisin. Celui-ci, en vertu de sa pesanteur, presse fortement la masse de terre autour de laquelle il est répandu et la contraint de remplir les places laissées libres par l'air nouvellement formé. Ainsi comprimée par l'air, sans être pour cela complètement privée d'eau, la terre se transforme en pierre, πέτρα, belle si elle est transparente avec des parties égales et uniformes, laide dans le cas contraire. Toute l'humidité s'évapore-t-elle sous l'action du feu et la terre se condense-t-elle en un corps plus sec que la pierre ? Nous voyons apparaître alors ce que nous nommons terre cuite, κέραμον. Il arrive quelquefois que, sans perdre son humidité, la terre est liquéfiée par le feu : alors en se refroidissant, elle produit une pierre de couleur noire. Ou bien, lorsque la plus grande partie de l'eau s'évaporant, la terre est composée de parties très ténues et de plus est salée, il naît un corps à demi solide et susceptible de se dissoudre de nouveau dans l'eau : c'est, d'une part, le nitre qui enlève les taches d'huile et de terre, de l'autre, le sel qui s'allie si bien aux aliments pour les rendre plus agréables au goût, et qui, aux termes de la loi, est une offrande chère aux dieux [3].

Quant aux corps composés de terre et d'eau qui, insolubles dans l'eau, ne peuvent être dissous que par le feu, voici comment ils se solidifient, ξυμπήγνυται. Ni le feu, ni

---

1. Voir à ce sujet Mély, *Lapidaires Chinois*, p. LXVI.

2. *Timée*, p. 307, § XXIV.

3. Monceaux (Paul), *Martyrs d'Utique, Massa candida* dans la *Revue archéologique*, 1900 (2), p. 404.

l'air ne peuvent dissoudre un volume de terre. En effet, étant plus ténus que les intervalles de ses parties, ils passent à travers ses larges pores sans violence et ne causent
aucune décomposition, aucune dissolution. Les parties de l'eau étant au contraire plus
grandes, se frayent la voie violemment et par conséquent dissolvent et fondent la terre.
Ainsi, quand la terre n'est pas condensée avec force, l'eau à elle seule suffit pour la dissoudre : le feu seul a ce pouvoir lorsqu'elle est compacte, parce que seul il peut y
pénétrer. Quant à la *condensation de l'eau*, ὕδατος ξύνοδον, lorsqu'elle est très forte, le feu
seul peut la désagréger : lorsqu'elle est faible, le feu et l'air ont cette puissance, ce dernier en s'introduisant dans ses pores, le premier dans ses triangles. L'air condensé par
la force, ne peut être dissous que si ses éléments sont divisés; condensé sans force, le
feu seulement le rend soluble. Ainsi donc, dans les corps composés de terre et d'eau,
l'eau occupant les intervalles de la terre, même comprimée avec force, les parties d'eau
qui arrivent du dehors ne trouvent pas d'ouvertures et coulent tout autour de la masse
sans la fondre; les parties de feu, au contraire, s'introduisant dans les intervalles de
l'eau et le feu produisant dans l'air le même effet que produit l'eau dans la terre, le
feu est le seul principe que puisse dissoudre un composé de terre et d'eau. Or, parmi
ces corps composés, les uns contiennent moins d'eau que de terre, comme tout ce qui
se rapproche du verre et des espèces de pierres qu'on nomme fusibles, les autres contiennent plus d'eau que de terre, comme les corps qui ressemblent à la cire et les
parfums.

Vraiment tout ceci n'est-il pas admirable? Nous assistons réellement à
la genèse de la science minéralogique, à laquelle, dans la puissance de son
génie, Platon sait, alors que nul n'avait tenté de l'approfondir, donner
comme point de départ la base surprenante de l'observation la plus critique. Mais, comme je n'ai en ce moment l'intention de discuter ici que les
textes mêmes, on ne s'étonnera pas de me voir laisser de côté, pour un
instant, la partie purement scientifique, que je reprendrai tout à l'heure.

Si j'ai suivi dans ses grandes lignes, la traduction de Chauvet, incontestablement la plus exacte, certains passages ont nécessité d'absolues modifications. Dans leurs rapprochements actuels avec d'autres ouvrages qui leur
paraissaient, au premier abord, absolument étrangers, ils donnent en effet
maintenant un sens tout différent de celui proposé jusqu'ici. C'est qu'en
réalité, dans la question si spéciale que nous abordons aujourd'hui, il ne
saurait s'agir d'idées générales, de vues d'ensemble : il faut, tout au
contraire, serrer de très près le texte, pénétrer les plus petits détails,
scruter chaque expression au moment de son apparition même. Car si la
langue littéraire, philosophique, est absolument fixée au temps de Platon,
la langue scientifique n'existe pas encore. Tantôt donc, c'est par une périphrase que Platon parlera du *laitier* : « Quelquefois, sans perdre son humidité, la terre est liquéfiée par le feu, alors en se refroidissant elle produit

une pierre de couleur noire » (p. xxix, l. 34); tantôt, il se verra forcé
d'employer des mots dans un sens si à côté de leur signification généralement admise, ὕδωρ, χαλκός, κρύσταλλος, parce qu'il n'a pas à sa disposition de mot propre, que l'enchaînement des idées qui en découlent,
permettra seul de les préciser.

On ne saurait, il est vrai, réclamer de l'ensemble d'une œuvre d'aussi
longue haleine que la traduction des traités de Platon, la méticuleuse précision qu'on est en droit d'exiger de quelques pages destinées au dégagement d'idées absolument spéciales. Et cependant, un mot, lu trop rapidement, dont la valeur n'est pas suffisamment appréciée, déforme complètement tout un système, qui de génial peut ainsi devenir tout simplement
si absurde, qu'on croit n'avoir qu'à le négliger comme inutile. Telle
cette phrase imprimée par Chauvet : « L'eau ne peut être désagrégée que
par le feu » (p. xxx, l. 8). Or, Platon a dit tout le contraire. Il y a effectivement dans le texte grec non pas ὕδωρ, mais ὕδατος ξύνοδος, condensation
de l'eau. Cette condensation de l'eau étant précisément la πέτρα, Platon dit
donc que seul le feu peut dissoudre la pierre, alors que le traducteur lui
fait dire que le feu seul peut dissoudre l'eau. Et comme c'est le point de
départ de l'exposé du système platonicien, on voit où doit conduire une
semblable erreur [1].

Mais, il faut reconnaître que toute cette partie scientifique du *Timée* est
d'une extraordinaire difficulté et que chaque ligne présente un écueil dont
on ne saurait trop se défier : le premier n'est-il pas précisément ce mot
ὕδωρ, sur lequel roule toute la théorie platonicienne ?

« L'eau se divise en deux espèces, l'une liquide, ὑγρόν, l'autre fusible,
χυτόν. » Comment mettre la chose au point, avec un seul terme qui sert à
exprimer deux idées si diamétralement opposées : l'élément tangible,
liquide : le principe invisible, la fusibilité d'une chose solide ? En réalité,
ce sont les deux principes d'Hippocrate, l'humide et le sec. Et c'est ce que
les traducteurs semblent avoir ignoré ; ils ont cru qu'il s'agissait toujours
de l'ὕδωρ, ce que nous, nous appelons l'eau, tandis que c'est le principe
humide : de sorte qu'au lieu de traduire ξύνοδος, glace, comme Cousin, con-
gélation, comme Chauvet, il faut entendre, condensation, tandis que πεπηγός n'est pas la condensation, mais la solidification. Ψῦξις, le refroidissement n'est pas, ainsi que les traducteurs le croient, la température au-

---

1. H. Martin ne l'a pas tout à fait commise, car il traduit « ξύνοδος, ὕδατος, » l'union des
partics de l'eau (t. 1, p. 165).

dessous de 0°, qui amène la glace, mais c'est la disparition du principe
chaud, θερμόν, opposé au principe froid, ψυχρόν, qui amène le principe
humide, ὑγρόν, à l'état solide. Et ainsi, nous obtenons une phrase d'une
compréhension parfaite, à laquelle on ne saurait rien reprocher : « On a
nommé le dégagement du feu ψῦξιν, refroidissement, et ξύνοδον, condensation, πεπηγός, la solidification qui en est la suite. » Les phrases qui
suivent justifient pleinement cette nouvelle traduction, puisqu'il y est
question « des eaux fusibles condensées », qui comprennent l'or, l'airain,
le cristal.

Et ici la traduction admise jusqu'à présent était absolument incompré-
hensible. On était même en droit, en la lisant, de se demander si Platon,
en écrivant ce passage, était vraiment bien maître de sa pensée : « L'une
d'elles, le χαλκός, d'une densité supérieure à l'or et en même temps plus
légère. » D'abord les anciens ne connaissaient pas la densité : puis comment une chose plus dense, pourrait-elle être en même temps plus légère ?
En ramenant ainsi la phrase : « Un corps ayant plus de cohésion dans sa
composition que l'or, plus dur et en même temps plus léger » (p. xxix, l. 3),
on obtient une idée très claire : car la cohésion et la dureté s'allient fort
bien et ne s'opposent en aucune façon, à la légèreté relative.

Et ce χαλκός qui, à première vue, devrait se traduire par cuivre est certainement l'airain ; il est en effet question ici d'un « alliage faible qui le
rend plus dur que l'or. » Ce n'est donc pas, certes, le χαλκὸς ἐρυθρός de
Théophraste, le cuivre natif ; mais le nom spécial manque et la phrase
seule peut nous préciser sa valeur. Cependant, malgré cette incertitude,
on ne saurait comprendre comment jusqu'ici ἰός (p. xxix, l. 8) a été traduit
par « rouille » ? Est-ce que le cuivre rouille ? Il vert-de-grise ; ἰός est donc
le vert-de-gris, que d'ailleurs nous retrouvons dans Théophraste, qui
indique la manière de le préparer avec le χαλκὸς ἐρυθρός.

C'est à peine si Platon se préoccupe des pierres précieuses. Dans le
Phédon, on trouve bien mentionnés les jaspes, les émeraudes, les sar-
doines, mais ils sont seulement nommés ; dans l'*Eryxias*, qui bien qu'apocryphe, a toujours été rattaché à l'œuvre de Platon, la lychnite est citée
comme une pierre extrêmement précieuse, rien de plus. Il n'est en réalité,
nulle part, question des λίθοι τίμιοι. Pour Platon, elles sont simplement des
espèces de la πέτρα, on ne saurait le nier, puisqu'il dit que « la πέτρα est
belle si elle est transparente, διαφανής, laide dans le cas contraire » (p. xxix,
l. 29). Et pour se former, elles ne doivent pas être entièrement privées
d'eau (principe humide), sans cela, elles deviendraient « un corps plus sec

que la pierre même, le κέραμον, qu'il ne faut, à mon avis, traduire ni par
tuile ni par brique, car il ne s'agit pas d'un objet déterminé, mais par terre
cuite, expression beaucoup plus générale, qui comprend tous les objets de
terre d'où le feu a fait sortir le principe humide. Théophraste répétera la
même idée en termes un peu différents : « Les propriétés des terres sont
moins nombreuses, mais plus particulières. Il leur arrive, en effet, de se
liquéfier, de subir des transformations, puis, de redevenir dures : elles
fondent avec les matières fusibles et minérales tout comme la pierre ; on
les amollit et on en fait des briques, πλίνθους » (p. 8, § 57).

Il reste enfin un mot sur lequel je suis demeuré fort longtemps hésitant.
« Si l'eau se condense au-dessus de la terre, alors elle se transforme en
grêle, si c'est sur la terre, en κρύσταλλος. » Cousin a traduit « en cristal »,
Chauvet, « en glace ». Lequel avait donné la traduction exacte ? Pour ma
part, j'ai pendant longtemps adopté celle de Chauvet, car l'idée se suivait
ainsi parfaitement — l'eau condensée dans l'air se transforme en grêle,
sur la terre en glace. — Mais en y réfléchissant, sans même essayer de
m'appuyer sur une légende si connue de l'humanité que nous la retrouvons jusqu'en Chine [1], il me semble bien trouver dans les *Questions naturelles* de Sénèque (III, §§ 15 et 52) le développement de ce passage du *Timée* [2].
Après avoir lu les deux articles, on ne saurait plus douter, je crois, que
κρύσταλλος doive être traduit par cristal et non par glace. — « Le globe
contient nombre d'humeurs analogues à celles du corps, et quelques-unes
se durcissent à l'époque de la maturité. De là, les terres métalliques d'où
la cupidité extrait l'or et l'argent, et les substances solides qui ne sont que
des liquides pétrifiés... Qui ne croirait que le cristal se forme des eaux les
plus pesantes ? C'est tout le contraire. Ce sont les gouttes les plus légères
qui lui donnent naissance et leur légèreté même permet au froid de les
congeler plus facilement. La formation du cristal est suffisamment indiquée
par le nom que les Grecs lui ont donné. Le nom de κρύσταλλος, en effet,
désigne et la pierre transparente et la glace dont on la croit formée. L'eau
du ciel presque pure du mélange des parties terreuses, se durcit et se condense de plus en plus par la continuité du froid, jusqu'à ce que le dégagement total de l'air détermine sa compression sur elle-même et alors le
liquide se change en pierre. » Le disciple interrogé répond donc pour le

---

1. *Lapidaires chinois*, p. LVIII et 59. D'ailleurs il n'est pas surprenant que les peuples
primitifs aient pris le cristal pour de la
glace. L'Esquimau, qui aperçoit pour la première fois un morceau de verre, le met dans
sa bouche pour voir s'il va fondre (*Rev. des
Deux-Mondes*, juillet 1894, p. 84).

2. Voir aussi Strabon, p. 13, § 2.

                                                                    e

maître, et dès lors, je crois pouvoir accepter en toute confiance la traduction de Cousin, en écartant celle de Chauvet.

C'est donc bien en réalité, comme nous l'écrivions plus haut, non seulement à la genèse de la science minéralogique que nous venons d'assister, mais presqu'à celle des termes mêmes qui vont entrer dans sa littérature courante. Avec Aristote, elle va prendre l'ampleur que donne à tous les sujets qu'il traite l'un des plus grands esprits dont puisse s'honorer l'humanité.

Aristote.   On a beaucoup parlé, depuis le XIIe siècle, d'un *Lapidaire* d'Aristote. A cette date, chez Albert-le-Grand et chez Vincent de Beauvais, nous voyons apparaître le nom du Stagirite dans les *Lapidaires* occidentaux : au XIIIe siècle enfin, nous trouvons un traité attribué expressément au philosophe : un des manuscrits en est à Liège ; nous avons dit que V. Rose l'avait édité, en même temps que le *Lapidaire* de Montpellier (p. VI). Ce livre est essentiellement magique et alchimique : l'auteur le prétend traduit du syriaque : en aucune façon il ne saurait être attribué à Aristote; mais son origine était assez difficile à découvrir. Grâce aux traductions que M. H. Courel a bien voulu me faire, il m'a été possible de l'identifier complètement avec le manuscrit arabe, supplément 876 de la Bibliothèque nationale de Paris : *Le livre des pierres d'Aristote de Luca ben Serapion.* Ses attaches alchimiques se dévoilent immédiatement par les aimants de chair, d'ongles, de poils, relatés à côté des aimants d'or, d'argent et de fer.

Voici donc un premier point élucidé : c'est un manuscrit arabe alchimique et magique, attribué à Aristote, qui a servi de source aux écrivains du moyen âge.

Bien que ce ne soit pas ici le lieu d'étudier en détail les origines de ce manuscrit arabe, il est cependant indispensable de faire un rapprochement intéressant qui résulte de la comparaison de nombreux traités lapidaires de la même période.

Dans le *Lapidaire d'Alphonse X le Sage*, on trouve une citation tirée du *Lapidaire* d'un certain Mohammed Arriz, en d'autres endroits appelé Arraz, très certainement Razès : et chose curieuse, c'est précisément un de ces passages que tout le moyen âge attribuait à Aristote. Ne serait-ce pas là le véritable auteur du *Lapidaire* arabe, attribué plus tard à Aristote; l'abréviation Ar, même le nom tout entier Arriz, ayant pu, dans des copies successives, être pris par les lecteurs pour le nom d'Aristote ?

La question du *Lapidaire* d'Aristote se trouve-t-elle vidée par ce fait? Elle le serait certainement, si tout ce que nous rapportent Albert-le-Grand,

Vincent de Beauvais et leurs successeurs, était extrait de ce *Lapidaire* arabe ou latin, — c'est tout un, — dont l'origine ne saurait être aristotélique. Mais voilà qu'après avoir marqué d'une croix tout ce qui est tiré du manuscrit arabe supplément 876, il nous reste une série de passages, toujours attribués à Aristote, à l'aspect encore alchimique, il est vrai, mais d'un caractère essentiellement différent, d'une conception tout autre que ce que nous avons lu jusqu'à présent, qui contiennent, au milieu des plus parfaites rêveries, des traces de la science la plus élevée, puisqu'il faut parvenir jusqu'à la fin du xixᵉ siècle pour rencontrer les mêmes solutions scientifiques. Sans lien, sans cohésion, épars dans le *Speculum naturale*, où Vincent de Beauvais leur donne comme source le livre IV des *Météores* [d'Aristote], ils semblaient n'avoir aucune suite : il fallait en rechercher l'origine.

Le manuscrit latin 16142 de la Bibliothèque nationale contient précisément, comme dernier chapitre du livre IV des *Météores*, un paragraphe, soi-disant *de Mineris*, qui est la reconstitution complète, un peu glosée cependant, des fragments dispersés dans Vincent de Beauvais. En continuant les recherches, on trouve le même chapitre, considéré comme un petit traité, mais toujours attribué à Aristote, sous le titre *de Mineralibus*, dans Alexander Achillinus, au xviᵉ siècle. Puis, tout à coup, au xviiᵉ siècle, Manget l'attribue à Avicenne et le publie dans sa *Bibliotheca chimica*; il est imprimé également comme d'Avicenne, dans le *Gebri regis Arabum summa* (Gedani, Tancken, 1862, in-12). Tandis que Vincent de Beauvais considère ces extraits comme un chapitre du livre IV des *Météores*, les alchimistes du xviiᵉ siècle, eux, le réclament donc comme un de leurs traités; la chose, d'ailleurs, est assez facile à comprendre.

De quel principe part l'alchimie? Que les métaux dans le sein de la terre ont une origine unique; que le temps, seul, les transforme, en les faisant passer de l'état inférieur à l'état supérieur. Alors, quoi de plus simple que d'essayer d'abréger la durée de cette transmutation? C'est bien ce que dit Razès, cité par Vincent de Beauvais : « Sed per artificis subtilitatem, fieri potest hujus modi transmutatio in uno die .i. brevi spatio. »

Or, le *Timée*, que fait-il autre chose que d'expliquer les causes de la formation des corps liquides et fusibles par le refroidissement d'une matière unique qu'il nomme ὕδωρ? L'ἀδάμας, le nœud de l'or, est formé par les parties les plus petites, les plus denses, tandis que les autres forment l'airain, puis l'ἰός, le vert-de-gris. Aristote a les mêmes idées. On voit, dès lors, les ressources que les alchimistes pouvaient trouver dans ces anciens auteurs, mais en même temps l'état dans lequel doivent nous être parvenus des textes authentiques, ayant passé par les mains de semblables metteurs au point.

Aussi n'ai-je pas cru qu'il fallait, comme on l'avait fait jusqu'à présent, rejeter purement et simplement un texte attribué à Aristote parce qu'il était rempli de passages alchimiques, et j'ai pensé que peut-être, en écartant des gloses invraisemblables, il serait permis de retrouver ici des traces, peu nombreuses, probablement, mais authentiques, d'un traité d'Aristote sur l'origine des minéraux. J'ai donc étudié le *de Mineris* dans Vincent de Beauvais, dans le manuscrit 16142, dans Alexandre Achillinus, dans Manget, dans Geber. L'établissement d'un texte intelligible n'était pas sans offrir certaines difficultés : chacune de ces versions, envisagée seule, présente en effet des incohérences absolues, inexplicables : heureusement les autres éditions sont là pour les résoudre et le chapitre que je vais imprimer sans lui avoir apporté la moindre modification personnelle, va nous donner dans son ensemble, une idée très approximative de ce que pouvait être le texte primitif. Ce que je considère comme gloses est imprimé ici en italiques; le reste demeure la seule partie que je me permette de présenter comme susceptible de discussion.

Pour éviter des répétitions qui allongeraient inutilement ce rapide examen, considérons notre hypothèse comme adoptée, notre passage, ainsi expurgé, comme authentiquement d'Aristote, et, d'après son économie, voyons où il pourrait être placé dans le traité des *Météores*. Une soudure ne serait-elle pas possible à la fin du livre III ? Précisément le dernier chapitre nous laisse en suspens; la classification promise par Aristote fait absolument défaut, nous n'en trouvons aucune trace. Résumons ce chapitre final.

Après avoir présenté l'ensemble des phénomènes qui ont lieu dans les espaces célestes, Aristote va passer en revue ceux causés par la sécrétion dans le sein même de la terre.

« Il y a, dit-il, deux exhalaisons, la vaporeuse et la fumeuse ; il y a deux espèces de corps, les minéraux et les métaux.

« L'exhalaison sèche produit les minéraux.

« L'exhalaison vaporeuse produit les métaux.

« Les corps sont tantôt liquéfiables, tantôt ne le sont pas.

« Ac de omnibus quidem hisce communiter dictum est, singula vero genera proponentes, particulatim de uno quoque considerare debemus [1]. »

---

1. Κοινῇ μὲν οὖν εἴρηται περὶ πάντων αὐτῶν· ἰδίᾳ δ'ἐπισκεπτέον προχειριζομένους περὶ ἕκαστον γένος. Je donne la traduction latine, parce | qu'ainsi le raccord semblera beaucoup plus naturel avec le texte qui suit.

Telle est la fin du livre III. Or dans notre traité nous lisons :

De quatuor speciebus corporum mineralium.

Corpora mineralia in quatuor species dividuntur, scilicet in lapides, liquefactiva, sulphurea et sales.

N'est-ce pas là la division, les *singula genera*, le *particulatim* annoncés dans la phrase précédente? — Nous pouvons continuer.

Horum quædam sunt raræ substantiæ et debilis compositionis, quædam vero fortis substantiæ, et quædam ductibilia, et quædam non. Et horum quæ debilis substantiæ sunt, quædam sunt sales, ut quæ liquefiunt ex humido breviter, ut alumen, calcaneum et sal armoniacum : et quædam sunt unctuosa, nec liquescunt solo humore facile, ut sulphur, auripigmentum.

Sed argentum vivum est de parte secunda, quamvis sit elementum ductilium, et aliquibus ductilibus simile.

Sunt autem ductilia omnia liquabilia, et ut multum non ductilia nec liquabilia, sed non mollificantur nisi cum magna violentia.

Est autem materia ductilium substantia aquea mixta, cum substantia terrea mixtura forti : itaque non potest unum ab altero separari. Et congelatur substantia illius aquea cum frigore, post actionem caloris in ipsum quod est ephthesis.

Et erit exemplum a vino [dulci], quod nondum gelavit propter suam unctuositatem, et ideo est ductile.

Lapidea vero de substantiis mineralibus materialiter sunt aquea, non tamen gelantur sola aqua, sed etiam cum siccitate, quæ alterat aqueitatem ad terreitatem. Nec est in eis humor nimis unctuosus, et ideo non ducuntur : et quia coagulatio eorum est ex siccitate, non solvitur, ut multum, nisi per ingenia naturalia. Alumen autem et sal armoniacum sunt de genere salis, quia pars ignis in sale armoniaco major est quam terra, unde et totum sublimatur, et ipsum est aqua, cui admiscetur fumus calidus, nimium subtilis, multæ igneitatis, coagulatum ex siccitate.

Terra pura lapis non fit, quia continuationem non facit, sed discontinuationem. Vincens in ea enim siccitas, non permittit eam conglutinari. Fiunt autem lapides duobus modis, aut conglutinatione, ut in quibus dominans est terra; aut congelatione, ut in quibus aqua prædominatur. Aliquando enim desiccatur lutum primum, et fit quoddam quod est medium inter lutum et lapidem, quod deinceps fit lapis : lutum vero huic transmutationi aptius est viscosum, quoniam continuativum est; quod enim tale non est, comminutivum erit.

In ripis quoque Gyon, visa est terra, quæ dicitur in lapides converti in spatio triginta trium annorum.

De aqua autem fiunt lapides duobus modis : unus est quando congelatur aqua guttatim cadens; alius, quando de aqua currente descendit quiddam, quod residet in superficie fundi ipsius aquæ, fitque lapis.

Sunt enim certa loca super quæ aquæ effusæ convertuntur in lapides qui diversorum colorum sunt.

Sunt et aquæ quæ sursum acceptæ non congelantur, sed si prope alveum suum fúndantur, congelantur, fiuntque lapides. Scimus ergo quod in terra illa est vis mineralis quæ congelat aquas.

Principia igitur lapidum vel fiunt ex substantia lutea vel unctuosa, vel ex substantia, in qua vincit aqua, quæ ex quadam minerali virtute conglutinatur, vel vincit siccitas in illa terra, faciens eam coagulari. Eodem modo sal congelatur : sed non sufficit ad salem vis terrea permutare, sed adjuvat ipsum calor, coagulans virtute occulta, et fortasse fit ex virtute terrea frigida et sicca. Aqua enim fit terra, cum vincunt eam terræ qualitates et e converso.

Est autem res quædam qua utuntur quidam ingeniosi, cum volunt rem siccam coagulare, quæ componitur ex duabus aquis et dicitur lac virginis, est que effectus certissimus. [Lac virginis est aqua confecta ex albumine ovorum et testa ovorum.] Sunt etiam multa alia quibus coagulant quæ liquefaciunt certissime.

Fiunt ergo lapides ex luto unctuoso per calorem solis, vel ex aqua, coagulante virtute terrea sicca, vel ex causa calida dessicativa. Similiter quoque quædam vegetabilia et quædam animalia convertuntur in lapides, virtute quadam minerali lapidificativa, quæ sit in loco lapidoso, vel discontinuantur subito quadam virtute, quæ exit a terra in hora terræ motus, quæ convertit in lapides quod consequitur in illa hora. Et hæc transmutatio corporum animalium et vegetabilium, æque propinqua est, sicut transmutatio aquarum. Est autem impossibile ut aliquid complexionatum totum convertatur in unum elementum, sed elementa mutantur ad invicem dum transeunt in dominans. Unde quod cadit in salinas fit sal, et quod in ignem, fit ignis : sed quædam citius et quædam tardius, secundum potentiam activarum et resistentiam passivarum.

Estque locus in Arabia qui colorat omnia corpora in eo existentia colore suo. Panis quoque prope Coracem, in lapidem conversus est, remanserat tamen ei suus color. Sunt autem talia mira, quia raro accidunt, tamen causæ eorum manifestæ sunt.

Sæpe etiam lapides fiunt ex igne, cum extinguitur et sæpe corpora lapidea et ferrea cadere contingit in coruscationibus, quoniam ignis, extinctione sua, frigidus et siccus efficitur.

Et in Persia quoque cadunt in coruscationibus corpora ærea et similia sagittis hamatis (comatis vel barbatis), quæ non possunt liquefieri, sed per ignem evaporant in fumum, cogente humiditate, donec residuum sit cinis. Cecidit quoque apud Nerigen [Lurgeam, Lurginem] frustum ferri, ponderis centum quinquaginta marcarum quod præ duritia sua, fere erat infrangibile. Missa tamen ejus pars regi Toraci, qui præcepit enses inde fieri. Erat autem infrangibile et infabricabile. Dicunt tamen Arabes, quod enses Alemanici, qui optimi sunt, de isto ferro fiant. Cum autem cecidit massa illa, resiliit aliquotiens a terra, sicut pila erat, quia composita erat ex minutis frustis cohærentibus ad invicem ad quantitatem granorum magni milii. Similiter huic rei evenit apud Tepestrem.

Sic ergo fiunt lapides, quorum quidem generatio vel erit subito, propter magnum calorem accedentem luto unctuoso, vel paulatim et per magnum temporis spatium.

De causa montium.

Quandoque ex causa essentiali montes fiunt, quandoque scilicet ex vehementi terræ motu elevatur terra, et fit mons. Quandoque vero, ex causa accidentali, ut cum ex ventis vel aquæ ductu accidit et fit paulatim cavatio profunda. Sicque fit juxta eam eminentia magna, et hæc est præcipua causa montium. Sunt enim quædam terræ molles, et quædam duræ. Molles ergo aquæ ductibus ventisque tolluntur, duræ vero remanent, sicque fit eminentia. Fit etiam generatio montium, sicut generatio lapidum, quoniam aquæ ductus adduxit illis lutum unctuosum continue, quod per longitudinem temporis desiccatur, et fit lapis, et non est longe quin sit ibi vis mineralis convertens aquas in lapides. Et ideo in multis lapidibus inveniuntur quædam partes animalium aquaticorum et aliorum.

Montes per multa tempora facti sunt, ut prædiximus, sed nunc sunt decrescentes. Substantiæ autem [enim] luteæ quæ reperiuntur in eminentiis, non sunt de illa materia lapidea, sed est de eo quod diminuitur de montibus vel terrestris, aliqua substantia quam adducunt aquæ cum lutis et herbis quæ admiscentur cum luto montis; vel forte antiquum lutum maris [quod] non est unius substantiæ, unde pars ejus fit lapis, pars autem non. Sed mollitur et dissolvitur, aquæ qualitate vincente.

Maris quoque accessus et recessus quædam loca cavat, quædam extollit, et quando totam terram cooperuit, inde quædam mollia abradit, quædam dura reliquit, et in quibusdam locis congessit. Mollia quoque quædam ab eo congesta cum abscinderet, desiccata sunt et in montes conversa.

Pourra-t-on m'accuser d'avoir exagéré les gloses ? Mais je n'ai fait qu'éliminer tout ce qui était en dehors de la science la plus élevée : le fleuve Gyon, le pain du Khorassan, les épées des Allemands faites de fer natif, tombé du ciel. Et puis, n'ai-je pas suivi, précisément là, les indications d'un traducteur même d'Aristote, du XIIIᵉ siècle, qui parle également du *Lapidaire*, Joffroy de Waterford ? Il déclare bien franchement « qu'il a enté plusieurs bonnes choses » sur les textes qu'il traduit, ajoutant même « que quand qu'est bien dit et selon raison en cest livre, Aristote dit ou escrit, mais quant qu'est faus ou désordonéement dit, fu la coupe des translatours ».

On pourra, toutefois, me faire une objection fort sérieuse. Le traité a-t-il jamais été écrit en grec? J'aurais beau dire que le *lutum siccum* qu'on peut identifier dans une autre occasion avec la *cira* (p. xx) des textes romans et arabes, n'est autre que la γῆ ξηρά des *Météores*, on me répondrait que ce sont de simples conjectures, et on aurait raison. Mais il est arrivé que le traducteur, sans s'en douter certainement, nous a laissé une trace palpable de l'origine grecque du traité. Il est un mot, en effet, qu'aucun des éditeurs ou traducteurs n'a reproduit identiquement, et cela parce qu'ils ne le comprenaient pas. Vincent de Beauvais l'écrit *optesis*, Geber, *ephtesis*, Manget, *eptesis* (p. xxxvii, l. 18). Ce n'est ni un mot latin, ni un mot arabe, mais certainement l'ἔψησις, l'action de faire cuire, mot dont Aristote s'est continuellement servi dans les *Météores,* mot assez complexe d'ailleurs, puisque l'*optesis* est bien l'action de faire cuire, mais en grillant, tandis que l'*epsesis* est également la cuisson, mais en bouillant; donc, cuisson sèche et cuisson humide, correspondant aux exhalaisons sèches et aux exhalaisons vaporeuses.

D'autres mots latins : *coagulatio, conglutinatio, congelatio, aqua guttatim cadens, aqua currens, vis mineralis, vis lapidificativa,* traduction textuelle du grec, identifiés sans conteste possible par les textes de Platon (p. xxxi) et de Théophraste (p. xlii et p. 1, § 6), viendront encore, ce me semble, absolument confirmer notre attribution.

Je demanderai aux Arabes un dernier argument. Le manuscrit arabe, supplément 1843, de la Bibliothèque nationale : *Le présent des frères de la pureté et de la sincérité,* au milieu de nombreuses citations d'Aristote, contient un chapitre des *Minéraux,* et nous y lisons : « Les minéraux sont divisés en trois classes en raison de leur plus ou moins de promptitude à se reconstituer à l'état parfait ou définitif. Ils sont aussi considérés au point de vue de leur consistance et de leur aptitude à la fusion. Ils proviennent de liquides souterrains inégalement soumis à l'action du chaud et du froid.

« Les montagnes soulevées au sein des eaux par des vapeurs intestines, se fragmentent et les eaux repoussées se nivellent et dessinent les contours des contrées. »

N'est-ce pas, en quelques lignes, un résumé du traité *de Mineris,* que nous venons de présenter? Il n'y a là rien d'alchimique, pas plus que dans la partie, débarrassée de ses gloses, qui est donnée plus haut.

En résumé, ce qu'on peut déduire de tout ce qui vient d'être dit, c'est que :

1° Le *Lapidaire* attribué par tout le moyen âge à Aristote est incontestablement apocryphe : il est d'origine alchimique arabe, nous en avons le manuscrit arabe à la Bibliothèque nationale. Mais en même temps l'hypothèse d'un livre scientifique d'Aristote sur les minéraux n'a rien d'inadmissible.

2° Les passages que nous avons dégagés des gloses, absolument conformes aux idées aristotéliques, se soudent sans aucune difficulté au dernier chapitre du livre III des *Météores;* il est possible dès lors, de les considérer comme des fragments inconnus d'un chapitre qu'Aristote aurait écrit Περὶ λίθων.

Et ce qui donne une réelle vraisemblance à notre thèse, c'est que nous allons voir Théophraste, le disciple du grand philosophe, enseigner les mêmes doctrines.

Théophraste, avec son Περὶ λίθων, qui, dans un tout bien homogène, traite Théophraste. uniquement des minéraux, de leur origine et de leur formation, clôt, en le présentant dans une théorie alors tout à fait claire, le cycle du système de Platon. Ce dernier était un peu nébuleux; la conception que nous en avons dégagée était encore loin de la portée de tous les esprits; la lumineuse exposition d'Aristote, résumée dans le court chapitre inédit que nous venons d'étudier, va permettre à l'École de s'en pénétrer. Mais, chez Aristote, pas plus que chez Platon, la théorie ne trouve cependant son application immédiate; Théophraste le premier, va nous donner un *Lapidaire*.

Est-ce à dire cependant que ce soit le premier ouvrage de ce genre qui ait été composé? On ne saurait réellement l'affirmer. L'œuvre d'Aristote comprenait peut-être un *Traité des pierres*; pourtant, je ne le crois pas. Théophraste, qui parle des propriétés si particulières du lyngurium, d'après Dioclès, également nommé par Pline, n'aurait pas manqué de citer son maître, dans quelques passages qu'il lui aurait empruntés. Mais, la chose était néanmoins indispensable à mentionner. Deux points, par exemple, demandent à être éclaircis avant d'aller plus loin : le Περὶ λίθων est-il bien de Théophraste? Nous est-il parvenu complet?

Il paraît hors de doute que Théophraste a écrit sur les pierres. Tous ceux qui dans l'antiquité et au moyen âge ont parlé des minéraux, Dioscoride, Pline, les Arabes, le citent et puisent dans son *Lapidaire*. Mais à mon avis, c'est, bien plutôt aux idées qui ont présidé à la composition du traité, qu'il faut s'adresser, pour rechercher l'auteur de l'ouvrage que nous examinons. Si c'est bien, en effet le premier ouvrage de cette nature que nous connaissions, si pendant plusieurs siècles il demeure unique, si ce livre, attribué à Théophraste, ne peut avoir été écrit que par un disciple de Platon, très rapproché du maître, si au contraire, les *Lapidaires* qui paraîtront dans la suite renferment de si étranges conceptions qu'ils nous montrent un esprit nouveau, dénué de toute critique, tout alors concordera, et rien ne saurait alors s'opposer à ce que nous acceptions en toute confiance une attribution consacrée par les âges.

Malgré un certain ordre scientifique, très apparent, la théorie de l'origine des minéraux doit être cependant recherchée, de-ci, de-là, dans le Περὶ λίθων : il est néanmoins assez facile de l'y découvrir.

Les huit premiers paragraphes lui sont exclusivement consacrés : les suivants prennent les minéraux en détail dans une classification assez nette et fort intéressante, de pierres, terres, sables; nous aurons à en examiner tout à l'heure les genres et les espèces.

Les premières lignes ne sont en quelque sorte que la mise au point de la théorie platonicienne.

1] Des corps qui se forment dans la terre, les uns tirent leur origine de l'eau, les autres de la terre.

2] De l'eau viennent les métaux, comme l'or et l'argent.

N'est-ce pas la transcription même du passage du *Timée* : « De toutes les eaux que nous avons appelées fusibles, celle qui a les parties les plus ténues et les plus égales, qui est la plus dense, ce genre unique dont la couleur est un jaune éclatant, le plus précieux des biens, l'or enfin, s'est formé en se filtrant à travers la pierre. »

6] La concrétion est produite dans certains cas par la chaleur, dans d'autres par le froid.

Cette πῆξις, production du chaud et du froid, θερμοῦ καὶ ψυχροῦ, est-elle différente de la solidification, πεπηγός, et du ξυμπήγνυται du *Timée*? Quant au laitier et au κέραμον, le § 57 de Théophraste n'en est que le développement : « il arrive en effet aux terres, dit-il, de se liquéfier, de subir des transformations, puis de redevenir dures : elles fondent avec les matières fusibles et minérales tout comme la pierre ; on les amollit et on en fait des briques ».

Revenons maintenant à Aristote.

A première vue, la classification des deux philosophes est absolument différente. La division en « *lapides, liquefactiva, sulphurea et sales* » d'Aristote est remplacée par une distinction beaucoup plus serrée : pierres, terres, sables ; nous en avons parlé déjà. Mais examinons ici la théorie initiale.

« De aqua autem, dit le présumé Aristote, fiunt lapides duobus modis : unus est quando congelatur aqua guttatim cadens ; alius, quando de aqua currente descendit quiddam, quod residet in superficie fundi ipsius aquæ, fitque lapis. »

On pourrait supposer que le texte latin qui nous a seul transmis la théorie d'Aristote doit forcément rendre bien difficiles les rapprochements des termes employés par le maître et par le disciple. Si nous avons découvert dans le texte latin d'Aristote, certains mots grecs, *optesis, epsesis*, que le traducteur avait dû laisser tels quels, ne pouvant les expliquer, d'autres, sont si exactement traduits, que l'identité des termes s'impose et qu'il serait possible de remplacer le mot latin du texte d'Aristote par le mot grec de Théophraste, sans altérer en quoi que ce soit le sens.

Donc Théophraste, au § 4, reprend ainsi le passage d'Aristote : « 4] Il faut croire, pour parler simplement, que tous les corps sont formés d'une

matière pure et homogène, soit par écoulement, soit par filtration, soit,
comme il est dit plus haut, par séparation. »

Or, la ῥοή, l'écoulement et l'*aqua currens* ne sont-ils pas identiques,
tandis que la διήθησις, la filtration et l'*aqua guttatim cadens*, ne sont qu'un
seul et même phénomène? Et les mots spéciaux ne font pas défaut : l'ἀπο-
λίθωσις du § 60, est bien la *vis mineralis lapidificativa quæ congelat aquas,*
alors que l'ἀναθυμίασις du § 62, traduit littéralement les exhalaisons sèche
et vaporeuse du livre III des *Météores*, qui produisent, la première, les
minéraux, la deuxième, les métaux. Et le § 60 mentionne même les
différences qui existent dans les terres pour leurs qualités pétrifiantes :
« Car celles qui fournissent des sucs différents les uns des autres ont
des propriétés particulières. C'est comme pour les sucs qu'elles fournissent aux plantes. » Aristote avait écrit : « Est autem impossibile ut aliquid complexionatum totum convertatur in unum elementum, sed elementa mutantur ad invicem dum transeunt in dominans. Unde quod cadit
in salinas fit sal, et quod in ignem fit ignis : sed quædam citius, et quædam tardius, secundum potentiam activarum et resistentiam passivarum. »

C'est là, scientifiquement exposée, l'âme élémentaire des pierres de
Démocrite, cause de leur génération, et la tradition, mais alors légendaire,
des *Lapidaires sanscrits*.

Enfin, lorsque nous trouvons dans l'Aristote latin trois mots différents
pour expliquer le mode différent de formation des minéraux, *conglutinatio,
congelatio, coagulatio*, alors que Platon n'en possède que deux, πεπηγός,
qui répond à *congelatio* et ξύνοδος à *conglutinatio*, n'est-il pas vraiment
intéressant de trouver chez Théophraste, dans cette phrase du § 29 : « Ἡ γὰρ
ἐν Νισύρῳ καθάπερ ἐξ ἄμμου τινὸς ἔοικε συγκεῖσθαι, » ce συγκεῖσθαι, qui rend si
parfaitement la *coagulatio* et qui ne se lit pas dans Platon? Il me paraît
difficile de mettre plus en évidence l'étroite parenté qui unit ces trois
auteurs et de refuser à un disciple des deux plus grands philosophes de
l'antiquité, la paternité d'un ouvrage si pénétré de leur influence.

Un seul point de détail était toutefois de nature à faire naître dans notre
esprit un doute vraiment inquiétant. A la fin du § 66 (p. 10), l'auteur grec,
signalant la découverte du cinabre par un ouvrier nommé Callias, ajoute :
« Elle n'est pas vieille, elle date exactement de quatre-vingt-dix ans, sous
l'archontat de Praxibule à Athènes. »

Or, Praxibule fut archonte de 315 à 314 : déduisant 90 ans, nous obtenons 224. Si nous sommes forcés d'admettre cette date, le Περὶ λίθων ne peut
être de Théophraste, qui, né en 371, meurt en 276.

Mais ici deux choses me frappent. C'est d'abord que Théophraste vit effectivement du temps de Praxibule et qu'ensuite l'auteur du Περὶ λίθων fait remarquer que « cette découverte n'est pas vieille ». Cependant, on ne saurait dire qu'un fait qui s'est passé il y a quatre-vingt-dix ans est récent. Aussi ne sachant comment concilier ces données, j'en arrive à présenter deux solutions qui me semblent très acceptables. La première, c'est qu'au lieu de ἐνενήκοντα, quatre-vingt-dix, il y avait ἐννέα, neuf : c'est l'opinion de M. Ruelle ; dans ce cas, le traité daterait de 306, d'une époque où Théophraste avait soixante-cinq ans, où devenu chef d'École, il enseignait, depuis seize ans déjà, les théories d'Aristote, mort à Chalcis en 322. Mais je croirais une seconde hypothèse plus plausible. La phrase primitive devait être celle-ci : « Οὐ παλαιὸν δ' ἐστιν · ἀλλὰ εἰς ἄρχοντα Πραξίβουλον Ἀθήνησι. » Plus tard, une glose, inscrite par un lecteur qui possédait le traité, quatre-vingt-dix ans après Praxibule (περὶ ἔτη μάλιστα ἐνενήκοντα), aura pris place dans le texte. Et c'est par conséquent de ce manuscrit, existant en 224 — la date est précise — que seraient sorties les copies qui nous sont parvenues. Dès lors, loin d'y trouver une cause de suspicion, je verrais au contraire dans ce passage une confirmation des dires de l'antiquité, car en 224, cinquante ans à peine après sa mort, l'œuvre de Théophraste devait être assez connue pour qu'on sût ce qui venait de lui et ce qui ne lui appartenait pas.

Nous n'ignorons pas d'ailleurs que les manuscrits du philosophe ont subi de pénibles vicissitudes ; non seulement Théophraste nous apprend qu'il avait composé un *Livre des métaux* qui ne nous est pas parvenu, mais dans Dioscoride nous trouvons cité un passage, relatif à la pierre ponce, reproduit d'ailleurs également par Ibn el-Beithar [1], qui n'existe plus dans le Περὶ λίθων. L'œuvre n'est donc pas complète ; mais telle qu'elle est, l'intérêt en est considérable.

Après avoir constaté les emprunts faits à ses maîtres, nous devons l'étudier dans les détails qui lui sont personnels.

Il est à remarquer tout d'abord, combien est scientifique la critique qui sert de point de départ aux divisions établies par Théophraste. A chaque pas, nous sommes retenus par une observation précieuse : malheureusement, pas plus que les Chinois, il ne sait en tirer parti. Aurions-nous bonne grâce d'ailleurs à lui reprocher de n'avoir pas su devancer de vingt siècles l'époque à laquelle il vivait? Dans vingt siècles que sera notre science, à nous?

1. Voir p. vi.

Je laisse de côté les grandes divisions : pierres, terres, sables, qui forment en quelque sorte le cadre de l'ouvrage, pour arriver aux détails. Des minéraux, il examine d'abord, φύσιν, la nature, l'espèce, puis δύναμιν, la qualité, les propriétés; d'où deux classes : minéraux d'origine ignée, minéraux d'origine aqueuse ; par conséquent deux catégories : combustibles et incombustibles.

Et c'est alors qu'il aperçoit la cristallisation hexagonale de l'ἄνθραξ (§ 28), qu'il cherche à expliquer les pétrifications et leurs causes (§ 60) qu'il rapproche pour leurs propriétés attractives l'aimant, le lyngurium et l'ambre (§ 35-36), qu'il se préoccupe de la densité, de l'odeur même des pierres (§ 49), et des motifs pour lesquels certaines matières plus tendres peuvent cependant attaquer et ronger des espèces beaucoup plus dures (§ 54).

Si nous étudions les pierres mêmes, on constate que le nombre des gemmes depuis Platon s'est considérablement accru, puisque nous trouvons maintenant chez Théophraste, l'améthyste, le cristal, l'ambre, l'onyx, l'agate, le jaspe, le corail, le lyngurium, l'électrum, l'émeraude, la cornaline, l'escarboucle, le saphir. On les emploie surtout pour « graver des cachets ». D'un autre côté, la pauvreté des termes scientifiques de Platon est loin d'avoir vu combler tant de vides. Théophraste en est réduit à se servir soit de périphrases comme : « la pierre qui ressemble au marbre de Chio » (§ 15) : « la pierre qui ressemble au bois pourri », (§ 26), qui n'est autre que l'amiante : « le minéral de l'île de Siphnos » (§ 33) : même d'un seul mot pour exprimer des matières absolument différentes : ἀδάμας, pour l'aimant, l'émeri, le diamant : ἄνθραξ pour l'escarboucle, le charbon de terre, le charbon de bois : σμάραγδος, pour l'émeraude, la malachite, le cyanus : ἤλεκτρον et λυγγούριον sont continuellement confondus pour l'ambre, la topaze et un métal : πωρός, pour le tuf et le marbre. Hâtons-nous d'ajouter que ce n'est pas le moyen âge qui apportera quelque lumière dans ces difficultés, et que si les anciens ne savaient distinguer le règne minéral que d'après les apparences extérieures des corps, Walérius d'Upsal lui-même, au XVIIIᵉ siècle, ne les divisera pas autrement.

Alors que les expéditions d'Alexandre ont déjà mis en contact immédiat la civilisation asiatique et le monde grec, on est surpris de ne pas rencontrer dans le *Lapidaire* de Théophraste ces fables qui, avec l'école d'Alexandrie, vont bientôt remplir tous ces traités. Au contraire, certaines observations très précises, pourraient nous donner la clé de légendes dont on essayerait vainement plus tard de découvrir les sources.

S'il parle en effet, des pierres mâles et femelles, qui bientôt occuperont une place très remarquable dans la théorie de la formation des pierres, c'est à leur couleur plus ou moins foncée, simplement, qu'il attribue leur dénomination (§§ 35-36). Tels les Égyptiens qui nomment terres mâles, les rocs et les pierres qui ont plus de consistance, et terres femelles, celles qui se prêtent aux opérations de la culture [1]. Les émeraudes qu'on trouve groupées (§ 32), expliquent la légende chinoise des pierres *tse tch'e che* [2] ; les émeraudes qui ont la propriété de communiquer leur couleur à l'eau ne sont qu'un oxyde de cuivre, non encore transformé en malachite, par conséquent encore soluble. Mais bien curieuse est cette pierre, employée pour les statues, d'une nature si froide, que, dans les temps chauds, l'humidité qui s'y condense fait croire aux spectateurs que la statue pleure (§ 24). Sans y ajouter grande créance, Théophraste cependant rapporte la légende de la pierre qui *ferait* accoucher (§ 10) : à quel moment donc apparaît cette croyance ?

Strabon.　On ne saurait, dans une étude sur les pierres de l'antiquité, oublier Strabon. Non pas qu'il ait composé un *Lapidaire*, mais dans sa *Géographie*, où il consigne les produits et les choses remarquables des pays qu'il décrit, il n'a garde de laisser de côté les minéraux. Si Théophraste nous a fait connaître l'histoire naturelle des pierres, si Dioscoride va nous en apprendre les vertus médicales, Strabon nous indiquera leurs gisements ; nous aurons ainsi, grâce à ces trois auteurs, un chapitre à peu près complet de la science antique.

Il fallait extraire de la *Géographie*, les passages relatifs aux minéraux ; j'ai cru devoir adopter, pour leur exposition, le plan de Théophraste. Comme les rapprochements seront continuels, comme aussi nous constaterons combien peu sont considérables les progrès minéralogiques entre Théophraste et Strabon, notre tâche se trouvera de cette façon singulièrement simplifiée.

Les §§ 1-4 de mes extraits de Strabon, se rapportent à la génération des minéraux, les §§ 5-7, aux métaux ; puis viennent les pierres combustibles et incombustibles, les terres et les sables. Des renvois au Περὶ λίθων de Théophraste, permettent de saisir immédiatement la suite de la tradition scientifique.

On ne saurait dire qu'elle soit réellement modifiée par quelques légendes qui font leur apparition chez Strabon : on y retrouve l'origine ignée des métaux (§ 1), l'origine humide (ἐξ ὑγροῦ) des pierres (§ 2), mais cependant

---

1. Sénèque, *Questions naturelles*, III, § XIV. | 2. *Lapidaire chinois*, pp. LXIII et 9.

au § 3, nous lisons que dans certaines carrières les pierres se reforment d'elles-mêmes, ce qui probablement donnera naissance à la fable des *lapides prægnantes*, pierres qui enfantent, que nous ne tarderons pas à rencontrer dans les *Lapidaires* de tous les pays. Et plus loin, nous signalerons, sans que nous ayons cru devoir reproduire les passages où elles sont mentionnées, la pierre d'encens, la pierre de miel, la gangitide, ainsi que les fourmis chercheuses d'or qui avaient fait leur apparition dans Mégasthène.

Pas plus ici qu'autre part, je n'ai l'intention de parler de métaux. Cependant, je n'ai pas voulu omettre quelques rares passages qui nous donnent des renseignements très précis sur des points qui n'ont jamais été tout à fait éclaircis. Au § 5, on lira donc la composition de l'electrum, qui est bien un métal, quoique plus loin Strabon dise que le même nom s'applique aussi au *lyngurium,* à l'ambre (§ 13) : au § 6, celle de l'orichalque et du pseudargyre, dans lequel je ne vois nullement le zinc, ainsi que l'ont supposé les plus récents traducteurs : enfin, au § 7, un lieu peu connu de production de l'étain.

Sur les pierres combustibles je n'ai que deux remarques à faire. C'est que la molaire, sur laquelle on a fait tant de recherches, me semble être enfin déterminée par le § 9 : je crois y trouver une pierre à mortiers ; et que l'amiante (§ 11), qui n'a pas de nom chez Théophraste, n'en a pas davantage chez Strabon.

Parmi les sables, deux présentent un véritable intérêt : l'hyalitis (§ 15) et l'ampelitis (§ 16) ; nous les retrouverons plus loin, dans le chapitre où nous parlerons de la science grecque.

Dioscoride consacre tout un livre, le V° de sa *Matière médicale,* aux vertus pharmaceutiques des pierres et des corps que les anciens regardaient comme leurs similaires. Près de deux cents articles forment ainsi un véritable *Lapidaire,* assurément le plus complet que l'antiquité nous ait légué. Il est d'ailleurs là, tout à fait à sa place, puisque les *Lapidaires* sont en réalité de véritables livres de médecine, qui ne deviennent magiques qu'avec les Guérisseurs, qui fondent vers 148 à Alexandrie, une véritable école. Jusque là, ils conservent leur aspect scientifique et si quelques fables se rencontrent dans leur composition, c'est qu'elles font réellement partie d'une science qui n'était pas en mesure de les expliquer, et les avait forcément accueillies.

Dioscoride.

Bien entendu, il était encore indispensable de faire ici une sélection : sans cela nous eussions été envahis par les oxydes métalliques et les terres, qui sont en nombre infini. Je n'ai donc accueilli que les pierres proprement

dites et certaines substances que nous retrouverons dans tous les *Lapidaires*
qui vont se succéder.

Le texte de Dioscoride est d'une économie vraiment critique. Il ne
semble cependant pas avoir suivi d'autre division, que la différence de faci-
lité plus ou moins grande de réduction des pierres en poudre médicinale;
mais, chacune y est étudiée d'après un plan que l'auteur suit, sans jamais
s'en départir. Il indique d'abord la couleur, la densité, le lieu d'origine :
il énumère ensuite les variétés différentes, précisant la meilleure, et met
en garde contre les falsifications qu'il fait connaître. Puis il indique la
préparation du remède et termine par l'énumération des maladies dans
lesquelles il doit être utilisé. Les pierres, trop dures pour être pulvérisées,
seront employées en phylactère : et nous trouvons ainsi pour la première
fois des amulettes de sélénite, de jaspe, d'ophite; l'aétite, dont Théophraste
avait signalé dubitativement la vertu, prend ici définitivement place
au milieu des ligatures les plus puissantes pour l'accouchement. Mais s'il
emprunte à Théophraste, il sait le discuter; par exemple, il détruit la
légende du lyngurium que Théophraste croyait venir de l'urine de lynx
(p. 5) et y reconnaît simplement l'ambre ptérygophore (p. 17).

Assurément Dioscoride a consulté les alchimistes : un de ses extraits
même nous sera précieux, parce qu'il est tiré non d'un original, mais d'un
mauvais manuscrit de seconde main, qui va nous donner ainsi une date
qui ne peut être dépassée. Il nous apprend, en effet (p. 18), la manière de
recueillir le mercure dans un alambic (ἄμβιξι); puis il ajoute, qu'«on ne
peut le conserver que dans des vases de verre, de plomb, d'étain ou d'argent, car il mange toute autre matière et s'écoule». Or, ainsi que M. Berthelot l'a démontré [1], le texte primitif de ce traité alchimique porte simplement et avec raison,« dans des vases de verre » [2]. Cette copie incorrecte,
utilisée par Dioscoride, existait donc déjà au premier siècle.

Ici se termine le premier cycle des *Lapidaires grecs*. L'impression res-
sentie à la lecture de ces traités vieux de près de vingt siècles est vraiment
très particulière. On y voit, en effet, résumés en quelques pages réellement magistrales, les éléments d'une science dont les bases sont formées
des conceptions les plus élevées. Elles vont disparaître, toute critique va
définitivement s'en trouver écartée. Dix-huit cents ans s'écouleront avant

---

1. *Collection des alchimistes grecs*, t. I, p. 27.
2. D'après le papyrus X de Leide, le manuscrit le plus ancien qui nous soit parvenu.

L'original serait donc antérieur au 1er siècle,
puisqu'à cette date il était déjà altéré.

qu'elles reprennent pied et qu'il se rencontre un savant pour les guider sur la route que leur avaient tracée les grands sages de l'antiquité. C'est dans le symbolisme chrétien et dans la magie pure qu'il va nous falloir maintenant rechercher le peu de science qui en soit demeuré pendant l'obscure période des premiers siècles de l'ère chrétienne et du haut moyen âge.

Saint Méliton, évêque de Sardes, vivait au II° siècle. Il arrivait à une époque, où pour les philosophes, la nécessité s'imposait de s'élever vers un monde supérieur, de passer de l'état naturel à l'ordre surnaturel. L'École d'Alexandrie, suivant l'expression du cardinal Pitra, faisait descendre l'Olympe en terre pour rajeunir les vieux mythes et les farder de toutes les couleurs de la nature et de l'imagination. L'école éphésienne, avec saint Irénée, s'éleva pour combattre ces erreurs; saint Méliton prit place à côté de lui. Sa *Clé symbolique* n'est pas une réunion de fables et de légendes comme celles recueillies par Apollonius de Tyane, par les *Cyranides,* par le *Livre de Décans;* elle comprenait sous seize cent six formules, six cent trente-huit symboles différents de la primitive église, dont la plupart se retrouvent dans les formulaires de Sylvius, de saint Épiphane, de saint Damase, de saint Orens, d'Ennodius. Parallèlement à la littérature antique, la *Clé,* bien qu'à peu près ignorée, laissera dans tout le moyen âge un sillon lumineux, qui servira de guide aux artistes auxquels nous devons les merveilles qu'il ne nous est pas toujours possible d'expliquer.

Le texte de la *Clé* ne nous est parvenu qu'en latin.

Mais bien que, par une réserve dont je me suis imposé le principe, je n'aie pas voulu introduire dans mes textes grecs, des textes latins dont l'origine hellénique était cependant très certaine, je ne me suis pas cru autorisé à passer ici sous silence — pas plus que je ne l'ai fait d'ailleurs pour le *Lapidaire* latin d'Aristote — et à conserver pour un autre volume, un chapitre d'une importance aussi considérable pour l'histoire du symbolisme, que ce traité probablement anténicéen. Et je me suis trouvé d'autant plus engagé à en agir ainsi, que si la fièvre de labeur qui semblait presser le cardinal Pitra [1] a souvent nui à l'impeccabilité de ses publications, son étonnante lucidité d'esprit et son érudition, dont à chaque pas nous trouvons les heureux résultats, lui ont permis de déterminer d'une façon assez probante l'existence d'un original grec, qui se laisse deviner à chaque ligne du *Codex Claromontanus,* l'archétype latin, qui nous a conservé la *Clé.* Ce manus-

_____

1. Pitra (Le cardinal), *Analecta sacra spicilegio solesmensi parata.* Typis Tusculanis, 1884, gr. in-8, t. II.

crit, si longtemps cherché, le savant cardinal l'a disséqué syllabe par syllabe, et s'il n'a pas trouvé de ces mots qui, comme ceux du *Lapidaire* d'Aristote, sont de véritables témoins d'un prototype grec, il met du moins en évidence des tournures de phrases, des associations d'idées si nettement hélléniques, qu'on se laisse très facilement persuader. Un exemple, entre tant d'autres, se rencontre précisément dans les extraits relatifs aux pierres :

« Acervus lapidum, congregatio fidelium (σύναξις)... in unam fidem *convenientes* » (p. LIII). Le pluriel du participe correspond ici, suivant l'usage grec, au sens, et non pas au substantif singulier.

Il est d'autres cas plus caractéristiques encore ; « Palpebræ ejus *interrogat* ». Ce verbe au singulier ne vient-il pas de la phrase grecque : τὰ βλέφαρα αὐτοῦ ἐξετάζει ?

Puis ce sont des pronoms au masculin, alors que le substantif est féminin, parce que dans le grec le nom était masculin ou neutre :

« Et invenit *eum* jacentem in lecto » *eum*, est la *fille* (τὸ παιδίον) de la Chananéenne.

« Incidit in foveam *quem* fecit, εἰς βόθρον ὃν εἰργάσατο. »

« Templum (ναός) *qui* in typo ecclesiæ *ædificatus* est. [1] »

Cependant, on pourrait vraiment s'étonner de me voir accepter aussi simplement les conclusions du cardinal, alors que Harnack [2], et surtout le P. Od. Rottmanner [3], ont cru devoir élever des objections qui méritent la plus grande attention. Le premier, à vrai dire, se contente de faire les réserves les plus formelles, à propos du manuscrit, principalement ; mais je ne vois pas qu'il produise vraiment aucun argument qui sape les hypothèses de Dom Pitra. Le P. Od. Rottmanner, au contraire, croit devoir affirmer que le formulaire que nous possédons est bien postérieur à saint Augustin, chez qui se trouvent un grand nombre des symboles, plus longuement développés ; et il les met en parallèle avec les phrases si brèves de la *Clé*. Pour lui, cette dernière n'est qu'un résumé, un memento très concis, par conséquent postérieur.

Dom Pitra semblait avoir prévu l'objection lorsqu'il écrivait que sa concision même était une preuve manifeste de l'antériorité du traité de Méliton : les rapprochements du P. Od. Rottmanner, étudiés de très près, ne peuvent que confirmer cette opinion. Ils me semblent bien, en effet, mettre en évidence, contrairement à l'espoir du critique érudit, que loin d'être origi-

1. Pitra (Dom), *Analecta sacra*, t. II, 1884, p. 606.

2. Harnack (Adolf), *Geschichte der altchristli-* *chen Litteratur*, Leipzig, Hinrichs, 1893, in-8°, p. 254.

3. *Bulletin critique*, 1885, p. 47.

nale, l'œuvre de saint Augustin n'est que le développement de proposi-
tions *antérieurement* admises. Saint Augustin ne dit-il pas lui-même,
dans ses *Commentaires sur les Psaumes*, pour leur donner plus de poids :
« Hæc est enim Dominica et apostolica disciplina » ? Il ne prétend donc
pas en être l'auteur, puisqu'il déclare qu'il ne fait que suivre la règle
de l'Église. Prenons deux citations : « Quod est caput serpentis? Prima
peccati suggestio, » dit saint Augustin (Ps. 103, n° 6). Peut-on vraiment
se refuser à y voir la glose d'une des formules de la *Clé* : « Caput serpentis,
prima peccati suggestio. » Qu'on ne l'admette pas, c'est encore possible :
mais que répondre à celle-ci ? « Aream, intelligimus ecclesiam » (Ps. 8,
n° 1), alors que la *Clé* porte : « Area, ecclesia ». Pourquoi cet *intelligimus*,
sinon pour commenter une formule, et expliquer un symbole que les
initiés connaissent déjà, mais que les fidèles n'ont peut-être pas compris?

Il me paraît aussi, qu'en reportant loin de saint Augustin, vers le VIIe ou
VIIIe siècle, la rédaction de ce traité, le P. Rottmanner ne s'est pas assez
aperçu de la science immense, des connaissances profondes qu'il fallait
posséder pour composer semblable formulaire. A t-il également songé que
les Pères grecs n'étaient plus guère accessibles à cette époque aux moines
d'Occident? Aussi, lorsque je vois, qu'une des objections les plus fortes,
opposées à l'authenticité de la *Clé* de Méliton, vient de cette inscription
tardive de l'entête du manuscrit : « Miletus Asianus episcopus hunc librum
edidit quem recte congruo nomine clavim appellavit, » rappelant trop servi-
lement, paraît-il, le passage de saint Jérome où il est question d'une *Clé*
composée par saint Méliton, je ne trouve là rien d'absolument prohibitif.

Qu'on me permette une comparaison toute moderne. Combien sont
ceux, qui s'étant servis pendant des années du *Gradus*, seraient capables,
d'en nommer l'auteur? Et parce que dans quelques siècles, un écrivain
s'aviserait de citer Noël, à côté du *Gradus*, s'en suivrait-il qu'on serait en
droit de lui dire qu'il est peu probable que l'un soit l'auteur de l'autre? Et
le *Traité de la peinture*, que Paul Durand a rapporté du Mont Athos, et la
Sylva allegoriarum, et l'*Hortus symbolicus*, et la *Concordance*, en nomme-
t-on quelquefois les auteurs, quand on les emploie? Or, la *Clé* n'est pas
autre chose qu'un formulaire, que son impersonnalité ne pouvait que
rendre anonyme ; par conséquent, rien d'étonnant que pendant des siècles
elle ait été utilisée sans nom d'auteur. Et l'inscription tardive ne pourrait,
ce me semble, prouver qu'une chose, c'est qu'un travailleur, ayant découvert dans les siècles suivants le nom de l'auteur, l'a simplement inscrit pour
l'apprendre à ses successeurs. Car, en vérité, si nous nous résumons et si

nous rapprochons de l'impersonnalité de la *Clé*, de la très grande probabilité d'un original grec, de l'antériorité si moralement vraisemblable du traité aux *Commentaires de Saint Augustin*, le passage de saint Jérôme qui parle précisément d'une *Clé* de saint Méliton, nous ne nous croyons pas autorisés à supposer que deux traités similaires aient pu être composés à des dates aussi rapprochées ; un seul, aussi complet, devait nécessairement suffire ; dès lors, nous aurions bien là, la *Clé* de Méliton. Aussi jusqu'à plus ample information, nous pouvons, je pense, accepter l'identification de l'éminent cardinal, tout prêt d'ailleurs à nous incliner devant de nouveaux et plus valables arguments.

Saint Méliton est contemporain de Philostrate. Il n'y a donc pas eu d'autres motifs, pour publier avant les extraits de la *Vie d'Apollonius de Tyane*, les extraits de la *Clé*, que le désir de laisser aux *Lapidaires* qui vont suivre, leur unité magique. L'œuvre est, en effet, absolument chrétienne ; il faudrait pour rencontrer un autre ouvrage où il soit question de symbolisme lapidaire, descendre jusqu'à saint Épiphane (IVᵉ s.) ; il était par conséquent préférable de le présenter, à sa date, mais alors que le cycle scientifique venait de se terminer avec Dioscoride et que la période magique n'était pas encore commencée.

EXTRAITS DE LA CLÉ DE SAINT MÉLITON

Crystallum, baptismus. In Apocalypsi : Flumen aquæ vivæ tanquam crystallum.

Crystallum, duritia peccatorum. In psalmo : Qui emittit crystallum suum sicut frusta panis (p. 78, §§ 28-29) [1].

Electrum, Christi Divinitas carni conjuncta. In Ezechiel : Et a lumbis ejus et supra, quasi electrum (p. 77, § 7).

Lapis, Christus. In psalmo : Lapidem reprobaverunt ædificantes. Et in Zacharia : Lapis quem dedi coram Jesu : septem in eo oculi sunt ; id est septiformes charismatum gratiæ.

Lapides, sancti omnes, ob firmamentum fidei. In Apostolo : Et ipsi tanquam lapides vivi superædificamini domus.

Lapides, ordo præpositorum in Ecclesia. De quibus Hieremias : Dispersi sunt lapides sanctuarii in capite omnium platearum ; id est in platearum spatiosas vias, quæ ducunt ad [perditionem].

Lapides, populus Judæorum, de quibus in Propheta : Tollite lapides de via, et redigite in acervos.

Lapides, populus Gentium. In Evangelio : Potens est Deus de lapidibus istis suscitare filios Abrahæ.

----

1. Les pages indiquées ici sont celles de l'édition du cardinal Pitra.

Lapis, obduratio diaboli vel hominis peccatoris. In Job : Cor ejus indurabitur velut lapis.

Lapides pretiosi, sancti angeli, de quibus in Ezechiele contra Zabulum dicitur : Omnis lapis pretiosus operimentum tuum, sardius, topasius, jaspis, chrysolithus, onyx, beryllus, saphirus, carbunculus et smaragdus. Et post pauca : In medio lapidum ignitorum ambulasti, perfectus decore, a die conditionis tuæ.

Lapides pretiosi, apostoli, vel omnes sancti, de quibus in Apocalypsi : Civitas regis magni construitur.

Duo lapides, id est jaspis et sardinus, duorum judiciorum Dei, primum per aquam diluvii, secundum per ignem, figuram habere dicuntur. In Apocalypsi : Qui sedebat super thronum similis lapidi jaspidi et sardino (p. 31, §§ 50-58).

Jaspis, testimonia Scripturarum. In Esaia : Jaspidem, propugnacula tua.

Saphirus, spes regni cœlorum, ubi et supra : Et fundabo te in saphiris.

Margarita, Dominus Jesus Christus. In Evangelio : Inventa una pretiosa margarita. (p. 32, § 59-61.)

Rationale, doctrina, vel rationis a pectore declaratio. In Exodo : Et fecerunt ratio-[na]le opere textili.

Duodecim lapides, in rationali quaterno ordine terni positi, fidem Trinitatis et evangelicum sermonem, atque duodecim Apostolorum doctrinam in pectore sacerdotis semper inesse demonstrant, ubi et supra (p. 71, §§ 58-59).

Acervus lapidum, congregatio fidelium populorum, in unam fidem convenientes, quorum figuram tumulus ille lapidum, quem Jacob in monte Galaad fieri præcepit, habuit.

Acervus lapidum, collectio reproborum. In Propheta : Tollite lapides de via, et redigite in acervos (p. 32, §§ 62-63).

Petra, Christus, a firmitate. In Apostolo : Petra autem erat Christus. Et alibi : Suxerunt mel de petra. Et alibi : Percussit petram, et fluxerunt aquæ.

Petra, firmamentum fidei. In psalmo : Statuit super petram pedes meos. Item ibi : In petra exaltavit me.

Petræ, testimonia Scripturarum. In psalmo : De medio petrarum dabunt voces suas (p. 31, §§ 47-49).

Vitrum, donum baptismi. In Apocalypsi : Et ante sedem tanquam mare vitreum perlucidum (p. 78, § 30).

Apollonius de Tyane fut de son vivant redouté par les uns comme un terrible magicien, adoré par les autres comme un véritable dieu. A peine mort, il prend place dans le laraire d'Alexandre Sévère, à côté des figures de Jésus-Christ, d'Abraham, d'Orphée. Il a rencontré dans Philostrate [1], son biographe, un homme épris de surnaturel, qui le voit dans une auréole de prodiges, qui le transforme en véritable thaumaturge et trouve dans le sujet qu'il traite, matière aux développements littéraires les plus

Apollonius de Tyane.

1. Philostrate, *La vie d'Apollonius de Tyane,* traduite du grec par A. Chassang. Paris, Didier, 1862, in-8°. Pour les différentes éditions, nous renvoyons à l'excellente bibliographie donnée par Chassang dans sa préface, p. xv.

étonnants, comme aux récits fabuleux dont la légende se plaisait à embellir son héros.

Ne sommes-nous pas, d'ailleurs, en pleine École alexandrine ?

Le livre de Philostrate, qui tient dans l'histoire du merveilleux chez les Grecs une place si considérable, fut très vraisemblablement composé sous Caracalla (211-217); il devait, comme le Pseudo-Plutarque, nous fournir son contingent de légendes lapidaires. Il nous révèle, en effet, un certain nombre de pierres, aux vertus essentiellement magiques, inconnues jusqu'à ce moment : telle la pantarbe (p. 28, § 5); mais elles n'auront aucune influence sur les *Lapidaires* qui vont suivre. Le livre de Philostrate ne semble pas, en effet, faire partie du cycle auxquels puiseront les rédacteurs de traités minéralogiques du moyen âge, quoique les Arabes paraissent avoir connu Apollonius sous le nom de Belinous ou de Belinas (p. x). Mais c'est peut-être en lisant la *Vie d'Apollonius de Tyane* qu'on est le plus surpris de constater combien certains récits merveilleux, qui pouvaient être regardés comme inexplicables ou fabuleux, il y a seulement un demi siècle, en sont arrivés, grâce aux découvertes modernes, à s'expliquer facilement; je ne signalerai ici que le filage de l'huile sur la mer, employé, il y a dix-huit siècles, par les pêcheurs de perles de l'île de Sélère, pour calmer la surface de la mer agitée (p. 28, § 7). Je parlerai des autres dans la partie scientifique qui terminera cette Introduction.

Le Traité des Fleuves du Pseudo-Plutarque.

L'authenticité et l'âge du *Traité des Fleuves* de Plutarque ont été l'objet de nombreuses dissertations, depuis Maussac jusqu'à nos jours ; il semble aujourd'hui, qu'il n'y ait que bien peu de chose à ajouter aux éditions du Περὶ ποταμῶν de Rodolphe Hercher et de C. Müller. Leurs conclusions, au sujet de la non authenticité du traité, ne peuvent soulever aucune objection. Après avoir rappelé l'opinion de Maussac, de Dodwell, de Bernhardy, résumé tout ce qui a été écrit par leurs prédécesseurs, ils démontrent avec évidence que le Περὶ ποταμῶν est l'œuvre d'un faussaire; nous n'en pouvions douter. Mais, s'ils comparent, pour soutenir leur thèse, le livre des *Parallèles* au livre des *Fleuves*, s'ils étudient chacun des auteurs, et Dieu sait s'ils sont nombreux, cités dans ce traité, ils laissent, sans l'élucider, un côté, et non le moins intéressant : l'époque à laquelle il a été composé. La question reste dans un état d'incertitude tel, qu'entre le Ier siècle et le Xe, date du *Codex Palatinus* qui nous a conservé le *Traité des Fleuves*, nous ne trouvons guère de point de repère auquel nous puissions, de quelque façon que ce soit, nous rattacher. Ce n'est pas tout cependant, d'étudier un texte sur le manuscrit, de le comparer à d'autres, d'en faire l'anatomie philologique ; ce sont bien plutôt les sentiments exprimés, la composition du travail, l'économie générale de l'œuvre qu'il faut interroger, pour en déterminer la date. Le milieu dans lequel a vécu l'auteur, laisse infailliblement son empreinte sur ce qui est sorti de sa pensée : les légendes elles-mêmes, en traversant les âges, se modifient, se transforment, suivant cette règle invariable ; ces transformations, ces modifications, ce sont elles qui nous renseignent. Parfois, l'ensemble du travail sera nécessaire pour nous guider ; d'autres fois, un simple détail d'art, de science, de médecine, de liturgie, dissimulé dans un développement tout à fait secondaire, et que des spécialistes sont seuls à même d'apprécier, nous permettra de nous former une opinion ; quelquefois enfin, le livre ne nous indiquera pas le moment où il a été composé, mais celui auquel il n'a pu être écrit : sans trouver toujours des dates précises, nous pourrons donc ainsi resserrer le champ de nos investigations et de nos incertitudes.

Je n'ai pas l'intention de rechercher si l'auteur du *Traité des Fleuves* et celui des *Opera moralia* est le même : Hercher me semble avoir épuisé le sujet ; je ne m'arrêterai pas davantage à l'authenticité des nombreux écrivains cités dans le traité ; mais, en demandant à l'auteur sous l'empire de quelles préoccupations il a composé son œuvre, je tâcherai de découvrir le moment où elle a été écrite.

Le Περὶ ποταμῶν est extraordinaire. Au premier abord, il semble ne se rattacher à aucun ouvrage similaire : on ne sait si l'on se trouve réellement en présence d'un traité de géographie, comme son nom l'indique, ou d'un traité de religion, comme la lecture pourrait le faire croire. A propos des fleuves et des montagnes, il n'est question que des actions des dieux : toute la mythologie y est soigneusement rapportée. Pas de fleuve, de montagne qui ne rappelle de terribles souvenirs, qui n'en tire son nom. Mais, si les dieux de l'Olympe y tiennent une place prépondérante, si les divinités honorées en Grèce y sont scrupuleusement énumérées, si les temples de Minerve Chalciœque et de Diane Orthienne à Sparte, de Junon Prosymnée et de Minerve à Argos, si les mystères de Cybèle, de la Mère des Dieux, d'Apollon, de Vénus, de Jupiter, de Neptune, se trouvent cités à côté des noms de Mars, de Saturne, de Bacchus, de Mercure, les divinités égyptiennes, Rhéa, Isis, Osiris, le Soleil, la Lune sont également signalés pour leur puissance. L'auteur parle de l'Acheloüs, de l'Alphée, de l'Eurotas, de l'Inachus, de l'Ismène, du Lycormas, par conséquent de presque tous les cours d'eau de la Grèce ; mais sauf l'Arar et l'Ebre, tous les autres sont fleuves d'Asie, du Phase au Gange. Il a beau être souvent question de la

Grèce, on sent là une influence étrangère : le souvenir de Plutarque, le prêtre d'Apollon, auquel le traité devait être attribué, hante l'auteur, mais il ne saurait échapper à une tradition d'école : la composition du traité est de nature à nous la révéler.

Le Περὶ ποταμῶν comprend vingt-cinq chapitres, en réalité vingt-quatre seulement, puisque du quinzième, consacré au Thermodon, on n'a que l'intitulé. Presque tous se composent de l'histoire magique et médicale d'une plante, d'une pierre, trouvées près d'un fleuve, au pied d'une montagne, accompagnée de leurs traditions mythologiques : telle était certainement la disposition primitive du traité tout entier. Le tout est entouré d'un appareil d'érudition des plus compliqués, d'une richesse de citations incroyable, destinés à faire accepter par les plus difficiles un livre de tendance très probablement religieuse et magique. Müller reconnaît que chaque chapitre est traité avec un certain ordre; on dirait des formules dont l'auteur se sépare rarement et qui ont comme un aspect magique. C'est ainsi qu'il écrit : « *Ubi virgo olim per vim vitiata est, lapis reperitur impediens ne quid virgines patiantur.* » De même Hercher : « *In comminiscendis lapidum et herbarum viribus, sæpiuscule Plutarchus rem suam sic instituit ut variis calamitatibus, quibus principes in historiolis suis homines oppressos scribit, medicinas apponeret præsentissimas.* » Ce dernier, enfin, ne peut s'empêcher de remarquer que, dans les formules, les syllabes initiales de certains mots se ressemblent : « *Nimirum, non raro ille arrepta syllaba, quæ antecedentes alicujus nominis principium efficiebat, auctorem genuit eamdem illam syllabam in fronte gerentem.* » C'est de la pure littéromancie.

Son économie une fois dégagée, il ne reste qu'à rapprocher le Περὶ ποταμῶν du livre des *Cyranides*, qui suit. Dans les deux, on trouve vingt-quatre chapitres (nous avons fait remarquer qu'il n'y en avait en réalité que vingt-quatre dans le *Traité des Fleuves*), nombre cabalistique correspondant aux lettres de l'alphabet; dans chaque chapitre, quatre divisions qui répondent aux quatre éléments. Dans le Περὶ ποταμῶν, les fleuves représentent l'eau, l'herbe, la terre, les pierres, le feu, les montagnes, par leur élévation, l'air, absolument comme dans les *Cyranides*, dont chaque chapitre comprend une pierre, un poisson, une plante, un oiseau. Comme le livre d'Hermès Trismégiste, le Περὶ ποταμῶν est donc un livre magique et médical, car avec les recettes pour prendre les tigres, pour faire avouer les crimes, pour protéger les trésors, pour éloigner les fantômes et le démon, pour empêcher les chiens d'aboyer, pour annoncer les années fertiles ou stériles, pour protéger l'honneur des jeunes filles, il indique des remèdes pour les brûlures, pour les yeux malades, pour la folie, pour les accouchements, pour la fièvre, les dartres, la lèpre, la jaunisse, les hémorragies, pour calmer les douleurs. Les *Cyranides* appartiennent très certainement à l'École d'Alexandrie ; or, je ne trouve rien ici qui puisse s'opposer à ce que le Περὶ ποταμῶν se rattache à cette école. Je ne fais d'ailleurs en cela, mais pour de nouveaux motifs, que suivre l'opinion des érudits qui se sont jusqu'ici occupés de ce traité.

Maintenant, à l'inverse des *Cyranides*, dont les éléments sont inséparables dans leur association, il est possible ici de dégager, sans pour ainsi dire qu'on s'aperçoive de l'opération, un véritable lapidaire, qui doit, précisément à cause de son étrangeté, à cause des pierres absolument nouvelles qu'il nous apporte, prendre une place importante au milieu des textes à comprendre dans le *Corpus* des *Lapidaires*.

On a cru pouvoir rapprocher notre traité de la *Vie d'Apollonius de Tyane*, parce que là aussi il est question de merveilleux ; pour ma part, je suis absolument opposé à ce rapprochement. En aucun point, je n'y vois de ressemblance, ni dans la composition, ni dans les idées. La *Vie d'Apollonius de Tyane* est un roman, le *Traité des Fleuves*, un livre hermétique. A bien étudier Apollonius de Tyane, il y a des choses, qui au premier abord paraissent tout à fait invraisemblables, mais qui ont un fonds certain de réalité : chez le Pseudo-Plutarque, tout est fictif. Il est même assez curieux de trouver dans Apollonius de Tyane un jugement sur les poètes, qui semble absolument s'appliquer au *Traité des Fleuves* : « Les poètes ne parlent que d'amours criminels et incestueux, de blasphèmes contre les dieux, d'enfants dévorés, de perfidies et de querelles coupables » : ne dirait-on pas vraiment le résumé du Pseudo-Plutarque ? Devons-nous davantage rechercher ses rapports avec les *Opera moralia* ? J'en reviens toujours à mon principe : le Περὶ ποταμῶν est un traité magique et médical, qui doit être étudié comme tel, et rapproché seulement de ses similaires. Il faut donc demander aux idées contenues dans ce lapidaire, sous l'empire de quelles influences l'auteur a été amené à le composer.

Dans le lapidaire que nous en avons extrait, se trouvent vingt-huit pierres ; en réalité, il n'y en a que vingt-quatre certaines, car trois sont répétées dans trois endroits différents : une intaille naturelle, le cylindre et la pierre des Vierges ; une enfin, la *pausilype*, est très probablement une plante, non une pierre. Le lychnis et l'aster, qui n'est autre que l'astérite, le béril, la sardoine, l'antipathe sont bien connus ; quelques-unes

ont simplement changé de nom, en entrant dans le *Traité des Fleuves* : le
cylindre qui est la céraunie, la collote qui est la chélidoine, l'aétite qui,
défigurée par une erreur de copiste, est devenue dans certains manuscrits
l'astygée, la linurge qui est l'amiante; d'autres, tirent leur nom de leur
aspect, de leurs propriétés ou de leur nature, l'*aurophylax*, qui défend les
trésors, la pierre *sophron*, par euphémisme, car elle rend fou, la pierre
machæra, qui ressemble au fer, c'est-à-dire à un couteau, et qui bien probablement n'est autre qu'un couteau en silex de l'âge de pierre, dont la
forme bien nette pouvait à bon droit étonner les anciens [1], comme d'ailleurs
les céraunies, qui étaient ou des oursins pétrifiés ou des haches de pierre
polie. Nous pouvons encore classer dans cette catégorie les pierres *philadelphes*, qui ne peuvent se séparer, la pierre *autoglyphe*, intaillée naturellement, le *cryphius*, qu'on ne voit que dans certaines occasions, la pierre
thrasydile, audacieuse et craintive. Le reste porte des noms nouveaux, ou
qu'il m'est tout au moins impossible d'identifier, jusqu'à présent ; tels le
corybas, la *sicyone,* qui rappelle les rites sanglants rapportés par Apollonius de Tyane [2], la *mynda*, le *clithoris*. Je n'ai rien à dire de la pierre du
poisson *clupea*, de la pierre des Vierges, de la pierre qui empêche les
chiens d'aboyer, des pierres du pavot, car elles ne portent pas de nom et
sont seulement désignées par une périphrase.

C'est en vain donc, que nous demanderions aux pierres énumérées ici
quelques renseignements : les pierres connues ne nous apprennent rien ;
celles que nous n'identifions pas, apparaissent pour la première fois.

Cependant, il en est trois qui vont nous donner un point de départ absolument certain. D'abord, la pierre *philadelphe*, ἀνθρωπόμιμος, qui représente
un homme (p. 30, § 9); puis, la pierre *autoglyphe*, sur laquelle est empreinte
une image de la Mère des Dieux : « Γεννᾶται δ' ἐν αὐτῷ λίθος Αὐτόγλυφος καλού-
μενος · εὑρίσκεται γὰρ τετυπωμένην ἔχων τὴν Μητέρα τῶν θεῶν » : elle se trouve
dans le fleuve Sagaris (p. 30, § 10); enfin, la pierre ressemblant au cristal

---

1. Certaines opérations, les embaumements
chez les Égyptiens, la circoncision chez les
Juifs, se faisaient avec un couteau de pierre.
Le Fécial des Latins frappait la victime avec
un caillou appelé *Jupiter Lapis*. Il est fort possible que la castration des prêtres de Cybèle,
dont il est question dans ce traité, fût opérée
également avec un couteau de pierre. Dans
leurs sacrifices, les anciens Mexicains se ser-
vaient d'un couteau d'obsidienne pour fendre
la poitrine de leurs victimes et en arracher le
cœur. Les Chinois, dans l'antiquité, se ser-

vaient d'aiguilles en pierres pour pratiquer
l'acupuncture (cf. Hérodote, II, c. LXXXVI).

2. Lorsque Thespion demande à Apollonius
comment les dieux ont pu permettre de fouetter des hommes libres, ce dernier lui répond :
« Les dieux ne commandent pas de fouetter,
mais d'arroser l'autel de sang humain. Mais, les
Lacédémoniens ont habilement interprété ce
qu'il y avait de barbare dans cet ordre de verser
le sang, et ils en font un exercice de patience
qui ne fait pas mourir, mais permet d'offrir à
Diane Scythique les prémices de leur sang. »

qui se rencontre sur les bords du Tanaïs et qui représente un homme :
« Γεννᾶται δ᾽ ἐν αὐτῷ καὶ λίθος κρυστάλλῳ παραπλήσιος, ὧν ἀνθρωπόμιμος, ἐστεμμένος ¹ » (p. 31). — « Quand le roi du pays est mort, le peuple s'assemble sur
les bords du fleuve ; celui qui *trouve* cette pierre est aussitôt déclaré roi et
reçoit le sceptre du prince défunt ». — Au temps où fut composé le *Traité
des fleuves*, on croyait donc aux intailles et aux camées *naturels*, c'est-à-
dire, que les procédés de la glyptique ayant été oubliés, on s'imaginait que
les pierres taillées, intailles ou camées qu'on découvrait ou qu'on possédait,
étaient des produits de la nature et, par leur étrangeté même inexpli-
cable, douées des effets les plus extraordinaires. La transition est fort
intéressante à observer dans les *Lapidaires* de la basse antiquité. Alors que
les textes des *Lapidaires des pierres gravées* prennent à côté des textes des
Lapidaires des pierres précieuses une place importante, on découvre précisément dans un mot unique, changé par le rédacteur du traité qui ne comprend plus le texte de ses prédécesseurs, qu'il reproduit ou traduit, le fossé
artistique qui sépare l'antiquité du très haut moyen âge.

C'est ainsi que la formule de Damigéron ², au béril (§ 53) : « *Sculpis in
eo locustam marinam* », et celle du panchrode (§ 57) : « *Sculpis* in eo Lato-
nam et Hippocratem (*sic* pour Harpocratem) », sont remplacées chez Ragiel ³ par une formule invariable précédant toutes les pierres gravées :
« *Si ista figura reperiatur sculpta* », suivi de la description de la pierre
qui doit produire les effets les plus merveilleux. Damigéron vivait donc à
une époque où la glyptique était encore en honneur, où l'acheteur pouvait
commander par conséquent la gravure qu'il désirait, tandis qu'au moment

---

1. Je ne puis admettre pour ce passage, la
traduction des érudits qui m'ont précédé. Je
me demande comment ἐστεμμένος, *participe*,
peut se rapporter à une racine, ἀνθρωπό, com-
prise dans *un adjectif* précédent ; tandis qu'il
est tout naturel que ἐστεμμένος se rapporte à
λίθος. Or, nous sommes ici en présence d'un
camée sur une agate translucide, indubitable-
ment ; c'est donc une agate, entourée du
στέμμα, d'une bandelette, c'est-à-dire *rubar-
née*. Le trésor de Conques (*Annales archéolo-
giques*, t. XX, p. 327) possède plusieurs camées
d'agate rubannée, qui n'est autre qu'une sardonyx à plusieurs couches, sur laquelle l'habi-
leté du graveur peut se donner libre carrière.
D'ailleurs, le *Lapidaire de Galamazar*, du
xiiᵉ siècle, *le seul* qui appartienne à la famille
Pseudo-Plutarquienne, mentionne ainsi la

pierre *Gorudius* : « lapis [qui] in insula Capso
Sicilie invenitur, (précisément le pays des
agates), serenis aureis colorem habens, *rubi-
cundus, præcinctus est zonis* » (pierre 15).
Ἐστεμμένος me semble traduit mot à mot par
ce *præcinctus zonis* ; plus loin, dans le même
Lapidaire de Galamazar, nous lisons encore :
« Et Xamius, rubore sanguineus, *viridibus
zonis præcinctus* » (pierre 16). Il faut également rapprocher le passage qu'Ibn el-Beitar
attribue à Théophraste et que nous avons
reproduit (p. vi) : « l'albâtre est une pierre
blanche que l'on trouve dans le sol de Damas
et en Syrie, nuancée de raies pareilles à des
ceintures. »

2. Mély, *Du rôle des pierres gravées au
moyen âge*, p. 19.

3. *Ibid.*, p. 24.

où Ragiel composait son traité, les procédés étant oubliés, il fallait se con-
tenter des intailles ou camées qu'on rencontrait. La séparation est donc
bien nette : l'auteur qui décrit les pierres qu'*il faut faire graver*, vit au
moment où fleurit la glyptique ; le *Lapidaire* qui se contente de parler des
pierres intaillées *naturelles*, est d'une époque où cet art a disparu ou
tout au moins va disparaître ; la chose, on le comprend, doit dépendre du
centre où réside l'auteur du traité. Or, dans notre traité, l'hésitation n'est
pas possible : la pierre *autoglyphe* est bien une intaille, produit de la
nature ; le camée représentant une tête d'homme « se trouve par hasard »
au bord du Tanaïs. L'auteur du Περὶ ποταμῶν ignore donc la gravure sur
pierres.

N'est-il pas possible de serrer de plus près la vérité ? Les Gnostiques, nous
le savons, ont gravé de nombreuses pierres ; leurs amulettes, leurs abraxas,
sont parvenus jusqu'à nous, mais c'est le dernier effort de la glyptique
antique ; leurs produits sont généralement misérables et, vers le IIIᵉ siècle,
l'art du graveur semble se perdre. C'est donc forcément, à un moment
postérieur à cette date qu'il faut rapporter les traités qui parlent de pierres
gravées *naturelles* ; ils ne peuvent lui être antérieurs.

J'ai tout d'abord pensé que le Περὶ ποταμῶν datait de l'empereur Julien.
Voici les motifs sur lesquels je me fondais.

Vers le milieu du IIIᵉ siècle, il se fait dans ces livres, que leurs auteurs
mettent sous l'égide d'illustres prédécesseurs, un singulier amalgame de
magie, de christianisme et de mythologie. Comme dans les arts plastiques,
l'infiltration du christianisme a lieu dans cette littérature, presque à l'insu
des auteurs ; le vieux panthéon païen demeure, mais modifié par les idées
nouvelles ; les légendes restent, mais revêtues d'apparences chrétiennes.
C'est précisément cette graduelle modification, aux étapes insensibles, qui
doit nous aider dans notre tâche, en tenant compte néanmoins des milieux
intellectuels où les traités ont vu le jour. Or, que trouvons-nous ici ?
Cybèle et ses mystères, Minerve Chalciœque, Junon Prosymnée et leurs
temples, Jupiter qui tonne, des sacrifices humains, la castration dont l'auteur parle pour ainsi dire en spectateur ; le christianisme ne paraît donc
avoir eu aucune influence sur l'auteur de notre lapidaire. Ainsi, d'après la
mention des pierres gravées *naturelles*, le traité devrait être postérieur à la
gravure sur pierre : mais voilà que du côté religieux il ne présente presque
aucune trace d'influence chrétienne, quand Damigéron, bien que livre de
magie, qui décrit les pierres à faire graver, parle déjà de Dieu et non pas
des Dieux, de la consécration et de la sanctification des pierres, qu'il veut

sanctificati perpetua consecratione, quia sacrificantibus propitiantibusque Deo utiles sunt. Comment faire concorder ces deux résultats acquis?

La chose ne pourrait-elle s'expliquer ainsi? Pendant quatre siècles, l'École d'Alexandrie oppose au christianisme naissant les doctrines des vieux systèmes de la Grèce et de l'Orient. L'opposition prend surtout une nouvelle vigueur, quand à Constantin, qui établit au iv⁰ siècle le christianisme comme religion d'État, succède Julien, athénien passionné pour les lettres et les arts, qui prétendait faire renaître l'esprit ancien et détruire la religion qui s'élevait. Jusqu'à la mort de Constantin, l'influence chrétienne, à la faveur de la pacification des partis, peut se faire sentir; à l'avènement de Julien, la réaction est violente. N'était-ce pas précisément à cette période qu'il fallait rattacher le Περὶ ποταμῶν? L'auteur, en écrivant ce traité, qui parle indirectement des dieux négligés, n'avait-il pas la prétention de rappeler aux générations, oublieuses de leurs croyances, les mystères antiques, la puissance vengeresse des divinités du paganisme? Il y avait là, reconnaissons-le, un ensemble fort bien disposé et qui m'avait engagé à attribuer à cette époque le *Traité des Fleuves.*

Mais nous restions toujours dans le domaine des hypothèses.

Une observation de M. Th. Reinach m'a permis de serrer davantage les termes du problème. Occupé surtout du lapidaire, de la forme magique du traité, de ses attaches alexandrines, je n'avais pas remarqué au § 20 ces mots : « Εὐφράτης ποταμός ἐστι τῆς Παρθίας κατὰ Βαβυλῶνα πόλιν. » Or, l'Euphrate n'a pu être qualifié « fleuve du pays des Parthes » qu'à un moment où la dynastie des Arsacides subsistait. A partir de 227, époque à laquelle l'empire parthe fut définitivement renversé, il n'est plus jamais question des Parthes, et aucun auteur ne se sert, même dans les récits de guerre antérieurs à cette date, d'un autre nom que celui des Perses. Notre traité ne peut donc être postérieur à 227.

Mais est-il de beaucoup antérieur à cette date? Le peu que nous savons de la glyptique ne permet guère de la reculer au-delà du premier quart du iii⁰ siècle ; c'est donc à cette époque qu'il conviendrait peut-être de l'attribuer avec toute vraisemblance.

Quant à l'auteur de notre traité, le connaîtra-t-on jamais? M. Ruelle me suggère une hypothèse très intéressante, qu'il ne faut pas négliger. Le rédacteur du *Traité des Fleuves* cite plusieurs écrivains qui ont composé des Περὶ Ποταμῶν. Or, il en est un que nous ne trouvons pas ici et qu'Harpocration mentionne dans son *Lexique,* v⁰ Ἑρμος : c'est Zopyrus. N'aurions-nous pas là, par hasard, le nom qu'il conviendrait de substituer à celui de

Plutarque? Dans tous les cas, au point de vue de l'art, nous trouvons ici un précieux renseignement : dans le premier quart du m⁰ siècle, dans un milieu où l'intelligence brille cependant d'un vif éclat, il existe des centres où la glyptique n'est déjà plus connue. Tout se tient donc étroitement dans cet enchaînement, et l'époque de la composition du Περὶ ποταμῶν apporte à l'histoire de l'art antique un sérieux appoint, en même temps qu'elle nous permet de dater, très approximativement du moins, certains monuments du cycle alexandrin à peine étudiés jusqu'ici.

Les Cyranides.   Trois familles de manuscrits, différant un peu les unes des autres, nous ont conservé le texte des *Cyranides*. Nous avons expliqué dans la *Note additionnelle relative aux appendices*, les circonstances qui nous avaient amenés à publier séparément les passages grecs complémentaires qui ne se trouvaient pas dans le premier fascicule ; nous avons pu au contraire, fondre tous les textes, dans la traduction. Elle ne correspond donc pas exactement au premier manuscrit grec : mais, la petite table qui accompagne les *Appendices* permettra de se reporter très rapidement aux passages tirés de la seconde partie du volume des textes grecs. On les reconnaîtra d'ailleurs dans la traduction, à ce que les alinéas ne sont pas précédés d'une numérotation de paragraphes.

Nous avons inséré dans le texte grec, les passages du Vieil Interprète latin [1] qui font défaut dans les manuscrits grecs. Mais je n'ai cru, généralement, devoir traduire que les lignes qui complétaient les articles qui nous étaient parvenus, tout au moins en partie, dans le grec. Lorsque le chapitre n'existait que dans le Vieil Interprète, ne sachant si réellement il appartenait aux *Cyranides* originales, je ne l'ai pas introduit dans le volume français.

J'ai souvent été arrêté dans mon travail, même aidé des précieux avis de mon savant collaborateur, par des déformations incroyables, j'en ai déjà parlé plus haut (p. xi), par des amphibologies, que certains jeux de mots ont fini par m'expliquer — ὀνοθύρσις, mauve d'âne, guimauve [2] —; d'autres mots offraient un sens double, σπούθιον, — moineau et saponaire [3]. C'est de l'économie générale du livre que je me suis inspiré pour proposer une traduction.

J'ai pu, sans grandes difficultés, arriver aux indentifications des pierres; pour les animaux, pour les poissons surtout, la chose n'a pas toujours été

1. *Kirani Kiranides, et ad eas Ryakini Koronides* (par Rivinus), Aera C. Lipsiæ, 1638, in-12°.   2. Texte grec, p. 33.
3. *Ibid.*, p. 81.

possible ; pour les plantes, par exemple, Dioscoride m'a fourni presque tous
les éléments nécessaires. Quant aux maladies, le *Dictionnaire de médecine*
de Littré et Robin, m'a été de la plus grande utilité, quoique j'aie cru parfois, ne pas devoir adopter complètement ses identifications.

Le traité des *Cyranides* est en réalité un livre médical. Son but nous est
est révélé, tant par le prologue, que par un hymne que nous lisons à la
page 63 : « O Destin vénéré par les êtres vivants ! L'Univers sympathisant
au moment propice à leurs blessures, enfante seul, en un instant, tout
pour leur délivrance, par la volonté des dieux. »

Ainsi, c'est sous l'inspiration divine qu'il a été composé pour le soulagement des souffrances de l'humanité, d'après les livres de Cyranus et
d'Harpocration. « Car de ces deux ouvrages, Hermès fit le troisième, le
traité des *Cyranides*, qui comprend quatre livres » (p. 33).

Dans le premier, se succèdent vingt-quatre formules thérapeutiques,
suivies des maladies qu'elles peuvent guérir ; les trois autres forment un
Bestiaire, en trois livres, où les animaux terrestres, les oiseaux et les
poissons sont étudiés séparément au point de vue de leurs propriétés
magiques et médicales.

Le premier est basé sur la littéromancie, science magique qui prétend
tirer des présages de la réunion d'êtres et d'objets dont le nom commence
par la même lettre de l'alphabet, et, en partant de ce principe, fournit des
formules cabalistiques pour amulettes et phylactères, d'après leur assemblage naturel ou figuré. Le livre devait donc naturellement se composer
de vingt-quatre paragraphes, nombre égal à celui des lettres de l'alphabet
grec.

Ici, dans chacun d'eux, nous trouvons les quatre éléments représentés :
l'air, par l'oiseau, la terre, par la plante, le feu, par la pierre, l'eau, par
le poisson [1] ; et c'est alors la gravure sur la pierre, de l'oiseau et du poisson,
accompagnée d'une feuille naturelle de la plante, placée sous la pierre, qui
va produire les effets médicaux et magiques, signalés dans la formule.
Disons tout de suite que le rédacteur, pour faciliter la composition de la
formule, n'a pas hésité parfois à inventer des noms nouveaux [2], à se servir
même de périphrases [3] pour conserver indemne le principe de la littéromancie et pour obtenir l'ensemble qui lui était nécessaire.

Mais en réalité, cette disposition magique n'est ici qu'une façade, der-

---

1. Cette division correspond très exactement
à celle d'Olympiodore. Berthelot, *Alchimistes
grecs*, t. III, p. 85.

2. Εὐϐοή pour ἀηδών, p. 16.
3. Ἡλίου ζωή pour φοινικόπτερος, p. 18.

rière laquelle se dissimulent des recettes scientifiquement pharmaceutiques, composées alors d'oxydes, de sels, de minéraux, mêlés à des décoctions de plantes médicinales, qui, en pilules, en fumigations, en liniments, en onctions, peuvent produire des effets salutaires, et que la médecine actuelle utilise encore couramment.

En résumé, dans ce premier livre, entre les premières lignes de chaque formule, inspirées par la littéromancie et les dernières, qui donnent la description de l'abraxas magique, se trouve toute une partie vraiment scientifique, basée sur une connaissance réelle de la thérapeutique.

Si on tente de saisir l'économie des trois autres livres, on est, à la première lecture un peu désorienté. On se souvient d'abord des quatre éléments de chacune des formules du premier livre ; on cherche à faire un rapprochement entre eux et les quatre livres du traité ; c'est impossible, puisque, dans les trois derniers, il est uniquement question des animaux terrestres, des oiseaux et des poissons. Le feu n'y est pas représenté, les plantes, qui symbolisaient la terre n'ont pas de chapitre spécial. Mais si on reprend le formulaire du premier livre, on s'aperçoit que trois de ces éléments sont en réalité uniquement magiques, la pierre, l'oiseau, le poisson, et qu'un seul est physiquement efficace : la plante. Les développements des trois premiers sont dès lors assez limités; pour le quatrième, au contraire, le rédacteur des *Cyranides* n'a pas hésité à augmenter considérablement sa nomenclature; si bien, qu'à côté des vingt-quatre oiseaux, des vingt-quatre poissons et des vingt-quatre pierres, dont plusieurs font même double emploi sous des noms différents, nous trouvons soixante-deux plantes, dont le nombre même s'élèvera dans l'ensemble du traité à cent vingt-trois : et les propriétés de chacune d'elles sont très soigneusement spécifiées. Dès lors, nul besoin d'un herbier spécial; il existe en fait, mais dispersé. Pour rétablir l'équilibre, il était donc en quelque sorte indispensable de compléter la nomenclature des oiseaux et des poissons : un bestiaire seul pouvait les réunir. C'est ainsi que le formulaire devait être nécessairement suivi de ces trois livres.

Restent les pierres : un livre devait leur être consacré ; les dernières lignes du livre IV nous annoncent une histoire des minéraux : elle ne nous est pas parvenue. Mais au cours des pages précédentes, les pierres occupent une large place : nous en rencontrons trente-six d'origine minérale et seize d'origine animale. Si nous ne nous préoccupons pas des énumérations fantaisistes des *Lapidaires* du haut moyen âge, il n'en manque donc qu'une dizaine, sur lesquelles les *Cyranides* ne nous donnent aucun renseignement. Nous les retrouverons dans Damigéron et dans le *Poème Orphique*, étroitement liés à nos *Cyranides*.

Dans le premier livre, il n'est question que de six animaux terrestres : je ne dis pas quadrupèdes, parce que dans le nombre se trouvent la grenouille, la chauve-souris et le scorpion. Le livre II, qui leur est consacré, donne les propriétés thérapeutiques de quarante-et-un autres, au total donc, quarante-sept. Aux vingt-sept oiseaux, cités dans le livre I, le livre III en ajoute trente-neuf, soit en tout soixante-six. Enfin, avec les vingt-six poissons mentionnés dans les formules de la première *Cyranide*, le livre IV indique les propriétés de soixante-quatre nouvelles espèces; c'est donc quatre-vingt-dix poissons examinés. Si nous nous rappelons les cinquante-deux pierres et les cent vingt-trois plantes, recommandées dans les différentes recettes, on peut se rendre compte du nombre vraiment considérable d'êtres et de produits naturels étudiés par l'auteur des *Cyranides*. Nous les examinerons au point de vue scientifique dans la deuxième partie de cette Introduction.

Mais, alors que nous nous attachons ici au côté purement littéraire du traité, nous ne pouvons passer sous silence, ni certaines légendes très intéressantes que nous y découvrons, ni certains passages qui éclairent d'un jour tout nouveau quelques points d'archéologie pure et de religion antique.

Pline et Élien nous ont conservé bien des fables relatives aux animaux. Les *Cyranides* en reproduisent quelques-unes, mais d'autres, que nous y rencontrons, étaient inconnues jusqu'à présent. Des premières, pour éviter d'inutiles recherches au lecteur non averti, il faut citer, l'échénéis, le remora, qui peut arrêter un vaisseau [1], la chauve-souris qui écarte les sauterelles [2], l'hyène, mâle et femelle [3], les abeilles nées du sang d'un taureau [4], le frêne dont le serpent ne peut supporter l'ombre [5], l'hydre qui a une pierre dans la tête [6]. Les *Cyranides*, les premières, nous apprennent le point de départ de la légende de la chasse à la licorne, qui n'est autre que le rhinocéros : seule, une belle jeune fille peut l'attirer et s'en saisir [7] ; du pélican qui se perce le flanc pour ressusciter sa progéniture [8] ; de la salamandre qui n'est pas incombustible, mais qui éteint le feu [9] ; de l'oiseau

1. Ci-après, p. 54. — Pline. *H. N.*, l. xxxii.
2. P. 87. — Pline, *H. N.*, l. xxix.
3. P. 93. — Pline, *H. N.*, l. viii.
4. P. 92. — Virgile, *Géorgiques*, IV, v. 284.
5. P. 111. — Pline, *H. N.*, l. xvi.
6. Ci-après, p. 136. — Pline, *H. N.*, l. xxxii.
7. P. 90.
8. P. 112.
9. P. 91.

charadrius, le pluvier, qui vient aspirer la maladie d'un malade et l'emporte vers le soleil [1]; de la biche altérée qui ne peut être saillie qu'au bord des fontaines [2]; du pic-vert qui ouvre toute clôture avec une herbe qu'il connaît [3]; des cailles qui naissent de la pourriture des thons [4]; de la vive, déchirée par l'ouragan [5]; du combat annuel des cigognes et des corneilles [6]. Grâce aux différents manuscrits des *Cyranides* nous connaissons maintenant les fourmis ἀνδροκέφαλοι, à tête d'hommes, qui ne sont autres que des fourmis ἁδροκέφαλοι, à larges têtes [7] et le motif qui fait clouer aux portes des maisons l'aigle ou l'oiseau de proie tué par le maître [8].

Jusqu'ici le poisson, ou les poissons, suivant qu'on parlait du Poisson symbolique ou de la constellation des Poissons, étaient un terme générique, duquel se trouvaient seuls dégagés, la baleine, le dauphin, le crabe, l'anguille, la raie, et certains coquillages, parce que leur forme, absolument caractéristique ne laissait substituer aucune hésitation sur leur nature. Dans l'étude des pierres gravées, on croyait, en effet, n'avoir aucun besoin de se préoccuper de l'espèce des autres poissons qu'on y voyait représentés. Les *Cyranides* nous révèlent, au contraire, que dans l'examen des amulettes, il est indispensable de déterminer le poisson qui y est gravé; l'aigle, le glaucus, la vive, la murène, la loche de mer, le thon, la girelle, le *cynædius*, le loup de mer, le spare, le pilote, l'espadon, le barbier, la merluche, la dorade, la mendole, ont en effet des vertus magiques [9] aussi différentes, aussi spéciales, que leurs propriétés nutritives et médicales, mentionnées par Hippocrate.

Il faut enfin savoir faire ici la part du symbolisme, de la magie et de la religion, qui se cotoient dans chaque article; et je n'entends pas parler de l'influence religieuse seule. Mais à côté de la littéromancie, de la nécromancie, de la sorcellerie, d'où dépendent aussi bien les apparitions nocturnes, les nouages d'aiguillette, les accouchements magiques que les amulettes pour la chasse, pour la pêche, pour les procès, pour l'amour, contre les voleurs, contre la douleur, à côté de l'astrologie, qui enseigne le moyen de faire apparaître la lune et les étoiles, il est question des fêtes de Bacchus, de la chasteté des prêtres, des transports divins de la Pythie, des formules dionysiaques, des urines et des parfums purificatoires [10], des

---

1. Ci-après, p. 115.
2. P. 79.
3. P. 43, 103.
4. P. 36.
5. P. 42.
6. P. 109.

7. P. 87 et texte grec, p. 261.
8. P. 99.
9. Mély (F. de), *Le poisson dans les pierres gravées*, dans la *Revue archéologique*, 1888 (2).
10. A la lettre Σ du livre I, le rédacteur des *Cyranides* discute d'une façon très intéres-

divers rites sacrificatoires, des auspices, des aruspices, enfin de la divination par les animaux et les statues, où nous trouvons la formule, inconnue jusqu'ici de l'interrogation des *terafim* chaldéens (p. 56 et 92), qu'on ne savait encore comment expliquer.

Essayons maintenant de pénétrer le mystère dont est entouré ce livre d'une si divine origine.

Il ne faut pas oublier que pendant des siècles, la science fut toujours identique et que, d'Aristote à Léonard de Vinci[1], elle ne fait que se survivre à elle-même. Par conséquent, les trois derniers livres, simples *bestiaires*, corollaires naturels du premier, nous l'avons dit, ne sauraient rien nous apprendre.

Il en va différemment du premier. Il débute par un prologue où nous lisons que « ce livre est celui de Cyranus ; que de deux ouvrages, Hermès en fit un troisième, livre des vertus naturelles, formé des deux livres des sympathies et des antipathies ; le premier, livre des *Cyranides* de Cyranus, roi de Perse, l'autre d'Harpocration, d'Alexandrie » (p. 33).

En parcourant les vingt-quatre éléments dont se compose cette première partie, très rapidement nous nous rendons compte que nous avons sous les yeux un livre essentiellement gnostique. D'abord, toutes les pierres, gravées d'après une formule précise, sont à proprement parler des abraxas, quoique n'en présentant pas absolument les caractères habituels ; mais, à cet égard, leur description ne saurait laisser aucun doute. Certains talismans doivent recevoir des inscriptions qui nous sont bien connues : telles l'hiéracite de la lettre Φ, qui représentera un épervier au-dessus d'une grenouille, avec les lettres ΜΑΛΛΕΝΕΚΑΛ´ (ἐν ἄλλῳ ΜΑΛΘΛΛΛ´), ou la pierre d'aimant vivante, avec ΜΑΜΑ´ΛΛΑΙΝΑ (οἱ δὲ ΜΑ´ΛΛΛΛΑ) (p. 63).

Une d'entre elles est encore plus caractéristique et présente un intérêt tout nouveau. Nous connaissons un certain nombre de pierres sur lesquelles se lit l'invocation ΑΙΩ, alors cependant que la formule consacrée est ΙΑΩ. On a cru pouvoir l'expliquer par une déformation provenant d'une faute du graveur. Notre traité, à la lettre Τ (p. 60), nous apprend qu'il faut graver sur la pierre Taïte, un paon (Ταώς), marchant sur une pastenague (Τρυγών), tandis qu'à l'entour on inscrira *le cri du paon* ΑΙΩ[2].

---

sante la forme assyrienne *sousanon, sousinon*, parfum, dont font mention les prophètes dans les livres sacrés (p. 55).

1. Müntz (Eug.), Communication à l'Académie des Inscriptions et Belles Lettres, du 11 août 1899.

2. Voir à ce sujet : Johann. Macarii *Abraxas*. Anvers, Moret, 1657, in-4°, fig. 2 et 14.

Voilà pour le côté purement matériel.

Le gnosticisme, mélange de doctrines persiques, chaldéennes, grecques, bibliques, reconnaît l'influence de deux principes, l'un bon, l'autre mauvais, continuellement en guerre l'un contre l'autre ; nous n'avons donc qu'à prendre notre texte pour voir s'il répond à ces conditions.

La base fondamentale de la secte est naturellement la gnose, γνῶσις, la connaissance. Dans le prologue, au § 4 (p. 33), il est dit : « Ainsi c'est de Dieu que vinrent aux hommes γνῶσις καὶ πολυπειρία. »

Les adeptes reconnaissent l'influence de deux principes toujours opposés ; or, les *Cyranides* sont : « Le livre des vertus naturelles formé de deux livres, celui des sympathies et celui des antipathies. » La dualité ne pouvait être plus nettement indiquée.

Ce « Livre de Cyranus, τοῦ Κυρανοῦ βασιλέως Περσῶν » précise les rapports avec la Perse, tandis qu'à chaque page les noms d'Aphrodite, de Bacchus, les fêtes dionysiaques, rendent évidentes les influences grecques.

Plus manifestes encore sont les traces du christianisme. A chaque page le Θεὸς παντοκράτωρ (texte grec, p. 3), le δεσπότης, les ἄγγελοι (t. g., p. 42) sont voisins de l' Ἀνάγκη, des Νόμοι, de Κρονίδης, d' Ἀφροδίτη, d' Ἑρμῆς, de Νέμεσις. Mais là où la chose est surtout marquée, c'est à la fin de la lettre Θ, où se lit (t. g., p. 23, § 7) : « Or la formule dionysiaque est celle-ci : Ἐλ. εἰρίς. βραχὺ Χριστὲ Ἰησού. εἴη. οἰωο. α ε η ι λ. Ainsi parle Harpocration. Quant à Cyranus, voici ce qu'il dit : Εὐὰ βαΰγεῦ εὐΐλεῦ Διόνυσε. »

Pourquoi ces deux invocations à des êtres supérieurs, d'essence si diverse, en quelques lignes ? Comment le nom de Jésus se trouve-t-il rapproché de celui de Bacchus ?

Nous touchons ici au cœur même de l'ouvrage, composé, ainsi que l'annonce le prologue, de deux traités, tendant au même but final, mais d'origine essentiellement différente, ce qui met d'ailleurs en pleine lumière son caractère gnostique. Son attribution à Hermès Trismégiste ne signifie absolument rien. Du IIᵉ au XVIᵉ siècle, tous les rédacteurs de livres de médecine, d'astrologie, de magie, s'abritent sous les noms les plus pompeux de l'antiquité : Zoroastre, Salomon, Alexandre, Evax, Enoch, Abraham, Adam même : on n'en saurait tirer aucune déduction. Mais, si au contraire, on suit ligne à ligne la rédaction actuelle des *Cyranides*, on est frappé des deux influences qui coexistent dans chaque lettre, sans que la fusion s'en soit à aucun moment opérée. Les paragraphes s'y succèdent, les uns, crument réalistes, sensuels ; les autres, tout pénétrés au contraire de l'inspiration platonicienne et chrétienne. Les premiers semblent sur-

tout célébrer les fêtes de Priape et les plaisirs de l'amour : les seconds s'occupent des maladies des êtres, chantent l'immortalité de l'âme et sa dé-
tresse pendant le séjour qu'elle doit faire dans le corps que le Seigneur a
cru devoir lui assigner. Et ces deux sources, très naturellement, sans effort,
se détachent l'une de l'autre, dès qu'on prend la peine de les pénétrer.

De Cyranus vient la recette : « Ὥστε δοκεῖν τοὺς παρατυχόντας μάγον σε
εἶναι », capable de vous faire passer pour un magicien aux yeux des assistants (p. 67, § 16) : puis c'est une longue description de la ceinture d'Aphrodite (p. 51, § 25), que nous retrouverons au moyen âge dans tous les gri-
moires de sorciers : c'est là que viendront puiser leurs renseignements les
noueurs d'aiguillettes et les envoûteurs.

De Cyranus encore est tiré l'hymne qui célèbre la vigne : « O plante
divine... » de la page 39, qui se termine par une phrase incompréhen-
sible « ϒΙ Εϒ ΑΕ ΙΑϒΩ ΑΕ ΚΙΕΩ », dans laquelle M. Ruelle me dit trouver
une suite de voyelles chantées [1].

Au contraire, les hymnes d'Harpocration, ses chants pleins de poésie,
sont inspirés par le platonisme et le christianisme, on ne saurait le nier
aussitôt qu'on rapproche l'invocation du § 10 de la p. 35 : « Oh! âme
immortelle, traînant un corps mortel.... » ; l'hymne de la page 46 : « Oh !
bienheureuse âme immortelle, dans le lieu où tu es, apaise la souffrance
d'un corps qui est tien... » ; les chants de la p. 3 : « Ne souffre pas, ô âme
de ton corps mortel... » ; enfin, les questions posées au philosophe, de la
p. 47 : « Dis-moi, que penses-tu, l'âme est-elle mortelle ou immortelle?... »,
quand on les rapproche, dis-je, de ces passages du *Timée* de Platon et du
De Divinatione de Cicéron.

« Il y a deux causes de tout ce qui existe, l'Intelligence, qui s'appelle Dieu et principe de
tout ce qui est excellent, la Nécessité à laquelle se rapportent toutes les causes secon-
daires..... Enfin, quand les liens, qui dans la moëlle réunissent les triangles rompus
par cette lutte, ne se tiennent plus, les liens de l'âme se relâchent en même temps, et
ainsi délivrée et rendue à sa nature, elle s'envole avec joie... Disons la cause qui
porte le suprême ordonnateur à produire et à composer cet Univers. Il était bon,
et celui qui est bon n'a aucune espèce d'envie ; il a voulu que toutes choses fussent,
autant que possible, semblables à lui-même..... Ces dieux, imitant l'exemple de leur
Père, et recevant de ses mains le principe immortel de l'âme humaine, façonnèrent
ensuite le corps mortel, qu'ils donnèrent à l'âme comme un char » (*Timée*).

« Quand nous dormons, notre âme, dans toute sa vigueur est affranchie du joug des
sens et de toutes les entraves que donnent les soucis ; le corps est étendu comme

---

1. Voir C.-E. Ruelle et E. Poirée, *Le chant* historique. — *Analyse musicale*. Paris, E.
gnostico-magique des sept voyelles. Esquisse Sagot, 1901, in-8°.

privé de vie, mais notre âme a vécu de toute éternité, elle s'est mêlée aux âmes innombrables qui remplissent l'espace ; elle voit donc tout ce que renferme la nature » (*De Divinatione*, l. I, c. LI).

Ainsi dans ce traité gnostique, si l'influence païenne vient de Cyranus, l'influence chrétienne doit être reportée vers Harpocration d'Alexandrie.

Mais à cette première constatation saurions-nous demander une date ?

La secte des gnostiques prend naissance vers l'an 30, avec Simon le Magicien, et dure jusqu'au persan Manès, en 225. Ce sont là des limites bien vagues. Un point me paraît beaucoup plus précis.

J'ai pu dater approximativement le *Traité des Fleuves du Pseudo-Plutarque*, grâce à une phrase : Εὐφράτης ποταμός ἐστι τῆς Παρθίας κατὰ Βαβυλῶνα πόλιν (p. LXI). L'ouvrage était forcément antérieur à 227. Or, ici nous lisons à la page 4 du texte grec : « Καὶ ἔκτισεν ('Αλέξανδρος) ἑτέραν Σελεύκιαν ὑπὸ Περσῶν κειμένων, ὡς εἶναι περσογενῆ · καλεῖται δὲ πρώτη 'Αλεξάνδρεια ἡ πρὸς Βαβυλῶνα. » Babylone est ici dans le pays des Perses : nous sommes donc après 227.

Pouvons-nous, maintenant, tirer quelques conséquences de la description de cette Alexandrie, proche Babylone, qu'Harpocration décrit avec une certaine précision, quand nous savons que Babylone, en 380, était absolument déserte, habitée seulement par des monstres et des animaux sauvages[1] ? Harpocration raconte en effet, que dans son voyage en Babylonie, il poussa jusqu'à Séleucie et qu'il vit là : « une autre ville distante de dix-sept σχοίνια, qu'Alexandre détruisit à son retour, mais qu'il réédifia ; c'était Alexandrie en Babylonie : καλεῖται δὲ 'Αλεξάνδρεια ἡ πρὸς Βαβυλῶνα.

Avant tout, il faut mettre au point cette mesure, σχοίνιον, qui veut simplement dire cordeau. Serait-ce par hasard le σχοῖνος, le schène égyptien ? Dans le principe, il valait 60 stades, plus tard, 30 seulement. Dans le premier cas nous aurions ici $17 \times 60 = 1020$ stades : en comptant chaque stade à six plèthres ou 185 mètres, nous arrivons à 188 kilom. ; dans le second cas, à 94 kilom. seulement.

Prenons alors la carte de l'ancienne Assyrie, et plaçons-nous à Séleucie. Nous savons d'abord que nous devons nous tourner vers Babylone, πρὸς Βαβυλῶνα. Si nous ouvrons notre compas de 90 kilom., nous allons presque exactement rencontrer au S. de Babylone, Hira, *prius Alexandria*, sur le Pallacopas Canalis, non loin d'Hilleh. Ce sont donc bien des schènes égyptiens, mais de trente stades, les plus récents, qui sont employés ici

---

1. Saint Jérôme, *Commentaires sur Isaïe*, l. V, c. XIII.

comme mesure itinéraire. Cette Alexandrie et la ville décrite par Harpocration peuvent donc être identifiées sans hésitation.

En réalité, nous sommes dans la grande enceinte de Babylone, et quand nous savons que les ruines de la ville occupent près de 40 kilomètres, nous ne pouvons nous étonner de nous trouver au pied de la tour de Babel, aujourd'hui Birs-Nimroud, près de Borsippa, au sujet de laquelle le mythe grec des géants, escaladant l'Olympe, vient se mêler aux souvenirs de la Bible, de la confusion des langues (p. 34). Elle est au milieu des ruines, il est vrai, mais le sanctuaire, encore debout, demeure vénéré avec ses marches d'or et d'argent, et le voile de lin qui cache la stèle, τὰ καλύπτοντα τὴν στήλην βύσσινα, prouve que le culte y est encore pratiqué. Nous ne sommes donc pas encore au temps de saint Jérome, en 380.

Enfin, chacune des lettres du traité se termine par cette phrase : « Λαβὼν οὖν λίθον, γλύψον εἰς αὐτόν... » C'est donc que la glyptique n'est pas encore tombée dans l'oubli. Nous avons pu juger de l'importance de cette formule, quand nous recherchions la date du Traité des Fleuves (p. LIX). Ici, nous sommes forcés de ne pas dépasser le IVᵉ siècle.

Ainsi, tous les détails que nous examinons successivement sont d'accord pour nous montrer que le traité actuel des Cyranides a été composé après 227, mais antérieurement à 400.

Et la confirmation s'en trouve absolue dans cet extrait d'Olympiodore, le philosophe alexandrin, vivant sous Théodose II, vers 408 par conséquent, où est cité le nom d'Hermès, d'après le passage « ἐν τῇ Κυρανίδι, ἐν τῇ ἀρχαϊκῇ βίβλῳ ». Les Cyranides, étaient donc déjà connues en 408 [1].

Des deux noms d'auteurs que nous rencontrons ici, celui de Cyranus a été, surtout depuis la Renaissance, l'objet de nombreux commentaires. Mais le premier qui s'en soit préoccupé est naturellement le rédacteur de notre traité.

« C'est, dit-il, le livre des Cyranides, de Cyranus, roi des Perses.

« Elles s'appellent les Cyranides, parce qu'elles sont les reines de tous les écrits. »

Remarquons qu'il dit βασιλίσσας et non κυρανίδες.

Marchand, dans son Dictionnaire historique, résume les opinions diverses des critiques antérieurs, de Corneille Agrippa, de Barth, de

---

1. Le fragment est entièrement reproduit dans Reinesius (Th.), Variarum lectionum Libri III. Altenburgi, Michael, 1640, in-4°, p. 7. — BERTHELOT et Ch.-Em. RUELLE, Collection des anciens Alchimistes grecs. Paris, Steinheil, 1888, in-4°, Textes grecs, Olympiodore, p. 101; traduction, p. 110.

Fabricius, de Mollet, pour ne citer que quelques-uns des plus importants. Mais c'est surtout une discussion sur la forme à adopter : Kiranus, Cyranus, Cœranus, Cœranius. Au fond la chose importe peu : au début du v° siècle, Olympiodore parle de *La Cyranide*, nous devons donc nous en tenir à cette dénomination presque contemporaine.

Sans vouloir en tirer pour notre thèse aucune conséquence, je crois cependant qu'il n'est pas permis de laisser dans l'oubli un passage du récit du Mobed Bahram [1], dont n'a fait état jusqu'ici, aucun de ceux qui se sont occupés des *Cyranides*. Le Mobed Bahram indique dans la suite des rois de Perse, une dynastie des Keïanides, comprenant dix rois, qui dura 732 ans et finit avec Sekander Roumi, c'est-à-dire avec Alexandre-le-Grand.

Keï Kaous en fait partie. De son temps, Salomon était prophète et roi de Syrie, et on raconte que Keï Kaous lui demanda d'ordonner aux divs de s'employer à ses bâtisses.

Dans cette période Zerdouscht (Zoroastre) apparaît sous Gustap.

Vraiment, lorsqu'au cours de la traduction, on rencontre une stèle apportée de Syrie, du temple de Salomon, qu'on sent dans tout l'ouvrage une influence de ces fameux traités attribués à Zoroastre (?), origine de toutes les sciences, dont les Grecs étaient parvenus à sauver une copie lors de l'expédition d'Alexandre [2], quand enfin on sait que cette littérature lapidaire ne fait son apparition dans le monde occidental qu'après les expéditions d'Alexandre, ne se trouve-t-on pas amené à faire un rapprochement entre cette dynastie des Keïanides, ce Keï Kaous, et nos Cyranides de Cyranus, roi de Perse ?

Mais on ne saurait, malgré tout, émettre que de vagues suppositions de ce côté; toutefois, il paraît résulter de l'ensemble des détails que le livre de Cyranus, a puisé son inspiration dans des livres d'origine assurément orientale.

Le mystère qui entoure le nom d'Harpocration n'est peut-être pas, toutefois, aussi impénétrable. Nous devons, avons-nous dit, rechercher la date de la composition intégrale du traité des *Cyranides*, entre 227 et la fin du iv° siècle. Vers cette dernière époque, nous trouvons la lettre d'un certain *Harpocration à un Empereur*, que Charles Graux a éditée et très savamment commentée [3]. Il trouve que suivant toute apparence « l'auteur est l'Harpo-

---

1. Publié dans le *Journal Asiatique*, 3° sér., t. XI, p. 324.
2. MASPERO, *Histoire de l'Orient*, t. III, p. 576.
3. *Les textes grecs publiés par Charles Graux*, édit. posthume surveillée par Ch.-Em. Ruelle. Paris, Vieweg, 1886, in-8°, p. 105 (Extrait de la *Revue de philologie*, 1878, p. 65).

cration, ami de Libanius, qui pourrait être identifié avec Valérius Harpocration, et que d'autre part l'Harpocration de la lettre et l'Harpocration,
auteur d'un *livre cyranique* doivent être une seule et même personne. »
Le fait est, qu'actuellement, l'identification paraît tout indiquée.

« La lettre adressée à un Empereur, écrit Ch. Graux, nous transporte en plein règne
de la théurgie. Au déclin de la magie païenne, Harpocration arrive dans le sanctuaire
le plus vénéré de l'Égypte, Diospolis ou Thèbes; là, il demande aux prêtres, dont il n'a
pas tardé à gagner la confiance, εἴ τι τῆς μαγικῆς ἐνεργείας σώζεται? Parmi ceux-ci, un seul
se rencontre, déjà avancé en âge, qui a conservé religieusement quelque puissant secret
théurgique. »

Charles Graux, étudiant les successives persécutions dirigées par les
empereurs contre les magiciens, donnant les textes des lois, notamment
celle de 357, qui condamnent énergiquement la magie, démontre que la
lettre d'Harpocration à un Empereur ne peut avoir été adressée qu'à Julien
l'Apostat, le disciple de Maxime d'Ephèse, dévot serviteur du roi Soleil et
des astres, dont les médailles offrent les images d'Isis, d'Osiris, de Sérapis,
d'Anubis, d'Harpocrate, du Nil et du Sphinx : et la date s'en trouve ainsi
nécessairement fixée entre décembre 361 et juillet 363.

Trouvons-nous dans les *Cyranides* un seul détail qui ne nous permette
pas de les attribuer et à cette date et à cet Harpocration?

Rappelons d'abord une lettre de Libanius à son ami Aristénète, pour lui
recommander Harpocration, qui se rend à Nicomédie en 356. Harpocration, d'origine *égyptienne*, vivait à Antioche en 355. Or, l'Harpocration des
Cyranides, d'origine *alexandrine*, connaît la langue syriaque : « Αὔτη ἡ
βίβλος συριακοῖς ἐγκεχαραγμένη γράμμασιν ἐν στήλῃ σιδηρᾷ, ἐν μὲν τῇ πρώτῃ
αὐτῆς ἀρχαϊκῇ ὑπ' ἐμοῦ ἑρμηνευθεῖσα », alors que, quelques paragraphes plus
loin, il déclare ne pas connaître les caractères perses, dont le vieillard est
obligé de lui expliquer le sens.

Il a, du reste, habité la Syrie, dont il est question tant de fois, et il a
beaucoup voyagé « περὶ τὴν Βαβυλωνίαν χώραν ».

Mais surtout *La lettre d'Harpocration à un Empereur* n'est-elle pas, en
quelque sorte, un fidèle résumé du prologue des *Cyranides* ? Aucun détail
n'y est oublié; un seul point ne serait pas identique, la contrée où se trouve
la ville, habitée par le prêtre, dont le nom cependant est le même : Alexandrie. Est-ce Diospolis, Alexandrie d'Égypte, ou Hira, Alexandrie proche
Babylone? En tous cas, ne sommes-nous pas en droit de supposer qu'Harpocration aura voulu précisément ainsi, par une diversion que ses voyages

j

lui permettaient de rendre aussi vraisemblable que possible, éviter de compromettre un prêtre, qui venait de lui révéler un inviolable secret ?

« Ne le communique pas, dit le Prologue, aux ignorants, mais conserve-le en toi-même comme un grand trésor : communique si tu le peux à tes fils seulement, toi leur père, ce grand trésor qui vaut pour l'action (le πρὸς ἐνέργειαν de la lettre que nous venons de citer) l'or précieux, mais qu'ils jurent de le garder fidèlement comme un enfant sacré. »

Quant à ses origines, elles ne sont assurément pas helléniques. Non seulement, ce texte où les déclinaisons n'existent pas la plupart du temps, mais les allusions aux fêtes grecques, à l'ὀνόθυρσις, pour n'en citer qu'une, « sorte de rose dont les Grecs font des couronnes pour les fêtes des dieux, dont les feuilles ressemblent à celles de la mauve cultivée et que les Grecs appellent ἀλθαίαν », alternant avec les souvenirs du culte de Mithra [1], les réminiscences astrologiques de la Babylonie (p. 68), les traditions religieuses hébraïques [2], les allusions continuelles à la Syrie et à l'Assyrie [3], dans un cadre de mesures, de légendes et d'animaux égyptiens, de poissons, essentiellement méditerranéens, donnent aux *Cyranides* un aspect nettement alexandrin.

Certains indices, absolument matériels, nous les font croire, d'ailleurs, d'une époque très reculée : du mot ἀμέθυσος (p. 108, l. 15, du texte grec), du titre περὶ βωπῶν (p. 301 du t. g.), mon savant collaborateur conclut à un archétype sur papyrus du IIIᵉ siècle et à un intermédiaire « *très ancien* » ; enfin, de la découverte du traité gravé *sur* une stèle, et non pas découvert *dans* une colonne comme on le voit dans les *Alchimistes*, qui traduisirent mot à mot ἐν στήλῃ, on peut déduire qu'on se trouve en présence d'un traité vraiment original, mais de seconde main ; c'est là un fait certain, il ne faut pas l'oublier.

D'un autre côté, de quelques passages des *Cyranides* qu'on lit presque textuellement dans Dioscoride, on pourrait inférer qu'elles se sont inspirées de la *Matière médicale*, qu'elles lui sont par conséquent postérieures. Assurément cette conclusion est tentante ; mais, comme on trouve dans leurs formules bien d'autres recettes, du même ordre d'idées et qui ne se rencontrent pas dans Dioscoride, on peut à juste titre, supposer que les deux ouvrages ont puisé dans un même formulaire plus antique, qui

---

1. Le soleil et la lune qui doivent être représentés sur deux pierres de chaque côté d'Aphrodite, p. 51.

2. Abstention de chair de porc, p. 42. — Observation du jour du Sabbat, p. 97.
3. Pp. 42 et 55.

est dès lors l'ancêtre commun des deux traités. Nous n'en devons donc tirer aucun argument.

Le Vieil Interprète latin nous a fait connaître que le traité dont il donnait la traduction, existait à Constantinople en 1168; mais dans quelles conditions y était-il arrivé? De ses déformations, d'expressions néo-byzantines, de termes arabes à peine déguisés, ἀλφχιωνίας pour παιωνίας, d'interpolations chrétiennes [1], nous en arrivons à deviner les voies par lesquelles il a passé. Mais enfin, comme grâce aux nombreux manuscrits que nous connaissons maintenant, appartenant à des familles si diverses, nous pouvons espérer que les textes, souvent incompréhensibles chacun en particulier, se reconstituent l'un par l'autre, il nous est permis de croire que nous avons le fond, peut-être même la forme d'un ouvrage dont on pourrait résumer l'histoire comme il suit.

Harpocration d'Alexandrie aurait reçu entre 350 et 360 un traité de magie orientale, de la main d'un prêtre d'*Alexandrie*, que sa *Lettre* ferait supposer égyptien, que les *Cyranides* tenteraient de montrer chaldéen. Il l'aurait alors transformé pour sa fille, en livre gnostique, tout en laissant figurer le nom de Cyranus aux passages qu'il empruntait au traité primitif. Dans la suite, un compilateur aurait, dans une copie, fait la part de Cyranus et celle d'Harpocration qu'il laisse même quelquefois parler à la première personne (p. 48, § 20) alors que le plus souvent, il le cite simplement (p. 34, § 6), de façon à produire un ouvrage d'aspect nouveau, attribué dans son ensemble à Hermès. C'est celui que nous avons édité. Grâce à lui nous connaissons ainsi maintenant un des traités les plus anciens inspirés de la science orientale, qui nous laisse soupçonner la genèse d'autres ouvrages soi-disant hermétiques [2], comme il nous révèle aussi les propriétés magiques d'un certain nombre d'abraxas, demeurés jusqu'ici impénétrables.

---

1. Mercurius maledictissimus paganus fuit et ut Deus colebatur : ego autem Christum colo et invite scribo de Mercurio. (V. 1. Δ, p. 22.)

2. *Le secret de la créature*, par exemple, étudié par Sylvestre de Sacy, dans les *Notices et Extraits des manuscrits*, t. IV, p. 107.

THÉOPHRASTE

LE LIVRE DES PIERRES

1] Des corps qui se forment dans la terre, les uns tirent leur origine de l'eau, les autres de la terre.

2] De l'eau viennent les métaux, comme l'or, l'argent, etc. ; de la terre, la pierre commune et celles qui sont plus nobles, ainsi que les diverses espèces de la terre même, différant par la couleur, la douceur, la densité ou par quelque autre propriété.

3] Nous avons passé en revue dans un autre traité ce qui touche aux métaux : maintenant parlons des pierres.

4] Il faut croire, pour parler simplement, que tous ces corps sont formés d'une matière pure et homogène, soit par écoulement, soit par filtration, soit, comme il est dit plus haut, par séparation : car il est facile de comprendre que les choses peuvent se passer tantôt comme ceci, tantôt comme cela, tantôt d'une autre manière.

5] C'est de là, dis-je, que ces corps tirent leur douceur, leur densité, leur éclat, leur transparence, etc. ; et chacun d'eux est d'autant plus homogène et plus pur, que ces qualités sont plus grandes dans la matière première. En somme, plus la matière de la concrétion comprendra de qualités, plus chacune d'elles se retrouvera dans la matière même du corps composé.

6] La concrétion est produite dans certains cas par la chaleur, dans d'autres par le froid. Rien ne s'oppose cependant à ce que certaines espèces de pierres se forment sous l'influence de ces deux causes, quoiqu'il semble que toutes les choses de la terre viennent du feu, puisqu'en résumé la concrétion et la liquéfaction sont opposées.

7] Nombreuses sont les propriétés qui se rencontrent dans les pierres : car dans la terre, les écoulements différents donnent naissance à la couleur, au moelleux, à la douceur, à la densité et à tout ce qui a rapport à ces qualités ; pour les autres, elles sont rares.

8] Telles sont les propriétés des pierres, en outre de celles qui dépendent de

1

leurs propriétés d'agir, d'être soumises ou non aux influences étrangères : car les unes sont solubles, les autres insolubles, certaines peuvent être cuites, d'aucunes ne peuvent l'être, ainsi que les autres substances similaires : et dans la calcination et dans la combustion il y a même de nombreuses différences.

9] On dit que certaines pierres ont le pouvoir de donner à l'eau leur couleur, comme l'émeraude (σμάραγδος), d'autres, de pétrifier tout ce que l'on met en elles : il y en a qui ont une vertu attractive, qui peuvent éprouver l'argent, comme celle qu'on appelle pierre d'Héraclée (Ἡράκλεια) ou Lydienne (ἡ Λυδή).

10] La propriété la plus étonnante et la plus grande, si elle est vraie, est de faire accoucher.

11] La propriété la plus connue est chez la plupart leur aptitude à être travaillées. Les unes peuvent être gravées, les autres tournées, d'aucunes sciées ; tandis qu'il y en a certaines que le fer ne peut pas attaquer, et d'autres mal et difficilement.

12] En outre, il y a d'autres différences dans ces qualités particulières : parmi lesquelles, entre autres choses remarquables, il faut signaler la coloration, la dureté, la tendreté, la douceur, etc.

13] Et pour quelques-unes, elles se rencontrent dans un pays entier, d'où alors les carrières tirent leur nom, Paros, Pentelé, Chio, Thèbes.

14] C'est ainsi que l'albâtre (ἀλαβαστρίτης) vient de Thèbes, en Égypte, où il est préparé en grands morceaux : là aussi la pierre appelée chernite (χερνίτης), semblable à l'ivoire ; on dit que c'est dans un sarcophage de cette pierre que repose Darius : on y trouve aussi le porus (πῶρος), qui pour la couleur et la dureté ressemble au marbre de Paros, mais a la légèreté du tuf (πώρου) ; c'est pour cela que dans leurs demeures les plus soignées les Égyptiens s'en servent comme cloisons.

15] On trouve aussi là une large pierre transparente qui ressemble au marbre de Chio, et dans d'autres lieux on en rencontre bien d'autres. Telles sont, en général, les différences les plus communes.

16] Quant à celles qui proviennent des causes mentionnées plus haut, elles ne se rencontrent plus chez toutes, ni chez celles qui sont par couches, ou par masses ; quelques-unes en effet, sont très rares et petites, telles l'émeraude, (σμάραγδος), la cornaline (σάρδιον), l'escarboucle (ἄνθραξ), le saphir (σάπφειρος) et en un mot celles qu'on peut graver en cachets. On ne les trouve, par exemple, que dans des roches qu'il faut briser.

17] Peu nombreuses sont les pierres qui subissent l'action du feu et peuvent arriver à la calcination. Nous parlerons donc d'abord des différences qui existent entre elles et de leur nombre. Sous l'action du feu les unes fondent et coulent, comme les métaux : en effet, la pierre de cette espèce coule comme l'argent, le cuivre ou le fer, soit par l'humidité de ces métaux qui en sont le principe, soit par leur propre nature : ainsi sont les pyromaques (πυρόμαχοι) et les pierres molaires (μωλίαι) qui coulent dans le fourneau avec les métaux auxquels elles sont attachées.

18] Il y a des auteurs qui affirment formellement que toutes les pierres fondent, à l'exception du marbre (μαρμάρου). Celui-ci, en effet, cuit complètement et devient de la chaux (κονίαν). Il semblerait que ceci s'applique uniquement au plus grand nombre.

19] Nombreuses sont celles qui se brisent et jaillissent en éclats, comme ne pouvant résister à l'action du feu, ce que ne fait jamais l'argile (κέραμος); la chose est conforme à la raison : elles sont complètement sèches. Or, ce qui est fusible est toujours humide et possède un excès d'humidité. On dit que, des pierres qui sont exposées au soleil, les unes se dessèchent complètement, au point de devenir inutilisables à moins d'être humectées de nouveau et humidifiées : que les autres deviennent plus malléables et plus fragiles. Il est évident que dans les deux cas l'humidité est exhalée : il arrive que les corps qui sont sérieusement desséchés deviennent durs et que ceux dont la nature a moins de consistance deviennent fragiles et fusibles.

20] Parmi les pierres fragiles, quelques-unes, au feu, deviennent comme des charbons ardents et demeurent ainsi longtemps. Telles celles des mines des environs de Bina, charriées par le fleuve : elles brûlent lorsqu'on pose dessus des charbons allumés, mais il faut pour cela souffler : puis elles meurent et de nouveau peuvent brûler : c'est pour cela qu'elles peuvent servir longtemps. Leur odeur est tout à fait insupportable et pénible.

21] La pierre qu'on appelle spinus (σπῖνον), qui se trouve dans les mines, fragmentée et mise en tas au soleil, brûle d'autant mieux qu'on l'humecte et qu'on l'arrose avec de l'eau.

22] Sous l'action du feu, la pierre de Lipari devient poreuse et semblable à la pierre ponce (κισσηροειδής), au point de changer de couleur et de densité; car, avant d'être brûlée, elle est noire, lisse et dense. Elle se trouve de ci, de là, dans la pierre ponce comme dans une alvéole, mais sans lui être unie ; ainsi, dit-on, se trouve à Milo la pierre ponce dans une autre pierre ; et l'une est en quelque sorte opposée à l'autre, mais cette pierre [de Milo] ne ressemble en rien à la pierre de Lipari.

23] La pierre de la Tétrade de Sicile devient également poreuse. Ce pays est proche de Lipari.

24] On trouve au promontoire d'Érinéas beaucoup de ces pierres, brûlant comme celles de Bina : elles ont une odeur de bitume (ἀσφάλτου), et laissent après avoir brûlé un résidu qui ressemble à de la terre calcinée.

25] Ces pierres qu'on casse pour s'en servir, s'appellent charbon (ἄνθρακας), elles sont de nature terreuse : elles brûlent et le feu les consume comme des charbons (ἄνθρακες). On les trouve en Ligurie où naît également l'ambre (ἤλεκτρον) et aussi en Élide, en allant à Olympie à travers les montagnes. Ceux qui travaillent les métaux en font usage.

26] On trouve quelquefois, dans les mines de Scaptisyle, une pierre qui ressemble à du bois pourri ; lorsqu'on verse de l'huile dessus, elle brûle ; mais lorsque l'huile est brûlée, elle s'éteint, sans avoir subi aucune modification.

Telles sont les différences des pierres qui peuvent être attaquées par le feu.

27] Il y a encore une autre espèce de pierre, formée pour ainsi dire de principes contraires, entièrement incombustible, on l'appelle l'escarboucle (ἄνθραξ) ; sur elle on grave les cachets. Sa couleur est rouge : mise en face du soleil, elle a l'aspect d'un charbon ardent (ἄνθρακος). Elle est, dit-on, très précieuse, car une très petite vaut quarante statères d'or. On la tire de Carthage et de Marseille.

28] La pierre des environs de Milet, qui a des angles formant un hexagone, ne brûle pas non plus. On la nomme aussi escarboucle (ἄνθρακκα) : c'est fort étonnant, car elle est en quelque sorte semblable à l'adamas (ἀδάμαντος).

29] Si elles ne brûlent pas, ce n'est pas, à ce qu'il paraît, pour le même motif que la pierre ponce (κίσσηρις) ou la cendre, c'est parce qu'elles n'ont aucune humidité. Les premières sont incombustibles et inattaquables par le feu, parce que leur humidité a été enlevée. Cependant, il y a des gens qui croient que la pierre ponce est nécessairement formée par le feu, sauf toutefois celle qui se forme de l'écume de la mer ; cette croyance leur vient par l'observation, tant à cause des pierres rencontrées autour des cratères que de la pierre arabique brûlée, qui se transforme en pierre ponce (κισσηροῦται). Les endroits où elles se trouvent peuvent à la vérité indiquer leur origine, car c'est là qu'est le plus souvent la pierre ponce. Mais peut-être en est-il tantôt ainsi, tantôt autrement et existe-t-il d'autres modes de formation.

La pierre ponce de Niscyros, en effet, paraît formée par une concrétion de sable : la preuve en est que celles qu'on trouve se réduisent dans les mains, en sable, comme si elles n'étaient pas encore constituées et coagulées.

On trouve ces pierres en tas : beaucoup peuvent avec peine tenir dans la main ou sont un peu plus grosses, même après qu'on en a enlevé la superficie.

Toutes les pierres de Milo sont aussi très légères et sablonneuses ; quelques-unes s'engendrent dans une autre pierre, comme on l'a dit plus haut.

Elles diffèrent encore les unes des autres par la couleur, par la densité, **par la** pesanteur. Il y en a de couleur noire, qui viennent des courants de lave de Sicile : elles sont douces et pesantes et ressemblent à la molaire (μυλώδης). Il existe, en effet, une pierre ponce lourde et dense et qui est pour l'usage beaucoup plus estimée que les autres : en effet, celle de la lave nettoye mieux que celle qui est légère et blanche ; mais celle de la mer est la meilleure.

30] En voilà assez sur les pierres ponces. Examinons maintenant les phénomènes qui se rattachent aux pierres combustibles et incombustibles que nous avions laissées de côté jusqu'ici.

31] D'autres différences se rencontrent dans les pierres, d'après leurs propriétés : il faut les connaître pour graver les cachets. Les unes sont simplement extérieures : telles la sarde (σάρδιον), le jaspe (ἴασπις), le saphir (σάπφειρος). Ce dernier est tacheté.

32] L'émeraude (σμάραγδος) a des propriétés particulières. Car ainsi que nous l'avons dit, elle communique sa couleur à l'eau : petite, à une partie, grosse, à tout l'ensemble : si elle est de très mauvaise qualité, seulement à l'eau qui l'environne : elle est bonne pour les yeux. Pour ce motif, il y a des gens qui portent sur eux des cachets gravés sur émeraude pour les regarder. Elle est rare et petite : à moins que nous n'ajoutions foi aux inscriptions des rois d'Égypte, qui rapportent avoir reçu, dans les présents des rois de Babylone, une émeraude de quatre coudées de hauteur et de trois de largeur, et qui assurent qu'on voyait, dans le temple de Jupiter, un obélisque composé de quatre émeraudes qui avait de hauteur quarante coudées et de largeur à un bout quatre, à l'autre deux. Ces faits sont consignés dans leur histoire.

Mais de celles qui s'appellent ordinairement Bactriennes, la plus grosse est à Tyr. Il y a dans le sanctuaire d'Hercule une grande stèle de cette pierre, à moins peut-être que ce ne soit une pseudo-émeraude : car cette sorte existe. On la rencontre dans des endroits accessibles et connus, dans deux surtout : à Chypre, dans les mines de cuivre, et dans une île qui fait face à Carthage : là aussi on en trouve de plus particulières. Cette sorte prend naissance dans les mines, comme les autres, et à Chypre on en voit plusieurs réunies en groupes : celles qui sont de la grandeur d'un sceau sont rares, la plupart sont plus petites ; aussi s'en sert-on pour la soudure de l'or, car elles soudent comme la chrysocolle (χρυσόκολλα). Et d'aucuns ont supposé qu'elles étaient de même essence, car elles sont de la même couleur.

33] En effet, la chrysocolle est abondante dans les mines d'or, mais plus encore dans les mines de cuivre, comme dans leurs environs.

34] Comme nous l'avons dit, l'émeraude est rare. Elle semble venir du jaspe : on dit, en effet, qu'on a trouvé à Chypre, une pierre dont la moitié était d'émeraude, l'autre de jaspe, comme si elle n'était pas encore entièrement transformée par l'humidité. Il faut un certain travail pour polir l'émeraude, car au sortir de la mine elle n'est pas brillante.

35] Elle est excellente par ses vertus, comme la pierre de lynx (λυγκύριον), dont on se sert également pour les intailles ; cette dernière est très dure, comme une pierre : elle est attirante comme l'ambre (ἤλεκτρον). On dit même qu'elle attire non seulement les brins de paille et le bois, mais le cuivre et le fer s'ils sont très menus : ainsi l'affirme Dioclès. Elle est très transparente et rouge de feu. Celle produite par les animaux sauvages vaut mieux que celle des animaux pri-

vés, celle des mâles, que celle des femelles : elle varie aussi suivant la nourriture, le travail ou le repos, enfin suivant la nature même du corps, selon que
l'un est plus sec, l'autre plus humide. Ceux qui en ont l'habitude, les trouvent
en creusant la terre : car lorsqu'il lâche son urine, l'animal la cache et la
recouvre de terre. Elle est fort difficile à travailler.

36] L'ambre (ἤλεκτρον) est aussi une pierre, puisqu'on le trouve fossile en Ligurie ; comme la précédente, il a la puissance attractive, qui se manifeste surtout
avec évidence dans la pierre qui attire le fer. Celle-ci est rare et se trouve en
peu d'endroits : on doit la citer ici puisqu'elle a la même qualité.

37] De ces pierres on fait des sceaux, mais avec beaucoup d'autres également.
Telle l'hyaloïde (ὑαλοειδής), transparente et réfléchissante, l'escarboucle (ἀνθρά-
κιον) et l'omphax (ὄμφαξ). Il en est de même du cristal (κρύσταλλος) et de l'améthyste (ἀμέθυσον), toutes les deux transparentes. On les trouve, ainsi que la
cornaline (σάρδιον), en brisant certaines roches.

38] Et il existe encore, comme il a été dit plus haut, d'autres différences
entre les pierres, même portant le même nom. Pour la cornaline (σαρδίου),
l'une est diaphane, plus rouge, elle s'appelle femelle (θῆλυ) ; l'autre également
transparente, mais plus foncée, mâle (ἄρσεν). La pierre de lynx se distingue de
la même manière : la femelle est plus transparente, plus jaune. Le cyanus
(κυανός) est également appelé l'un mâle, l'autre femelle ; le mâle est plus foncé.

39] L'onyx (ὀνύχιον) est veiné de lignes blanches et brunes parallèles, l'améthyste a la couleur du raisin mûr.

40] L'agate (ἀχάτης) est aussi une belle pierre, elle vient du fleuve Achate
en Sicile : elle se vend très cher.

41] A Lampsaque, un jour, on trouva une pierre remarquable dans les mines
d'or ; elle fut portée à Tyr où on en fit un sceau qui, pour sa beauté, fut envoyé
au Roi.

42] Mais ces pierres, quand elles sont belles, sont rares : celles de Grèce sont
de qualité inférieure. Telle l'escarboucle d'Orchomène en Arcadie ; elle est plus
foncée que celle de Chio, on en fait des miroirs ; celle de Trézène est de plusieurs couleurs, avec des lignes pourpres et blanches. Celle de Corinthe est
également de plusieurs couleurs, mais avec plus de blanc et de jaune ; enfin
beaucoup sont de cette espèce. Mais les belles escarboucles sont rares, et se
trouvent dans peu d'endroits : à Carthage, aux environs de Marseille, en
Égypte, au pays des Catadupes, à Syène, puis, près la ville d'Éléphantine et
dans le pays qu'on nomme Psibos.

43] Et à Chypre se trouvent l'émeraude et le jaspe : de ces pierres, celles dont
on se sert pour les bijoux viennent de la Bactriane, du côté du désert ; des
hommes à cheval les recueillent au moment des vents Étésiens. Elles apparaissent alors, au milieu des sables agités par la violence du vent : elles sont petites
et il n'y en a pas de grosses.

44] La perle (μαργαρίτης) est aussi au nombre des pierres précieuses : elle n'est pas transparente naturellement; on en fait de somptueux colliers; elle naît dans une huître, semblable à la pinne-marine. C'est l'Inde qui la produit et certaines îles de la mer Rouge.

45] Voici à peu près les plus belles pierres. Il y en a cependant d'autres : tel l'ivoire fossile (ἐλέφας ὀρυκτός), aux teintes variées, foncées et blanches, et la pierre qu'on nomme saphir (σάπφειρον), de teinte foncée, peu différente du cyanus mâle, et la prasite (πρασίτης), qui a la couleur du vert-de-gris.

46] L'hématite (αἱματίτις) est aussi une pierre dense. Elle semble sèche, et comme son nom l'indique, paraît produite par une concrétion de sang desséché. Il en existe une autre appelée xanthus (ξανθή), qui n'a pas la même couleur, mais est d'un blanc jaunâtre, couleur que les Doriens appellent ξανθόν.

47] Puis le corail (car il ressemble à une pierre), de couleur rouge, rond comme une racine. Il se forme dans la mer.

48] En quelque sorte, le calamus indicus (κάλαμος ἰνδικός) pétrifié, n'en diffère pas beaucoup. Mais tout cela fera l'objet d'un autre examen.

49] Il y a encore de nombreuses espèces de pierres, principalement celles qui se trouvent dans les mines de métaux. Quelques-unes, en effet, contiennent de l'or et de l'argent; mais l'argent seul est visible. Elles sont beaucoup plus importantes par leur poids et par leur odeur.

50] Tel le cyanus (κυανός) naturel, qui contient la chrysocolle, puis une autre pierre de couleur semblable aux escarboucles (ἄνθραξι) : elles sont lourdes.

51] En résumé, dans les mines on trouve de nombreuses et particulières espèces de pierres. Les unes sont terre, comme l'ocre jaune (ὤχρα) et l'ocre rouge (μίλτος), les autres sable, comme la chrysocolle et le cyanus, d'autres poudre, comme le réalgar (σανδαράκη), l'orpiment (ἀρσενικόν) et tous leurs similaires.

52] Il n'est pas difficile de se rendre compte de leurs nombreuses particularités. Quelques-unes ont la propriété de ne pas éprouver de modifications, ainsi que nous l'avons dit, telle que de ne pouvoir être gravées avec des instruments de fer, mais seulement avec d'autres pierres.

En somme, la différence dans l'emploi des pierres est grande, suivant leur grosseur. Les unes peuvent être gravées, comme on l'a dit, les autres, tournées comme la pierre magnès (μαγνῆτις), qui est de belle apparence, et dont on voit avec étonnement la ressemblance avec l'argent, alors qu'elle n'est pas du tout de la même espèce.

53] Il y en a beaucoup qu'on peut employer à plusieurs usages. Ainsi dans l'île de Siphnus, à trois stades de la mer, on trouve un minéral rond et en rognons; comme il est mou, on peut le tourner, et le graver; lorsqu'il a passé au feu et qu'il a été trempé dans l'huile il devient très noir et dur : on en fait des vases pour la table.

54] Toutes ces espèces subissent la puissance du fer ; mais il y en a d'autres qui, plus dures que le fer, ne sont gravées qu'avec d'autres pierres, comme nous l'avons dit. Certaines peuvent être travaillées avec un outil de fer, mais à pointe mousse, ce qui est comme si elles ne pouvaient être taillées par le fer. Le fer mord sur des pierres plus dures et plus solides cependant, car il est plus dur que la pierre. Voici qui peut paraître absurde : la pierre à aiguiser (ἀκόνη) ronge le fer, aussi le fer ne peut la diviser et l'asservir ; il n'en est pas de même pour les pierres à faire les sceaux et cependant, la pierre sur laquelle on grave les sceaux est la même que les pierres à aiguiser ou de même espèce : on la tire d'Arménie.

55] La nature de la pierre de touche (βασανιζούσης τὸν χρυσόν) est remarquable. Elle paraît avoir la force du feu, car celui-ci éprouve aussi l'or. Aussi quelques-uns ont des doutes, mais à grand tort, car l'épreuve n'est pas la même. Le feu change les couleurs et donne l'évaluation : la pierre éprouve par le frottement ; elle paraît, en effet, tirer de chaque alliage sa nature. On dit qu'on en a trouvé maintenant une bien meilleure que celle-ci. Car non seulement elle éprouve l'or purifié, mais aussi le cuivre doré et l'argent, et indique le poids de l'alliage par statère. Il y a des signes de reconnaissance pour les alliages depuis le plus minime : le plus petit est un grain, puis un collybe, ensuite un quart d'obole, enfin une demi-obole ; on connaît ainsi la valeur. Toutes ces pierres se trouvent dans le fleuve Tmolus : elles sont naturellement polies et semblables à des cailloux, plates et pas rondes, deux fois grosses comme un très gros caillou. La surface supérieure, tournée du côté du soleil, et celle qui touche à la terre n'ont pas la même valeur pour l'essai : la surface supérieure est meilleure, ce qui est conforme à la raison, parce que la partie supérieure est plus sèche, l'humidité empêchant le trait de se fixer. Elle donne des résultats moins bons dans le temps chaud, car elle se couvre d'une certaine humidité, qui empêche l'adhérence des particules du métal. La même chose arrive aussi à d'autres pierres et notamment à celles dont on fait les statues, et le phénomène semble particulier à la statue.

56] Voici donc presque toutes les différences et les propriétés qui existent dans les pierres.

57] Les propriétés des terres sont moins nombreuses, mais plus particulières. Il leur arrive, en effet, de se liquéfier, de subir des transformations, puis de redevenir dures ; elles fondent avec les matières fusibles et minérales, tout comme la pierre ; on les amollit et on en fait des briques dont les unes sont couvertes de peintures, les autres combinées ; mais toutes réduites en pâte et cuites au feu.

58] Si donc on fait du verre avec du sable (ὑελίτιδος), comme on le dit, c'est qu'il subit l'action du feu. Le meilleur est celui qui a reçu de la chaux (χάλικι), car en plus d'aider à la fusion et de mêler intimement la masse, elle a la précieuse qualité d'augmenter la beauté de la teinte du verre.

59] Il y a en Cilicie une terre qui en bouillant devient visqueuse; on en enduit les vignes, comme d'une glu contre les vers.

60] Il serait peut-être à propos de mentionner les différences qui existent dans les terres pour leurs qualités pétrifiantes (ἀπολίθωσιν), car celles qui fournissent des sucs différents les uns des autres ont des propriétés particulières : c'est comme pour les sucs qu'elles fournissent aux plantes.

61] Mais ne vaudrait-il pas mieux énumérer les terres d'après les couleurs dont les peintres font usage? Leur génération en effet, comme nous l'avons dit au commencement, est le fait d'un afflux ou d'une filtration.

62] Certaines paraissent avoir passé par le feu et semblent calcinées, comme le réalgar ou l'orpiment et autres similaires : mais toutes, à franchement parler, proviennent de l'exhalaison chaude, sèche et fumeuse. Toutes se trouvent dans les mines d'argent et d'or, quelques-unes dans les mines de cuivre. Tel l'orpiment, le réalgar, la chrysocolle, l'ocre rouge (μίλτος), l'ocre jaune (ὤχρα), le cyanus (κύανος), mais celui-ci est très petit et se trouve en petite quantité : les autres sont en veines. On dit que l'ocre jaune se trouve généralement en bloc compacte, l'ocre rouge sous toutes sortes de formes : et les peintres s'en servent dans leurs tableaux à la place d'orpiment, parce que sa couleur n'en diffère pas.

Il y a en quelques endroits des mines d'ocre rouge et d'ocre jaune : c'est ainsi qu'en Cappadoce, on en extrait beaucoup; mais on dit que dans ces mines la suffocation est à craindre : elle survient rapidement en peu de temps. La meilleure paraît être l'ocre rouge de Céos, car il y en a de plusieurs espèces : celle par exemple qui vient des mines spéciales, car on la trouve aussi dans les mines de fer. Il y a aussi l'ocre rouge de Lemnos et celle qu'on appelle rouge de Sinope; mais elle vient de Cappadoce et est apportée à Sinope. A Lemnos, elle est tirée d'une mine particulière. Il y en a de trois sortes : l'une est très rouge, l'autre blanc jaunâtre, la troisième tient le milieu entre les deux autres : nous l'appelons αὐτάρκης, c'est-à-dire se suffisant à elle-même, parce qu'elle n'a pas besoin d'être mélangée, alors qu'il faut mélanger les deux autres.

Une sorte se fait en calcinant de l'ocre jaune (ὤχρα) : elle est de qualité inférieure. C'est une découverte de Cydias : et l'idée lui en vint, dit-on, devant une auberge incendiée, en voyant de l'ocre jaune à moitié calcinée devenue rouge. On met sur un fourneau l'ocre jaune dans des marmites de terre neuves, qu'on lute avec de l'argile. Lorsqu'elles deviennent rouges, l'ocre cuit : plus elle chauffe, plus elle devient foncée et semblable à des charbons ardents. Cela prouve que c'est bien là l'origine de l'ocre rouge; car, il est visible que c'est le feu qui produit la transformation, si, toutefois, on doit admettre que celle-ci est semblable ou analogue à l'ocre rouge naturelle. L'ocre rouge (μίλτος) est également de deux sortes; l'une est native, l'autre artificielle.

63] Également aussi le cyanus (κύανος), dont une espèce est naturelle et l'autre préparée, par exemple en Égypte. Il y a, en effet, trois espèces de cyanus : celui

2

d'Égypte, celui de Scythie, le troisième de Chypre. Celui d'Égypte est le meilleur pour les couleurs foncées, celui de Scythie pour les couleurs claires. Celui d'Égypte est apprêté, et ceux qui ont écrit les Annales des rois mentionnent aussi le premier roi qui fit le cyanus artificiel, imitant le cyanus naturel. On en paye des tributs et la Phénicie en doit un de cyanus non calciné et un autre de cyanus calciné.

Ceux qui en font la préparation, disent que le cyanus donne quatre couleurs. La première, faite des parties les plus fines, est très pâle, la dernière des parties les plus grossières, très foncée.

64] Mais ces préparations sont artificielles, comme celle de la céruse (ψιμύθιον). En effet, on place le plomb sur du vinaigre, dans des cruches ; lorsqu'il a pris une certaine épaisseur (πάχος) [d'oxyde] (et il la prend en dix jours au plus), alors on le retire, puis on gratte l'espèce de pourriture humide qu'il a sur lui, et on recommence plusieurs fois jusqu'à ce qu'il soit consommé. On broye ensuite dans un mortier et on fait bouillir longtemps : ce qui se dépose au fond est la céruse.

65] Le vert-de-gris (ἰός) se fait presque de la même manière : on place du cuivre rouge (χαλκὸς ἐρυθρός) sur de la lie de vin et on enlève le dépôt qui se forme dessus. Ainsi disposé, il prend naissance.

66] Le cinabre est aussi natif ou artificiel : le natif, qui se trouve en Ibérie est très dur et a l'aspect d'une pierre, comme celui de Colchide : on dit que ce dernier est suspendu dans des lieux escarpés et qu'on le fait tomber à coups de flèches. L'artificiel vient en petite quantité, d'un seul endroit au-dessus d'Éphèse. C'est seulement une espèce de sable qu'on recueille, et qui est brillant comme de l'écarlate. On le broye tout à fait dans des mortiers de pierre, et quand il est très menu, on le lave dans des vases d'airain, rarement dans des vaisseaux de bois : prenant de nouveau le dépôt, on le lave et on le broye. Dans cette opération il y a un tour de main. Car de la même quantité, les uns extrayent beaucoup de poudre, les autres peu ou rien. Mais on se sert des eaux des lavages précédents, les employant successivement. Ce qui tombe au fond est le cinabre ; ce qui demeure en suspension est de l'eau de lavage. On dit que c'est un Athénien, ouvrier des mines d'argent, appelé Callias, qui a trouvé et enseigné ce procédé. Ayant pensé que c'était du sable d'or, à cause de son éclat, il se mit à en ramasser. Puis, lorsqu'il s'aperçut que ce n'était rien, il admira la belle couleur de ce sable, et il en arriva à faire cette préparation ; cette découverte n'est pas vieille, elle date d'environ quatre-vingt-dix ans (lire neuf ans), sous l'archontat de Praxibule à Athènes.

67] De ceci résulte que l'art imite la nature et produit des choses originales. Les unes sont utiles, les autres seulement agréables, comme les peintures (ἀλιπεῖς) ; quelques-unes atteignent les deux buts : tel le vif-argent (χυτὸν ἄργυρον) qui a son utilité. Il se forme lorsqu'on broye le cinabre avec du vinaigre dans

un mortier d'airain, avec un pilon d'airain. On pourrait encore s'imaginer aisément beaucoup d'autres choses analogues.

68] Parmi les minéraux, il y en a encore d'autres qui ont l'apparence de
terres ; leur formation, comme il a été dit, provient à l'origine d'un afflux et
d'une filtration plus pure et plus homogène que les autres : elles tirent leurs
couleurs variées de la différence des corps sur lesquels elles reposent, comme
de ceux qui les composent. Et les unes, on les amollit, les autres, on les fond et
on les broye et on en forme les pierres qu'on envoie d'Asie dans nos pays.

69] Des terres naturelles, ayant outre une belle apparence leur utilité, il y en
a à peu près trois ou quatre : la terre de Milo (Μηλιάς), celle de Cimôlos (Κιμω-
λία), celle de Samos (Σαμία), la quatrième est celle de Tymphé (Τυμφαϊκή) ou gypse
(γύψος).

Les peintres ne se servent que de la terre de Milo et pas de celle de Samos,
bien que belle, parce qu'elle est grasse, dense et lisse : ce qui est poreux, léger,
âpre, maigre, convient mieux à la peinture. La terre de Milo, de Pharis, a ces
qualités. Les différentes espèces de terre à Milo et à Samos sont nombreuses.

70] L'ouvrier, dans les mines de Samos, ne peut pas se tenir droit, il faut qu'il
soit couché sur le dos ou sur le côté. La veine s'étend au loin : sa hauteur est
d'environ deux pieds, mais sa profondeur est beaucoup plus grande. De chaque
côté elle est entourée de pierres, d'où on l'extrait. Au milieu se trouve une veine,
et cette veine est meilleure que ce qui est en dehors. Et quelquefois il y a une
autre veine intérieure, puis une autre, jusqu'à quatre : cette dernière s'appelle
aster (ἀστήρ).

On se sert de cette terre pour nettoyer les vêtements, mais surtout de celle
de Cimôlos. On se sert également pour le même objet de la terre de Tymphé, que
les habitants de Tymphé et de cette contrée appellent gypse.

71] Le gypse se trouve en quantité considérable à Chypre où il est très facile
à extraire ; les ouvriers n'ont, en effet, qu'un peu de terre à enlever. En Syrie,
on fait du plâtre (γύψος) en cuisant des pierres, de même à Thyrion [aujour-
d'hui Zaverdha], où il y a beaucoup de gypse. On en trouve une troisième espèce
aux environs de Tymphé, en Perrhébie, et dans d'autres endroits ; mais sa
nature est particulière ; elle ressemble plus en effet à de la pierre qu'à de la
terre. Cette pierre ressemble à l'albâtre (ἀλαβαστρίτη) ; elle n'est pas extraite en
grandes masses, mais en morceaux de la grosseur d'un pavé. Son adhérence et
sa chaleur, lorsqu'elle est mouillée, sont surprenantes. On se sert de cette
pierre pour enduire les bâtiments ou pour sceller les maçonneries. Après l'avoir
réduite en poudre, on verse de l'eau dessus et on remue avec des bâtons, car
la chaleur empêche qu'on se serve de la main. On ne mouille qu'au moment de
s'en servir, car si on s'y prend d'avance, elle sèche rapidement, et il n'est plus
possible de l'utiliser.

Elle est très solide, car lorsque les murailles se crevassent et se détériorent, et que le mortier de sable lâche, souvent une portion tombe et la partie inférieure disparaît ; alors la partie supérieure reste suspendue, maintenue par l'enduit. On peut encore enlever l'enduit, puis le recuire et l'utiliser. C'est en Chypre et en Phénicie qu'on s'en sert le plus : en Italie, on l'utilise pour crépir les murailles, les peintres en employent quelques espèces aussi pour leur métier, et les foulons en saupoudrent les draps.

72] Cette matière convient mieux que toute autre pour faire des statues ; on s'en sert beaucoup pour cet usage, surtout en Grèce, à cause de sa fluidité et de son poli.

Telles sont les propriétés du gypse dans ces cas et dans d'autres analogues. Sa nature paraît pour ainsi dire double, réunissant les qualités de la chaux et de la terre, la chaleur et la fluidité, mais à un degré supérieur, car il est plus chaud que la chaux et beaucoup plus fluide que la terre.

Voici qui montre combien il est brûlant. Un navire transportait des vêtements de drap, qui furent mouillés : comme ils prirent feu, le navire lui-même fut consumé.

On le prépare aussi par le feu en Syrie et en Phénicie, on le met dans des fours et on le cuit : on cuit surtout les marbres et d'autres pierres plus ordinaires : il faut mettre de côté les plus dures pour les faire cuire plus vite et plus fort. Car il semble que celles qui sont bien consumées par le feu sont très chaudes et durent plus longtemps. Lorsqu'elles sont cuites, on les réduit en poudre, comme la chaux.

73] Cela paraîtrait prouver que leur production est essentiellement de nature ignée.

STRABON

EXTRAITS DE « LA GÉOGRAPHIE [1] »

1] Posidonius croit ce que raconte la fable, qu'anciennement, après un vaste embrasement des forêts, la terre, précieux composé d'argent et d'or, fut liquéfiée et vomit ces métaux à la surface. (L. III, c. II, § 9.)

2] Eudoxe était de l'expédition de l'Inde. Parti avec force présents, il rapporta en échange un plein chargement de parfums et de pierres du plus grand prix, soit de ces pierres que les fleuves charrient, mêlées à de simples cailloux, soit de celles qu'on extrait du sein de la terre, concrétions aqueuses (ἐξ ὑγροῦ) comme notre cristal de roche (καθάπερ τὰ κρυστάλλινα παρ' ἡμῖν). (L. II, c. III, § 4. Cp. Théophraste, § 4.)

3] On observe à Æthalie, qu'avec le temps, les mines de fer qu'on y exploite se remplissent de nouveau, comme on dit que la pierre se reforme dans les platamons de l'île de Rhodes, le marbre dans les carrières de Paros et le sel dans ces mines de l'Inde dont parle Clitarque. (L. V, c. II, § 6.)

4] Argent. — Il est à remarquer que le miel des cantons où sont les mines d'argent est aussi supérieur au miel du reste de l'Attique, que celui-ci l'est au miel des autres pays. (L. IX, c. I, § 23.)

5] Electrum. — On parle de pépites d'or, mamelonnées, qu'on trouve en brisant les roches. Ces pépites soumises une première fois au feu et purifiées au moyen d'une terre contenant de l'alun [borax], donnent une scorie qui n'est autre que l'electrum. Cette scorie d'or mêlée d'argent est de nouveau passée au feu : l'argent alors est consumé et l'or seul demeure : la composition est en effet de sa nature fusible et molle. (L. III, c. II, § 9.)

6] Pseudargyre, Orichalque. — Il faut signaler la ville d'Andira, aux environs de laquelle on trouve une pierre qui, soumise à l'action du feu, se change en fer : mélangé ensuite d'une certaine terre et fondu dans un fourneau, ce fer se transforme en pseudargyre; enfin, si on ajoute à cet alliage quelques parties

---

1. Traduction Tardieu, légèrement amendée.

de cuivre, on obtient un nouveau métal qu'on appelle généralement l'orichalque. Mais le pseudargyre se rencontre aussi à l'état natif aux environs du Tmole. (L. XIII, c. I, § 56.)

7] Étain. — Des Dranges, tout ce qu'on sait, c'est que leurs richesses consistent en mines d'étain. (L. XV, c. II, § 10.).

8] Chernite. — On parle d'une localité de la Cappadoce où l'on extrait une pierre particulière, semblable à l'ivoire pour la blancheur : avec cette pierre, qui se débite en morceaux de la grosseur de petites pierres à aiguiser, on fait des manches de couteaux. (L. XII, c. II, § 10. Cp. Théophraste, § 14.)

9] Pierre molaire. — Il n'a été employé jusqu'au milieu [pour bâtir la troisième pyramide] d'autre pierre que cette pierre noire avec laquelle on fait les mortiers (θυῖαι), pierre qu'on fait venir des montagnes situées tout à l'extrémité de l'Éthiopie, et qui par son extrême dureté et sa difficulté à se laisser travailler, augmente beaucoup la main d'œuvre. (L. XVII, c. I, § 33. Cp. Théophraste, § 17.) — Signalons aussi entre Érythrées et Hypocremnos, la chaîne du Mimas, montagne élevée, giboyeuse et très boisée, à laquelle succèdent le bourg de Cybélie et la pointe Melæné, avec une carrière de pierres molaires. (L. XIV, c. I, § 33.)

10] Marbres. — Les plus belles carrières de marbre, c'est-à-dire celles qui donnent le marbre hymettéen et le marbre pentélique sont dans le voisinage même d'Athènes. (L. IX, c. I, § 23.) — A ses autres richesses, Chio joint l'exploitation d'une carrière de marbre. (L. XIV, c. I, § 35.) — Dans les montagnes qui entourent Luna se trouvent ces fameuses carrières d'où l'on extrait en si grande quantité et en blocs si énormes, en dalles, en tables, en colonnes d'un seul morceau, ces beaux marbres blancs ou veinés et de teinte verdâtre qui vont ensuite servir de décoration aux somptueux édifices de Rome et d'Italie. (L. V, c. I, § 5.) — L'Anio traverse une plaine d'une grande fertilité en longeant les carrières d'où l'on extrait la pierre tiburtine et la pierre rouge ou pierre de Gabies, circonstance singulièrement favorable à l'exploitation des carrières. (L. V, c. III, § 11.)

11] Amiante. — C'est des carrières qui avoisinent Caryste qu'on extrait cette pierre qui a la propriété de se laisser filer et tisser, et dont on fait, entre autres tissus, des essuie-mains qu'on n'a qu'à passer au feu, quand ils sont sales, pour les blanchir et les rendre aussi propres que peut l'être le linge au sortir de la lessive. (L. X, c. I, § 6. Cp. Théophraste, § 26.)

12] Pierres précieuses. — On prétend que les carriers, au service d'Archélaüs, trouvaient souvent dans les carrières voisines de la frontière de Galatie des bancs de cristal de roche et d'onyx. (L. XII, c. II, § 10.) — L'Inde produit une grande quantité de pierres précieuses, de cristaux de roche, d'escarboucles différemment colorées et de perles fines. (L. XV, c. I, § 67.) — Un renseignement digne d'intérêt que fournissent quelques auteurs, c'est qu'on trouve l'émeraude et le béril dans les mines d'or voisines de la mer Érythrée. (L. XVI, c. IV, § 20.)

—- C'est dans l'isthme qui part de Coptos et qui aboutit à la mer Rouge, près de Bérénice, que se trouvent les fameuses mines d'émeraudes et autres pierres précieuses. (L. XVII, c. I, § 45.) — Partout, au pied de la montagne [du pays des Gétules] on peut extraire soit des lychnites, soit des chalcédoines et, parallèlement à leur territoire, s'étend la Garamantide, d'où se tirent les chalcédoines. (L. XVII, c. III, §§ 11 et 19. Cp. Théophraste, § 30.) — La topaze est une pierre transparente qui a les reflets fauves de l'or, si bien que le jour, aux rayons trop ardents du soleil, elle n'est pas facile à apercevoir ; la nuit au contraire, rien n'empêche ceux qui la cherchent de la bien voir. Ils marquent alors la place de chaque topaze au moyen d'un petit godet solidement attaché et, quand vient le jour, ils procèdent à l'extraction de la pierre. Il y avait autrefois un corps spécial, entretenu aux frais des rois d'Égypte, qui était préposé à la garde de ce précieux gisement ainsi qu'à la recherche de ces pierres. (L. XVI, c. IV, § 6.)

13] Lyngurium, Electrum. — Chez les Ligyens, on trouve en abondance le lyngurium, appelée quelquefois aussi electrum. (L. IV, c. VI, § 2. Cp. Théophraste, § 35.) .

14] Perles. — Néarque parle aussi d'une île qu'ils rencontrèrent, comme ils commençaient à ranger la côte de la Perse, où se trouvaient en quantité des perles du plus grand prix. Dans d'autres îles qu'il signale également, ce n'étaient plus des perles qu'on ramassait, mais de simples cailloux brillants et transparents. (L. XVI, c. III, § 7. Cp. Théophraste, § 44.)

15] Hyalitis. — Entre Acre et Tyr, la côte n'est qu'une suite de dunes formées surtout d'hyalitis ou de sable vitrifiable. Sur les lieux mêmes, ce sable, dit-on, ne peut pas se fondre, mais transporté à Sidon, il devient aisément fusible. Quelques auteurs présentent la chose autrement et se contentent de dire que les Sidoniens possèdent aussi et recueillent sur leur territoire du sable hyalitis particulièrement propre à la fusion. (L. XVI, c. II, § 23. Cp. Théophraste, § 58.)

16] Ampélitis. — Posidonius parle d'une terre bitumineuse, l'ampélitis, qu'on extrait d'une mine aux environs de Séleucie du Pierius et qui sert de préservatif contre l'insecte qui attaque la vigne... Il ajoute que du temps qu'il était prytane de Rhodes, on y trouvait une terre toute pareille, mais qui exigeait une dose plus forte d'huile. (L. VII, c. V, § 8. Cp. Théophraste, § 59.)

17] Poudres. — On exporte de la Turdétanie... du cinabre qui vaut pour la qualité, la terre de Sinope. (L. III, c. II, § 6.) — Le cuivre de Chypre est, au dire de Posidonius, le seul qui donne la cadmie, le vitriol et le spodium. (L. III, c. IV, § 15.) — Une autre production particulière à la Cappadoce est la terre de Sinope : on nomme ainsi le minium de qualité supérieure, lequel n'a d'égal que le minium d'Ibérie et le nom qu'on lui donne vient de ce qu'avant que le marché d'Éphèse eut étendu ses relations jusqu'en Cappadoce, c'est à Sinope exclusivement que les marchands cappadociens expédiaient cette précieuse substance.

(L. XII, c. II, § 10.) — Onésicrite signale la présence en Carmanie de mines d'argent, de cuivre, de minium, voire d'une montagne d'orpiment et d'une montagne de sel. (L. XV, c. II, § 14.) — Sous le nom de Sandaracurgium (canton de la Domanitide), on désigne une montagne dans laquelle on a pratiqué de profondes excavations et de longues galeries donnant accès aux ouvriers mineurs, que les fermiers chargés de l'exploitation sont réduits à recruter parmi les esclaves vendus comme malfaiteurs, car, indépendamment des fatigues attachées à ce genre de travail, on assure que l'air qui circule dans ces mines est rendu irrespirable et mortel par l'odeur infecte des terres qui contiennent le minerai, ce qui abrège nécessairement la vie des ouvriers. (L. XII, c. III, § 40. Cp. Théophraste, § 62.)

18] Terres. — Nous signalerons parmi les richesses minérales de l'Arménie des gîtes considérables de sandyx, substance qui donne cette belle couleur presque semblable à la pourpre, qu'on nomme couleur d'Arménie. (L. XI, c. XIV, § 9. Cp. Théophraste, § 62.)

19] Pierre spéculaire. — En Cappadoce, on signale un gisement de pierres spéculaires (διόπτρα) si belles et si grosses qu'on en a fait un article avantageux d'exportation. (L. XII, c. II, § 10. Cp. Théophraste, § 71.)

DIOSCORIDE

EXTRAITS DE « LA MATIÈRE MÉDICALE »

Liv. II, c. — Περὶ Λυγγουρίου. — Il ne faut pas croire que ce qu'on appelle le lyngurium est l'urine du lynx qui se transforme en pierre quand l'animal la lâche, car c'est une erreur. C'est, en effet, ce qu'on appelle l'ambre ptérygophore, ainsi nommé parce qu'il attire les plumes. Bu avec de l'eau, il est bon pour l'estomac et le flux de ventre.

Liv. V, civ. — Περὶ Χρυσοκόλλης. — La chrysocolle la plus estimée est celle d'Arménie : elle a la couleur d'un porreau excessivement vert. Vient en seconde ligne celle de Macédoine, puis celle de Chypre : de cette dernière, il faut préparer la plus pure; celle qui contient de la terre ou des pierres doit être écartée. Voici comment il faut la laver : après l'avoir concassée, mets-la dans un mortier, puis verse de l'eau et avec la main étendue vers le fond du mortier broye vivement; puis laisse reposer et décante. Verse de nouveau de l'eau et broye de nouveau, et recommence encore jusqu'à ce que l'eau sorte claire et pure. Sèche le résidu au soleil, et mets-le en réserve pour t'en servir. Si tu veux le calciner, passe-le ainsi au feu : prends la quantité suffisante, mets-la dans une poêle sur des charbons allumés et conduis l'opération comme il a été dit plus haut. La chrysocolle a la propriété de faire disparaître les cicatrices, de réduire les excroissances de chair, d'être purgative, astringente, brûlante, septique et légèrement rongeante. Elle fait partie des vomitifs et peut occasionner la mort.

cv. — Περὶ Ἀρμενίου. — La pierre d'Arménie qu'il faut préférer, doit être légère, de couleur bleue, bien unie, sans cailloux et facile à broyer. Elle a les mêmes propriétés que la chrysocolle, seulement elle est moins énergique. Elle est excellente pour fortifier les cils.

cvi. — Περὶ Κυάνου. — Le cyanus se forme dans les mines de cuivre de Chypre, mais plus encore dans le sable des rivages, car on le trouve dans certaines excavations en forme de cavernes, au bord de la mer; c'est le meilleur. Il faut prendre celui qui est de couleur très foncée. Il faut le calciner comme la chal-

3

cite et le laver comme la cadmie. Il est astringent, légèrement septique, fait former des croûtes et provoque des ulcères.

CVII. — Περὶ Ἰνδικοῦ. — De l'indigo, une sorte se forme naturellement, comme une écume, de certains roseaux indiens; l'autre est une teinture faite avec les écailles qui se soulèvent des chaudières de cuivre, que les ouvriers râclent et font sécher. On doit donc supposer que le meilleur est celui qui a l'aspect du cyanus, qui a du suc et qui est lisse. Il est au nombre des médicaments légèrement astringents et qui font céder les inflammations et les œdèmes; il purifie et nettoye les ulcères.

CVIII. — Περὶ Ὤχρας. — On doit prendre l'ocre très légère et jaune à l'intérieur, de couleur foncée, sans pierre, friable, venant de l'Attique. On doit la calciner et la laver comme la cadmie. Ses propriétés sont septiques, elle dissipe les inflammations et les abcès, ronge les excroissances de chair; mêlée à la cire, elle remplit les crevasses et amollit les concrétions goutteuses.

CIX. — Περὶ Κινναβάρεως. — Plusieurs croient à tort que le cinabre est le minium (ἀμμίῳ). Le minium se prépare en Espagne avec une certaine pierre mélangée à un sable argentifère. Cette pierre n'est pas autrement connue : dans le creuset, elle prend une couleur très brillante et d'un rouge très ardent : elle exhale dans les mines une émanation suffocante; aussi les habitants mettent-ils sur leurs visages des vessies qui leur permettent de voir sans respirer l'air. Les peintres s'en servent pour les somptueuses décorations murales. Le cinabre dont il est ici question vient de Libye : il se vend très cher, tellement, que les peintres s'en procurent difficilement pour leurs tableaux. Il est d'une couleur forte et foncée, d'où quelques personnes ont cru que c'était du sang de dragon. Ses propriétés sont les mêmes que celles de l'hématite : il est bon pour les yeux, plus efficace, car il est astringent et plus hémostatique : incorporé à la cire, c'est un remède pour les brûlures et les exanthèmes.

CX. — Περὶ Ὑδραργύρου. — Le vif-argent est extrait du minium (ἀμμίου), improprement appelé cinabre. On met sur un plat de terre un récipient de fer contenant du cinabre, on couvre d'un couvercle luté avec de l'argile, et on chauffe avec des charbons allumés; le dépôt qui adhère au couvercle (ἄμβικι) ayant cessé de bouillir et se refroidissant, le vif-argent se forme. On l'obtient aussi lorsqu'on fond l'argent; car il se rassemble goutte à goutte sur les couvercles des creusets. Il y a des gens qui disent qu'on trouve le vif-argent naturel dans les mines. On le conserve dans des vases de verre, de plomb, d'étain ou d'argent, car il mange toute autre matière et s'écoule. Si on le boit, il a cette propriété destructive : par son poids il détruit l'intérieur du corps. Le remède est du lait absorbé en grande quantité et rejeté en vomissant, ou du vin d'absinthe, ou une décoction de persil, ou de la graine de sauge, ou de l'origan, ou du vin d'hysope.

La limaille d'or, c'est-à-dire de la râclure très fine, en boisson, est un remarquable remède contre le vif-argent.

CXI. — Περὶ Μίλτου Σινωπικῆς. — L'ocre rouge de Sinope est très solide ou dense, lourde, couleur de foie, sans pierres, bien égale de couleur et, en dilution, foisonne beaucoup. On la recueille en Cappadoce dans des cavernes. On la purifie et on l'envoie à Sinope où elle est mise en vente : de là son nom. Elle a une vertu siccative et peut servir aux emplâtres. Pour ce motif, elle entre dans la composition des emplâtres pour les blessures et des trochisques siccatifs et astringents. Prise avec un œuf ou dans un clystère, elle arrête le cours du ventre ; on la donne aussi aux gens qui ont le foie malade.

CXII. — Περὶ Τεκτονικῆς. — L'ocre rouge artificielle est inférieure en tout à celle de Sinope : la meilleure est celle d'Égypte et de Carthage, elle n'a pas de pierre et est facile à broyer. On la fait dans l'Ibérie occidentale, avec de l'ocre jaune (ὤχρας) calcinée, qui se change en ocre rouge (μίλτον).

CXXI. — Περὶ Ἀρσενικοῦ. — L'orpiment se trouve dans les mêmes mines que le réalgar. On doit supposer que le meilleur est celui couvert de croûtes et couleur d'or, et ayant les croûtes disposées comme des écailles se recouvrant les unes les autres ; il n'est mélangé à aucune autre matière. Tel est celui qu'on trouve en Mysie, dans l'Hellespont. Il y en a de deux sortes. L'une, comme celui dont nous venons de parler : l'autre, semblable à un rognon, et de la couleur du réalgar. On l'apporte du Pont et de la Cappadoce. Ce dernier ne vient qu'au deuxième rang. Voici comment on le grille : l'ayant déposé sur une coquille de terre neuve, place-le sur des charbons ardents et remue sans t'arrêter jusqu'à ce qu'il change de couleur et devienne rouge ; une fois refroidi, broye-le et mets-le de côté. Ses propriétés sont septiques et astringentes, il fait former des croûtes en brûlant et avec une violente cuisson ; il est au nombre des médicaments qui arrêtent les excroissances, et il fait tomber les poils.

CXXII. — Περὶ Σανδαράκης. — Le réalgar à préférer doit être foncé, rouge ardent, friable, facile à broyer, pur, avoir la couleur du cinabre (κιννναδαρίζουσαν) et une odeur sulfureuse. Il a les mêmes propriétés et le même pouvoir brûlant que l'orpiment. Incorporé à la résine, c'est un remède contre l'alopécie : avec de la poix, il arrête la chute des ongles qui tombent par écailles : avec de l'huile, il convient contre la phthiriase : avec de la graisse, il dissout les tumeurs : avec de l'huile de roses, il est bon pour les ulcères du nez et de la bouche, pour tous les autres exanthèmes et pour les grosseurs calleuses. On le donne avec du vin miellé à ceux qui crachent de l'humeur. Pour la toux chronique, on le brûle avec de la résine, en amenant la vapeur par un tube à la bouche : en électuaire avec du miel, il éclaircit la voix : on le donne en pilules, avec de la résine, aux asthmatiques.

CXXIII. — Περὶ Θείου. — On doit considérer comme le meilleur soufre, celui qui n'a pas été préparé au feu, dont la couleur est brillante, qui est translucide et sans pierres. Celui qui a passé par le feu est jaune-vert et très gros. C'est à Milo et à Lipari qu'on le trouve surtout. Le premier dont on vient de parler, chauffe, dissipe, mûrit les toux : pris avec un œuf, ou en fumigation, il soulage ceux qui ont des crachements d'humeur et les asthmatiques : en outre, en fumigation, il fait sortir le fœtus : mêlé à la térébenthine, il guérit aussi les lèpres, les lichens, les ongles qui se détachent par écailles : appliqué avec du vinaigre, il convient aux lèpres, il fait aussi disparaître les dartres blanches : mélangé à la résine, il guérit les piqûres des scorpions. Avec du vinaigre, il guérit les piqûres de la vive et des scorpions : étendu légèrement avec du nitre, puis essuyé, il calme toutes les démangeaisons : étendu sur le front à la valeur d'une cuillerée ou avalé dans un œuf clair, il fait disparaître la jaunisse : il est utile pour le coryza et le catarrhe : répandu en poudre sur le corps, il arrête les sueurs : on en fait un onguent avec du nitre et de l'eau pour les goutteux : on soigne la surdité avec sa vapeur introduite dans les oreilles par un tube : sa vapeur est bonne aussi pour ceux qui sont en léthargie : il arrête l'hémorragie : en onguent avec du vin et du miel, il guérit les blessures des oreilles.

CXXV. — Περὶ Κισσήρεως. — La pierre ponce qu'il faut choisir doit être la plus légère possible avec de nombreux trous, facile à casser et sans pierres, et de plus, friable et blanche. On doit ainsi la calciner : prends la quantité que tu veux, enfonce-la dans des charbons ardents, et quand elle aura bien rougi, enlève-la et éteins-la dans du vin parfumé : de nouveau fais rougir et éteins : l'ayant retirée une troisième fois, laisse-la refroidir seule et mets-la de côté pour t'en servir. Elle est astringente et dentifrice : elle purifie en les desséchant, les taches sur les pupilles : elle ferme et cicatrise les blessures : elle fait disparaître les excroissances, et broyée, elle sert à nettoyer les dents. Elle fait tomber les croûtes du corps et est parfaite pour l'épilation. Théophraste dit que si on jette dans un tonneau de vin qui bout de la pierre ponce, aussitôt l'ébullition du vin cessera.

CXXXIV. — Περὶ Γύψου. — Le gypse a une vertu astringente : il est propre à servir d'emplâtre : il arrête les hémorragies et les sueurs : mais si on le boit, il étouffe en suffoquant.

CXXXIX. — Περὶ Κοραλλίου. — Le corail, que d'aucuns ont appelé lithodendron, est certainement une plante marine ; il durcit aussitôt qu'il est tiré du fond de la mer et hors de l'eau et dans l'air qui nous environne. La plus grande partie se trouve au pied du promontoire de Syracuse, appelé Pachynus [Passaro]. Le meilleur est celui qui est rouge et qui a la couleur de l'asphodèle ou du vermillon pur, également aussi quand il est bien broyé, et bien homogène dans toutes ses parties, avec une odeur de mousse ou d'algues, et en outre bien garni de branches et ressemblant au cannelier dans l'aspect de ses rameaux. Celui qui ressemble à une pierre, et dont l'assemblage et la surface sont raboteux, qui a des crevasses et des pores, doit être regardé comme de qualité inférieure. Il est astringent et doucement rafraîchissant, il fait disparaître les excroissances de chair, il nettoye les cicatrices des yeux, remplit les crevasses et les cicatrices : il est assez efficace contre les crachements de sang et soulage les malades de la dysurie : bu avec de l'eau, il amollit la rate.

CXL. — Περὶ Ἀντιπαθοῦς. — Ce qu'on nomme l'antipathe doit être ·considéré comme du corail, mais avec une différence spécifique, car il est noir : il a aussi l'apparence d'un petit arbrisseau, mais avec plus de branches. Il a les mêmes propriétés que celui dont nous venons de parler.

CXLI. — Περὶ Φρυγίου λίθου. — La pierre phrygienne, dont se servent les teinturiers en Phrygie (d'où son nom), est originaire de Cappadoce. La meilleure est celle d'un jaune pâle et peu pesante, qui n'est pas très dure dans la combinaison de ses éléments, qui a des veines blanches comme la calamine. Voici comment on la calcine. Après l'avoir mouillée dans de très bon vin, enfonce-la dans des charbons ardents et souffle sans interruption : lorsque après avoir changé de couleur, elle sera devenue plus jaune, retire-la et éteins-la dans le même vin : l'ayant de nouveau placée dans les charbons, recommence l'opération : chauffe une troisième fois, faisant seulement attention qu'elle ne se brise pas et ne se réduise pas en suie. Elle a la propriété, crue ou calcinée, d'être très astringente, de purger par en haut, de faire lever les croûtes en quelque quantité que ce soit. Avec de la cire, c'est un remède pour les brûlures. Il faut la laver comme la calamine.

CXLII. — Περὶ Ἀσίου λίθου. — On doit prendre la pierre d'Asis, de la couleur de la pierre ponce, poreuse et légère, friable, avec des veines verdâtres la traversant. Sa fleur est un sel jaunâtre qui apparaît à la surface des pierres, de constitution fine ; quant à sa couleur, elle est en quelques parties blanche, en quelques autres comme de la pierre ponce, tirant sur le vert. Mise sur la langue, elle est légèrement âcre. La pierre et sa fleur sont astringentes, quelque peu septiques. Elles détruisent les excroissances de chair, mélangées à la térébenthine ou à la poix liquide. Sa fleur est préférable pour son efficacité. En plus, séchée, elle guérit les anciennes plaies difficiles à cicatriser : elle arrête les excroissances de chair : avec du miel, elle purifie les excroissances fongueuses et les ulcères malins : elle remplit les crevasses des blessures, et avec du miel, les purifie : avec de la cire, elle arrête les ulcères rongeurs : avec de la farine de fèves, on en fait des cataplasmes pour les goutteux : pour les hypocondriaques, on la mêle au vinaigre et à la chaux vive. Préparée avec du miel, sa fleur soulage les phtisiques. On prépare avec cette pierre des bains de pieds, dans lesquels les goutteux peuvent mettre leurs pieds : ils en éprouvent du bien-être : on en fait également des cercueils qui consument les chairs (σαρκοφάγοι). Si dans le bain, à la place de nitre, on emploie cette pierre, les corps très charnus et obèses seront diminués. Si l'on veut laver les minéraux dont il vient d'être question, qu'on les lave comme la calamine.

CXLIII. — Περὶ Πυρίτου λίθου. — La pyrite est une espèce de pierre d'où on extrait le cuivre. On doit choisir celle qui ressemble au cuivre, donnant facile-

ment des étincelles. On doit ainsi la calciner; l'ayant arrosée de miel, mets-la
sur un feu doux et souffle sans interruption jusqu'à ce qu'elle devienne de
couleur jaune. D'autres l'enduisent fortement de miel et la posent sur un grand
feu de charbons très ardents; lorsqu'elle arrive à la couleur jaune, ils l'enlèvent, puis écartant et soufflant la cendre, ils la mouillent et la cuisent de nouveau jusqu'à ce qu'elle devienne uniformément friable, car souvent la surface
seule est calcinée. L'ayant ainsi calcinée et séchée, ils la mettent de côté. Si le
besoin se fait sentir de la laver, il faut la laver comme la calamine. Calcinée
ou crue, elle est brûlante, astringente, elle dissipe les taies des yeux, elle fait
disparaître et dissout les squirres. Mêlée à la résine, elle arrête les excroissances
de chair en les brûlant et en les contractant. Et quelques-uns appellent la pyrite
qui est ainsi brûlée, diphryge (διφρυγές).

    CXLIV. — Περὶ Αἱματίτου λίθου. — La meilleure pierre d'hématite est friable et
de couleur foncée, ou noire; de sa nature elle est dure et très unie, exempte de
toute impureté, sans aucune veine. Elle est astringente, légèrement brûlante,
et, mêlée au miel, elle amincit et fait disparaître les cicatrices des yeux et les
aspérités internes de la paupière. Avec du lait de femme, elle convient pour les
ophtalmies, les ruptures de veines et les épanchements de sang dans les yeux.
Bue avec du vin, elle est bonne pour la dysurie et la leucorrhée : avec une
décoction de grenadier, pour les crachements de sang. Avec cette pierre on
prépare des collyres et des remèdes excellents pour les affections des yeux. On
la calcine comme la pierre phrygienne, moins le vin. Voici le point de calcination : devenir modérément légère et se couvrir de bulles légères. Voici comment on la falsifie : prenant une bande de pierre de schiste compacte et ronde
(telles sont ce qu'on appelle les racines du schiste), on la tient au feu dans
le fond d'une marmite d'argile contenant de la cendre chaude; puis, au bout
d'un instant, on la retire et on la frotte sur la pierre à aiguiser, pour voir si
elle a pris la couleur de l'hématite. S'il en est ainsi, on la met de côté, sinon,
on la replace dans la cendre et sans interruption, on la retire, on l'essaye, car
laissée trop longtemps dans la cendre, elle change de couleur, puis se désa-
grège. Celle qui est falsifiée se reconnaît, d'abord à ses veines, car elle se fend
directement suivant ses veines, ce qui n'a pas lieu pour l'hématite, puis par la
couleur : le schiste donne une couleur éclatante, l'hématite au contraire est
sombre et semblable au cinabre. L'hématite se trouve dans l'ocre rouge de
Sinope et se prépare avec la pierre d'aimant (μαγνήτιδος) fortement calcinée.
Celle qui est naturelle se trouve en Égypte, dans des mines.

    CXLV. — Περὶ Σχιστοῦ λίθου. — Le schiste est une pierre qui se trouve dans
l'Ibérie occidentale : le meilleur paraît être celui qui a la couleur du safran, qui
est friable et facile à fendre naturellement; il ressemble pour la combinaison
et la connexion de ses veines au sel ammoniac. Il a les propriétés de l'hématite,
seulement il n'a pas sa vertu. Délayé dans du lait de femme, il remplit les cre-

vasses et pour les ruptures de veines et la cataracte, comme pour les engorgements des paupières et les staphylômes, il est extrêmement efficace.

CXLVI. — Περὶ Γαγάτου λίθου. — On doit préférer la pierre gagate qui s'enflamme rapidement et a l'odeur de l'asphalte. En général, elle est noire et sale, puis rugueuse et très légère. Elle est émolliente et sudorifique. En fumigation, elle révèle l'épilepsie et guérit les maladies de matrice ; brûlée, elle chasse les serpents : on la mêle aux remèdes pour les goutteux et aux préparations fortifiantes. On la trouve en Lycie, dans le cours d'un fleuve qui se jette dans la mer, près de la ville de Plagiopolis. Et le pays, comme le fleuve à l'embouchure duquel se trouvent ces pierres, s'appelle Gagas.

CXLVII. — Περὶ Θρακίου λίθου. — La pierre de Thrace se trouve en Scythie dans un fleuve qu'on appelle le Pontos. Elle a les mêmes propriétés que la gagate. On dit qu'elle s'enflamme au contact de l'eau, qu'elle s'éteint avec de l'huile : ce qui a lieu aussi pour l'asphalte.

CXLVIII. — Περὶ Μαγνήτου. — La meilleure pierre d'aimant est celle qui attire facilement le fer et dont la couleur est brun foncé, qui est dense, mais pas très pesante. Donnée au poids de trois oboles dans de l'eau miellée, elle fait sortir les humeurs épaisses. Il y a des gens qui la calcinent et la vendent comme de l'hématite.

CXLIX. — Περὶ Ἀραβικοῦ λίθου. — La pierre dite d'Arabie ressemble à la défense d'éléphant. Broyée et appliquée en cataplasme, elle dessèche les hémorroïdes : calcinée, c'est un excellent dentifrice.

CL. — Περὶ Γαλακτίτου λίθου. — La galactite est ainsi nommée parce qu'elle laisse couler un suc semblable au lait. Cependant, elle est couleur de cendre, mais de saveur douce. En lotion, elle est excellente pour le flux des yeux et les plaies : mais il faut, après l'avoir délayée dans l'eau, la mettre dans une capsule de plomb à cause de la viscosité qui se forme autour d'elle.

CLI. — Περὶ Μελιτίτου λίθου. — La mélitite ressemble en tout à la galactite. Elle n'en diffère que parce que le suc qu'elle rend est plus doux. Elle produit les mêmes effets que la galactite.

CLII — Περὶ Μορόχθου λίθου. — La pierre morochthe que quelques personnes appellent galaxia ou leucographide, se trouve en Égypte. Comme elle est molle et facile à délayer, les foulons s'en servent pour blanchir les vêtements. Elle est considérée comme bonne pour fermer les plaies : bue avec de l'eau, elle convient à ceux qui crachent le sang, à ceux qui ont des coliques et des douleurs de vessie : et en pessaire, elle est également bonne pour la leucorrhée. On la mélange aux collyres mous pour les yeux : elle remplit en effet leurs crevasses et arrête leurs fluxions. Mêlée au céral, elle cicatrise les ulcères mous.

CLIII. — Περὶ Ἀλαβαστρίτου λίθου. — La pierre d'albâtre, appelée onyx (ὄνυξ), calcinée et mêlée à la résine ou à la poix, amollit les indurations : avec le cérat, elle soulage les douleurs de l'estomac ; elle fortifie les gencives.

CLIV. — Περὶ Θυΐτου λίθου. — La pierre qu'on nomme thyite se trouve en Éthiopie : elle est verdâtre, se rapprochant du jaspe. Si on la dissout, elle a une apparence laiteuse : elle est fortement caustique. Elle a la propriété de faire disparaître les taies qui obscurcissent les paupières.

CLV. — Περὶ Ἰουδαϊκοῦ λίθου. — On trouve la pierre judaïque en Judée : elle a la forme d'un gland, elle est blanche, très jolie, ayant des lignes parallèles, comme faites au tour. Délayée dans l'eau, elle n'a aucun goût à la dégustation. A la grosseur d'un pois chiche, délayée comme un collyre sur la pierre à aiguiser avec trois cotyles d'eau chaude, en potion, elle est excellente pour soigner les dysuriques et briser les calculs de la vessie.

CLVI. — Περὶ Ἀμιάντου λίθου. — La pierre d'amiante se trouve à Chypre. Elle ressemble à l'alun du schiste (στυπτηρία σχιστῇ). Comme elle est souple, les commerçants en font des tissus pour le théâtre. Si on les jette au feu, ils flambent à la vérité, mais ils en sortent plus éclatants, n'ayant pas été attaqués par le feu.

CLVII. — Περὶ Σαπφείρου λίθου. — Le saphir en potion soulage, dit-on, ceux qui ont été mordus par un scorpion. On le boit aussi pour les ulcérations intestinales : il est également salutaire pour les excroissances qui viennent aux yeux, il arrête les staphylômes et les pustules, et resserre les déchirures des membranes.

CLVIII. — Περὶ Μεμφίτου λίθου. — La pierre memphite se trouve en Égypte, près de Memphis; elle a la grosseur d'un petit caillou, elle est onctueuse et de plusieurs couleurs. On dit que si on la broye et qu'on mette de sa poudre sur les endroits qu'on doit couper ou brûler, elle produit une anesthésie qui écarte tout danger.

CLIX. — Περὶ Σεληνίτου λίθου. — La pierre sélénite, que quelques-uns appellent aphrosélénite parce qu'on la trouve en pleine nuit pendant que la lune est en croissant, se trouve en Arabie : elle est blanche, brillante, légère. On donne ses râclures en boisson aux épileptiques; les femmes s'en servent comme d'amulette, à la place de phylactères. Il paraît aussi qu'en la plaçant au pied des arbres, elle leur fait produire des fruits.

CLX. — Περὶ Ἰάσπιδος λίθου. — Une sorte de jaspe ressemble à l'émeraude : une autre, ayant un aspect cristallin, ressemble à un glaire : une troisième a l'aspect brumeux : une quatrième est la capnias (καπνίας), on la dirait enfumée : celle-ci ayant des lignes blanches et brillantes s'appelle assyrios : celle-là enfin est dite térébenthine, elle est de couleur bleu turquoise (καλαΐνῳ). Tous s'accordent à dire que, portés au cou, ce sont des phylactères et qu'attachés à la cuisse, ils facilitent l'accouchement.

CLXI. — Περὶ Ἀετίτου λίθου. — La pierre aétite, dans laquelle une autre pierre remue, qui rend un son, comme si elle était grosse d'une autre pierre, liée au bras gauche, retient le fœtus quand la matrice est mal attachée : mais au moment de l'accouchement, enlevez-la du bras, attachez-la à la cuisse et l'accouchement aura lieu sans douleurs. Elle fait découvrir les voleurs si on la met dans le pain qu'on présente, car le voleur ne pourra en avaler la pâte. On dit que si l'aétite est cuite avec les aliments, elle fait aussi connaître les voleurs, car le voleur ne pourra avaler les mets avec lesquels la pierre aura bouilli. Broyée et mêlée à l'onguent de cyprès, mélangée de vin doux ou dans quelqu'autre préparation échauffante, elle est tout à fait bonne pour les épileptiques.

CLXII. — Περὶ Ὀφίτου λίθου. — Pierre ophite. Une sorte est lourde et noire : une autre est couleur de cendre et tachetée : une troisième a des lignes blanches. Toutes sont utiles, portées comme amulettes par ceux qui ont été mordus par un serpent ou par ceux qui ont mal à la tête. Spécialement celle qui a des lignes est, dit-on, précieuse pour ceux qui sont en léthargie et pour ceux qui ont mal à la tête.

CLXIII. — Des pierres qui sont dans les éponges. — Les pierres qui se trouvent dans les éponges, bues avec du vin, brisent les calculs de la vessie.

CLXV. — Περὶ Ὀστρακίτου λίθου. — La pierre ostracite est semblable à une coquille : elle est rugueuse et facile à fondre : les femmes s'en servent pour s'épiler en guise de pierre ponce. Bue avec du vin, au poids d'une drachme, elle arrête les menstrues : bue à la valeur de deux drachmes, quatre jours après les menstrues, elle empêche de concevoir : en onction avec du miel, elle adoucit l'inflammation des seins et arrête les ulcères rongeurs.

CLXVI. — Περὶ Σμύριδος. — L'émeril est la pierre dont les graveurs de sceaux se servent pour intailler les pierres précieuses : elle est utile pour les remèdes septiques et caustiques : elle sert pour soigner les gencives ulcérées et pour nettoyer les dents.

CLXVIII. — Περὶ Ἀκόνης. — La râclure de la pierre à aiguiser de Naxos, provenant d'un fer aiguisé par elle, en onguent, fait pousser les cheveux sur les têtes chauves, et empêche les seins des jeunes filles de grossir : bue avec du vinaigre, elle amollit la rate et est très utile pour les épileptiques.

CLXIX. — Περὶ λίθου Γεώδους. — La pierre géode resserre, sèche et fait disparaître les taies des yeux. En onguent avec de l'eau, elle calme les inflammations des seins et des testicules.

CLXXIII. — Περὶ τοῦ ἐν Σάμῳ λίθου. — On trouve à Samos une pierre dont les orfèvres se servent pour polir et pour brunir l'or. Celle qui est blanche et dure est la meilleure. Elle est astringente et rafraîchissante : en potion, elle convient aux gens qui ont mal à l'estomac : elle émousse les sens : mêlée au lait, elle est bonne pour les fluxions des yeux et les ulcères. Il paraît que, portée, elle facilite l'accouchement et est un phylactère pour les femmes ayant conçu.

CLXXXI. — Περὶ Ἀμπελίτιδος γῆς. — De l'ampélitis, appelée par quelques-uns pharmacitis (φαρμακῖτιν), qu'on trouve à Séleucie en Syrie, celle qu'on doit pré-

4

férer est noire, semblable à de petits charbons de pin, facile à fendre et uniformément brillante : elle fond facilement lorsqu'on la broye en versant un peu
d'huile dessus. On doit établir que celle qui est blanche, couleur de cendre,
difficile à amollir est de qualité inférieure : elle est dissolvante et rafraîchissante : on s'en sert comme de fard, pour teindre les paupières, les cheveux et
la barbe : on l'emploie aussi pour enduire les vignes au moment de la sortie des
bourgeons, car elle tue les larves des insectes qui naissent à la surface.

PHILOSTRATE

EXTRAITS DE « LA VIE D'APOLLONIUS DE TYANE »[1]

1] Liv. I, xxiii. — Apollonius s'avançait vers la terre de Cissie et approchait de Babylone : — «..... Détournons-nous donc un peu de notre route, dit-il à Damis, et informons-nous du puits auprès duquel résident les Érétriens. » On dit que ce puits est plein de bitume, d'huile et d'eau ; quand on répand ce qu'on y a puisé, ces trois liquides se séparent l'un de l'autre.

2] Liv. II, xiv. — ... Qui ne connaît l'instinct des oiseaux ? Les aigles et les cigognes ne font jamais leurs nids sans y mettre d'abord, les uns une pierre d'aigle, les autres de la pierre lychnite pour rendre leurs œufs féconds et pour écarter les serpents...

3] Liv. III, vii. — ... Ces dragons ont aussi de la barbe, leur cou se dresse, leurs écailles brillent comme de l'argent, la prunelle de leurs yeux est une pierre étincelante, à laquelle sont attachées plusieurs vertus secrètes. Les Indiens qui vont à la chasse des dragons des plaines, les prennent au moment où ils viennent de se jeter sur un éléphant ; c'est une lutte qui devient funeste à l'un et à l'autre de ces animaux. Le prix de la chasse des dragons, ce sont leurs yeux, leur peau et leurs dents...

4] viii. — Quant aux dragons des montagnes, ils ont les écailles dorées, et sont plus grands que ceux des plaines... Lorsque le dragon est étendu hors de sa caverne, les Indiens s'élancent sur lui, le frappent à coups de hache, lui coupent la tête et s'emparent des pierres précieuses qui s'y trouvent. On dit, en effet, que la tête des dragons renferme des pierres brillantes et de toutes couleurs, auxquelles sont attachées des propriétés merveilleuses, comme en avait la pierre du fameux anneau de Gygès...

5] xlvi. — « Pour ce qui est de la pierre qui attire les autres pierres et se les attache à elle-même, il n'y a pas à en douter. Il dépend de vous de voir

---

1. Traduction de A. Chassang, légèrement amendée.

cette pierre et d'en admirer les propriétés. La plus grande est de la taille de cet
ongle (Apollonius montrait son pouce). On la trouve dans des creux de la terre,
à quatre brasses de profondeur; elle est si pleine de vent, qu'elle fait gonfler la
terre, et que la production de cette pierre amène souvent des crevasses. Il n'est
pas permis de la rechercher, elle s'évanouit entre les mains, si on ne la prend
par artifice. Nous sommes les seuls qui puissions l'extraire, grâce à certaines
cérémonies et à certaines formules. Elle se nomme pantarbe. La nuit elle donne
de la lumière, comme le feu, tant elle est brillante et étincelante : le jour elle
éblouit les yeux par des milliers de reflets. Cette pierre a une force d'aspiration
incroyable; elle attire tout ce qui est proche. Que dis-je, ce qui est proche? Vous
pouvez plonger des pierres où vous voudrez, dans une rivière, dans la mer, non
pas près les unes des autres, mais çà et là au hasard; si vous enfoncez de ce
côté la pantarbe, elle les attire et en quelque sorte les aspire toutes, et vous
les voyez suspendues à elle, en grappe, comme un essaim d'abeilles. » Après
avoir ainsi parlé, il montra à Iarchas la pantarbe et lui donna des preuves de ses
propriétés.

6] LIII. — ... Nos voyageurs citent aussi une petite île, nommée Biblos où on
trouve, attachés aux rochers, des rats de mer, des huîtres et autres coquillages
dix fois plus gros que ceux de la Grèce. On y trouve aussi des crustacés dont la
coquille est blanche, et qui ont à la place du cœur une perle.

7] LVII. — Nous ne saurions omettre ce que l'on dit d'un autre genre de
perles que celui dont nous avons parlé. Car Apollonius n'a pas vu là un conte
puéril, mais un récit du moins bien imaginé, et le plus merveilleux de tous ceux
qu'on fait sur la mer. Du côté de l'île (l'île sacrée de Sélère) qui regarde la
haute mer est un immense gouffre sous-marin, qui porte des huîtres renfermées
dans une coquille blanche ; elles sont pleines de graisse, mais n'ont pas, comme
les autres, de pierre à l'intérieur. On attend que la mer soit calme et on en
rend la surface unie en y jetant de l'huile. Alors un plongeur s'en va à la pêche
des huîtres, équipé comme ceux qui vont à la pêche des éponges ; il a de plus,
un moule en fer et une cassolette de parfums. Arrivé près de l'huître, il se sert
du parfum comme d'un appât; l'huître s'ouvre et s'enivre de parfum ; aussitôt, elle est transpercée avec une pointe de fer et de sa blessure sort une
humeur que le plongeur reçoit dans son moule composé de petits creux ronds.
Là, cette humeur se pétrifie et prend la forme de la perle naturelle. Ainsi une
goutte du sang blanc d'un crustacé de la mer Érythrée produit une perle. On
dit que les Arabes qui habitent sur le rivage opposé, s'adonnent aussi à cette
pêche.

8] LIV. V, v. — Nos voyageurs virent dans ce pays (Gadès), des arbres tels
qu'ils n'en avaient jamais vus, et qu'on appelle arbres de Géryon. Ils sont deux
et sortent du tombeau de Géryon; ils tiennent du pin et du sapin et distillent du
sang, comme les peupliers Héliades distillent de l'or.

PSEUDO-PLUTARQUE

EXTRAITS DU « TRAITÉ DES FLEUVES » [1]

1] Hydaspe. — Il s'y engendre une pierre, appelée lychnis, qui se rapproche de l'huile par sa couleur, et qui est très chaude [2]. Quant la lune va croissant, on trouve cette pierre au son des flûtes, et ceux qui sont d'un rang élevé l'employent à leur usage.

2] Arar ou Saône. — Le poisson clupea [qu'on y pêche] [3], a, dans la tête, une pierre semblable à un grain de sel, et cette pierre est un remède souverain contre les fièvres quartes, si on se l'applique sur le côté gauche dans le décours de la lune. Voyez Callisthène le Sybarite, dans son treizième livre de l'*Histoire des Gaules*, auquel Timagène le Syrien emprunte ce passage.

3] Pactole. — On trouve dans le Pactole une pierre appelée argyrophylax [4], qui ressemble à de l'argent. Il est assez difficile de la distinguer, parce qu'elle est mêlée aux paillettes d'or que le fleuve roule dans le sable. Elle a une propriété singulière. Les Lydiens riches, qui sont seuls en état de l'acheter, la placent sur le seuil du lieu où sont contenues leurs richesses, et conservent ainsi sans danger l'or qui y est renfermé; car toutes les fois que des voleurs s'en approchent, cette pierre rend le son d'une trompette, et les malfaiteurs, qui se croient poursuivis, s'enfuient et tombent dans des précipices. L'endroit où ils meurent ainsi d'une mort violente est appelée la garde du Pactole.

4] Mont Tmolus. — Il y a, sur le mont Tmolus, une pierre assez semblable à

---

1. Traduction Bétolaud (*Œuvres de Plutarque*, V, 165 et suiv.), légèrement amendée.

2. Serait-ce par hasard la pierre du *Pseudo-Aristote* de Liège « qui in vasis positus, facit ea fervere, quasi essent super ignem et iste lapis [.....] » ?

3. Clupea, dit Hercher; scolopias, dit Muller. Ce dernier d'ailleurs fait rapporter ἐν τῇ

κεφαλῇ αὐτοῦ à la source du fleuve, mais non pas à la tête du poisson : en quoi je pense qu'il se trompe.

4. Ἀρουρκαύλαξ, lisent Hercher et Muller, Tauchnitz, Ἀρουραφύλαξ. Je crois qu'on doit lire Ἀργυροφύλαξ, la vertu et l'aspect de la pierre ne paraissant devoir laisser aucune espèce d'hésitation à ce sujet.

la pierre ponce, mais qu'il est difficile de trouver parce qu'elle change de couleur quatre fois le jour. Elle n'est aperçue que par les jeunes filles qui n'ont pas encore atteint l'âge de discernement. Si celles qui sont nubiles la trouvent, elle les garantit des outrages qu'on voudrait leur faire. Ainsi le rapporte Clitophon.

5] MÉANDRE. — Il s'y trouve une pierre qu'on a nommée par antiphrase sophron ; si on la jette dans le sein de quelqu'un, il entre aussitôt en fureur et tue un de ses parents ; mais après avoir apaisé la Mère des Dieux, il est guéri de sa folie, comme le dit Démarate, au livre troisième *Des Fleuves*. Archelaüs en parle aussi dans son premier livre *Des Pierres*.

6] MONT SIPYLE. — On y trouve une pierre semblable à un cylindre. Lorsque les enfants pieux la rencontrent, ils vont la porter dans le temple de la Mère des Dieux et, dès lors, ils ne commettent aucune impiété. Ils chérissent leurs parents et aiment tous ceux qui leur sont unis par les liens du sang. Ainsi le rapporte Agatharchide de Samos, dans son quatrième livre *Des Pierres*. Démarate en parle, avec plus de détails encore, dans le sixième livre de sa *Phrygie*.

7] Près du fleuve Marsyas est le mont Bérécynthe, qui prit son nom de Bérécynthus, le premier prêtre de la Mère des Dieux. On y trouve une pierre appelée machera qui ressemble beaucoup à un couteau. Si quelqu'un la trouve pendant la célébration des mystères de la déesse, il devient furieux, comme le rapporte Agatharchide dans ses *Phrygiaques*.

8] STRYMON. — Il s'y trouve une pierre, nommée pausilype. Lorsqu'une personne affligée la trouve, elle est sur-le-champ délivrée de son chagrin. Ainsi le rapporte Jason de Byzance dans ses *Récits tragiques* [1].

9] MONTS HÉMUS ET RHODOPE. — On y trouve des pierres qu'on appelle philadelphes. Elles ont la couleur des plumes du corbeau et représentent des hommes. Lorsqu'elles sont séparées les unes des autres, si on prononce leur nom, elles se détachent de ce qui les environne et viennent se réunir ensemble. Ainsi le rapporte Thrasylle le Mendésien, dans son second livre *Des Pierres*. Il en parle plus en détail dans ses *Récits tragiques* (ou *thraces*).

10] SAGARIS. — Il s'y trouve une pierre nommée autoglyphe sur laquelle se voit représentée la Mère des Dieux. Si un eunuque rencontre une de ces pierres, ce qui arrive rarement, il ne s'étonne plus de la castration et soutient avec intrépidité la vue de cette opération contraire à la nature. Ainsi le rapporte Arétaze dans son *Histoire de Phrygie*.

11] MONT BALLÉNÉE. — Il y a sur cette montagne une pierre nommée aster qui, au commencement de l'automne, brille comme le feu pendant la nuit. Dans la langue du pays, elle s'appelle ballen, nom qui signifie « roi ». Ainsi le rapporte Hermésianax de Chypre, dans le livre second de son *Histoire de Phrygie*.

---

1. J'ai hésité à mentionner cette pierre, que Bétolaud regarde comme une plante. Her- | cher et Muller lisent λίθος.

12] Mont Ida. — On y trouve une pierre nommée cryphius, qui ne se voit que pendant la célébration des mystères des dieux, au rapport d'Héraclide de Sicyone dans le second livre *Des Pierres*.

13] Tanaïs. — Il s'y trouve une pierre qui ressemble au cristal; elle est rubannée et représente un homme. Quand le roi du pays est mort, le peuple s'assemble sur les bords du fleuve : celui qui a cette pierre en sa possession est aussitôt déclaré roi et reçoit le sceptre du prince défunt, ainsi que le raconte Ctésiphon au livre III de son *Traité des plantes*. Aristobule mentionne aussi ces détails dans son *Traité des pierres*, livre I.

14] Nil. — On trouve dans ce fleuve une pierre qui ressemble à une fève. Lorsqu'un chien l'aperçoit, il ne peut aboyer. Elle a la plus grande efficacité sur les hommes : car ils ne l'ont pas plus tôt approchée de leur nez, que l'esprit malin les abandonne.

Il produit d'autres pierres appelées collotes que les hirondelles ramassent après que les eaux du Nil se sont retirées, pour construire le mur chélidonien. Ce mur résiste à l'impétuosité des flots et empêche que le pays ne soit ravagé par l'inondation. Ainsi le rapporte Thrasylle, dans ses *Egyptiaques*.

15] Eurotas. — On y trouve une pierre nommée thrasydile, qui ressemble à un casque. Dès qu'elle entend le son d'une trompette, elle s'élance sur la rive; mais si on prononce le nom des Athéniens, elle plonge incontinent au fond. Il y a plusieurs de ces pierres dans le temple de Minerve Chalciœque, où elles ont été consacrées. Ainsi le rapporte Nicanor le Samien, dans le second livre *Des Fleuves*.

16] Inachus. — On y trouve une pierre, semblable au béril, qui noircit dans les mains de ceux qui veulent porter un faux témoignage. Un grand nombre de ces pierres se voient dans le temple de Junon Prosymnée, au rapport de Timothée, dans ses *Argoliques*. Agathon le Samien en fait mention dans le second livre *Des Fleuves*.

17] Mont Mycène. — On trouve sur le mont Mycène une pierre nommée corybas, dont la couleur ressemble à celle du corbeau. Ceux qui la portent n'ont à craindre aucune vision monstrueuse.

18] Mont Cronius. — On trouve sur le mont Cronius, une pierre qui, en raison du phénomène, est nommée cylindre. Toutes les fois que Jupiter tonne ou éclaire, cette pierre effrayée, roule du haut en bas de la montagne, au rapport de Dercylle, dans le premier livre de son traité *Des Pierres*.

19] Euphrate. — On y trouve une pierre nommée aétite que les sages-femmes mettent sur le ventre des femmes dont le travail est difficile et qui les fait accoucher sans douleurs.

20] Mont Drimyllus. — Près de l'Euphrate est le mont Drimyllus, sur lequel on trouve une pierre semblable à la sardoine, pierre que les rois du pays portent sur leurs ornements royaux. Infusée dans l'eau tiède, elle guérit la faiblesse de la vue, comme le dit Nicias de Malles, dans son *Traité des Pierres*.

21] Caïque. — Il croît dans ce fleuve un pavot qui produit de petites pierres au lieu de fruits. Quelques-unes sont noires et ressemblent à des grains de froment : les Mysiens les jettent dans les terres labourées. Si l'année doit être stérile, elles restent immobiles dans les endroits où elles sont tombées ; mais s'il doit y avoir une récolte abondante, elles sautent comme des sauterelles.

22] Mont Teuthras. — On y trouve une pierre nommée antipathès, qui, macérée dans le vin, est souveraine contre les dartres et la lèpre, au rapport de Ctésias le Cnidien dans le second livre de son *Traité des Montagnes*.

23] Achéloüs. — Il s'y trouve une pierre de couleur livide, que sa propriété a fait nommer liturge. Si on la jette sur du linge, aussitôt, par une sorte de sympathie, elle en prend la forme et devient blanche, comme le dit Antisthène, dans le livre troisième de sa *Méléagride*. Dioclès le Rhodien en parle avec plus de détail dans ses *Étoliques*.

24] Araxe. — On y rencontre une pierre de couleur noirâtre, nommé sicyone. Lorsqu'un oracle a ordonné le sacrifice d'une victime humaine, deux jeunes vierges posent cette pierre sur l'autel des dieux préservateurs. A peine le prêtre l'a-t-il touchée de son couteau, qu'il en sort une grande quantité de sang. Aussitôt, ceux qui ont accompli les rites, se retirent en poussant de grand cris et reportent la pierre dans le temple. Voilà ce que raconte Dorothée le Chaldéen dans le second livre de son *Traité des Pierres*.

25] Tigre. — On y trouve une pierre d'une blancheur éclatante. On l'appelle mynda et elle garantit des attaques des bêtes féroces, suivant Léon de Byzance dans le second livre de son *Traité des Fleuves*.

26] Indus. — On y trouve une pierre appelée [.....] qui, portée par les jeunes filles, les défend de toute violence contre leur honneur. (Cp. § 4.)

27] Mont Lilée. — Le mont Lilée produit une pierre d'une couleur foncée, qu'on nomme clitoris. Les habitants du pays la portent, dans les Sotéries [cérémonies célèbrées pour un danger conjuré], ainsi que le rapporte Aristote, dans le quatrième livre de son *Traité des Fleuves*.

LE LIVRE DES CYRANIDES

PREMIÈRE CYRANIDE

PROLOGUE

1] Ce livre est celui de Cyranus..... Le divin Hermès des deux en fit un troisième : livre des vertus naturelles, formé des deux livres des sympathies et des antipathies : l'un, premier livre des Cyranides, de Cyranus roi de Perse, l'autre, [livre] d'Harpocration d'Alexandrie, dédié par lui à sa propre fille. Voici ce que contenait le premier livre de Cyranus, autant que nous le pouvons supposer.

2] Hermès, le dieu trismégiste, ayant reçu par les anges un très grand présent de la Divinité, le communiqua à tous les hommes intelligents. Ne le communique donc pas aux ignorants, mais conserve-le par devers toi comme un grand trésor; communique, si tu le peux, à tes fils seulement, toi leur père, ce grand trésor qui, pour l'action, vaut l'or précieux, mais qu'ils jurent de le garder fidèlement, comme un enfant sacré.

3] Ce livre a été écrit sur une colonne de fer en caractères syriaques; il a été interprété par moi dans le premier livre, l'*Archaïque*. Dans celui qui s'appelle *La Cyranide*, il est traité de vingt-quatre pierres, de vingt-quatre oiseaux, de vingt-quatre plantes et de vingt-quatre poissons.

4] Donc, chacune de leurs vertus fut combinée et mélangée aux autres vertus du corps mortel, non seulement pour servir de remède efficace, mais aussi pour son charme naturel, révélation du Dieu souverain et tout-puissant dont la sagesse nous enseigna la puissance des plantes, des pierres, des poissons et des oiseaux, la vertu des pierres et la nature des animaux et des bêtes sauvages, leurs mélanges mutuels, leurs oppositions et leurs propriétés. Ainsi, c'est de Dieu que vint aux hommes la gnose et l'expérience.

5] Donc, après avoir divisé l'ouvrage tout entier en trois Cyranides, j'ai expliqué, par ordre alphabétique, les choses telles qu'elles se présentaient à ma mémoire. Elles s'appellent les Cyranides parce qu'elles sont les reines de tous

les écrits, et nous avons trouvé qu'elles venaient de Cyranus, roi des Perses :
Voilà la première : tel est son prologue ; voici celui d'Harpocration.

6] Livre médical de Syrie. Harpocration a écrit ce qui suit pour sa fille. Dans un
voyage que je fis en Babylonie, je suis arrivé à une ville qui s'appelait Séleucie :
l'histoire en a été écrite, nous n'avons donc pas besoin, comme d'aucuns, de nous
attarder à la décrire et de nous perdre dans de longs prologues. Arrivons donc
au but que nous nous proposons. Il ajoute avoir vu une autre ville distante de
dix-sept schènes de Séleucie, qu'Alexandre, roi de Macédoine, détruisit à son
retour et c'est alors qu'il bâtit une autre Séleucie, soumise aux Perses, au point
d'être persogène, on l'appelle la première Alexandrie, en Babylonie.

7] Voilà d'abord ce que j'ai appris, mon enfant. Puis la troisième année, je ren-
contrai un vieillard étranger extrêmement instruit, même en littérature grecque ;
il me dit qu'il était Syrien, qu'il avait été fait prisonnier, et que là, s'écoulait sa
vie. Parcourant donc toute la ville avec moi, il m'en faisait voir chaque détail.
Arrivé un jour dans un endroit éloigné de la ville d'environ quatre milles, je vis
là, au milieu des tours, une stèle très grande, que les habitants disaient avoir
été apportée de Syrie (le Vieil Interprète dit : du temps de Salomon), puis
consacrée pour le traitement des malades de la ville. Je l'examinai et la trouvai
couverte de caractères perses. Aussitôt donc, je priai le vieillard de m'en
indiquer le sens, et j'écoutai ce qu'il me raconta de la stèle. Et il m'expliqua
longuement en grec les caractères barbares. Tu vois, dit-il, mon enfant, ces
hautes tours au nombre de trois : la première couvre environ cinq mille (?), la
deuxième deux mille et demi, la troisième quatre mille : elles ont été construites
par des géants qui voulaient escalader le ciel. Pour cette impiété folle, les uns
furent frappés de la foudre, les autres sur l'ordre de Dieu ne se reconnurent
plus désormais entre eux, tout le reste enfin s'en alla tomber dans l'île de
Crète, où Dieu, dans sa colère, les précipita.

8] Ensuite le vieillard m'ordonna de mesurer avec un cordeau, la pierre [la
tour de pierre] qui présentait sa longueur vers l'Orient. Ayant donc mesuré
celle qui était proche, je trouvai qu'elle avait six cent vingt-deux (V. I. trente-
deux) coudées de hauteur et soixante-dix-huit de largeur, et les degrés jusqu'en
haut étaient au nombre de huit (V. I. deux cent huit). J'examinai aussi le
sanctuaire. Le naos, placé au milieu du sanctuaire, avait trois cent soixante-cinq
marches, [les unes] d'argent et les autres d'or au nombre de soixante : nous
les montâmes pour aller adresser nos prières au dieu. Et il répétait les innombrables puissances du dieu, qu'il ne faut pas énumérer, disait-il. Mais, décidé
à connaître toutes les autres choses, je cessai toutes questions, désirant me
renseigner au sujet de la stèle seule. Alors le vieillard, écartant le voile de lin
placé sur la stèle, me la montra couverte de caractères étrangers, et moi, qui
ne connaissais pas ces lettres, je désirai vivement savoir ce que chacune
signifiait. Et je réussis à connaître ce qui se lisait ainsi sur la stèle :

9] « Mythe célèbre, que la volonté des immortels a rempli de connaissances. Comme quoi le deuxième livre recevra de Dieu le nom de *Cyranide*, second livre suivant le premier, celui de l'*Archaïque* de Syrie, là où courent les eaux du fleuve Euphrate. »

10] Voici les caractères tracés sur les stèles de fer : « J'y ai d'abord gravé l'avenir, ensuite j'y ai classé les pierres d'après leurs vertus; j'y ai joint les produits de la terre, les poissons des abîmes de la mer, les oiseaux des airs : vertu par vertu, je les ai réunis par groupes de quatre, plus développés, pour servir aux hommes nés et à naître. Oh! âme immortelle, traînant un corps mortel, conduite du haut des airs par le fil d'une Nécessité malfaisante, comme Dieu lui-même l'a dit, tissu filé par les Parques et par la Nécessité, engage les corps mortels à supporter leurs maladies. Car, tel qu'un homme pris dans une entrave et dans des chaînes, tu es sous le joug impérieux de la Nécessité. Mais quand tu auras quitté ton enveloppe mortelle et insupportable, tu verras alors réellement dans les airs et dans les nuages, le souverain maître, qui commande au tonnerre, aux tremblements de terre, aux éclairs, à la foudre, qui met en mouvement les fondements de la terre et les flots de la mer. Telles seront les œuvres de la Divinité éternelle, mère de toutes choses. Dieu les a toutes enseignées aux mortels ainsi que leurs contraires. »

11] Mais ce livre, gravé sur une stèle de fer trempé, a été enfoui dans un lac de Syrie, comme il a été rapporté au livre précédent, intitulé l'*Archaïque*; et dans celui-ci, intitulé *Les Cyranides*, il est question de vingt-quatre pierres, de vingt-quatre oiseaux, de vingt-quatre poissons de mer et de vingt-quatre plantes. Les vertus de chacun, jointes ou combinées avec celles des autres, seront associées pour apporter le calme au corps mortel et nous faire jouir éternellement de la santé. Car nul autre que Dieu ne saurait donner la vie à l'homme. Or, tout ceci a été écrit d'après l'ordre du Seigneur. C'est donc ainsi qu'ils commencent. Mais si on constate une discordance dans les prologues [du Livre de Cyranus et d'Harpocration], ils sont d'accord pour commencer par la première lettre de l'alphabet, comme il suit.

A

1] *Bryonne. Aigle*, oiseau. *Aétite*, pierre. *Aigle*, poisson sans écailles, vivant dans la mer.

Vigne blanche, plante très sacrée, la première, l'excellente, qu'on appelle aussi la divine bryonne. L'aigle mâle, le roi de tous les oiseaux. L'aétite, pierre enceinte et résonnante ; car, bien que très petite, si tu la places près de ton oreille en l'agitant, tu entendras comme un bruit de clochette. Aigle, poisson sans écailles, presque semblable à l'épervier [de mer], plus noir cependant, semblable en tous points à la pastenague.

2] La racine de la plante suspendue au cou, guérit les asthmatiques et les épileptiques : l'infusion de ses feuilles, à la dose d'un cyathe, délivre ceux qui sont atteints de dysenterie.

3] L'homme bien portant, qui veut boire beaucoup sans se griser, n'a qu'à prendre à jeun une décoction d'une once de ses feuilles avec du vinaigre, il sera insatiable au point de ne pas savoir ce qu'il boit.

4] S'il boit avec du vin pur la pierre qui se trouve dans la tête du poisson, il ne saura pas tout ce qu'il boira.

5] S'il porte autour du cou la pierre sans la plante, il pourra boire un pot de vin sans s'en apercevoir.

6] S'il boit la même pierre du poisson broyée avec du vin pur, il n'aura pas du tout conscience de ce qu'il boit.

7] Le marc de raisins pressés, mélangé avec un peu de cette pierre et bu par ceux qui ont les parties génitales affaiblies, procure le gonflement et une grande érection; à ceux qui ne peuvent accomplir le rapprochement sexuel, il sera également salutaire. C'est Dieu lui-même qui a révélé ce secret, pour que le corps humain ne restât pas dans l'embarras.

8] Vin blanc trois cotyles; quarante bourgeons de la plante; baies de sumac trois onces, réduits à un cotyle, en boisson, soulageront la dysenterie, la lienterie et les autres affections analogues.

9] Une décoction de feuilles de bryonne, avec un peu de miel, soulage les souffrances du colon : et si tu y mêles un peu de la pierre, la maladie n'augmentera pas et ne reviendra pas.

10] J'ai vu un jour une femme dont les os étaient brisés, et je m'étonnais du traitement qu'elle suivait, apprenant en même temps qu'elle était ainsi depuis vingt-cinq ans, inerte (brillante et divine nature) ; car elle ne remuait pas les mains et sa chair était gangrenée, et elle ne sentait plus rien. Le reste de ses os allait donc se briser. M'étant servi de cette plante, je la guéris. Je trouvai dans le Livre Sacré cette formule : mélangez une quantité égale de décoction de feuilles de la plante et de vin blanc, faites boire pendant sept jours et le malade sera sauvé.

11] Et la pierre d'aétite suspendue au cou, et le poisson pris comme aliment, produisent les mêmes effets. C'est un présent de Dieu qu'il ne faut pas révéler : ne le fais donc pas connaître, même à ton propre enfant.

12] Pour la chute des ongles des grands doigts, difficiles à guérir et à conserver, mais atteints récemment d'écoulements, mouille avec du vin blanc des dattes pressées, fais macérer, et pose le remède, tantôt seul, tantôt avec de l'huile de roses.

13] Contre les fourmillements ressentis dans tout le corps, ou seulement dans une partie, ou encore contre les verrues, tu brûleras une branche de bryonne, ou du bois, et tu appliqueras l'eau qui sortira de l'extrémité du sarment ou tu

la donneras à boire, et toutes les verrues tomberont. N'apprends cela à personne.
Également, une application de fiente d'aigle est un bon remède. Et la pierre
suspendue au cou, ou la graisse du poisson en onction, est un remède très
salutaire.

14] Contre les abcès des gencives, la carie des molaires, les affections purulentes se produisant dans tout le corps et les ulcères cancéreux ou rongeurs :
décoction de feuilles de bryonne, trois onces; alun, quatre onces; misy cru, huit
drachmes; manne, quatre cotyles; iris d'Illyrie, une once; couperose, quatre
grains : broye jusqu'à ce que le tout devienne sec ; cela purge, reconstitue la
plaie, arrête l'écoulement consécutif, et, d'une manière générale, c'est le plus
puissant remède.

15] Or, nous avons appris un souverain remède, après avoir constaté sur la
langue d'un malade des abcès tels que les gencives en étaient mortifiées : appliquant de la décoction de feuilles avec du miel, du misy sec, la plaie fut
purifiée : ensuite, ayant saupoudré d'iris sec, la plaie fut reconstituée.

16] Contre l'ozène nasal, les tumeurs, les polypes, les corrosions externes et
internes, les ulcères, les engelures et tout ce qui affecte les narines, voici le
remède divin : décoction de feuilles, une once; couperose, encens, chalcite,
aristoloche, trois grains de chaque : broye jusqu'à ce que le tout devienne sec
et sers t'en comme d'un remède très divin.

17] Contre la calvitie et les sueurs, les ulcères, les gales, les tumeurs et toutes
les maladies de la tête : décoction de bryonne, décoction de *potamogéton,* décoction de bette, parties égales, mélanger pendant trois jours et employer en onctions. C'est tout à fait bon.

18] Pour empêcher la carie des molaires, les rendre inébranlables, incas-
sables, il y a un remède divin (retiens-le) : jus de raisin, deux cotyles; écorce
de racine de mûrier, six onces : fais bouillir jusqu'à réduction de moitié : donne
en lotion pendant trois, cinq ou sept jours, et les molaires ou les gencives ne
seront plus jamais malades.

19] Si donc quelqu'un voulait l'étudier, la bryonne, plante donnée par Dieu,
guérit les maux des pieds à la tête.

20] Jusqu'ici Cyranus et Harpocration ont été d'accord; à partir de ce moment,
Cyranus s'exprime différemment en ces termes :

21] Les pousses de la plante, mangées cuites au moment de la pousse, font
évacuer l'urine et rendent le ventre libre. Les feuilles, la racine et le fruit sont
âcres et très échauffants; ils ont aussi une autre action merveilleuse dont on
n'a pas parlé, c'est que mis en cataplasme avec du lait et de l'ammi, ils guérissent les ulcères invétérés, les gangrènes, les cancers et les ulcères purulents.

22] Sa racine desséchée fait disparaître les humeurs et les taches de rousseur
du visage, la rigidité des membres et les autres taches du visage et les taies des
yeux : mélangée avec de la farine d'orobe et du fenugrec, elle guérit les

boutons, les taches de rousseur, les dartres farineuses, les enflures du visage, les excroissances entre les doigts et les tumeurs noires. Cuite dans l'huile jusqu'à consistance de cire, elle convient aux mêmes affections; mise en cataplasme avec du vin, elle arrête les enflures du visage et les excroissances entre les doigts, elle fait disparaître les inflammations.

23] Pour l'épilepsie, il faut en boire pendant une année, quatre grains chaque jour avec de l'oxymel : administrée à la dose de deux grains, elle est bonne pour les apoplectiques et les gens sujets au vertige : elle vient également au secours des gens mordus par un serpent. Elle détruit les fœtus : elle cause un certain trouble dans la pensée, et quelquefois, associée à du vin de seconde cuvée, elle augmente l'urine. Trois oboles bues avec du vinaigre pendant trente jours, diminuent les douleurs de tête : on l'emploie utilement avec des figues en cataplasme pour le même objet : on la fait aussi bouillir pour les bains de siège destinés à purifier la matrice. C'est encore un excellent remède pour le ventre.

24] En liniment ou en cataplasme, le fruit, seul, est bon contre les dartres et les lèpres : le suc de la plante, extrait jusqu'à la dernière goutte, en boisson, fait venir le lait. En boisson, elle convient aux paralytiques, en liniments avec de l'huile, aux ulcérations.

25] Ses feuilles, avec du vin, employées en cataplasme sur des écoulements, sont parfaites : en un mot, elle est utile à tous ceux qui l'emploient dignement.

26] Cette plante est de deux sortes. La première est la vigne blanche, celle qui s'appelle aussi bryonne, raisin de serpent, couleuvrée, *chelidon*, *mylithron*, *psilothron*, *archizostes*, *kechedron*. Ses sarments, ses feuilles, ses vrilles sont semblables à celles de la vigne cultivée, mais plus touffus : elle pousse au travers des buissons qui l'avoisinent et s'y attache par ses vrilles. Son fruit est comme une grappe de raisin roux : il enlève la peau.

27] La deuxième est la vigne noire : on l'appelle aussi bryonne et *chrironion* (gentiane). Ses feuilles sont semblables à celles du lierre, plus encore au smilax, mais plus grandes; elle s'attache aux arbres par ses vrilles; ses fruits, d'abord verts, deviennent noirs à l'extérieur et couleur de buis à l'intérieur; ses pousses, dans leur premier bourgeonnement, se mangent comme légumes; elles sont diurétiques et emménagogues, curatives de la rate, salutaires aux hypocondriaques, mais surtout les racines; toute la plante convient aux épileptiques et aux personnes qui ont des vertiges; ses feuilles avec du vin, mises en cataplasme sont salutaires aux écrouelles et contre les coliques et les relâchements; et en général elle a une vertu semblable à la précédente.

28] La vigne blanche a encore d'autres effets convenables et très agréables, car dans les festins elle ne rend pas seulement sobre, mais elle fait qu'on se réjouit.

29] Jusque-là Cyranus s'exprime ainsi : puis ils ne sont plus d'accord ; et voici ce que dit Harpocration :

30] « Heureuse plante, conductrice des Dieux, maîtresse de la terre, du ciel et de l'air, qui dégages l'esprit par une boisson venant de ton raisin, qui procures le sommeil pour reposer tous les membres, personne, ni par la parole, ni par le corps, n'aura un pouvoir comparable au tien ; mais tu montres la vanité des choses cachées au fond des âmes des mortels. Possédant mystérieusement les mystiques esprits, ô vigne, tu feras connaître ce qui existe dans les seuls livres saints et dans les remèdes, comme aussi tout ce qui est caché dans les mystères du couteau et de la hache. Et ceci s'appellera les mystères de la vigne. » Elle a encore d'autres vertus convenables, dont il n'est pas permis de parler légèrement au milieu des mortels.

31] A partir d'ici, suivant la Cyranide, le discours sacré parle ainsi : « Heureuse reine divine, chargée de raisin divin, mère de toute la divine nature favorable aux plantes, la nature désire le raisin, et c'est de la grappe que vient le vin divin..... »

32] Après cette invocation, verse dans une coupe le breuvage dont tous boiront, puis ils partiront charmés, sans que personne discute.

33] Or donc, si nous voulions dire toutes les vertus de la vigne, un livre entier ne nous suffirait pas : cependant, il nous faut ajouter qu'elle est utile pour la fièvre quarte.

34] Le jus de la vigne procure les plus grandes joies. Plante-la donc partout : car il n'est pas de fêtes des dieux ou des mortels, à la fin ou à leur entrée dans la vie, ou s'élançant au sortir de l'éducation, vers l'agriculture, vers la plantation ou vers quelque autre but de la vie, qui puissent se passer de cette plante.

35] Il me reste à parler d'un mauvais démon, celui de la fièvre quarte qui est envoyé aux hommes et aux femmes par le premier décan du capricorne, qui n'est pas dompté promptement parce qu'il ne voit ni n'entend, car il est sans tête.

36] Prenant donc des raisins secs ayant quatre pépins, épluche-les avec tes ongles, et non avec ta bouche, puis tu les mettras dans un linge, en état de pureté ; suspends-les ensuite au cou du malade sans que le malade le sache, et par la grâce de Dieu, tu le guériras.

37] Et la pierre de la tête du poisson, suspendue au cou, guérit la fièvre quarte.

38] La stèle de Cyranus s'exprime ainsi sur la joie : « O plante très divine qui portes le raisin, vigne blanche, mère des plantes, douce porte-cymbale, la première d'entre les plantes de la terre. » Adresse à la coupe, ces paroles : « Évohé pour le bon vin : rends mon esprit tranquille : évohé, toi qui es fille de l'Olympe, garde mon intelligence, toi qui es généreuse, très divine et salutaire, — ΥΙ ΕΥ ΑΕ ΙΑΥΩ ΑΕ ΚΙΕΩ (lire ΑΙΕϻ ?), — évohé. » Après avoir ainsi parlé à la coupe, verse [le vin] dans la coupe où tous boiront, et tous les amis partiront charmés, sans que personne discute.

39] Ayant donc choisi une pierre d'aétite, grave dessus un aigle : puis, sous la pierre, mets un pépin de raisin et le bout d'une aile d'aigle ou d'épervier : puis l'ayant sertie, porte-la. Elle éloignera de toi toutes les maladies dont il vient d'être question, elle te donnera de la considération et t'attirera la bienveillance des puissants, des grands et de tes supérieurs ; elle te servira encore en beaucoup de circonstances qu'il est inutile d'énumérer. Ainsi se termine la première lettre A.

B

1] *Sabine*, plante semblable au cyprès. *Brysis* ou corneille. *Béryl*, pierre blanche. *Byssa*, crabe.

2] L'arbrisseau semblable au cyprès, connu de Dieu, s'appelle sabine : il est brûlé devant les dieux comme encens. Brysis, animal d'espèce commune avec la corneille, vit jusqu'à cinq cents ans. Béryl, pierre blanche bien connue, de grande valeur. Le byssa est un crabe de mer : on l'appelle byssa à cause de sa ressemblance avec les *bysala*. Or donc, la plante bue avec du vin fera ouvrir les plaies cancéreuses : placée sous le fœtus, elle en provoque l'expulsion, et dans la dysurie, fait uriner du sang.

3] Pour la dyspnée, l'orthopnée et l'asthme : sabine, une obole ; beurre, quatre oboles ; miel, deux onces : fais-en un électuaire et donne-le à boire à jeun.

4] Les yeux de crabes, portés au cou, guérissent la maladie.

5] Voici l'instinct de l'oiseau qui s'appelle la corneille : si sa femelle meurt, le mâle n'en prend pas une autre. Et la femelle fait de même. Et ils sont, à cause de cela, très utiles aux hommes. Car si un homme porte sur lui le cœur d'une corneille mâle, et sa femme celui d'une femelle, ils se traiteront avec bienveillance mutuellement toute leur vie ; c'est là une merveille qui dépasse tout.

6] Prends donc un béryl, grave dessus une corneille et sous ses pattes, un crabe ; puis, enferme dessous une petite branche de sabine, un peu du cœur de l'oiseau et ce qu'on appelle l'aphrodite (κλειτορίς) du crabe et porte-le comme tu voudras.

7] Il est efficace, en effet, pour les gens atteints de dyspnée, de coliques hépatiques ou néphrétiques ; car c'est la pierre du dieu Zeus. Il donne à celui qui le porte le don de plaire, le succès dans les entreprises ; il fait naître l'affection entre ceux qui se marient, ainsi que le parfait accord dans les rapports intimes, comme étant fort belle.

Γ

1] *Pivoine*, plante, d'autre la nomment péône. *Chouette*, oiseau. *Gnathos*, pierre. *Glauque*, poisson, connu de tous.

2] La pivoine est la péône : elle a reçu le nom de péône parce que c'est Péon qui l'a découverte : son fruit semble l'extrémité d'une amande : de ses graines, les unes sont fermées, les autres entr'ouvertes.

3] La chouette est l'oiseau consacré à Minerve : elle a sur la tête une couronne royale en plumes, les grands yeux du nycticorax : elle vit dans les champs.

4] Le gnathos est une pierre, dure comme la pierre molaire, semblable à une mâchoire.

5] Le glauque est un poisson de mer connu de tous.

6] Or, la plante est de deux sortes, l'une mâle, l'autre femelle.

7] Si donc la matrice d'une femme ne garde pas la semence et qu'elle veuille concevoir, qu'elle ceigne le divin fruit fermé, après l'avoir lié dans un linge de lin teint des sept couleurs, et qu'elle le porte au bas-ventre.

7 *bis*] Mais si tu veux empêcher la femme d'engendrer, donne-lui à manger du mouton avec de l'orge souillé avec ses menstrues, et elle ne concevra jamais. De même, éteins des charbons ardents dans ses menstrues, elle ne concevra pas. Alors enlève convenablement le charbon et garde-le, et lorsque tu voudras qu'elle conçoive, allume-le au feu, et elle concevra.

8] Mais si elle ne veut pas concevoir, qu'elle porte sur elle de la graine de pivoine ouverte, avec de la sécrétion d'oreille de mulet, aussi longtemps qu'elle voudra [ne pas concevoir].

9] Si la femme qui enfante est dans des souffrances cruelles, et qu'il y ait du danger, ayant mis dans de l'huile de la graine ouverte de la plante, frottes-en ses reins et son bas-ventre, et elle enfantera sans douleurs.

10] Les fumigations ou les boissons de racine de pivoine écartent les démons : et si on la porte, elle chasse tous les fantômes.

11] Délaye avec un peu d'eau de mer les yeux de la chouette et du glauque, puis dépose-les dans un vase de verre. Il est meilleur par exemple de mêler leurs biles et de laisser déposer dans un vase de verre.

12] Lors donc que tu voudras essayer la puissance de la substance, écris avec l'eau de cette préparation sur une feuille de papier pure et blanche : le jour, l'écriture ne se verra pas, mais l'obscurité venue, elle se lira. Si donc [avec cette composition] tu peins sur une muraille quelque personnage, la nuit venue, ceux qui le verront se sauveront, croyant apercevoir des démons ou des dieux.

13] Si on grave sur la pierre gnathos une chouette et sous ses pattes le glau-que, et qu'on la porte après avoir enfermé dessous les yeux de celui-ci, en

6

s'abstenant de chair de porc et de toute impureté, l'obscurité venue, on paraîtra comme un homme de noble race, inspiré des dieux : pendant le jour, tout ce qu'on dira sera cru, et si on la porte au lit, on verra en songe la réalité.

Δ

1] *Serpentaire*, plante. *Pic-vert*, oiseau. *Vive*, poisson. *Dendrite*, pierre bien connue.

2] La serpentaire est une plante dont les graines ressemblent à des yeux de dragon : ses feuilles sont larges : en tout elle est malfaisante. Il y a deux espèces de serpentaires : l'une qui est sauvage et qu'on appelle herbe Saint-Jean, l'autre cultivée : la première est le *lachanon* sauvage, ἀγριολάχανον, l'autre le *lachanon* cultivé, appelé ἐρμενολάχανον. Il faut leur préférer le *cholobotanos*, qui a des feuilles larges, semblables à celles du platane. Des graines de cette plante, on extrait une huile rouge qui s'appelle *orcolachanon* et *dracontia*.

3] Le pic-vert est un oiseau très connu, de la grosseur d'une caille ; il creuse les chênes, les sapins et les noyers, pour faire son nid dans leur tronc.

4] La vive est un poisson de mer sans écailles, avec des piquants : si elle devient trop grande, au point d'être malfaisante, les nuages l'enlèvent en l'air, la précipitent d'en haut sur les montagnes, ses membres sont mis en pièces. Sa langue est fourchue, comme une queue à plat, longue de deux doigts. Mets-la dans l'huile et garde-la. Portée par les enfants, elle éloigne d'eux les maléfices et les maladies.

5] J'ai appris cela sur les plages de la Syrie et de l'Assyrie.

6] La dendrite est une pierre connue de beaucoup ; elle ressemble au corail. Elle naît dans l'Inde, dans les rochers de la mer, elle a environ six doigts de hauteur.

7] La graine de la serpentaire portée, rend la vue perçante ; elle enlève les légers maux de tête.

8] Une plume de l'aile du pic-vert, avec un peu de dendrite, guérit la migraine et les maux de tête.

9] Également, une plume de l'aile de l'oiseau, avec un peu de poisson, hachés et pilés ensemble, portés, guérissent rapidement tous les maux de tête.

10] Afin que nous ne soyons pas dans l'erreur, à cause de l'extrême rareté de la grande vive, nous achèterons pour employer à sa place, des petites vives ayant forme de poissons, longues de deux palmes.

11] Contre les douleurs de tête, l'éléphantiasis à son début, les ardeurs, les taches blanches qui se produisent sur le corps et toutes les variétés de la lèpre si funeste, fais un onguent composé de graisse de vive et de jus de la plante et emploie-le matin et soir.

12] Si donc quelqu'un bouche avec un coin le nid du pic-vert, l'oiseau apporte une plante qu'il connait, s'approche et l'ouvre ; s'il est, en effet, fermé avec de l'argile, l'argile tombe : si c'est avec une pierre, la pierre saute : avec une planche et des clous, déclouée, la planche tombe : si c'est avec une feuille de fer et des clous, ils seront brisés, car rien qu'en touchant légèrement avec la plante un endroit, il ouvrira tout sur-le-champ et prendra son nid ; puis il jette la plante au pied de l'arbre. Si donc après avoir fermé le nid on cherche la plante, on la trouvera toujours au pied et elle sera bonne pour beaucoup de choses qu'il n'est pas permis de dire, à cause de sa nature divine, et qu'un homme ne saurait accomplir.

13] Si quelqu'un grave sur une dendrite le pic, et sous ses pattes une vive, s'il enferme dessous la plante trouvée sous le nid du pic et s'il la porte, toutes les portes s'ouvriront devant lui et il fera tomber les fers et les verrous ; les bêtes sauvages se soumettront à lui et s'apprivoiseront ; de tous les hommes il sera aimé et écouté ; il mènera à bien tout ce qu'il désirera, et ce qu'il voudra réussira.

14] Chantez donc l'hymne en l'honneur d'Hermès Trismégiste, l'initiateur de toute sagesse, le guide des discours, le très sage dispensateur de tous les arts, le plus admirable des astres.

15] Hermès, bienheureux entre tous les Dieux ! Mortel, il vit inconnu des Dieux ! Et cependant il est de leur nature. Car qui trouvera un homme semblable ? Personne ; mais on échouera. Tu instruis par une stèle : telle est sa nature. Mais porteur de la raison divine et de ses mystères, porteur de la science des Dieux, tu ouvriras les serrures, tu délieras les chaines : tu civiliseras les bêtes sauvages, et par la volonté de Celui qui est dans les cieux, tu calmeras les tourbillons des flots furieux ; et tous les démons t'éviteront, et seul, entre les hommes, tu paraîtras bon à tous.

16] Nous passerons maintenant à un autre conseil. Si donc, comme il est vraisemblable, tu ne trouves pas la plante après l'ouverture du nid, mets sous la pierre gravée l'extrémité de la plume de l'aile de l'oiseau et son cœur, un grain de semence de serpentaire, de la pierre ou de la moëlle de vive. Cette préparation procure une vue perçante à celui qui la porte, guérit les maux de tête et procure le bien-être à la tête et aux yeux de celui qui la porte. Puis, elle le rend heureux dans ses entreprises et redouté de tous les hommes.

E

1] *Roquette*, plante, appelée aussi *tzantyra*. *Euboé*, oiseau qui est le rossignol. *Oursin*, espèce de poisson. *Evanthus*, pierre.

2] La roquette est un légume qui se mange, connu de tous. L'euboé est le rossignol, oiseau connu de tous. L'oursin de mer est connu de tous. L'evanthus est une pierre de toutes les couleurs; elle est consacrée à Aphrodite, parce qu'elle est polychrôme.

3] La roquette est échauffante. Une erreur existe chez beaucoup de personnes qui ne connaissent pas la nature de chaque plante. Or, les prêtres mangent la roquette, la rue, le gatillier, pour être chastes. Car la roquette verte éteint les désirs sexuels et ne permet pas les fréquents rapprochements intimes, ni les fréquentes érections, ni les pertes nocturnes. C'est pour cela que les prêtres qui sont aux sanctuaires en mangent souvent et, grâce à elle, n'ont pas d'idées impudiques.

4] Graine de roquette, quatre onces; poivre, quatre onces : pris matin et soir avec du miel, la valeur de deux doigts, procureront l'érection.

5] Si l'âge s'avance et que le membre soit affaibli, fais ceci : graine de roquette, seize onces; cumin, huit onces; poivre, quatre onces; graine de pourpier, deux onces : broye le tout avec du miel et fais prendre soir et matin. C'est incomparable.

6] Les yeux et le cœur du rossignol suspendus à un lit donnent des insomnies à ceux qui y sont couchés.

7] Si, après les avoir broyés, on les donne secrètement à boire à quelqu'un, il mourra sans pouvoir dormir et il n'y a pas de conjuration possible.

8] Si, après l'avoir broyé, tu donnes aux épileptiques le nombril de l'oursin, aussitôt ils seront soulagés; mais seulement, donne-le très souvent, avec du miel.

9] Grave sur la pierre evanthus, toute dorée, Aphrodite sortant de l'onde, avec ses cheveux tout mouillés : mets sous la pierre la racine de la plante et la langue d'un rossignol : puis après l'avoir sertie, porte-la : tu seras aimé et connu de tous, et agréable non seulement aux hommes, mais aux démons, et tout animal sauvage te fuira.

Z

1] *Smilax*, plante. *Sarcos*, oiseau. *Murène*, poisson. *Émeraude*, pierre précieuse verte, de grand prix, venant de Perse.

2] Le smilax est une plante très vigoureuse, comme le lierre; si quelqu'un en met sur la tête d'une femme dont la couche est laborieuse, elle accouchera sans douleur.

3] Si une femme, pendant ses menstrues est prise de malaises et de douleurs, mets lui la plante autour de la ceinture, et ses menstrues viendront sans douleur.

4] Si après avoir mélangé un grain de jus des feuilles de la plante et une once de miel, tu les donnes à un hydropique, il se videra sans danger. Une femme qui en aura pris, aura une hémorragie.

5] Le sarcos est un oiseau ; les uns le nomment *zogion*, les autres harpie.
C'est une variété du vautour blanc qui mange les cadavres. La murène, poisson
de mer, est connue de tous. L'émeraude est une pierre connue de tous.

6] Si tu donnes à manger à quelqu'un dans sa nourriture l'intérieur de la
harpie, cette personne, après l'avoir absorbé, éclatera en mangeant ; car elle sera
insatiable.

7] Si tu donnes le gros intestin de l'oiseau, broyé, à boire, ou cuit, à manger,
à quelqu'un atteint de coliques, il sera rapidement guéri.

8] Sa graisse en liniment avec de l'huile de murène mâle, chasse la fièvre
quarte ; sa fiente, en onguent avec du vinaigre, diminue la lèpre ; son foie, pris
en telle quantité qu'on voudra, trouble les intestins.

9] L'émeraude est une pierre verte d'un grand prix. Grave donc sur l'émeraude
une harpie, sous ses pattes une murène, enferme sous la pierre de la racine de
la plante et porte-la contre les visions délirantes, les frayeurs et tout ce qui
affecte les lunatiques ; elle guérit aussi les coliques. Elle sera meilleure si on y
joint de la graisse de murène. C'est une amulette divine.

H

1] *Eryngium*, panicaut, plante. *Vie du Soleil*, le phénicoptère. *Héphestite*,
pierre. *Hédonis*, que d'autres appellent anchois.

2] L'eryngium est une plante épineuse qui pousse comme un roseau ; on la
nomme également *gorgonios*. Voici sa vertu : celui qui porte sa racine n'aura
pas à subir les ruses du démon.

3] Si quelqu'un a l'Esprit de l'air (?), on placera sous ses vêtements la racine
de la plante et il avouera quel il est, d'où il vient et d'où il a été chassé comme
étant étranger.

4] La plante entière avec ses racines, prise en infusion dans l'eau avec du
miel, apaise les coliques.

5] Si tu la fais bouillir avec du vin miellé et que tu la donnes à boire à ceux
qui ont ou la pierre, ou une rétention d'urine, ou des coliques néphrétiques,
tu guériras leur maladie. Qu'ils en boivent pendant seize jours, le matin au lit ;
si tu la fais cuire avec de l'écorce de grenadier, tu leur feras encore plus de bien.

6] Si après l'avoir fait bouillir, tu fais manger secrètement le phénicoptère,
c'est un meilleur remède que l'oursin.

7] L'hédonis de mer, qu'on appelle anchois, mangé fréquemment, guérit les
ulcères qui se forment dans les reins.

8] Si sur la pierre héphestite, appelée aussi pyrite, tu graves un phénicoptère,
et près de ses pattes un scorpion, et que sous la pierre tu mettes un peu de la
racine de la plante, tu auras un phylactère contre tous les animaux venimeux ; il

chasse aussi les apparitions nocturnes ; il fait aussi du bien aux gens atteints de
la pierre, il écarte également toutes les fascinations.

9] Hymne. — Le fils de Cronos, lui-même, veille à la vigueur des pauvres et
chétifs mortels ; il donne la lumière aux astres, produit sur terre l'or et l'argent
et fait disparaître la maladie et la cruelle pauvreté imposée par une Nécessité
malfaisante. Étant bon, il ne donne pas la mort. Mais il commande, sous l'empire de la Nécessité, à la terre tout entière et au ciel étoilé : il conduit les
humains avec le fouet du Destin et tout puissant, les étreint sous l'influence de la
Nécessité. Un fils de Kronos, le chef, fut entraîné dans le monde par les immortels tourbillons, traversant les cercles célestes dans lesquels toutes choses
se meuvent de l'Orient à l'Occident, autour des Ourses aux sept étoiles : qu'il
suffise à ton âme de demander, dans le temps qui fuit, ce qui lui peut venir en
aide : car aussitôt après l'enfantement, quoiqu'ayant connu Dieu directement
dans l'air et dans les nuages, exilée dans le corps qu'elle doit habiter, elle a
souffert la maladie.

Oh ! bienheureuse âme immortelle, dans le lieu où tu es, apaise la souffrance
d'un corps qui est tien. Ne te donne plus la peine de rechercher ce qu'est le
ciel, ce qu'est l'eau, le feu, ce que sont les astres brillants, les ténèbres indici-
bles qui sont au-dessus des Dieux eux-mêmes, la sphère roulant d'Orient en
Occident, le cyclone incessant des vents qui, en agitant tout, amène l'incan-
descence de la mer et brisant les profondeurs du ciel avec des bruits de tonnerre, produit le feu de l'éclair, la pluie, l'impétuosité des eaux douces : car
Géa, nourrice de toutes choses, détient dans son sein divin tout ce qui naît
dans son sein terrestre, les racines des plantes, filles fleuries de la terre, qu'elle
enfante autour des quadrupèdes, des oiseaux, des poissons, tout ce qui se
trouve dans les cavités, en un mot, tout ce qu'on voit parmi les mortels, et qui
leur est utile.

10] Mais c'est assez de préliminaires : j'exposerai maintenant en prose, en
détail, et je ferai connaître les oracles de l'âme. J'ai dit ce qu'on voyait :
d'autres choses existent, puissent-elles être indiquées ! Or, j'ai dit ce qui se
rattachait à la gnose et aux êtres qui dépendaient d'elles.

11] La huppe. Il est un oiseau qui vole dans l'air, qu'on appelle la huppe :
sur la tête, il a une crête des sept couleurs, de deux doigts de longueur, qui se
dresse et se rabat. L'oiseau est de quatre couleurs, pour ainsi dire, par rapport
aux quatre saisons de l'année. Cet oiseau s'appelle aussi cucupha ou puppa, ainsi
qu'il est écrit dans le premier livre, appelé l'Archaïque. Or, cet animal est sacré.

12] Ayant donc pris le cœur de la huppe encore palpitant, mange-le juste au
début de la première heure du soleil ou de la huitième, et que ce soit le jour
de Saturne, la lune étant à son lever ; bois sur l'heure du lait d'une vache noire
avec un peu de miel, suivant la formule qui va être donnée, afin que le cœur
soit avalé sainement ; et tu connaîtras alors les choses du ciel et de la terre, le

fond de l'âme des autres, ce qui se passe chez les peuples comme dans les villes et la destinée de tous les hommes. Voici donc la formule du miel.

13] Miel, un cotyle et demi; pierre d'aimant vivante très pulvérisée, deux onces; sept cœurs de panicaut : délaye le tout avec du miel. Procure-toi une autre pierre d'aimant sur laquelle aura été gravé l'oiseau : il faut la plonger dans la composition. Si tu veux savoir quelque chose, goûtes-en la valeur d'un doigt, mets sur toi l'aimant gravé, porte-le au cou, et tu sauras d'avance tout ce que tu voudras.

14] Si tu mets dans la composition un autre cœur et un foie de huppe, elle sera meilleure et te donnera encore plus de mémoire; mais afin de conserver sain le corps de celui qui a mangé le miel ou avalé le cœur (car d'ordinaire il surgit une infinité de poux), il faut d'abord se frotter avec l'huile suivante : huile, un cotyle; staphisaigre (herbe aux poux) finement pulvérisée, deux onces : après avoir bien pilé et bien unifié, mets de côté, prêt à servir ; et lorsque tu t'en serviras, frotte-toi avec dans ton lit.

15] Question posée au philosophe. — Dis-moi, que penses-tu, l'âme est-elle immortelle ou mortelle? — Et il répond : beaucoup d'esprits grossiers se trompent sur l'intelligence de l'immortalité de l'âme; celle-ci se prouve elle-même. Car, pourquoi, lorsque le corps se repose sur un lit, l'âme s'élance-t-elle dans sa propre patrie, c'est-à-dire dans l'air, d'où nous l'avons reçue, et d'où elle voit ce qui se passe dans d'autres régions ? Souvent, par amour pour le corps qu'elle habite, avant le temps, elle prédit les choses bonnes et leurs contraires, c'est ce qui s'appelle le rêve : puis de nouveau, elle se hâte vers sa demeure, et, au réveil elle explique le même rêve. Par là, vois avec évidence que l'âme est immortelle et incorruptible. Ayant ainsi parlé, Harpocration termine ici cette lettre.

16] Mais Cyranus, tantôt en désaccord, tantôt d'accord avec lui, continue au sujet de la dégustation de la huppe. Il dit, qu'en ayant goûté, il connaît ce qui se passe dans le monde : et voici comment.

17] Comme il est très difficile de se procurer l'extrémité de la racine du panicaut et sa tête, si tu veux l'obtenir facilement, agis de cette façon : prends de la graine de panicaut et de la terre dans laquelle il pousse, mets terre et graine dans un pot, arrose neuf fois et lorsque la plante aura poussé et sera mûre dans le pot comme les autres panicauts, alors étant pur et à jeûn, cherche dans le pot, comme il convient, et tu trouveras la tête du *gorgonios* l'ayant enlevée, garde-la prête pour le moment où tu en auras besoin.

18] Prenant donc à un phoque marin les poils qui sont entre ses naseaux et sa gueule, une pierre de jaspe vert, le cœur et le foie d'une huppe, une petite racine de panicaut, une racine de pivoine (peône), de la graine de verveine, du sang cosmique du chrysanthème (cf. Lettre X), la pointe du cœur d'un phoque, puis de la crête qui se trouve sur la tête de la huppe, tu auras ainsi la meilleure de toutes les formules ; lorsque tu auras enroulé le tout avec un peu de musc autour des quatre parfums, mets-le dans une peau d'ichneumon, ou de phoque, ou de jeune faon, ou de vautour, et porte-le en état de pureté. Et si tu dores la surface, ce sera mieux : car tu réussiras dans tout ce que tu voudras, tu seras aimé de tous les hommes et de toutes les femmes : tu paraîtras redoutable, pacifique et bienveillant : tu soumettras toutes les bêtes sauvages et tu te feras des amis de tes ennemis.

19] Si tu ajoutes aux choses qui viennent d'être énumérées l'œil droit d'un loup, et que tu les portes, tu seras enviable en tout, victorieux en toute affaire, sûr du succès, car le démon et toute bête sauvage te fuiront, en tout tu réussiras et tu seras protégé contre la maladie.

20] Quant à moi, j'y ai ajouté de la présure de phoque, j'ai vaincu tous mes adversaires et je suis demeuré invincible ; car celui qui porte ce phylactère aura des biens qu'il n'espère pas recevoir de Dieu. Partout il sera honoré, victorieux en actes et en paroles, protégé contre tout danger, contre le démon, les poisons et les maléfices, et pour tout dire, ce phylactère détourne tous les maux et procure tous les biens. Il fait aussi connaître ce que Dieu seul connaît avec toi. C'est ainsi que Cyranus termine cette lettre.

Θ

1] *Grande sauge*, plante. *Faucon*, oiseau. *Thyrsite*, pierre semblable au corail. *Thon*, poisson de mer.

2] La sauge est la plante consacrée à Bacchus : c'est un arbrisseau bon à tout. Le faucon est un oiseau semblable à l'épervier de mer, actif, divin. La thyrsite est une pierre semblable au corail. Le thon est un poisson de mer, bon à manger, semblable au palamyde ; il est grand et bien connu.

3] La sauge sclarée est une plante consacrée à Bacchus : son thyrse est mis au pressoir par les Ménades dans les fêtes de Bacchus ; c'est une plante de la terre qui pousse pour le plaisir des hommes. Et maintenant, je dirai ses vertus puissantes dans le vin, qui la rendent si nécessaire aux hommes dans les pressurages : j'en ferai l'énumération plus tard en prose. Or, que la terre sache cela.

4] Si quelqu'un broye quatre parties de cette plante, et quatre de la pierre, en prononçant la formule dionysiaque, et qu'il jette le tout dans un vase de vin, où chacun boira un seul verre, tous ceux qui auront bu s'en iront, comme enivrés et reconnaissants en disant : « Seigneur, tu nous as fait bien plaisir. »

5] Si tu jettes dans le vin l'œil droit d'un thon, en prononçant le nom de Bacchus et ces paroles : « Que les amis réunis en cercle, qui boivent ici, s'en aillent reconnaissants et heureux », il en sera ainsi.

6] Si tu coupes, avec un couteau tout en fer, l'aile de l'épervier et que tu la jettes dans le vin en prononçant la formule dionysiaque et ajoutant : « Seigneur, fais lever les convives couverts de sang, et qu'ils se frappent mutuellement », la chose arrivera.

7] Si après avoir gravé sur une thyrsite un épervier et l'oiseau tenant un thon, tu renfermes sous la pierre la racine de la plante et si tu la portes, tu ne t'enivreras pas, et pour tous tu seras rempli de charme ; avec elle, on est à l'abri du danger et invincible devant les tribunaux. Or, la formule dionysiaque est celle-ci : « Ei, eïris; (en abrégé) Christ-Jésus, évohé, oioo : a e i ï l ». Et le véritable nom est Iosu : Ioôb. Ainsi parle Harpocration : quant à Cyranus, voici ce qu'il dit : « Eïa Bacchus, eïuleu Dionysos. »

I

1] *Saule*, arbre. *Jaspe*, pierre verte. *Milan*, oiseau. *Girelle*, poisson.

2] Le saule est un arbre connu de tout le monde, qui ne porte pas de fruits.

3] Le jaspe est une pierre bien connue.

Milan, oiseau connu de tous.

4] La girelle est un poisson de mer, petit, multicolore, facile à trouver, que quelques-uns appellent petite aiguille.

5] Broye des feuilles vertes de saule, fais-en un cataplasme avec un peu de sel et de salive, pour ceux qui souffrent de la rate. Fais bouillir l'écorce avec de l'oxymel et donnes-en à jeun deux ou trois cuillerées : réduis au tiers la décoction ; donnes-en ensuite à chacun, suivant sa force.

6] Sur une pierre de jaspe, grave un milan déchiquetant un serpent, et sous la pierre, mets la pierre de la tête de la girelle ; puis, l'ayant renfermée, fais-la porter sur la poitrine : elle calmera tout mal d'estomac et permettra de beaucoup manger en digérant bien. Elle a encore d'autres vertus : porte-la sur la poitrine et tu verras.

K

1] *Cinédios*, plante, poisson, pierre, oiseau.

2] Le cinédios est la verveine rampante, consacrée à Aphrodite.

3] Le cinédios est l'oiseau qu'on appelle bergeronnette ou hochequeue, parce qu'il remue continuellement la queue qui est plus longue qu'il ne faut. C'est l'oiseau auquel s'adresse ce vers de Théocrite :

Bergeronnette, ramène vers ma demeure mon bien-aimé.

D'autres appellent bergeronnette attique, un petit oiseau bon à manger, remuant

7

le cou comme la caille, ainsi que le dit Harpocration. Il a trois pierres autour du cou et une longue langue; il est consacré à Aphrodite.

4] Le cinédios, poisson de mer, est long de dix doigts : sa tête est plate comme celle de la baveuse : c'est un petit poisson rond, dont le corps est transparent au point que l'on voit au milieu son épine dorsale, comme à travers une pierre spéculaire : il abonde sur le littoral de la Syrie, de la Palestine et de la Libye. Ce poisson a deux pierres, qui ont des effets différents comme on va le dire dans la suite : elles sont dans sa tête. Il a une autre pierre dans la troisième vertèbre de l'épine dorsale, du côté de la queue : elle est très puissante et recherchée dans la ceinture de Vénus.

5] La pierre cinédios était inconnue à cause de la difficulté de la distinguer : c'est celle qui s'appelle obsidienne : c'est la pierre de Saturne. Elle est de deux espèces : l'une est mate et noire, l'autre noire aussi, mais brillante comme un miroir. C'est cette dernière que beaucoup désirent, et ils ne la connaissent pas, car c'est la pierre du serpent.

6] Si quelqu'un fait brûler un peu de la plante avec de la fiente de vautour, sous un citronnier, l'arbre perdra ses feuilles.

7] Si on place la plante sous l'oreiller de quelqu'un, pendant sept jours, il n'aura pas d'érection pour le commerce intime.

8] Si tu en donnes à un coq avec de la farine d'orge, il ne chaussera pas sa femelle.

9] Si tu prépares en boisson ou en aliment la pierre de la troisième vertèbre du poisson cinédios, celui qui aura absorbé la pierre sera reconnu, le même jour, fornicateur.

10] Si on la donne à manger à un coq avec de la farine d'orge, les autres coqs le chausseront furieusement, et à quelqu'autre animal mâle que ce soit, il ne saura résister.

11] Si donc tu prends cette pierre avec un être semblable, il te servira comme de femelle : voilà réellement ce que produit la pierre.

12] Celui qui portera la langue de l'oiseau sur une feuille d'or, charmera tous les hommes et sera aimé d'eux.

13] Le croupion de l'oiseau donné secrètement à un homme ou à un autre être mâle, l'efféminera et il remplira l'œuvre des femelles.

14] L'œil droit, porté sous un saphir sans taches, sur lequel est gravée Aphrodite, rendra celui qui le porte plein de charme, le fera comprendre de tous les hommes et lui fera gagner tous ses procès. L'œil gauche, porté par une femme, produira les mêmes effets.

15] Le sang de l'oiseau, mêlé à n'importe quel collyre et employé en liniment, produit la suffusion.

16] Son cœur, porté au déclin de la lune, guérit de la fièvre tierce et de la fièvre quarte.

17] Le cerveau de l'oiseau, donné secrètement dans les aliments ou dans les boissons, calme la céphalalgie incurable.

18] Son foie, dans du sel et de l'eau, guérit la maladie du foie.

19] Première ceinture d'Aphrodite, la grande déesse, ceinture très puissante et changeant les natures des hommes et de tous les êtres, et aussi les pensées des mâles, principalement des hommes, au point que celui qui la touche ou la porte, s'effémine et devient une femme.

20] Grave encore sur une opsiane un homme châtré, ayant à ses pieds ses parties génitales, les mains pendantes et regardant ses parties ; en arrière, derrière lui, dos à dos, grave Aphrodite, qui se détourne et regarde de son côté ; mets dessous la pierre du poisson cinédios. Et si tu ne possèdes pas une des pierres de la tête, remplace-la par la racine de la plante et l'extrémité de l'aile gauche de l'oiseau. Renferme-la dans une large boîte d'or ; place-la dans une courroie faite de nerfs du ventre de l'épervier, afin qu'elle soit mollement ; couds-la au milieu de la courroie, afin qu'elle ne soit pas visible. Ceci est la courroie peinte ou modelée autour de la tête d'Aphrodite comme diadème, ce qu'on appelle sa ceinture.

21] Si un mâle est touché par la ceinture, il n'aura pas d'érection ; s'il la porte sans le savoir, il sera efféminé.

22] Si quelqu'un goûte la pierre du poisson, il deviendra tout à fait pédéraste et il ne pourra revenir aux rapports naturels.

23] Si une femme porte cette ceinture, aucun homme ne pourra avoir de rapports avec elle, car il n'aura pas d'érection. Or, la mesure de la ceinture doit être celle-ci, deux doigts de largeur et cinq palmes de longueur.

24] Il est un autre objet d'Aphrodite que portent les reines et tous ceux qui le peuvent également, et il se place dans une ceinture faite de nerfs, de manière qu'on ne voie pas les pierres, gravées comme il suit.

25] D'abord, au milieu de la ceinture, il y aura une lychnite ou une céraunie qui portera la gravure de Mars armé ; puis, cousus à droite et à gauche, deux adamas ayant la gravure d'Aphrodite avec des épines ou des roses sous les pieds ; ensuite, de chaque côté, deux pierres rouges sans taches, représentant Aphrodite, attachant ses cheveux et Éros à côté d'elle ; puis, deux autres pierres, également de chaque côté, des cornalines, portant en gravure, l'une, le soleil sur un quadrige, l'autre, la lune au dessus de deux taureaux ; puis, deux autres pierres de chaque côté, représentant Mercure tenant le caducée de la main droite ; puis, deux ananchites en forme de perles planes de chaque côté, ayant Némésis debout, un pied sur une roue et tenant une verge ; enfin deux autres perles sans taches, sans gravures, fixées des deux côtés de la ceinture, de telle sorte que les pierres soient au nombre de treize, et que les pierres gravées, ainsi cousues dans des bates d'or, sur la ceinture, ne puissent être vues.

26] Il existe encore une courroie qu'on fait double, et l'autre pierre qui doit l'accompagner se porte autour du cou. C'est la sélénite, dans laquelle on voit la lune croissant et décroissant. La pierre porte gravée la lune, et au dessous de la pierre dans une capsule d'or, il faut mettre de la racine de persil. Cette courroie se porte autour du cou.

27] Cet objet mystérieux, porté sur soi, donne à celui qui le porte l'inspiration divine et le rend digne d'être honoré et vénéré par tous. Et beaucoup de rois le portent sous leurs vêtements, ou comme un bandeau à l'intérieur de leur diadème, afin que personne ne le voie.

28] On dit que la sélénite, portée au doigt, produit les mêmes effets.

29] Mais pour ne pas allonger ce livre, arrêtons maintenant notre discours, puisque les plus grandes vertus sont citées ici. Aussi, ayant traduit avec beaucoup de labeur et de fatigue d'esprit tout ce que je viens de dire, je l'ai écrit pour toi. Connais donc ce que personne d'autre ne possède. Aussi, ne communique à personne, mon enfant, ce mystère divin.

Λ

1] *L'arbre à encens*, plante. *Lyngurium*, pierre. *Lobex*(?), oiseau. *Loup de mer*, poisson de mer et de rivière.

2] L'arbre à encens est un arbuste dont la sève, lorsqu'on la fait brûler, excite l'inspiration divine.

3] Le lyngurium tire son nom de l'urine du lynx : d'autres disent que ce sont les larmes du peuplier noir : c'est une bonne pierre.

4] Le lobex est le même oiseau que le vautour, animal très vigoureux.

5] Le loup de mer est un poisson connu de tous. De ce poisson, on prépare un collyre mou tout à fait divin pour toutes les amblyopies, tel, qu'en trois jours, la vue redevient perçante. Il est excellent pour les débuts des suffusions et les membranes qui se forment sur les yeux, pour les taches nuageuses des yeux, les brouillards, les myopies, les aspérités internes des paupières, les mydriasis, les nyctalopies, les hydatides, les inflammations des paupières, les ophtalmies sèches, la chute des cils, les ulcérations du conduit lacrymal. Appliqué en liniment, il est souverain pour toutes ces maladies.

6] Préparation : encens mâle, neuf oboles ; ambre, deux oboles; fiel de vautour, six oboles ; tout le fiel d'un loup de mer ; poivre, trois oboles ; miel de l'Hymette, soixante-seize scrupules : en vieillissant, l'onguent devient meilleur.

7] Le collyre, d'après Cyranus, doit être ainsi composé : encens mâle, pierre lyngurium, chacun deux oboles ; fiel de vautour, six oboles ; poivre, trois onces ; miel non enfumé, trois onces.

8] Sur l'ambre, grave un vautour, mets dessous un peu d'encens et le bout de l'aile de l'oiseau, puis porte-le. Il est bon pour l'amblyopie et les suffusions.

M

1] *Mûrier*, plante. *Engoulevent*, oiseau. *Médique*, pierre. *Spare*, poisson.

2] Le mûrier est une plante connue de tous.

3] L'engoulevent est le corbeau de nuit, connu de tous.

4] La médique est une pierre consacrée à Aphrodite.

5] Le spare est un petit poisson de mer, bon à manger.

6] Le suc de la racine de mûrier, donné secrètement comme aliment ou comme boisson, purge et amène la diarrhée : si quelqu'un mâche un peu de l'écorce intérieure de la racine, avale sa salive et rejette l'écorce, il courra risque d'avoir la diarrhée.

7] Il est utile contre les plus vives douleurs des molaires et des gencives, et il ne permet pas aux grosses dents de se carier, mais il fait aussi disparaître les maux de celles déjà gâtées : écorce interne de la racine, deux oboles (dans d'autres manuscrits trois) ; ricin incorruptible, trois oboles ; vinaigre très bon, deux cotyles : après avoir mis en petits morceaux, fais bouillir jusqu'à réduction à une cotyle. Avec l'infusion, tu te laveras la bouche matin et soir. Nous avons appris cela d'une puissance divine.

8] Des branches du mûrier, les unes pointent en haut, les autres en bas ; elles ont l'extrémité en forme de cœur et transparente.

9] Si donc quelqu'un, se tenant debout au pied de l'arbre, tourné vers le vent du sud-ouest, étend avec deux doigts de la main gauche vers le soleil levant, l'extrémité d'une des petites branches tournées vers le haut, puis entoure de vraie pourpre les hanches d'une femme qui a une hémorragie, soit de l'utérus, soit de l'anus, la perte de sang sera arrêtée en trois jours.

10] Si quelqu'un, se tenant debout, comme il vient d'être dit, étend l'extrémité d'une des petites branches tournées vers le bas, et en frotte quelqu'un qui crache le sang, le flux s'arrêtera également en trois jours.

11] C'est ce qu'on appelle les anacardes : celles qui sont tournées vers le haut, guérissent les hémorragies inférieures, dans le même nombre de jours, celles qui sont tournées vers le bas, les hémorragies supérieures : aussi pour les hémorragies, on les appelle anacarde et catacarde. Et là-dessus, beaucoup de faux savants sont dans l'erreur.

12] Pour les hémorroïdes intestinales, appelées exochades (externes), remède incomparable : fruit vert du mûrier, deux oboles ; chalcitis, deux oboles ; pierre médique, quatre oboles ; extrémités des plumes de l'aile de l'engoulevent brûlé, sept : prépare dans un peu de vin, avec une plume de l'aile du même engoulevent, jusqu'à consistance visqueuse.

13] Pour les hémorroïdes internes, on l'emploie en lavement : pour les hémorroïdes externes, en liniment, en employant en même temps la bandelette convenable.

14] Sur une pierre médique, on gravera le spare, on l'enfermera dans une boîte de fer et dessous on mettra une des petites branches du mûrier tournées vers le haut. On la portera pour les hémorroïdes et pour les maladies du fondement.

15] Si tu enfermes dessous une des petites branches tournées vers le bas, ce sera un phylactère contre les crachements de sang et les hémorragies nasales, les hémorragies et les hémorroïdes de la partie supérieure du corps.

16] On prépare aussi un purgatif avec la racine de mûrier.

17] Hymne. — Oh mûrier! plante merveilleuse, à combien ne sers-tu pas? Car ton suc peut être mêlé en égale quantité à la décoction de millefeuilles, au suc d'euphorbe et de scammonée. Lorsque le mélange, fait par parties égales, est complet, il faut y ajouter le triple de miel, puis, en faire sur le feu une préparation jusqu'à consistance de cérat mou, et le mettre dans un vase de verre; alors donnes-en une obole au malade, que tu auras auparavant soumis à une diète absolue.

18] Mais si tu en donnais plus que la grosseur d'un haricot, celui qui l'aurait absorbé, pris de choléra, ne vivrait pas un jour.

19] Ne donne donc rien de trop en boisson ou en aliment, mais à chacun suivant sa force.

N

1] *Nécya*, plante. *Pilote*, poisson. *Frégate*, oiseau. *Némésite*, pierre.

2] La nécya est la molène : il y en a sept espèces : on dit que ses feuilles s'élèvent de terre d'une coudée. Ses feuilles brûlent dans les lampes comme des mèches. Comme les nécromanciens la tiennent dans les opérations qu'ils font dans les bassins, on l'appelle nécya.

3] La frégate est un oiseau qui nage sur les flots, il est de la grosseur d'une poule.

4] Le pilote est un poisson de mer, c'est l'échénéis. S'il se fixe à un navire bien gréé, il ne lui permet pas de se déplacer, à moins qu'il ne soit détaché de sa carène. Ce poisson, cuit tout entier dans l'huile jusqu'à consistance de cire, puis purifié de l'huile, employé en cataplasme lorsqu'il a consistance de cire, guérit la goutte.

5] La némésite est une pierre enlevée à l'autel de Némésis : c'est une pierre puissante.

6] On gravera donc sur la pierre, Némésis debout, le pied sur une roue : elle a l'aspect d'une vierge tenant dans sa main gauche une coudée, dans sa main droite une verge. Tu mettras sous la pierre l'extrémité de l'aile d'une frégate et un peu de la plante.

7] Si donc tu présentes cet anneau à un possédé, aussitôt le démon se dénonçant lui-même, s'enfuira.

8] Porté autour du cou, il guérit aussi les lunatiques.

9] Il agit également contre les fantômes que le démon amène pendant la nuit, les frayeurs des enfants et les mauvaises rencontres nocturnes.

10] Cet anneau indique à celui qui le porte le nombre des années qu'il a à vivre, le genre et le lieu de sa mort.

11] Il faut que le porteur s'abstienne de toute mauvaise action.

12] Si tu couds quelques arêtes d'échénéis dans de la peau de cheval, que tu les portes sous les vêtements ou que tu les caches en montant sur un vaisseau, celui-ci ne pourra naviguer, à moins que ce qui a été déposé ne soit enlevé ou que tu ne sois sorti du vaisseau.

13] Quant à la prescience de la vie et de la mort, comme je l'ai dit un peu plus haut, il faut la demander à la dégustation de l'épervier.

Ξ

1] *Glaïeul*, plante. *Xiphios*, pierre. *Faucon*, oiseau. *Xiphios*, poisson.

2] Le glaïeul est une plante qu'on trouve sur toute la terre; ses feuilles ressemblent à celle du blé, plus allongées. Elle pousse dans les terres de labour avec le blé; les uns l'appellent *machera* (couteau), les autres *phasganon* (poignard). Elle s'élève droite de terre, à la hauteur d'une coudée, elle n'a qu'une tige. Sa fleur est d'un bleu foncé, odorante, tirant sur le pourpre. Les bergers la tressent, au printemps, pour s'en faire des couronnes.

3] La pierre xiphios est connue de tous; elle est répandue partout, comme les cailloux; sa couleur est bleue; on la trouve surtout en Cappadoce et à Nazianze. En Assyrie, on la réduit en poudre et on s'en sert comme parfum à brûler dans les sacrifices de quadrupèdes.

4] L'oiseau xiphios est un épervier commun, celui qu'on appelle faucon.

5] Le xiphios est semblable à la girelle, multicolore, plus petit et menu.

6] Si tu mets dans une certaine quantité d'huile la fleur et la racine de la plante et que tu laisses reposer quelque temps, en râclant le dépôt, tu obtiendras un parfum dont font mention les livres sacrés, appelé suivant eux *sousinon* dans la terre de Mélanide; ce en quoi les anciens prophètes se trompent. Dans le pays des Assyriens la plante s'appelle *sousanon* et en Mélanide *sounon*.

7] Cette plante a deux racines, l'une sur l'autre. Si l'on broie la racine supérieure et qu'on la donne à boire avec du vin, elle excite aux rapprochements sexuels : si quelqu'un boit la racine inférieure, au contraire, il deviendra impuissant.

8] Grave donc sur la pierre un épervier et sous ses pattes le poisson ; enferme sous la pierre la racine de la plante et conserve-la. Cet anneau est chaste, ainsi que le précédent.

9] Si donc tu le gardes sur toi, il t'aidera dans ce que tu voudras.

10] Et si tu le places sur un animal ou sur une statue consacrés aux dieux, l'oracle te répondra ce que tu voudras apprendre de lui.

11] La tête du poisson, brûlée avec de la myrrhe, provoque un transport divin (démoniaque) chez ceux qui en respirent l'odeur.

12] Mais toi, frotte-toi les narines avec de la myrrhe forte et tu ne seras pas atteint de ce transport.

O

1] *Guimauve*, plante. *Caille*, oiseau. *Orphe*, poisson. *Onyx*, pierre connue de tous.

2] L'onothyrse est une plante : les uns l'appellent *onothoure*, les autres mauve d'âne. C'est une sorte de rose dont les Grecs font des couronnes pour les fêtes des dieux. Les feuilles ressemblent à celles de la mauve cultivée ; les Grecs l'appellent *althea*.

3] La caille est un oiseau connu de tous. La nature de la caille n'a pas été facile à découvrir, pas plus que son origine ; car lorsque les mauvais temps durent longtemps dans les contrées désertes de la Lybie, la mer rejette sur les rivages les plus grands thons ; ceux-ci produisent au bout de quatorze jours des vers, qui se transforment et deviennent comme des mouches, puis des sauterelles, grandissent et deviennent des cailles. Puis, lorsque s'élève le Notus (vent du sud) ou le vent du sud-sud-ouest, elles traversent la mer, se dirigeant vers la Pamphylie, la Cilicie, la Carie, la Lycie, et de nouveau, lorsque souffle le vent du nord, elles s'envolent vers les régions maritimes des pays d'Assyrie et les autres parties de la Mélanitide. Mais, ceux qui ne sont pas initiés à l'intelligence des choses disent qu'elles sont sacrées, ignorant leur nature et ne connaissant pas leur principe.

4] L'orphe est un poisson de mer bien connu de tous et bon à manger.

5] L'onychite appelée aussi sardonyx, est une pierre connue de tout le monde.

6] La racine de la plante, cuite dans l'huile avec de la graisse de caille, puis mélangée de cire, agit contre les squirres de l'utérus, les phlegmons, les plaies, les ulcères et toutes les affections du sein de la femme ; on la mêle à l'huile de roses et elle agit sur les ulcères malins.

7] Les yeux de la caille, appliqués avec la racine de la plante, mettent fin aux fièvres quotidienne et tierce, s'ils sont appliqués au déclin de la lune.

8] Ayant délayé dans un peu d'eau les yeux de la caille ou de l'orphe, mets-les pendant sept jours dans un vase de verre, ensuite jette dessus un peu d'huile, puis mets-en dans une lampe. Si tu en enduis seulement la mèche, et que tu l'allumes, en l'approchant de gens attablés, ils se verront comme des démons couleur de feu et se lèveront pour s'enfuir.

9] Grave donc sur une onychite une caille et, sous ses pattes, une orphe : place sous la pierre un peu de la préparation susdite, et personne ne te verra, quand même tu emporterais quelque chose : enduis ton visage avec la composition, porte l'anneau, et personne ne te verra, quand bien même tu emporterais ou que tu ferais quelque chose.

II

1] *Polygonum,* plante. *Porphyrion,* oiseau. *Pourpre de mer. Porphyre,* pierre bien connue de tous.

2] Polygonum, plante; quelques-uns l'appellent camomille.

3] Porphyrion, oiseau d'eau douce qui abonde dans les rivières.

4] Pourpre de mer; quelques-uns l'appellent *cirycion;* il est semblable à une coquille.

5] Porphyre, pierre connue surtout en Mélanitide.

6] La racine de la plante, récoltée pendant le déclin de la lune, empêche les yeux d'être malades. Son suc, préparé comme il est indiqué, agit contre beaucoup d'affections congestives des yeux : car, dans beaucoup de maladies, les yeux de l'homme sont attaqués.

7] Au surplus, pour ne pas prolonger notre discours, voici les maladies des paupières : le prurigo, les lentes, la maladie pédiculaire, le manque de cils, le trichiasis, le retournement des cils, le chalazion, les orgelets, les verrues, la chute des cils, l'engorgement des paupières, en tout onze maladies ; sous les sourcils : les aspérités des paupières, les humeurs aqueuses, l'ulcère, la croissance des poils, cela fait quatre affections; dans les angles des yeux : les pustules cuisantes, l'ophtalmie sèche, les taches sur la cornée, l'ulcération, l'égylops, l'anchylops, la fistule, l'ulcère rongeant, l'érosion, neuf affections. Au globe de l'œil : les membranes sur la cornée, l'albugo, les épanchements de sang, les têtes de mouches, le néphélion, l'amblyopie, [six affections. A la pupille] : la dilatation, la congestion, l'affaiblissement, l'atrophie, le dépérissement, le glaucome, la mydriase, le doublement de la pupille, l'hipparion, la nyctalopie, la myopie, l'obscurcissement, cela fait douze. Autour de l'œil : l'inflammation, le phimosis, la sensation de brûlure, les troubles, les petits abcès, le chancre, l'ulcère, les douleurs, les petits abcès tubéreux : cela fait neuf.

8] Il y a onze variétés de fluxions : violente, subite, chaude, douce, froide, tiède, faible, aiguë, chronique, sablonneuse, nitreuse.

9] Ce qui fait soixante affections [62] [1]. Or, voici la formule du remède pour toutes les affections susdites : suc de la plante, vi onces; nerprun indien, vi drachmes; aloès indien, vi dr.; myrrhe, iv dr.; safran, iv dr.; encens, iv dr.; opium, iv dr.; acacia noir, ii dr.; eau de pluie, v onces. Délaye dans un vase de verre.

Il vaut mieux mettre du vin que de l'eau. C'est un précieux remède contre toutes les fluxions et les maladies des yeux et leur affaiblissement : il arrête en effet tous les écoulements. En outre, employé comme friction, au bain, ainsi qu'en ablution, c'est un excellent remède.

Pour la migraine. 10] La chair crue du porphyrion, mise en cataplasme sur le front, guérit la migraine.

11] Donc sur la pierre porphyre grave l'oiseau, et sous ses pattes, un caducée : après avoir enfermé sous la pierre la pointe de l'aile de l'oiseau, porte-la pour te préserver des maux de tête et des douleurs de la migraine. Elle est aussi excellente pour les yeux rhumatisants. Prépare l'anneau et le collyre au décours de la lune.

P

1] *Nerprun*, plante. *Rhomphea*, oiseau. *Aiguille*, poisson. *Rhinocéros*, pierre.

2] Le nerprun est une plante épineuse, connue en tous pays.

3] La rhomphéa, qui est la chauve-souris, est connue de tous.

4] L'aiguille est un poisson de mer, ainsi nommé, parce qu'il a la bouche comme une aiguille.

5] Le rhinocéros est une pierre qui se trouve sur le nez du rhinocéros; elle a l'apparence d'une corne.

6] Si tu places dans ta demeure un rameau de la plante, tous les mauvais esprits s'enfuiront.

7] Le suc de la tige de la plante et de son fruit avec du miel, mis sur les yeux, aiguise la vue. Fais-le bouillir jusqu'à épaississement.

8] Le fiel de la chauve-souris, mêlé au suc de la plante et au miel, employé en onguent, aiguise la vue et fait cesser le larmoiement des yeux.

On gravera donc sur la pierre une chauve-souris et, sous ses pattes, une aiguille; sous la pierre, on mettra une petite racine de la plante, et les démons fuiront celui qui la portera. Si tu la caches secrètement sous le chevet de quelqu'un, il ne dormira pas. Semblablement, si tu coupes la tête d'une chauve-souris vivante, que tu l'enveloppes dans une peau noire et que tu l'attaches au bras de quelqu'un, il ne dormira pas jusqu'à ce que tu la lui enlèves, mais

---

1. Le V. I. après avoir énuméré ces maladies dit : *Et passiones omnes sunt* lv.

même si tu attaches au vêtement ou au lit de quelqu'un les poils que la chauve-souris a autour du cou, celui qui les portera ou qui sera couché dans ce lit ne pourra pas dormir.

Σ

1] *Orchis*, plante. *Autruche*, oiseau. *Saphir*, pierre. *Merluche*, poisson.

2] L'orchis est une plante qui semble garnie de pointes; sa tige unique, qui s'élève de terre, a deux palmes, elle est couverte de semence; l'entre-deux des graines est plus jaune que le carthame.

3] L'autruche est un oiseau connu de tous.

4] La merluche est un poisson de mer, abondant, connu, bon à manger.

5] La pierre de saphir sans taches est consacrée à Aphrodite; c'est une pierre couleur du ciel, avec des veines d'or; à cause de cela, quelques-uns l'appellent chrysosaphir; c'est avec elle que les peintres font le meilleur azur, celui qu'on nomme naturel.

6] Avec la plante on fait la préparation que je vais dire; elle est très utile pour les femmes affaiblies par un excès de sérosité et incapables de concevoir; elle sèche et affermit leurs parties génitales. Si donc, avant la copulation on saupoudre le membre viril de poudre sèche de la plante et qu'ensuite on connaisse la femme, on la fera concevoir. Par exemple, avant de saupoudrer le membre, il faudra l'enduire de miel; autrement, sous l'action de la poudre, il gonflera beaucoup et prendra une grosseur démesurée. Semblablement aussi la femme: si elle en enduit son poil et qu'elle en pose sur ses parties génitales, elle concevra facilement, car cette poudre dessèche les parties génitales des femmes au point de rendre fécondes les femmes improductives et stériles. Voici la préparation de cette poudre: graine d'orchis, II onces; poivre, I once; alun rond, II onces; alun fendu, II onces; après les avoir broyés, dépose-les dans un vase de verre. Suivant un autre manuscrit: graine d'orchis, II onces; poivre, I once; alun, II onces; extrait sec, I once et demie; fruit du baumier, IV onces; baumier, I once et demie.

7] Voici la préparation de l'extrait sec : costus, I once; cassia, II onces et demie; amôme, I once; clou de girofle, II onces; musc, II grammes; (autre formule) costus, III onces; nard, demi-once; fruit du baumier, IV onces; baumier, demi-once; roses triées, IV onces; bon musc, VI exagies. Pile et remue bien tous ces ingrédients secs. Après avoir pilé dans un mortier et mêlé les roses avec du safran, retire un peu de ce mélange; dans celui-ci mets du styrax, puis pile avec soin, jusqu'à ce que le styrax soit pulvérisé, et mets les parties sèches avec le reste des roses; puis, combinant bien le tout, fais des pilules en brûlant au-dessous de l'iris, du mastic, du baume et des ongles de castor, et après les avoir fait sécher, dépose-les dans un vase, et lorsque tu en auras besoin, pile, tamise et fais-en un extrait sec, et donnes-en deux onces aux femmes qui ne peuvent concevoir.

8] L'estomac des autruches appelé *siphouchion*, sec, broyé et donné secrètement, est un philtre propre à préparer la jeune fille qui le boit aux plaisirs de l'amour.

9] La pierre de l'estomac de l'autruche, broyée et donnée en aliment ou en boisson produit un grand désir, surtout chez ceux qui ne peuvent avoir commerce avec une femme, ni procréer.

10] La même pierre, suspendue au cou, facilite beaucoup la digestion et procure une violente érection à ceux qui ne peuvent avoir commerce avec une femme.

11] La pierre du côté droit de la tête de la merluche, suspendue au cou, provoque l'érection, celle du côté gauche la supprime.

12] La graisse du poisson, mêlée au miel et employée en liniment sur les parties génitales des hommes et des femmes, procure une grande jouissance.

13] Grave donc sur un saphir une autruche tenant dans son bec une merluche, enferme dessous un peu de la pierre trouvée dans la cavité de l'estomac de l'autruche, et porte-la. Cette pierre convient, en effet, pour la bonne digestion et l'érection, et les désirs réciproques de l'amour : elle procure surtout l'érection à ceux qui sont déjà vieux et à ceux qui veulent se livrer souvent aux plaisirs de l'amour ; enfin, elle rend agréable celui qui la porte.

T

1] *Trèfle*, plante. *Paon*, oiseau. *Pastenague*, poisson. *Taïte*, pierre fleurie.

2] Le trèfle est une plante connue de tous ; elle est bonne.

3] Le paon est un oiseau gracieux, bien connu, élégant.

4] La pastenague est un poisson de mer peu prisé.

5] La taïte est une pierre multicolore, fleurie, semblable au paon, appelée aussi *panchrus* : elle se rapproche du paon par ses nombreuses couleurs qui correspondent à celles du paon.

6] On gravera donc sur la pierre, un paon marchant sur une pastenague, et sur la pierre le cri du paon qui est ΛΙΩ ; et dessous on mettra une petite racine de la plante ; et l'ayant renfermée, porte la pierre. Portée, c'est une grande et admirable amulette pour la victoire, pour l'amitié, la réconciliation, pour tous et toutes, au point que tout le monde vous est favorable. Elle renseigne aussi, pendant le sommeil, sur ce que l'on veut savoir.

7] Si tu la places sous ta tête, endormi, en état de pureté, tu verras ce que l'on projette à ton égard. Or, tu ne donneras cet anneau à personne, car il est très puissant ; tu n'en trouverais pas un autre semblable.

Υ

1] *Hypéricon*, plante. *Hypérion*, oiseau. *Anguille*, poisson de mer. *Hyétite*, pierre.

2] L'hypéricon est une plante excellente, elle ressemble à un arbuste ; d'aucuns l'appellent plante de Dionysios ; c'est une plante d'été.

3] L'hypérion est l'aigle femelle, comme il y a l'aigle mâle.

4] L'anguille de mer, poisson connu, bon à manger, de mauvaise qualité.

5] L'hyétite, pierre charriée par les rivières ; petit caillou de couleur de sang.

6] Après avoir travaillé la pierre, grave sur elle un aigle déchirant le poisson. Et sous la pierre, mets une petite racine de la plante et la pointe de l'aile de l'oiseau ; si tu n'en as pas d'hypérion, prends-en d'épervier, et après l'avoir renfermée dessous, conserve-la. C'est un puissant phylactère pour les hommes et pour les femmes, pour l'inversion de l'utérus, ses déplacements, ses spasmes, ses hémorragies, ses désordres, ses phlegmons, ses écoulements, et pour tout en général, sauf la chute, la corrosion et le cancer. Donne-le donc aux femmes atteintes d'inversion ou de déplacement de l'utérus, comme un remède mystérieux, bien puissant, et comme un secours assurément très efficace.

Φ

1] *Grenouillette*, plante. *Phrynos*, oiseau. *Phoque*, animal marin. *Crapaudine*, pierre.

2] La grenouillette est une renoncule, mauvaise plante qui ressemble au persil. Elle pousse dans les endroits humides ; ses propriétés sont caustiques et brûlantes.

3] Phrynos, oiseau : les uns l'appellent loriot, les autres l'oiseau jaune. Il est de la grosseur du passereau.

4] Le phoque marin est un très bel animal, bien connu ; il a des mains humaines et le mufle d'une petite vache.

5] La crapaudine, pierre ; d'autres l'appellent batrachite.

6] La vertu de la plante est très grande, la voici : comme le fer, elle ouvre les abcès, ronge les furoncles, les tumeurs scrofuleuses et convient pour toutes les inflammations.

7] Tu feras l'emplâtre à appliquer de la largeur de deux doigts, et pour la longueur, suivant la partie que tu veux ouvrir, environ un demi-doigt. Place sur le remède un cataplasme de cérat ; après l'avoir porté trois ou six heures, tu trouveras le mal ouvert. Il faut donc l'employer dans les emplâtres destinés à purifier la coupure et les ulcères, pour ceux qui commencent à guérir comme pour ceux qui doivent réunir les bords des fistules.

8] La poudre de l'emplâtre se fait ainsi : suc de la plante, ɪv drachmes (dans un autre manuscrit : ɪ drachme) ; arsenic, sandaraque, ɪv dr. de chaque ; lépidotes rouges, ɪv dr. ; tithymale, ɪv dr. ; corps de cantharides, vɪ dr. ; cèdre ou rosier, quantité suffisante. Après avoir broyé, dépose dans un vase de verre : veille à ne pas l'appliquer sur un nerf ou sur une veine, de crainte d'occasionner un spasme. Appliqué habilement, il convient dans les fistules lacrymales et dans les trichiasis. Prépare les cantharides en leur coupant les pattes et les ailes que tu rejetteras, ne conservant que les corps. Projette ɪv drachmes de [savon (V. I.)] gaulois et de chaux vive : pile, amollis, aplanis, fais une sorte d'emplâtre et applique.

9] Les poils longs et durs qui sont entre le nez et la bouche du phoque, avec le milieu du cœur du phoque, la pointe du cœur de la huppe, un peu du foie du phoque et de chrysanthème, une petite fourmi, la langue d'une bergeronnette, un peu de musc, liés ensemble dans une peau de cerf, avec l'œil droit d'un loup, te donneront un très puissant phylactère pour le commandement des troupes et pour la victoire ; car il met fin à tout combat et ramène l'amitié ; il délivre de toute fâcheuse destinée et des tristes événements, des périls de la mer et des épreuves sur terre et sur mer, des démons et de toute maladie. Il procure aussi la santé, le succès, des jours heureux et tous les biens, et réellement c'est un puissant phylactère de victoire et d'amitié donné par les dieux, surtout si tu y ajoutes de la racine et du fruit de la pivoine.

10] Les ongles des mains du phoque, tenus ou portés, écartent toute fascination, toute maladie et tout maléfice. Il ne sera donc pas hors de propos d'ajouter au phylactère un ongle de la patte droite [du phoque], il en sera plus puissant.

11] Les poils du phoque, placés sur la tête des gens qui ne peuvent dormir, ramènent le sommeil, et attachés à la cuisse gauche procurent un grand bien aux femmes dont les couches sont laborieuses.

12] Sa peau, portée comme ceinture sur les reins, guérit toute douleur des reins, et si, en ayant fait des sandales, tu les portes aux pieds, elle guérit la goutte et la dysurie.

13] Semblablement aussi, la graisse de phoque mêlée à du cérat à la rose, soulage les goutteux et les arthritiques.

14] Si tu suspends le cœur du phoque au mât d'un navire, celui-ci ne fera jamais naufrage.

15] De même si tu cloues sa peau à la proue, le navire ne sera jamais frappé de la foudre.

16] L'oiseau, pris comme aliment, guérit la jaunisse ; c'est pourquoi on l'appelle l'oiseau ictérique.

17] Ses ongles, suspendus au cou, guérissent le frisson de la fièvre tierce : le long de l'épine dorsale, le frisson de la fièvre quotidienne.

18] Son cœur, suspendu le long de la colonne vertébrale et porté au bras, guérit le frisson des fièvres tierce, quarte et quotidienne.

19] Sur une pierre batrachite grave un épervier, sous ses pattes une grenouille : enferme dessous, la langue d'une grenouille et une petite racine de la plante, le bout de la langue de l'oiseau, et, après fermeture, donne-la à porter : elle guérit, en effet, toute hémorragie et les *asclépiades* et sauve les ictériques.

20] Elle convient également à ceux qui crachent le sang et aux femmes qui ont des hémorragies de l'utérus. Elle convient pour calmer les mouvements de colère des adversaires, surtout si tu as placé dessous des poils de phoque ; elle préserve aussi des bêtes venimeuses. Et cette pierre a encore d'autres vertus divines que j'indiquerai.

21] Ne souffre pas, ô âme, de ton corps mortel. Tu as pour toi le commencement et la fin des temps. Seule, la terre sait que le corps que tu guides est amèrement éprouvé par les maladies et tourmenté par les lois de l'Univers, et non seulement par ces lois, mais encore par les crises qu'il éprouve. Toi donc, dans ta lassitude et dans ton affliction, déesse au nom de bête, écoute la parole d'un dieu et la mienne. Seul, l'homme est le maître de toutes choses, les ayant toutes nommées, les voyant toutes : seul, il chante les messagers des dieux et les démons. En lui-même, dis-lui que les démons, nos messagers, annoncent de la part des dieux, tout ce que seul il crée dans de divins discours. Moi aussi, je suis agité par des sympathies pour ses maladies, pour ses destinées, comme pour ses joies. O Destin vénéré par les êtres vivants! L'Univers sympathisant au moment propice à leurs blessures, enfante seul, en un instant, tout pour leur délivrance, par la volonté des dieux. Et moi, après avoir abandonné mon corps, puissé-je retourner dans l'éther d'où je suis venue sur l'ordre du Seigneur !

22] Je dirai les choses dont l'âme a la prédiction ; je dirai comment elle possède la nourriture de la vie. Voici ce qu'elle dit : « O nature transformée d'après toute nature, qui connais tous les êtres qui existent et dans l'air et sur terre, et le gazouillis des oiseaux parmi les êtres aériens, et les races de quadrupèdes, celles qui mugissent, celles qui aboyent comme les chiens, celles qui sifflent comme les serpents. Comprends les bruits de toute espèce, de la souris, du chat, de la musaraigne, du hibou, de la blatte, de toute guêpe et des abeilles de toutes sortes. »

23] Prends donc une pierre hiéracite, grave sur elle un épervier et à ses pieds une grenouille, et sous la pierre les mots : ΜΛΛΛΕΝΕΚΛΛ΄ (dans un autre ms. : ΜΛΛΘΛΛΛ΄) : et sur une pierre d'aimant vivante, la même gravure : sous la pierre tu graveras ceci : ΜΛΜΛ΄ΛΛΛΙΝΛ (d'autres manuscrits disent : ΜΛ΄ΛΛΛΛΛ) : et tu l'attacheras comme il convient.

24] C'est ainsi que s'exprime Harpocration plus tard ; ici, de son côté, Cyranus avait ainsi décrit la gravure de la pierre : Sur la pierre hiéracite, grave un épervier, sous ses pattes, une grenouille et sur le dessous de la pierre ces mots : ΜΑʹΛΛΛ : et sur une pierre d'aimant la même gravure : sous la pierre ΜΑʹΛΛΕΝΑ.

25] Prenant donc un épervier commun, celui qu'on appelle *circéos*, plonge-le dans environ deux cotyles d'eau de fontaine, de façon qu'il puisse être étouffé, et tiens-le sous l'eau jusqu'à ce qu'il meure. Puis, l'ayant retiré, laisse-le pendant dix heures dans la saumure. (Cyranus dit sept jours.) Ensuite, enferme ensemble ses yeux, sa langue et son cœur, avec la langue d'une grenouille et les deux pierres, l'aimant vivant et l'hiéracite, avec un peu de poudre de fer, pour que l'aimant vive, puis ferme le tout, et tu auras un puissant phylactère. Tout cela devra être enfermé dans la peau de l'épervier. Forme le lien du phylactère avec les nerfs de l'épervier, comme un lien incassable, ténu, long, afin que porté sur la poitrine, il descende jusqu'au milieu de l'estomac et du cœur, et tu auras la prescience de toutes choses. Ne transmets pas cela, ne l'enseigne pas, même à ton propre fils.

26] Le remède qui accompagne le phylactère est celui-ci : mets dans un vase préparé d'avance l'eau dans laquelle l'épervier a été étouffé, une cotyle de miel, IV drachmes de racine de la plante romarin, de bel orge infusé dans l'eau de rivière jusqu'à ce qu'il ait germé et qu'il en sorte XXVIII pointes, IV drachmes de la plante grenouillette, (dans un autre manuscrit : I drachme d'encens, dans un troisième : trois olives de l'olivier nain). Après avoir bien broyé le tout, fais bouillir suivant la formule, jusqu'à consistance d'électuaire, puis mets-le dans un vase de verre, que tu boucheras très bien. Lorsque tu le mettras, joins-y le cœur d'une huppe encore chaud et palpitant, avec un peu de son sang. Ensuite, mange le cœur encore palpitant d'une autre huppe en buvant de l'hydromel, et tu seras initié jusqu'à la fin de ta vie.

27] Lors donc que tu voudras savoir ce qui se passe dans le monde ou dans le ciel, ou dans un pays, ou dans une ville, ou chez un homme, ou dans ta maison ou dans une autre, au sujet des femmes, des hommes ou des voleurs, prends un doigt de la composition, puis bois du lait de vache et de l'hydromel. Ensuite, porte le phylactère susdit, pendu à ton cou, de façon qu'il touche à ton cœur et à ton estomac, alors tu seras en état de connaître ce que tu voudras savoir. Car tu connaîtras tout ce qui a été dit plus haut, les vies et les destinées des hommes et des femmes, des voleurs et des esclaves fugitifs, où et comment, bref, tout.

28] Tous les deux ont la même rédaction. Harpocration ajoute ceci : je t'adjure, mon enfant, par le ciel, par l'air, par la terre, par l'abîme, par les sources et par les fleuves, par le dieu qui respire en toi, de ne communiquer à personne ce mystère, pas même à ton propre fils, à moins qu'il ne soit digne de connaître cette nature. Tous les dieux que nous adorons possèdent cette puissance ; mais ne le dis à personne, seulement emploie-la comme une âme sage à l'exclusion de tout autre.

X

1] *Chrysanthème*, plante. *Chrysoptère*, oiseau. *Dorade*, poisson. *Chrysite*, pierre.

2] Chrysanthème, plante connue de tous.

3] Chrysoptère, oiseau de la grosseur de la caille.

4] Dorade, poisson de mer, bon à manger, bien connu.

5] Chrysite, pierre de plusieurs couleurs, ayant l'éclat de l'or.

6] La fleur du chrysanthème est jaune d'or, ayant la forme d'un calice, et au milieu de la fleur se trouve une sorte de petites fourmis noires, aux ailes courtes. On les appelle sang cosmique ; on les voit avant le lever du soleil, lorsque ce dernier est dans le signe du Bélier. On les met dans un vase de verre avec de l'huile de roses et un peu de la fleur de la plante. Puis, en sortant le matin, en état de pureté, prends un peu de la préparation, graisse t'en les yeux, et marche hardiment : car cela te rendra agréable, gracieux, recommandable vis-à-vis de tous les hommes et de toutes les femmes. Si tu fais cela au lever du soleil, l'effet en sera meilleur.

7] Cela agit contre les insuccès partiels, l'éloignement des affaires et les choses analogues.

8] Pour les douleurs des enfants qui font leurs dents, mets-leur au cou, dans un morceau d'étoffe, de la racine de la plante avec de la pierre de la tête du poisson.

9] Les yeux de l'oiseau chrysoptère, suspendus au cou, guérissent la fièvre tierce ; son cœur, suspendu au cou, délivre les fiévreux.

10] Les pierres de la tête du poisson, suspendues au cou, guérissent les phtisiques.

11] Sur une pierre chrysite, grave l'oiseau ayant une crête en forme de disque et sous ses pattes, le poisson : puis, après avoir enfermé dessous une petite racine de la plante, donne-la à porter. Elle est bonne pour les douleurs d'estomac, l'inversion de l'utérus et pour les reins.

12] Elle rend gracieux celui qui la porte et le fait chérir de tous.

13] Elle est efficace aussi pour les fiévreux, si elle est jetée dans l'huile dont on se frottera au coucher du soleil.

14] Elle a aussi d'autres vertus pour les breuvages d'amour, si elle est trempée dans du vin et qu'on le boive ensuite.

15] Si tu as la pierre de la tête du poisson avec les choses qui viennent d'être dites, elle soulagera beaucoup les phtisiques.

9

Ψ

1] *Plantain*, plante. *Puce de mer. Étourneau*, oiseau. *Psorite*, pierre, appelée aussi *porus*.

2] Le plantain est une plante connue de tous.

3] La puce de mer est un petit animal dont se servent les pêcheurs au bord de la mer.

4] Étourneau, oiseau connu de tous.

5] Psorite, pierre qu'on appelle aussi porus.

6] Fais bouillir dans deux cotyles d'eau, III drachmes de graines de la plante, jusqu'à consistance visqueuse, puis les ayant filtrées dans un linge, jette le résidu et dans l'eau de la décoction mets VI onces de cire et VI onces d'huile. Ensuite, fais bouillir jusqu'à ce que la cire soit fondue; écrase bien au mortier; c'est un cataplasme divin pour les maux de pied et les brûlures dangereuses.

7] Si tu délayes la pierre dans du sang de l'oiseau, et que tu leur en frottes le front, tu sauveras les gens atteints des fièvres tierce et quarte.

8] Si tu délayes dans l'infusion susdite de la plante la pierre et que tu en frottes le front des fiévreux et des céphalalgiques, tu leur enlèveras la douleur.

9] XXVIII grains de graine de plantain, joints à des puces de mer, suspendus au cou dans un linge, guérissent la fièvre tierce accompagnée de frissons.

10] Fais bouillir une grande quantité de puces de mer dans de l'eau de mer et répands-la où il y a beaucoup de puces : elles disparaîtront.

11] Sur une pierre psorite, grave trois puces de mer sous un roseau vert; enferme dessous une petite racine de la plante et fais-la porter aux enfants agités et qui grincent des dents.

12] Si un pêcheur vigilant la porte sur lui pendant le jour sur un fleuve ou sur un étang, il fera très bonne pêche.

Ω

1] *Basilic*, plante. *Ocyptère*, oiseau. *Omis*, poisson de mer. *Ocytocios*, pierre.

2] Basilic, plante bonne à manger, sorte de légume, connue de tous, odorante.

3] Ocyptère, oiseau, animal vénéré : c'est l'hirondelle commune.

4] L'ômis, poisson de mer, qui suivant les uns est l'anchois, suivant les autres le *lyembros* : petit animal qui se mange et qu'on appelle mendole.

5] L'ocytocios, pierre, est la très petite aétite, sonore; elle est belle à voir.

6] Nous avons appris au sujet de la plante basilic qu'elle a de très grandes vertus. Si quelqu'un, après l'avoir mâchée à jeun, sans qu'elle ait été lavée, la place pendant sept nuits dans un endroit découvert, éloigné du soleil, l'enlevant pendant le jour, la laissant exposée à l'air pendant la nuit, il trouvera un scorpion à sept vertèbres, jaune. S'il blesse quelqu'un, le blessé enflera et mourra le troisième jour.

7] Si, après l'avoir étouffé dans de l'eau ou dans du vin, tu en fais boire à quelqu'un, celui qui l'aura bu aura sur tout le corps des pustules, qui détermineront des ulcères incurables.

8] Si tu broyes le scorpion avec de la graine de l'herbe au scorpion [tournesol], et que tu en fasses des pilules, et que les ayant desséchées, tu les mettes dans un vase de verre et que tu en donnes à un épileptique, il n'aura plus d'attaques : donne à jeun pendant vii jours à la dose de trois pilules dans un mélange convenable. Si tu en donnes à quelqu'un qui soit bien portant, rendu lunatique, il ne pourra jamais guérir.

9] Si tu fais pour un liniment un mélange d'infusion de basilic et de fiente d'hirondelle, tu délivreras les gens malades de la fièvre quarte.

10] Si tu donnes à tenir une aile d'hirondelle et une petite racine de basilic à une femme dont les couches sont difficiles, aussitôt, elle accouchera sans danger.

11] Si tu mets dans n'importe quelle essence l'aile de l'oiseau, tu auras de tous et de toutes très grand bonheur et favorable accueil. Le cœur de l'hirondelle, porté au cou dans une peau de cerf, soulage les lunatiques.

12] Au sujet du scorpion commun, je ne garderai pas le secret, à cause de l'erreur des ignorants. Car l'erreur s'engendre dans l'air. Si tu mets un scorpion commun dans une cotyle d'huile, au déclin de la lune, et que tu le gardes en réserve, puis que tu en frottes l'épine dorsale de quelqu'un, l'extrémité des pieds et des mains et que tu en frottes l'épine dorsale depuis la seconde vertèbre du cou jusqu'au bas, puis le front et la tête avant l'heure de l'accès, tu guériras les fièvres tierce, quarte et quotidienne ; tu soulageras également les lunatiques et les possédés du démon.

13] Si tu mets dans d'autre huile l'aile de l'oiseau, et que tu en frottes une personne guérie, le mal reviendra et elle ne pourra être sauvée.

14] Le scorpion commun, grillé et mangé par des personnes atteintes de la pierre, la leur fait rendre en urinant, sans douleur.

15] Avec le dard du scorpion, avec la pointe du basilic, dans laquelle est la graine, avec le cœur de l'hirondelle, portés au cou dans une peau de cerf, tu guériras les lunatiques de leur folie. Ce phylactère chasse également les démons qui refusent de s'éloigner.

16] Broie donc la pierre dont il vient d'être question avec du suc de la plante et du sang de l'oiseau, avec une tête d'anchois et un peu d'eau et mets en réserve dans un vase de verre ; et lorsque tu voudras en faire l'expérience, imprègne les doigts de ta main droite ou de la main gauche, touche alors ce que tu voudras, pierre très dure, bois ou os, immédiatement ils se briseront, de sorte que les assistants croiront que tu es un magicien.

17] Nous avons vu, dit Harpocration, une opération tout à fait divine et démonstrative, qui s'est passée dans la capitale de la Babylonie.

18] Car si quelqu'un place sur des charbons ardents la tête d'un anchois frais sur la terrasse de la maison, dans l'air pur de la nuit, il fera apparaître un nombre d'astres tel que le ciel en paraîtra rempli.

19] Si pendant la pleine lune on met la tête de l'animal dans une figue, puis qu'on la place sur le feu, le soir, l'air étant calme, tu verras le disque de la lune qui semblera occuper la moitié du ciel.

20] Si tu mêles à tout cela un peu d'étoile de mer, tu verras apparaître Stichius, très grand, qui se tiendra debout à tes pieds.

21] Si tu la places sur de la pyrite pulvérisée, il se produira des tonnerres et des éclairs.

22] Si tu la places sur de la terre venant de la maison de certaines personnes, il se produira là un tremblement de terre.

23] On a nommé ómis, la mendole, parce qu'elle a dans les épaules (ὦμος) une grande vertu. Voici la préparation d'un cataplasme : arêtes des épaules de la mendole, I once; pomme de mandragore, I once; graine de jusquiame, I once; opium, I once; roses sèches, I once; écorce de racine de coqueret, III onces; colophane, I mine; soufre, I once; nitre, I once : prépare comme topique et mets en cataplasme à celui que tu voudras, et rapidement tu auras raison de la maladie.

24] Si tu fais le cataplasme, que tu le poses au jour indiqué et que tu veuilles soigner autrement, il ne produira aucun effet, car il ne sera pas bon au-delà de VII jours : c'est le remède des maladies suivantes.

25] La mendole est nommée *mainis* parce qu'elle fournit la préparation suivante pour la folie (μανίας). Après avoir pris les yeux de la mendole, mets-les dans une cotyle de vin (dans un autre manuscrit, dans de l'huile de lis) : il faut les laisser infuser sept jours. Ensuite, mets dans le vin : graine de semence de mandragore, XIV drachmes; graine d'églantier, IV dr. ; graine de tournesol, IV dr.; fais bouillir jusqu'à réduction de moitié, et après avoir fait déposer, emploie de la façon suivante.

26] Si tu vois quelqu'un pris de folie, donne-lui de ce vin, I drachme, avec de l'eau chaude, et il sera sauvé. (Dans un autre manuscrit, c'est une cotyle qu'il faut donner.)

27] Si tu le donnes à boire avec du vin à quelqu'un qui tombe [du mal caduc] et atteint de folie, il sera soulagé.

28] Si, après l'avoir mélangé avec un collyre, tu le donnes pour s'oindre les yeux, celui qui est atteint de suffusion des yeux sera guéri en sept jours.

29] Si tu soignes avec ce remède quelqu'un qui a mal aux oreilles, il deviendra sourd.

30] L'onguent fait avec les pierres de la tête de la mendole, broyées avec du fiel d'alabète noir, mis sur les yeux, fait apparaître et voir les choses dans l'obscurité.

31] Si tu ajoutes au mélange un peu de pierre d'aimant vivant et un peu d'eau de pluie, celui qui se frottera les yeux avec cet onguent verra pendant sept jours les choses du ciel et de l'air.

32] Grave donc sur une pierre une hirondelle et près de ses pattes le scorpion sur une mendole : sous la pierre, enferme les yeux du scorpion et de la mendole, une petite racine de tournesol, et, après l'avoir fermé, porte le phylactère ; il détourne tous les animaux venimeux, quadrupèdes, serpents, reptiles venimeux, il humilie aussi tous les ennemis et ceux qui dressent des embûches.

33] Si quelqu'un est blessé par un scorpion et qu'il scelle la blessure avec ce sceau, aussitôt la blessure se calmera.

34] Si quelqu'un, après avoir été mordu par un chien enragé, devient hydrophobe et ne peut boire, prends l'anneau, jette-le dans de l'eau, donne-la lui à boire, et quand il aura bu, il sera guéri.

35] Si tu la donnes à boire avant l'accès à un maniaque, il ne sera pas fou.

36] Si tu donnes à un maniaque une langue de mendole fraîche, écrasée dans l'eau en mettant l'anneau dedans, il sera guéri : si c'est à une personne saine d'esprit, elle deviendra folle. Pour la guérison, donne-lui à manger une mendole grillée. L'homme qui ignore tout ce qui vient d'être dit, deviendra fou. Ainsi s'exprime pour les mortels la divine Cyranide.

37] Harpocration a ainsi terminé ici ce livre ; quant à son autre livre des *Cyranides,* nous ne l'avons pas trouvé. Mais ici, ce en quoi Harpocration a différé de Cyranus, ou le second du premier, j'ai tout recueilli dans l'ordre des deux ouvrages, et j'en ai fait un livre, sans rien passer sous silence. Maintenant je passerai aux autres livres de Cyranus, afin que nous puissions en tirer profit. Ainsi prend fin le livre du très auguste et tout puissant [Hermès]. — Fin.

DEUXIÈME CYRANIDE

LIVRE D'HERMÈS TRISMÉGISTE SUR L'ÉTUDE, LA CONNAISSANCE,
L'INFLUENCE NATURELLE DES QUADRUPÈDES, COMPOSÉ POUR SON DISCIPLE ASCLÉPIOS.

LETTRE A

De la bête sauvage nommée ours.

1] L'ours est un animal sauvage, très poilu, paresseux, ressemblant en tout à l'homme, intelligent et marchant spontanément debout.

2] Chacun de ses membres a été fait suivant chacun des membres de l'homme. Il est utile en médecine. En effet, les os de sa tête, suspendus au cou, sont salutaires pour tous les maux de tête; son cerveau, en aliment, guérit l'épilepsie; ses yeux, portés sur soi, écartent toutes les maladies des yeux; le cérumen de ses oreilles, avec de l'huile de roses, guérit tous les maux d'oreilles; ses dents, les maux de dents; suspendues au cou des enfants, elles font pousser les dents sans douleur; ses yeux, portés sur soi, attirent l'affection, et les ongles de sa patte droite, portés sur soi, chassent toutes fièvres; ses poils, brûlés et portés, chassent le mauvais air et toutes sortes de fièvres. Son foie séché, broyé et pris en poudre, guérit les maladies du foie. Les tendons de ses pieds et de ses mains, portés, guérissent ceux qui ont la goutte aux pieds ou aux mains; ses excréments, délayés dans du vinaigre, procurent une vue perçante; son cœur, porté sur soi, rend celui qui le porte, aimable, chanceux et redouté.

3] Sa graisse avec du ladanum et de l'adianto, employée en onguent, fait repousser les cheveux aux gens chauves; mêlée à la noix de galle, au vitriol, à la résine de cèdre, aux mèches de lampe, elle fait également repousser les sourcils et la barbe qui tombent. Employée seule, sa graisse guérit les oreillons, les crevasses, les engelures, les écrouelles, les bubons.

4] Le membre de l'ours, placé au bas de l'utérus, de façon qu'il soit appliqué contre l'ouverture, guérit les étranglements de l'utérus. Prépare-le en le séchant. Sa bile, prise avec du miel, à la dose d'une cuillerée, guérit parfaitement les maladies du foie. Sa peau placée là où il y a des puces, les fait fuir, et il n'en reste pas.

Enduis de graisse d'ours le front d'un enfant, et il deviendra vigoureux au-
delà de toute expression.

Si tu mélanges de la graisse d'ours avec du poivre et que tu en frottes un
homme chauve, les cheveux repousseront sur sa tête.

Enduis de graisse d'ours les hémorroïdes et elles seront guéries.

Du renard.

5] Le renard, connu de tous, animal très malfaisant et très rusé et malin,
mange les oiseaux et sent mauvais.

6] Si quelqu'un le prend vivant à la chasse, et le fait bouillir dans de l'huile
très vieille jusqu'à réduction des os, puis filtre l'huile alors qu'elle est encore
chaude, ce liniment est incroyablement utile aux arthritiques, aux podagres, à
ceux qui ont la goutte sciatique, aux languissants, à ceux qui souffrent depuis
de longues années.

Sa graisse tiède, introduite dans l'oreille, guérit les maux d'oreilles.

7] Lorsque tu le prendras à la chasse, tu devras lui dire le motif pour lequel
tu l'as poursuivi.

8] Son testicule droit desséché, mis en poudre, délayé dans la boisson, est un
philtre d'amour pour les femmes; le testicule gauche, pour les hommes.

9] L'extrémité de son membre, portée comme amulette, produit une très
grande érection; même résultat, si elle est broyée et mêlée directement à un
breuvage.

10] Et ses testicules séchés, pris en boisson, agissent de même.

11] Donnes-en la valeur d'une cuillerée : à cette dose, ils sont efficaces et
rendent l'érection sans danger et certaine.

12] Lui ayant donc coupé les deux testicules, lâche-le vivant, mais après
l'avoir guéri, et porte-les en amulette. Lorsque tu toucheras à ces testicules,
immédiatement l'érection se produira. Quelques-uns les introduisent dans les
hanches du bouc.

13] Si tu places l'extrémité de son membre dans une vessie ou dans une peau
sur laquelle tu as écrit, avec de l'encre de Smyrne, ces paroles ΤΙ'Ν ΒΙ'Β Η'ΛΙΘΙ
[⚥ pp g l' .i. tinbin ilithi (V. I.)] et que tu la portes comme amulette, les rapports sexuels seront sans danger.

14] Le sang du renard guérit la douleur des reins, quand il est versé chaud
sur eux.

15] Ses rognons, pris comme aliment ou en boisson, sont aphrodisiaques.

16] Son foie, séché, pulvérisé, employé à saupoudrer et bu avec de l'oxymel,
guérit merveilleusement les maladies de la rate; de même la rate du renard,
quand on la porte sur soi.

17] Son foie, bu avec du vin, guérit les asthmatiques.

18] Son poumon, grillé et mangé, guérit la dyspnée.

19] Sa graisse arrête merveilleusement la chute des cheveux.

20] Sa fiente avec de l'huile de roses dans un pessaire, favorise la conception.

21] Son cœur, porté en amulette, met à l'abri des maléfices.

22] Une dent de renard, suspendue au cou, soulage les escares et permet aux enfants de faire leurs dents sans douleur.

23] Si on mélange avec de l'asphalte et de l'huile d'olives vertes ses ongles, préalablement broyés dans de l'huile de roses, l'onguent, appliqué en pessaire, guérit merveilleusement l'hystérie.

24] Son testicule broyé, mélangé avec de la cire, soulage les oreillons.

25] Si quelqu'un, après avoir enveloppé dans un linge les parties génitales du renard, les attache autour de sa tête, toute douleur de tête, migraine et vertiges seront guéris.

26] Sa fiente, broyée avec du vinaigre, guérit les dartres.

27] Sa fiente, mêlée à la graisse, employée en friction, arrête la chute des cheveux.

De la taupe.

28] La taupe est un animal aveugle, qui vit et marche sous terre. Si elle voit le soleil, la terre ne la reçoit plus et elle meurt.

29] Son cœur, porté dans une peau de cerf comme amulette, guérit les lunatiques. Porté dans la peau de la huppe avec les deux yeux de l'oiseau, elle sert à prédire toutes choses pendant tout le temps qu'elle sera portée par quelqu'un de pur.

30] Si quelqu'un porte son cœur, il deviendra plus grand et meilleur ; car la puissance de cet animal est divine et active, et je ne saurais la passer sous silence.

31] Voici un breuvage. Si quelqu'un, au soleil levant, en prend la valeur d'un doigt, il saura ce qui arrivera jusqu'au coucher du soleil.

32] La préparation du breuvage est la suivante : prenant la taupe, étouffe-la dans trois cotyles d'eau de pluie. Fais bouillir jusqu'à consistance de cire ; après avoir passé, tu mettras l'eau dans un vase d'airain et tu feras bouillir ; prépare ensuite de cette façon : racine de verveine (?), iv onces ; armoise à tige unique, iv onces ; styrax en larmes, myrrhe d'Éthiopie, bdellium, iv onces de chaque ; encens mâle en larmes, viii onces. Ayant coupé, mélangé, broyé, jette dessus une cotyle de miel de première qualité, puis fais bouillir jusqu'à consistance de miel ; enlève alors et dépose dans un vase de verre et utilise comme il a été dit.

33] Enterre les os de la taupe, dans ta maison, à l'intérieur, car la taupe, soit vivante, soit morte, donne des présages tout comme les chèvres.

34] Si donc quelqu'un atteint d'écrouelles, d'oreillons ou de quelqu'autre

10

espèce d'abcès, prend la taupe vivante et la presse dans ses mains seulement, jusqu'à ce qu'elle meure, celui qui l'aura pressée sera parfaitement guéri de ces maladies et jamais plus il ne sera atteint ni ne souffrira de tumeur à la luette, d'amygdalite, de tumeurs à l'aîne, et n'aura jamais ni écrouelles, ni abcès d'aucune sorte.

35] Sa graisse fondue guérit merveilleusement l'otalgie.

36] Enfouis donc la taupe dans la terre [dans ta maison.]

37] Si quelqu'un mange son cœur encore palpitant, il aura la prescience des choses de l'avenir éternel.

Des chèvres.

38] Les chèvres sont connues de tous et utiles ; par exemple, si quelqu'un applique la peau d'une chèvre sur un épileptique, qu'on mène ensuite au bord d'un fleuve ou de la mer, aussitôt, tombant en tremblant et écumant, il sera reconnu [épileptique].

39] Le sang de chèvre, chauffé au feu et absorbé, guérit la dysenterie et sauve rapidement ceux qui ont bu des poisons, et guérit merveilleusement les hydropiques.

Son lait, bu encore chaud, est bon pour les phtisiques et les gens atteints de la jaunisse.

Son sang bu avec du miel guérit les abcès.

Le sérum qui s'écoule de son foie grillé, instillé dans les fistules lacrymales, est très salutaire ; comme aussi la vapeur humide qui en tombe sur les yeux.

Sa corne brûlée rend les dents brillantes et guérit les gencives molles.

Ses excréments, en cataplasme, dissolvent les enflures dures, et, mélangés au miel, soulagent les hydropiques et les dyspeptiques.

40] Sa bile, en liniment avec du miel non enfumé, est employée pour les obscurcissements de la vue, les taies et le ptérygion.

41] La rate de la chèvre, mangée grillée, guérit la dysenterie.

42] Sa crotte, mélangée à la farine d'orge, en cataplasme sur les ulcères, sur les piqûres de tarentule ou de bupreste, les guérit. Sa crotte sèche, bue avec un mélange de vin et de miel, est bonne contre la dysurie ; bouillie avec du vin vieux et appliquée en cataplasme, elle guérit merveilleusement l'œdème des articulations, les phlegmons des testicules, des seins et de l'aine. En cataplasme avec du miel, elle guérit ceux qui ont été piqués par des serpents ou d'autres animaux venimeux, car elle attire à elle tout le venin.

43] La rate de la chèvre fraîchement tuée, chaude, prise en prononçant le nom du malade, déposée sur la rate d'une personne splénique, sera attachée en bandelette pendant un jour. Ensuite, après des imprécations, le malade la suspendra au-dessus de la fumée ou l'exposera au vent, afin que la rate de la chèvre se dessèche, et la rate du malade sera diminuée.

44] La peau du chevreau, en boisson, guérit les personnes mordues par les serpents dipsades. La peau du chevreau à la dose d'une ou deux cotyles dans du vinaigre, guérit ceux qui crachent le sang de la poitrine.

45] La poche qui secrète la présure, mangée grillée, sert à soigner les dysentériques ; bouillie avec des noix de galles et de l'huile et mangée, elle arrête le flux de ventre.

46] Sa rate mangée grillée, guérit toujours ceux qui sont malades de la rate.

47] Sa peau enfumée réveille les gens tombés en léthargie, et les épileptiques qui tombent, et les hystériques, et ses poils enfumés produisent les mêmes effets.

LETTRE B

De la vache.

1] La vache est connue de tous. Ayant pris de la bouse sèche, broye, mélange et pèses-en une livre; cire, VI onces; jus de chou, VI onces (dans un autre ms. : III onces); œufs crus, III ; bonne huile, une livre ; soufre, I once : broie les matières sèches et fais fondre les matières fusibles. Ayant donc moulu et chauffé doucement, ayant jeté les œufs dedans, broye convenablement. Fais-en un cataplasme : tu soulageras aussitôt les spléniques, les hépathiques, les hydropiques, et également les malades atteints d'hydrocèle et les podagres. Cache ceci comme un grand présent.

2] Si tu délayes de la bouse dans du vinaigre et que tu en couvres un certain endroit ou un vase à miel, les fourmis ne pourront y accéder.

3] Les sabots des vaches, bouillis et mangés avec de la moutarde, sont un antidote, comme nul autre, contre tout poison.

4] Le fiel de la vache fait percer les boutons et rend le visage brillant.

5] La bouse, brûlée sous le lit d'une femme en couches, facilite la délivrance, et fait descendre et expulser l'arrière-faix.

Voici les propriétés du bœuf : ses vertèbres, réduits par le feu et employés en poudre sur les dents, les conservent blanches.

Son fiel, employé en pessaire et placé à l'orifice de l'utérus, l'ouvre quand il est fermé.

Prenant donc son foie, mets-le dans une marmite neuve hermétiquement bouchée, afin que l'air n'y pénètre pas : mets-la chauffer sur la cendre chaude d'un fourneau et entretiens le feu sept jours. Ensuite, après l'avoir bien broyé, donne-le à boire avec de l'hydromel ou du vin chaud à un hydropique et il sera guéri. En fumigations et en liniment, il guérit les piqûres des abeilles et des guêpes.

De la grenouille.

6] La grenouille est un animal connu de tous. Si on lui coupe la langue et qu'on la relâche vivante secrètement, puis qu'on écrive sur la langue χοϊοϊχ, et qu'on la pose sur la poitrine d'une femme endormie, elle te dira tout ce qu'elle a fait pendant sa vie.

7] Sa cendre, mêlée à la poix, employée en onguent, arrête la calvitie : appliquée avec du vinaigre, elle arrête toute hémorragie du nez, des ulcères et du fondement et guérit les veines, les artères et les brûlures.

8] Si on prend une grenouille vivante au nom de quelqu'un, alors que ni le soleil, ni la lune ne sont au-dessus de l'horizon, puis, qu'avec des ciseaux on lui coupe les deux pattes de derrière et qu'on les enveloppe dans une peau de cerf, enfin, qu'on les attache aux pieds, la patte droite au pied droit, la patte gauche au pied gauche, c'est un parfait remède pour les goutteux.

9] Si quelqu'un veut faire tomber le poil de tout son corps, après avoir fait brûler la peau de la grenouille, jette-la dans l'eau où il se baigne et les poils tomberont.

10] Ayant fait brûler de petites grenouilles, fais-en un onguent pour la chute des cheveux et elle sera arrêtée.

Le sang de grenouille appliqué sur la tête fait tomber les cheveux.

La grenouille terrestre appelée *saccos* (grosset?), dont l'haleine est venimeuse, a dans la moelle de la tête une pierre. Si tu la prends au déclin de la lune, enferme-la dans un linge de lin pendant quarante jours, puis l'enlevant du linge et la coupant, prends la susdite pierre, tu auras un puissant phylactère. Suspendu à la ceinture, il guérit en effet le spleen et l'hydropisie, comme je l'ai éprouvé moi-même.

LETTRE Γ

De la belette.

1] La belette, petit animal connu de tous. Sa langue portée sous les semelles des souliers ferme la bouche à tous.

2] Si un jour, tu trouves une belette jetée morte, ramasse-la, fais-la bouillir dans l'huile jusqu'à ce qu'elle soit fondue; puis ayant passé l'huile, joins-y quantité suffisante de cire, pour en faire un cérat, et tu auras un puissant remède pour les arthritiques et pour toutes les affections nerveuses, pour les phlegmons des pieds et des articulations et pour toutes sortes de fluxions.

3] Il guérit en effet les grandes écrouelles, et les seins et les testicules, et tout abcès provenant d'opérations chirurgicales, et les bubons.

4] Ses testicules sont tantôt favorables, tantôt défavorables à la conception.

5] Si quelqu'un après avoir broyé son testicule droit avec de la myrrhe, le place en pessaire avec de la laine, comme il est dit, puis a des rapports sexuels, aussitôt il y aura conception.

6] Mais le testicule gauche, placé dans de la peau de mulet et porté, empêche la conception. Il faut écrire sur la peau du mulet, ces paroles : ΙΩΑ′, ΩΙΑ′, ΡΑΥΙΩ′, ΟΥ″, ΟΥ″ΚΟΟΧΡ. Si tu ne le crois pas, fais l'épreuve sur un oiseau qui pond, et il ne pondra plus.

7] Coupes-lui les testicules au déclin de la lune, puis lâche-la vivante, et donne à porter ses testicules dans de la peau de mulet : c'est un philtre contre la conception, invincible et doux.

8] Conserve son sang avec du vinaigre et donne-le secrètement à boire à une personne qui crache le sang ou à un épileptique ; et lorsqu'il l'aura pris, le malade sera parfaitement guéri.

LETTRE Δ

De la gazelle.

1] La gazelle est un quadrupède qui a une grande puissance pour la conception. Si donc tu veux être capable d'engendrer puissamment et d'une manière incomparable, fais cette préparation : graine de satyrion, ιν drachmes ; fiel de gazelle, tout le liquide ; miel, ιιι onces : ayant bien opéré le mélange, mets-le dans un vase de verre : lorsqu'il sera nécessaire, donnes-en sur de la charpie en pessaire, et que le rapport sexuel s'accomplisse.

2] Si tu veux enfanter un garçon, prends le fiel d'un mâle, si tu veux une fille, celui d'une femelle : car c'est une grande source de jouissance. S'il est séché, ajoute du miel en quantité suffisante.

LETTRE E

De la vipère.

1] La vipère est un animal rampant, connu de tous. Quelques-uns l'écrasent vivante, la mettent dans une marmite neuve, grande, avec du sel, la placent sur un fourneau pendant un jour et une nuit jusqu'à ce qu'elle soit grillée, puis après avoir bien remué, ils y joignent des aromates. Ils agissent ainsi contre toute maladie, l'éléphantiasis, la lèpre, l'épilepsie, la paralysie et toutes les maladies désespérées que le sel guérit.

2] La graisse de la vipère rend la vue perçante, elle guérit toute sorte d'amblyopie.

3] Ses yeux, portés en phylactère, guérissent toute ophtalmie; ses dents, l'odontalgie; et grâce à elle, les enfants font leurs dents sans douleur.

4] La pierre gagate, brûlée, la met en fuite, et lorsqu'on la boit mêlée à la moelle de cerf, elle guérit les morsures de la vipère.

Du hérisson.

5] Le hérisson, appelé aussi porc-épic, est un animal terrestre tout à fait malfaisant. L'ayant pris et salé, tiens-le pour un puissant remède.

6] Toutefois, jette son fiel, parce qu'il est dangereux.

7] Sa tête, réduite en cendres et frottée avec du miel, arrête la chute des cheveux.

8] Un peu de son corps salé et donné sec en potion guérit l'épilepsie, les tremblements, les vertiges, les maux de tête et les affections analogues, ainsi que les reins et la goutte sciatique. Donnes-en 1 drachme.

9] Sa peau, réduite en cendre, en particulier, puis broyée, arrête la chute des cheveux.

10] Ayant donc salé et séché le reste de son corps entier avec ses entrailles, à l'exception de son fiel et de ses intestins, après les avoir bien broyés, mets-les de côté : donnes-en à boire, avec de l'oxymel, 1 drachme aux gens atteints d'éléphantiasis, aux hydropiques et à ceux qui ont des tumeurs.

11] Semblablement son foie, ses reins, son cœur et son poumon, salés ensemble, guérissent les mêmes maladies.

Du chat.

12] Le chat est un animal connu de tous. Si un épileptique est pris d'une attaque et tombe à terre, ou qu'un vertige ou l'apoplexie frappe quelqu'un et que l'homme soit étendu, couché sur le dos, atteint de convulsions, si on pose immédiatement sur lui un chat vivant, aussitôt les spasmes, le vertige ou l'épilepsie cesseront. Prononce aussitôt ce mot : ΚΟΒΕΛΘΩ'.

13] Sa fiente, parfumée d'iris, employée comme liniment, guérit les fièvres légères.

14] La même desséchée, broyée avec de la moutarde et du vinaigre, arrête la chute des cheveux.

Du cerf.

15] Il y a trois sortes de cerfs ; animal d'ailleurs connu. L'une s'appelle *platonis* (daim), parce qu'il a les cornes larges et élevées ; la seconde a les cornes rondes ; la troisième, la femelle, n'a pas de cornes. Le mâle ne peut la saillir qu'auprès d'une fontaine. En effet lorsqu'elle a soif, elle cherche une source, et lorsque brûlée par la soif elle boit, alors le mâle la saute. Car pressée par la soif elle ne pense qu'à boire et ne peut fuir. Dans toute autre circonstance elle ne se laisse pas saillir : aussitôt donc elle conçoit.

16] Cet animal vit cinq cents ans, à moins qu'il ne soit pris à la chasse; et il finit ainsi de sa propre mort.

17] Donne donc de la râclure de corne du véritable cerf à cornes rondes une cuillerée, avec de l'hydromel, pendant trois jours à quelqu'un qui a des coliques, et au bout de ce temps il sera délivré de son mal.

Semblablement, prise avec du miel, elle amollit la rate et fait mourir les lombrics.

18] Son fiel, bu avec du miel, fait concevoir et rend la vue.

Prends une peau de cerf, mets dedans du lait d'ânesse et de la graine de jusquiame broyée, puis attache-la à l'épaule gauche d'une femme, et elle n'engendrera pas : si tu veux en faire l'expérience, attache le phylactère à un oiseau femelle et tu verras.

[Son fiel] haché avec du satyrion, dans de la charpie en pessaire, produit, de l'aveu de tous, la conception et le plaisir.

La corne de cerf calcinée, délayée dans du vin, appliquée sur les gencives, consolide les dents branlantes ; après avoir été calcinée et lavée, elle guérit la dysenterie, les maux de ventre et les crachements de sang. Deux grains, pris en boisson, soulagent les dysentériques ; avec du lait de femme, elle enlève les granulations de l'œil.

Son foie, séché avec de l'arsenic en morceaux, pris dans du vin, au bain, guérit la toux et l'esquinancie.

Sa moelle, avec l'humeur recueillie à ses yeux, prise en boisson, soulage les gens mordus par les fauves et c'est un antidote contre tous les poisons.

Si quelqu'un se couche sur une peau de cerf, il ne saurait craindre les serpents venimeux.

LETTRE Z

Du lézard.

1] Il y a trois espèces de lézard, l'une est dite solaire, l'autre bronzée, la troisième verte.

Le lézard est un animal rampant il est vrai, mais ayant des pattes.

2] Le lézard solaire est connu de tous. Si quelqu'un porte sa patte droite attachée au bras gauche, dans un tube d'or sur lequel est gravé : ΕΒΛΟΥ ΣΑΥΡΕ, il évitera toute maladie grave et tant qu'il vivra en le portant, n'éprouvera jamais d'infirmité.

3] Si on arrache les yeux du lézard vivant au nom du malade, toute ophtalmie sera guérie : le lézard sera relâché vivant.

4] Si tu captures un mâle et une femelle accouplés, et que tu coupes au mâle son membre, puis qu'après l'avoir desséché tu le fasses prendre à une femme, il se produira une amitié indissoluble.

5] Et si lorsqu'ils s'accouplent, tu jettes sur eux un voile ou un linge, c'est un talisman d'amour ; portée, [sa queue] produit l'érection.

6] Son foie en cataplasme guérit les clous.

7] Son fiel, putréfié dans du vin pendant XLI jours des chaleurs caniculaires, détruit les poils qui poussent dans les paupières ; le lézard solaire a la même vertu que le lézard vert.

8] Si donc, ayant fait deux épingles, tu en arraches les yeux d'un lézard, puis que tu le jettes dans une marmite qui contient de la terre vierge, et que tu le laisses pendant neuf jours et qu'après cela tu ouvres la marmite, tu trouveras le lézard voyant clair.

9] Lâche-le vivant ; des épingles fais des bagues et porte à la main droite celle qui a arraché l'œil droit, à la main gauche, celle qui a arraché l'œil gauche, après avoir serti dans chacune d'elles une pierre de jaspe portant gravé un lézard flottant sur le ventre, avec l'inscription : ΠΕΙΡΑΝ, et au-dessous cette autre : ΧΟΥΘΕΣΟΥΛΕ, et porte sur toi ; tu n'auras rien à craindre du côté des yeux pendant toute ta vie, et en donnant ton anneau à porter en talisman tu guériras toutes les ophtalmies.

Sa tête calcinée, appliquée comme onguent, fait sortir les épines, les verrues qui démangent, les verrues à queues minces et les clous.

Son foie calciné, mis sur les dents cariées, fait cesser la douleur.

Le lézard entier, fendu et appliqué, guérit les piqûres de scorpion.

LETTRE H

Du mulet ou bourdon.

Le mulet est un animal produit par l'âne et la jument.

1] Le cérumen de l'oreille de la mule empêche absolument la conception, si on le porte dans sa peau. Si tu en donnes à prendre en breuvage à une femme à son insu, jamais elle ne pourra concevoir.

Ses sabots calcinés produisent le même effet.

2] De même, si tu donnes furtivement à manger à une femme de l'utérus de mule, cuit avec d'autres viandes, elle ne concevra jamais.

3] Si quelqu'un, ayant un catarrhe froid, baise les narines d'un mulet, il sera guéri, même s'il avait un coryza.

4] Si quelqu'un prend secrètement de l'urine de mulet et la fait bouillir avec de la cire, de l'huile et de la litharge, puis qu'il l'applique à un goutteux, l'homme guérira, mais le mulet deviendra goutteux ; pour les femmes, prends de l'urine de mule.

LETTRE Θ

La théraphe, araignée.

1] La *théraphe*, appelée aussi tarentule, araignée, *camatère* [laborieuse ?], par quelques-uns, *salaminthe*, est un petit animal à six pattes, tissant des toiles le long des murs, connu de tous ; on l'appelle théraphe [chasseresse ?]. Si on la prend au nom d'un malade, qu'on la pétrisse bien dans la cire et qu'on l'applique sur le front, elle guérit la fièvre tierce accompagnée de frissons.

2] Si tu la mets vivante dans un chalumeau ou dans un roseau et que tu la suspendes au cou, la fièvre quotidienne sera guérie.

3] Bouillie dans un peu d'huile de roses ou de nard, elle guérit l'otalgie et les crevasses des pieds.

4] Sa toile arrête le sang qui coule d'une veine, et la garantit contre l'inflammation.

5] La théraphe, qui fait sa toile dans les arbres, qui est noire et plus grosse que la blanche, prise au nom d'un malade et portée en amulette, guérit les écrouelles à leur début.

6] La toile de l'araignée blanche, enfumée avec l'animal, dans un roseau, guérit les ophtalmies, arrête les écoulements et tous les accidents qui surviennent dans la gorge.

7] Si l'on fait bouillir la théraphe dans de l'eau et qu'ensuite on frotte avec cette eau la tête de quelqu'un qui ne peut dormir, il dormira.

8] Si, dans la toile de l'araignée blanche, tu introduis un grain de sel et que tu l'appliques sur une dent cariée, elle guérira.

Etouffant l'araignée dans de l'huile, fais de cette huile un liniment pour les gens piqués par un aspic ; aussitôt la douleur cessera et la plaie se refermera.

[Glose marginale] Comme tout cela met en évidence qu'il faut admirer la puissance de Dieu et fermer la bouche aux hérétiques ! Car, si un petit animal si infime a reçu du Créateur une telle puissance, combien doit être plus grande celle du Créateur lui-même !

LETTRE I

Du cheval.

1] Le cheval est un animal royal, rapide, connu de tous. Prenant dès sa naissance l'excroissance de chair qu'il porte au front et que les hommes de

11

cheval appellent *hippomane*, tu auras en la portant un puissant phylactère d'amour ; car si tu le suspends seulement au cou de quelqu'un, il t'aimera beaucoup ; si tu le mets dans un breuvage et que tu le fasses boire à quelqu'un, tu obtiendras le même effet ; et, dans un aliment, tu seras pleinement chéri.

2] Le fiel du cheval, édulcoré dans un vase de plomb, produit de puissants effets ; donné dans du vin à un homme, il lui apporte le soulagement.

3] Le lait de jument, employé en liniment avec du miel, fait disparaître les leucomes.

4] Sa corne brûlée fait rejeter le fœtus mort et, en fumigations, facilite l'accouchement.

5] Son fiel, employé avec du miel, rend la vue perçante.

Son crottin, appliqué, arrête toute hémorragie.

LETTRE K

Du chameau.

1] Le chameau est un animal connu de tous.

2] Le lait de la chamelle ne caille pas et lors même qu'on le mêlerait avec d'autre lait, ce dernier ne prendrait pas davantage : bu chaud, il dissipe le mal sacré et le guérit. Sa chair, en aliment, produit le même effet.

Sa cervelle desséchée, bue avec du vinaigre, guérit l'épilepsie.

3] Le fiel du chameau, coagulé dans un vase de plomb jusqu'à ce qu'il soit édulcoré, pris en aliment, produit un bon effet dès le premier jour et rend agréable.

4] Sa bouse, calcinée et broyée avec de l'huile, guérit merveilleusement l'alopécie et la chute des cheveux qui suit une maladie.

5] Employée en cataplasme, comme il a été dit, elle vide les hydropiques par les urines.

6] Séchée, broyée, délayée dans de l'eau et prise en breuvage, elle guérit la dysenterie.

7] En fumigations, elle écarte les difficultés (?)

8] Sa moëlle, appliquée en liniment avec de l'huile de roses sur la tête, par devant et sur tout le corps, guérit l'épilepsie, d'une façon incroyable et au-delà de toute expression.

Du croton.

Le croton est un chien, petit comme s'il venait de naître.

Ses excréments, lorsqu'il tête encore, desséchés, broyés, en liniment avec du vinaigre, guérissent l'inflammation des parties sexuelles.

Le croton, découpé vivant et placé encore chaud sur le cou ou la gorge des gens atteints d'esquinancie, les guérit admirablement comme j'en ai fait l'expérience.

Du chien.

Le premier lait de la chienne qui vient de mettre bas, est bienfaisant pour ceux qui ont été mordus par un chien enragé. Comme aussi le lait bu au lit pendant sept jours, à la dose de xviii siliques, si le malade ne peut dormir.

Le lait tiède, instillé dans les oreilles, guérit la surdité.

Du petit chien.

9] Ce chien est l'animal qui vit avec nous, celui que nous appelons roquet. Si, quand il est petit et tétant encore, on l'approche d'un malade atteint depuis longtemps d'une maladie chronique, et qu'on le fasse coucher sur la poitrine d'une femme, d'un homme ou d'un enfant, et qu'il s'étende entièrement sur le malade dans le lit, le chien meurt, et le malade est délivré de sa maladie chronique.

10] Place la rate encore chaude d'un chien sur la rate d'un splénique, il sera guéri.

11] Sa crotte sèche, broyée, donnée en breuvage, sert à soigner l'ictère et la dysenterie.

12] Appliquée avec du miel sur la gorge et sur le corps, elle guérit admirablement l'esquinancie ; seulement, applique le remède secrètement sans que le malade le sache.

13] Prise en breuvage, elle guérit merveilleusement l'hydropisie.

14] Broyée et appliquée avec du vinaigre, sa crotte guérit l'hydrocèle et les phlegmons des parties génitales.

15] Calcinée dans un vase de terre, broyée avec de l'huile de roses, elle guérit les rhagades du fondement, et fait tomber les excroissances de chair et les hémorroïdes externes.

16] Appliquée avec de la térébenthine, elle guérit les condylomes et les hémorroïdes externes.

17] Avec de l'huile de roses, elle est bonne pour les ulcères purulents qui ne peuvent se cicatriser, mais surtout avec du cérat à la rose : avec de l'huile, elle est bonne pour les piqûres d'abeilles et de guêpes.

18] Si quelqu'un saisit de la main gauche le cœur d'un chien, ou sa langue enveloppée dans un linge, tous les chiens seront réduits au silence et mis en fuite.

19] Avec les deux yeux d'un chien blanc, de la pierre d'aimant, de la pierre

opsianos, fais une préparation, comme un collyre sec, et le teignant les cils
le soir, tu verras dans l'obscurité tout ce qui se passe.

20] Si quelqu'un est malade, avec un peu de levain frotte-lui le visage, les
mâchoires, les aines, les pieds et les mains, puis donne-le à manger à un chien.
Si le chien le mange, le malade vivra, sinon, il mourra ; mais que la pâte soit
chaude.

Du chien de rivière ou castor.

21] Le *cynopotame* est le castor : ses testicules sont utiles ; ils donnent le castoreum. Broyé et appliqué comme pessaire, il fait venir les menstrues ; pris en
breuvage avec du cérumen de l'oreille d'une mule, il empêche la conception ;
en liniment, il détend les muscles et favorise la respiration ; frotté, délayé dans
du vin, il est utile pour l'hystérie ; mêlé à l'huile de rue, il guérit la colique ; en
boisson, il guérit merveilleusement les maux d'estomac.

En fumigations, respiré, il est très utile pour les maladies du cerveau et du
poumon.

22] Sa peau, en chaussure, guérit la goutte.

Ses excréments arrêtent le flux de sang des femmes ; en fumigations, ils
chassent les reptiles.

Du crocodile.

23] Le crocodile terrestre, connu de tous, est un animal à quatre pattes, à
large tête, à longue queue.

24] Si quelqu'un fait brûler sa peau, la broye et la fait prendre en poudre
sèche, puis la répand sur un endroit [du corps] qu'il faut brûler ou couper,
cette partie deviendra insensible à la douleur.

25] Si quelqu'un se frotte avec de la chair de crocodile grillée, il ne sentira
pas les blessures qu'il aura reçues.

26] Ses dents de droite arrachées, l'animal étant relâché vivant, et portées
en amulette, produisent chez les hommes un très grand désir ; les dents de
gauche, chez les femmes.

27] Si les deux sont portées ensemble, elles produisent tout leur effet.

28] Sa fiente, employée avec de l'huile comme fard, rend le visage brillant ;
mêlée de miel et employée en collyre, elle guérit les leucomes.

29] Son sang, employé comme collyre, sert à soigner et guérit l'amblyopie.

Le crocodile entier, calciné jusqu'à ce qu'il soit réduit en cendres, mélangé à
la farine d'orge, sert à engraisser tous les animaux, chevaux, bœufs et autres ;
quelques-uns s'en servent aussi pour engraisser les hommes, de cette manière :
pétrissant la cendre de crocodile avec de la farine et du miel, ils en nourissent
un oiseau, sans lui donner autre chose. Ensuite, ils le tuent, et après l'avoir fait

cuire, le donnent à manger à celui qui doit être engraissé, et il devient gras,
à moins qu'il n'ait laissé quelque chose des membres de l'oiseau ; il faut seulement rejeter son intérieur et ses entrailles qui pourraient devenir dangereux.

LETTRE A

Du loup.

1] Le loup est un animal sauvage, malfaisant.

2] Celui qui boit du sang de loup deviendra fou et ne pourra jamais guérir.

3] Son œil droit, porté secrètement sous les vêtements, produit les plus grands
effets. Il permet de fuir au milieu de ses ennemis sans être vu ; il fait gagner
tous les procès et met en fuite, loin de celui qui le porte, toute espèce de fantômes, ainsi que tout animal sauvage ou apprivoisé, et il permet de passer au
milieu de ses ennemis sans être vu ; il chasse également toute espèce de fièvre
accompagnée de frissons.

4] Une brebis ne franchira pas la peau d'un loup.

5] Son foie broyé, séché, employé en poudre sur le corps, guérit les hépatiques.

6] Son œil droit et sa première vertèbre portés ensemble, tous les deux dans
une feuille d'or, rendent honoré, vainqueur, séduisant auprès des femmes et
très amoureux.

Il guérit de l'ophtalmie. Frotté sur les yeux qui suppurent, il les guérit.

Ses excréments qui sont très blancs, se trouvent dans certains taillis : pris
en breuvage, ils guérissent ceux qui ont la colique.

On les mêle aussi à l'aigremoine et on les donne en breuvage. Sa graisse,
délayée, en liniment, détend les muscles et les articulations, et guérit les
membres retournés.

Son fiel, étendu sur la peau avec du giclet, et appliqué sur le nombril, purge
le ventre mieux que tout autre purgatif.

Son cœur grillé, mangé à jeun après trois jours de jeûne, guérit la lycan-
thropie et les cauchemars. Si quelqu'un porte des chaussures faites de sa peau,
il n'aura jamais mal aux pieds.

Du lièvre [1].

Le lièvre est un animal connu de tous.

10] Son poumon haché, appliqué sur les paupières, arrête le gonflement des yeux.

12] Ses reins, desséchés, broyés, mélangés avec du poivre dans de l'hydromel,
pris en breuvage, guérissent la néphrite.

1. Voir le texte latin du V. 1. dans le texte grec, p. 66.

La cervelle du lièvre grillée, broyée et mangée, arrête les tremblements et guérit l'incontinence d'urine.

Ayant donc brûlé et incinéré le ventre d'un lièvre, réduis en poudre puis tamise ; de même, trouve et pile du capillaire rouge et de l'adianthe, et tamise. Ensuite, mélange ces plantes avec de l'huile de myrrhe, enduis-en ta barbe et porte pendant trois jours ce cosmétique et ta barbe deviendra très épaisse.

13] Son fiel, instillé dans les oreilles avec du nard, guérit la surdité.

Son lait desséché, délayé, pris en breuvage avec de la terre de Lemnos, soulage les gens qui crachent le sang.

Avec du satyrion, sa bile, son lait et sa cervelle, placés en pessaire, procurent la conception.

Sa graisse et son lait appliqués, guérissent les ulcères venimeux.

16] Ses poils, brûlés et pilés, semés sur les brûlures, rendent la cicatrice très nette et font repousser les poils. Appliqués avec du blanc d'œuf, ils arrêtent toute sorte d'hémorragie.

18] La cervelle du lièvre bouillie, hachée et mangée, est très salutaire pour les enfants qui font leurs dents, car elle les leur fait pousser sans douleur.

LETTRE M

Du rat.

1] Le rat de maison est connu de tous. En brûlant sa tête avec de la graisse de porc ou d'ours, et en réduisant la cendre en poudre, tu guériras les alopécies.

2] Ayant brûlé le rat tout entier, si tu fais des frictions avec du vin, du navet ou de l'huile de roses, tu guériras merveilleusement les otalgies chroniques.

3] Coupe toutes les extrémités d'un rat vivant, attache-les ensemble, suspends-les au cou, et tu feras cesser tout frisson de fièvre.

Si avec une aiguille tu fais passer un fil par sa gueule, puis que tu l'appliques sur le fondement après avoir attaché le fil, il guérira les gens de la colique.

4] Sa crotte sèche, délayée avec du vinaigre, dissipe les indurations et les douleurs inflammatoires du sein.

5] Saupoudrée sèche, elle fait disparaître les hémorroïdes.

En liniment dans l'eau, elle guérit les lèpres et les dartres.

Des fourmis.

1] La fourmi est connue de tous. Il y a sept espèces de fourmis : les communes qui sont connues, d'autres à grosses têtes, qui sont noires, d'autres sont grandes et ailées, d'autres vivent dans les champs, d'autres courent sur les routes, d'autres encore sont appelées fourmis-lions, étant plus grandes que les autres et de couleurs variées. Celles-ci, par nature, sont carnivores et meurent plus vite.

2] Si on frotte avec la tête coupée des fourmis communes les paupières, les orgelets qui s'y forment sont guéris. Semblablement, les fourmis des champs qui ramassent du blé, produisent les mêmes effets.

3] Si après avoir fait bouillir des fourmis avec du suc d'asphodèle, tu le fais boire à quelqu'un, il sera sans force le reste de ses jours.

4] Si quelqu'un fait bouillir des fourmis dans l'eau jusqu'à réduction du tiers, et s'y baigne les pieds ou les mains, il en fera disparaître les fourmillements.

LETTRE N

De la chauve-souris dite aussi ophea.

1] La chauve-souris est un animal à quatre pattes. Elle vole comme l'hirondelle, elle enfante et allaite comme un quadrupède.

2] Si tu fais de son sang un liniment pour frotter la place des cils arrachés, ils ne repousseront plus.

Si tu donnes sa tête à porter en amulette à quelqu'un qui souffre de fièvre tierce ou quarte, ou de léthargie ou de somnolences, il guérira.

3] Son cœur ou sa tête, portés en amulette, causent semblablement une grande insomnie.

Si tu en prends trois et que tu les suspendes dans les lieux élevés du pays, une nuée de sauterelles survenant en sera écartée. Semblablement, si tu les suspends dans des arbres élevés et que tu les déployes, toutes les sauterelles se rassembleront autour d'elles. Le même procédé est employé en Syrie.

Si une femme reçoit une bandelette ou un pessaire avec du sang de chauve-souris et qu'elle les mette avec du satyrion à l'entrée de l'utérus, puis qu'elle couche avec un homme, elle concevra, quand même jusqu'alors elle eût été incapable de concevoir.

Du faon.

Le faon est le petit de la biche : l'humeur de ses yeux, donnée avec de l'eau, est un très puissant antidote pour ceux qui ont bu un breuvage délétère.

Sa graisse, en liniment avec de la staphisaigre, purifie les ulcères, les humeurs et les pityriasis de la tête.

Le membre du cerf, broyé sec avec du vin, soulage ceux qui ont été piqués par une vipère. On le mélange à d'autres remèdes ayant les mêmes effets.

LETTRE Ξ

1] Le *xylobate* [qui marche sur les arbres], que d'aucuns appellent *tœchobate* [qui marche sur les murs], a l'aspect d'un petit crocodile.

2] Grillé et frotté sur le corps, il empêche de souffrir ceux qui sont fouettés. Il porte beaucoup à l'amour.

3] Ces petits crocodiles, mangés comme poissons, rendent ceux qui les mangent impudents et effrontés.

4] Sa fiente, avec du miel et du lait de femme, guérit l'amblyopie et les leucomes.

5] Le côté droit de sa mâchoire, porté, produit l'érection ; le côté gauche, porté par une femme, produit semblablement le dessèchement.

LETTRE O

De l'âne.

1] L'âne est un animal connu de tous. Voici quelles sont ses vertus. Si avec le sabot de sa patte droite de devant tu fais une bague ou un anneau et que tu la donnes à porter à un démoniaque, il sera sauvé.

2] Son crottin arrête toutes les hémorragies.

3] Si quelqu'un crache le sang, qu'on prenne le sang de l'animal où on jettera et lavera le mors de l'âne, qu'on le donne au malade à manger ou à boire et il sera délivré.

4] En boisson, il sert à soigner ceux qui ont été piqués par un scorpion.

5] Le sang d'un âne vivant avec de l'échinops et de l'huile, employé en liniment, guérit la fièvre quarte.

6] Celui qui fait une bague du petit anneau de son mors et qui la porte, met en fuite les démons et détourne les fièvres.

Le lait d'ânesse avec du miel non enfumé, en injection, est bon pour soigner les écoulements âcres des yeux.

Le sabot de l'âne, calciné avec du lait de femme ayant eu un enfant mâle, mis sur les yeux, enlève le trachoma des paupières.

7] Si l'on dort sur une peau d'âne, on ne craint ni les démons, ni Gello [lesbienne], ni les rencontres nocturnes.

8] Après avoir mélangé des larmes d'âne à l'huile, verse-la dans une lampe et allume-la, tu verras ceux qui seront attablés avec une tête d'âne, et ils se verront de même entre eux.

9] Si après avoir pris du poil provenant d'un coup donné à un âne, on le brûle, on le pile et on le donne à boire à une femme, elle ne cessera pas de péter si le poil est celui d'une ânesse.

10] Si quelqu'un est blessé par un scorpion et qu'il dise à l'oreille d'un âne :
« un scorpion m'a blessé », le blessé sera guéri, mais la blessure passera à
l'âne.

Du serpent.

Le serpent est un animal malfaisant, sans pattes, rampant. Celui-ci, lorsqu'il
vieillit et que sa vue s'obscurcit, veut de nouveau redevenir jeune. Pour cela,
il va et vient pendant XL jours et XL nuits jusqu'à ce que sa peau se détende ;
puis, cherchant dans une pierre un trou étroit, il s'y introduit et y frottant son
corps, il détache sa peau et redevient jeune.

Sa peau, calcinée et broyée avec du sel, mise sur les dents, fait cesser
l'odontalgie. En fumigations, à l'insu du malade, avant l'accès, elle fait disparaître les frissons de la fièvre chronique.

Avec III, V ou VII noyaux d'olives en fumigations, elle soulage, comme aucun
autre remède, les hémorroïdes internes et externes.

Sa peau, appliquée autour de la tête, guérit les migraines.

La grenouille d'eau, fendue vivante, appliquée et attachée, guérit les piqûres
des serpents, car elle fait immédiatement sortir au dehors le venin.

LETTRE II

Du mouton.

1] Le mouton est connu de tous. Sa graisse et sa moëlle font le savon. Il
sert à de nombreux usages.

2] Voici les effets du bélier : si on scie sa corne et qu'on en fasse un petit
peigne, en s'en servant, il est bon pour la migraine. Mais, celui fait avec la
corne droite est utile pour le côté droit, celui fait avec la corne gauche, pour le
côté gauche.

3] Lorsque le soleil est dans le signe du Bélier, si tu fais sécher la crotte du
mouton et que tu l'appliques avec du vinaigre à ceux qui ont des maux de tête,
ils seront soulagés.

4] Les vers qui sont dans l'intérieur des cornes, sont un philtre d'amour
incomparable.

5] La fumée de sa corne brûlée calme l'hystérie.

6] Le poumon du mouton, mangé à jeun, garantit de l'ivresse celui qui le
mange, quelle que soit la quantité qu'il boive.

7] Son foie bouilli, appliqué sur les joues des femmes, leur donne des couleurs
et un joli visage.

8] Sa graisse est employée pour les pessaires.

12

9] Le poumon de l'agneau, séché et broyé, donné à boire à ceux qui sont intoxiqués, les sauve du danger [de mort].

10] Le fiel et le sang de l'agneau servent à soigner les épileptiques.

La crème de son lait, en liniment, détourne la peste.

Sa cervelle grillée, broyée et mangée, aide merveilleusement la dentition des enfants.

Sa laine, non dépouillée de sa crasse et sale, sert à dissiper l'inflammation qui suit les blessures de traits ou de pierres. Avec un mélange d'huile et de vin, chauffée doucement et employée en liniment, puis brûlée, elle devient siccative au point de faire disparaître les chairs amollies par les ulcères.

Son poumon, quand le mouton est jeune, employé comme cataplasme, guérit l'enflure des mains et des pieds.

Crois que sa graisse peut t'être utile.

LETTRE P

Du rhinocéros.

1] Le rhinocéros est un quadrupède ressemblant au cerf, ayant sur le nez une très grande corne. On ne peut le prendre que par le parfum et la beauté de femmes bien habillées ; il est, en effet, très porté à l'amour.

2] La pierre qui se trouve à l'intérieur de son nez ou de sa corne, portée, chasse les démons.

3] Ses testicules ou son membre, pris en breuvage, provoquent au plus haut degré les rapprochements sexuels entre les hommes et les femmes.

LETTRE Σ

Du sanglier.

1] Le sanglier est un porc sauvage. Ses testicules, pris en breuvage, provoquent les désirs vénériens.

2] Ses excréments, broyés avec du vinaigre, guérissent l'érysipèle : son fiel également.

3] Sa présure, en boisson, est efficace dans les empoisonnements mortels, car c'est un contre-poison.

Ses sabots, calcinés, délayés dans du vin, pris en breuvage à jeun, guérissent les maux de ventre.

Sa cervelle, délayée avec de l'amidon et de l'huile de roses, employée en liniment, calme les douleurs de la goutte.

La pointe de son foie hachée, délayée avec un peu d'eau, étendue avec une plume, est bonne pour soigner les érysipèles et les herpès.

Ses excréments, en fumigations, suppriment la fièvre tierce et guérissent l'hystérie.

Les excréments de la laie, délayés avec du miel, guérissent les écrouelles et toutes les indurations des seins.

Du caïman.

4] Le caïman est un animal terrestre, semblable au crocodile, qui se trouve dans la Mélanitide.

5] L'extrémité de sa queue, ses testicules et ses reins excitent le membre à la copulation, si on les donne en breuvage.

De la salamandre.

6] La salamandre est un quadrupède plus grand que le lézard vert, qui vit dans les buissons et dans les bois.

7] Son cœur, porté, rend le porteur sans crainte du feu, intrépide dans l'incendie et incombustible.

8] L'animal, jeté dans le feu ou dans un fourneau, éteint toute flamme.

9] Et si on fait porter son cœur en amulette aux gens brûlés par la fièvre, aussitôt la fièvre tombe.

10] Si une femme le porte attaché à ses genoux, elle ne concevra pas et elle ne verra plus ses époques.

11] Si tu l'enfermes dans une peau noire et que tu le suspendes au coude, tu guériras la fièvre tierce, quarte et toute espèce de fièvre.

12] Brûlée et saupoudrée, elle fait disparaître les fourmillements et les clous des mains et des pieds.

Quelques-uns mélangent aussi cette cendre pour le psoriasis, la lèpre et les abcès purulents.

LETTRE T

Du taureau.

1] Le taureau est connu de tous et audacieux.

2] Le fiel du taureau, mélangé avec des jaunes d'œufs, employé en liniment, rend les cicatrices de la même couleur que la peau environnante.

3] Mélangé avec du vinaigre et de la terre de Cimôle, il guérit les dartres noires, le pityriasis de la tête, les taches de rousseurs et les éphélides qui surviennent aux femmes à la suite de couches; car l'animal n'est pas seulement puissant, mais sa vertu pénètre à l'intérieur (V. I.). Et si un homme le (?) porte il connaîtra tout.

4] Également, si une chèvre sans cornes le (?) porte, elle rendra des oracles.

5] Si on le suspend au cou d'une statue, elle rendra aussi des oracles, et ceux qui font de faux serments révéleront leur secret et feront des aveux ; et ils apporteront de très grandes offrandes religieuses dans ce lieu même.

6] Prenant donc un épervier de mer, étouffe-le dans de l'eau de pluie ; étouffe également une huppe dans l'eau ; puis, leur arrachant les yeux, prépare-les avec de la myrrhe, du safran et fais-les sécher à l'ombre, loin du soleil.

7] Veillant sur leurs corps, enfouis-les dans la terre à l'endroit où est celui qui les porte, soit homme, soit tout autre être.

8] Prenant leurs yeux, porte-les.

9] Appliqué avec du miel, le fiel de taureau guérit merveilleusement les maladies de l'estomac.

10] Mêlé avec le double d'huile d'iris et appliqué en pessaire, il fait venir le jour même les menstrues en abondance.

11] Avec de l'huile de marjolaine et de la fleur de nitre, appliqué [en pessaire], il fait sortir le fœtus mort.

12] Seul, employé en liniment autour de l'anus ou du nombril, le fiel fait évacuer le ventre mieux qu'un clystère.

13] En cataplasme sur le nombril, il fait sortir les helminthes.

14] La bouse du taureau arrête les hémorragies nasales, l'alopécie et la chute des cheveux après une maladie.

15] Son sang desséché, délayé avec de l'huile de fruits verts, et employé comme teinture, noircit les cheveux blancs, mais il faut que le taureau soit noir.

16] Lorsqu'un taureau meurt, dans les vii jours il engendre des vers qui au bout de xxi jours enfantent des abeilles qui font du miel : il faut les rassembler dans des ruches et les conserver.

Son sang desséché et absorbé mûrit les abcès et guérit la dysenterie.

Sa corne calcinée, absorbée avec de l'eau, arrête le flux des femmes. Brûlée et délayée dans de l'huile de fruits verts, elle sert à noircir les cheveux blancs.

Du bouc.

17] Le sang du bouc, sec, avec des noix de galles et du grenadier sauvage, donné en aliment, sert à soigner les gens atteints de dysenterie.

18] Semblablement, enferme-le dans un chaton d'or rond avec de la langue de grenouille, du cinnamone ou du musc ; puis, après l'avoir cousu dans une peau de cerf, porte-le comme amulette ou place-le dans une figure d'animal, et dans cet endroit il y aura des sacrifices renommés. Et l'épervier commun fait la même chose. Mais tiens cela secret.

19] La graisse provenant de ses reins, cuite avec de l'eau de gruau ou de riz, sert à seringuer les oreilles.

20] Le ladanum qui provient de sa barbe, mélangé avec du vin et de l'huile de fruits verts, agit contre les alopécies et la chute des cheveux ; employé en frictions avec du vinaigre, il calme les maux de tête.

21] Sa graisse, avec du gui et de la sandaraque broyés, mise sur les ongles atteints de la gale, les déracine.

22] Si quelqu'un enduit de myrrhe les narines d'un bouc et les frotte avec sa main, on lui fait par le plaisir émettre du sperme ; si de ce sperme on enduit le membre d'un homme, il aura une très grande érection, irrésistible et redoutable pour les femmes.

LETTRE Υ

De l'hyène.

1] L'hyène est un quadrupède sauvage, de double nature : car elle naît femelle et après une année devient mâle : ensuite, après une nouvelle année, elle redevient femelle : de sorte que tantôt elle saillit, tantôt elle est saillie, porte et allaite. Voici ses vertus.

2] Le fiel de cet animal édulcoré est puissant. On prépare grâce à lui une très grande apparition. En voici la composition : les yeux du poisson glaucus et toute la partie liquide du fiel de l'hyène : broye le tout ensemble et dépose dans un vase de verre, surtout couvre-le bien.

3] Si tu veux faire une très grande apparition, agis ainsi. Après avoir disposé une lampe, si tu mêles de la graisse d'un reptile ou d'un animal quelconque avec un peu de la composition susdite et que tu en enduises une mèche de papyrus ou de laine et que tu montres aux spectateurs des tableaux éclairés par la lampe, ils croiront voir l'animal dont la graisse est là, soit lion, soit taureau, soit serpent, soit tout autre.

4] Si tu veux faire apparaître un animal, mélange avec un peu de la composition la graisse de celui que tu voudras et mets-la sur des charbons ardents au milieu de ta maison et l'animal dont tu auras employé la graisse apparaîtra. La même composition agit pour les oiseaux.

5] Si tu mêles un peu d'eau des flots de la mer à la composition et que tu en jettes des gouttes sur les convives d'un banquet, tous prendront la fuite, convaincus que la mer arrive au milieu d'eux.

6] Si tu sacrifies une hyène pendant que la Terre est dans les Gémeaux ou dans la Vierge, et que tu donnes secrètement de son poumon bouilli aux lunatiques, ils seront guéris. J'ai su cela et j'en ai été surpris au sujet d'un épileptique qui était souvent atteint de crise et qui n'est plus jamais tombé.

Donnes-en ıı ou ııı onces. J'ai eu connaissance de ce remède et je m'en suis servi.

7] Il y a également une autre préparation. Car son fiel est efficace pour les amblyopies, la jaunisse au début, les commencements de la cataracte, les néphélions, la chute des cils et celle des sourcils.

8] Voici la formule : fiel vı drachmes; nerprun indien, ıı dr; baume, ı dr.; myrrhe, ııı dr.; piloselle (c'est la laitue sauvage), vııı dr.; poivre, ı dr.; miel, vı onces. Après avoir bien broyé le tout et fait un collyre liquide, mets-le dans un vase de terre et employe.

9] Si tu donnes de la graisse d'hyène à un hydrophobe ou à un homme mordu par un chien enragé, il sera sauvé. Mais donne-la sans qu'ils le sachent.

10] Si tu arraches les deux yeux d'une hyène vivante et que tu les portes à ton bras dans un morceau de pourpre, tu écarteras toute crainte nocturne et Gello qui étrangle les petits enfants et empêche les accouchements, et tout démon sera mis en fuite.

11] Son ventre séché, coupé et mélangé avec de l'huile d'iris, et employé en frictions, sert à soigner les cholériques et ceux qui souffrent d'une grande évacuation et de douleurs dans les articulations.

12] Si tu suspends sa patte droite dans un vase et que tu fasses boire dans ce vase un homme mordu par un chien enragé ou un hydrophobe, aussitôt il sera sauvé.

13] Son foie, donné en aliment, guérit la fièvre quarte et ceux qui sont atteints de tremblement ou de maladies de cœur. Dans tous les cas, donne-le secrètement.

14] Si quelqu'un porte sa langue dans sa chaussure droite et marche, hommes et chiens, tous seront réduits au silence, car elle inspire le silence.

15] L'épiploon de ses intestins, fondu avec de l'huile, est efficace pour toutes les inflammations.

16] La moëlle de son épine dorsale, employée comme liniment, guérit toute douleur des reins et de l'épine dorsale.

17] La graisse des os de ses hanches, passée dans la fumée, est d'un grand secours aux femmes dont l'accouchement est laborieux.

18] La vessie de l'hyène sèche, broyée, donnée à boire avec du vin aux enfants qui urinent involontairement au lit, les guérit.

19] Un peu de sa peau, portée, ou des chaussures faites avec cette peau et portées, servent à soigner les podagres, ceux qui souffrent des genoux, des mains, les arthritiques et fait immédiatement cesser toute espèce de rhumatismes et de douleurs des muscles.

20] Son fiel, frotté sur le front et sur les paupières, guérit tous les rhumatismes des yeux, toute ophtalmie ; en friction avec du miel, elle donne une vue perçante.

21] La peau de l'hyène éloigne les chiens ; suspendue devant les portes, elle écarte toute trahison.

LETTRE Φ

Du phoque.

1] Le phoque est un animal à quatre pattes, aquatique, amphibie. Il enfante comme les quadrupèdes, il a beaucoup de vertus. En effet, sa cervelle prise en boisson, chasse les démons.

Il a les pattes de devant semblables aux mains humaines ; sa tête est celle d'un veau.

Sa présure a la vertu du castoreum.

2] Sa tête, calcinée et broyée avec de la résine de cèdre, sert à soigner l'alopécie et les maladies analogues.

Son poumon séché, bu avec du vin, guérit la folie et l'épilepsie.

3] Son œil droit, porté dans une peau de cerf, fait aimer et réussir celui qui le porte.

4] Également, son cœur ou sa présure, portés, éloignent toute difficulté et procurent toutes sortes de bien à celui qui les porte.

5] Si tu portes, attachés dans une peau de cerf, les poils du nez d'un phoque, je dis les grands et durs, et que tu t'avances au milieu d'ennemis, ils t'accueilleront tous comme un ami.

Si avec sa peau on fait des chaussures et qu'on les porte, on n'aura pas mal aux pieds. Ses excréments font disparaître l'obésité et ont beaucoup d'autres vertus.

6] Sa langue, portée sous les sandales, donne la victoire.

7] Sa graisse guérit toute espèce d'inflammation et de douleur des articulations, et sert à soigner les enfants noués comme un petit phoque.

8] Sa peau, portée en ceinture, sert à soigner les reins et les hanches.

9] Sa viande, mangée, et son sang séché, bu avec du vin, en secret, guérit l'épilepsie, la folie, les étourdissements et toutes les affections de même nature.

10] Également son foie, son poumon et sa rate séchés, en boisson, guérissent les affections semblables et toutes les maladies analogues.

11] La fumée de ses os brûlés accélère l'accouchement.

12] Son fiel, employé comme collyre avec du miel, sert à soigner toute espèce de maladies.

13] Sa cervelle, en boisson, sert à soigner le mal sacré.

14] Si quelqu'un enferme dans une peau de cerf ou de phoque un cœur de phoque, la pointe de sa langue, les poils de son nez, son œil droit et sa présure, et porte ce phylactère, il sera vainqueur de tous ses ennemis à la guerre, sur terre et sur mer ; toute maladie, souffrance, crises, démon, bêtes féroces seront écartés de lui ; il sera riche, heureux et désiré.

Du crapaud.

15] Le crapaud a l'aspect d'une grenouille jaunâtre, vivant sur terre. S'il bave sur un homme, celui-ci devient tout à fait chauve.

16] Son sang détruit les poils.

17] Une grande quantité de crapauds, jetés en vie dans l'huile avec une touffe de thym, de marrube et de scille et bouillis pendant trois jours et trois nuits dans un fourneau de bains, guérissent incroyablement les goutteux.

18] Si, après avoir broyé son foie, on le jette dans l'eau d'un bain, celui qui se baigne perdra tous ses cils.

19] Si tu jettes un crapaud dans une marmite neuve et que tu le déchiquettes jusqu'au moment où il sera réduit en charbon, sa cendre, purifiée avec du vinaigre, guérira toute hémorragie des hommes et des femmes, des reins ou de l'utérus, et elle arrêtera l'écoulement d'une veine ou la coupure d'une artère, et pour tout dire, toute hémorragie d'où qu'elle provienne. Si tu veux en faire l'épreuve, prends un couteau, fais une friction de cendre, saigne un quadrupède, celui que tu voudras, son sang ne coulera pas.

LETTRE X

Du caméléon.

1] Le caméléon est un animal qui ressemble au crocodile. A chaque heure du jour il change de couleur. Il a la face d'un lion, les pieds et la queue d'un crocodile, sa couleur est changeante. De sa tête à sa queue s'étend un muscle dur : en l'arrachant au nom d'un malade et le suspendant à son cou, il guérit la contracture des muscles.

2] Son fiel édulcoré est bon le jour même ; quant à ses autres membres ils ont les mêmes vertus que ceux du phoque et de l'hyène.

3] Sa langue, portée et retenue avec de la racine de son herbe (chaméléon, *atractylis gummifera*) et de buglosse, est un phylactère très puissant pour faire taire ses ennemis.

Du cochon.

Le cochon, appelé aussi porc, est connu de tous.

Son poumon sert à soigner les meurtrissures faites par les chaussures.

L'urine des porcs châtrés est parfaite pour purifier ; ceux qui en ont bu en temps de peste ont été sauvés ; elle sert à soigner les lèpres et les purulences des plaies, les humeurs purulentes et les dartres farineuses, et elle agit sur les blessures des pieds au point de les préserver de toute inflammation.

Son fiel et sa graisse, mêlés à l'huile d'amandes, instillés dans les oreilles, font cesser les maux d'oreilles.

Sa cervelle, bouillie avec du miel, écrasée et mise en emplâtre, détruit le charbon ; avec de l'amidon en cataplasme, elle soulage les goutteux.

La graisse du verrat, délayée avec de l'huile de roses, sert à soigner les pustules malignes et les humeurs purulentes.

Le foie du verrat sec, broyé, bu avec du vin, guérit les piqûres des serpents.

LETTRE Ψ

De la psammodyte.

1] La *psammodyte* est la taupe dont il a été parlé dans la première lettre. Autant elle a de membres, autant elle a de vertus utiles, à ce point qu'elle sert à soigner l'épilepsie, les dartres, les maux de pieds, l'éléphantiasis, l'ophiasis ; puis l'animal est très utile, avantageux et tout à fait affectueux.

De la puce de mer.

2] La puce trouvée sur les rivages de la mer, bouillie avec de l'huile de roses ou de peuplier blanc, soulage les maux d'oreilles.

3] Fais bouillir un bon nombre de puces de mer dans de l'eau de mer avec la plante psyllium (plantain des sables) et asperge l'endroit où il y a beaucoup de puces, jamais elles ne reviendront.

4] Si un pêcheur se sert de puces pour appât, sa pêche sera heureuse. Attache-les avec une ligature de peau de dauphin.

LETTRE Ω

Des œufs.

1] Quant aux œufs de l'araignée, trouvés au commencement du printemps sur les routes, et à ceux de la tarentule même, si tu les prends au nom d'un malade, que tu les enveloppes dans un chiffon noir, que tu les suspendes au bras gauche, ils guérissent les fièvres tierce, quarte et quotidienne. Il faut les prendre au déclin de la lune, quand elle est dans le signe du Poisson, un jour de sabbat, vers la IXᵉ heure, pour la fièvre quotidienne I, pour la demi-tierce II, pour la tierce III, pour la quarte IV, et les suspendre au cou ou au coude.

13

Les coquilles d'œufs d'oiseaux, calcinées, délayées avec de l'oxymel et prises en breuvage, guérissent l'hémorragie de la vessie.

L'œuf entier, calciné jusqu'à réduction en cendres, délayé avec de l'arsenic et insufflé dans les narines, arrête les saigements de nez.

Le blanc de l'œuf, en liniment avec de la céruse et de l'amidon, calme les inflammations.

2] En fumigations ou en applications, les œufs accélèrent l'accouchement. — Fin de la deuxième Cyranide.

TROISIÈME CYRANIDE

DES OISEAUX

LIVRE MÉDICAL SOMMAIRE D'HERMÈS TRISMÉGISTE
DE LA CONNAISSANCE SCIENTIFIQUE ET DE L'INFLUENCE PHYSIQUE DES ANIMAUX,
COMPOSÉ POUR SON ÉLÈVE ASCLÉPIOS. — DÉBUT.

LETTRE A

De l'aigle.

1] L'aigle, roi de tous les oiseaux, est de couleur sombre : quand il vole sous l'éther, tout volatile frémit.

2] Il a une grande puissance. Après l'avoir pris à la chasse, garde-le vivant un jour et une nuit ; ensuite après avoir lié d'abord l'aigle et son bec, dis à son oreille : « Aigle, ami de l'homme, maintenant je t'immole pour toute cure dans laquelle tu es efficace. » Puis, prenant une épée toute en fer et brûlant des parfums, dis : « O merveille ! »

3] Ayant pris un aigle à la chasse, celui qui portera son cœur, la peau de sa tête, ses yeux et la pointe de ses grandes ailes, sera amoureux et chéri. Et celui qui les porte dans un phylactère sera rendu par là pacifique, aimé et amoureux : et s'il s'avance au milieu des combats, il ne sera pas blessé, il ne subira pas davantage de dommages de la tempête ou de la foudre, mais en tout il sera bien vu et tranquille. Mais il faut le porter cousu dans sa propre peau, et placé dans un tube d'or.

4] Si quelque pêcheur porte sur lui son ventre ou sa tête ou la pointe de ses ailes, jamais il ne fera ni mauvaise pêche ni mauvaise chasse.

5] La saponaire, cuite avec ses ailes, guérit les gens possédés. Placé dans une maison, il détourne les combats.

(Voir les additions du Vieil Interprète latin dans le texte grec, p. 82).

Son fiel, délayé avec une décoction de poireau, d'opobalsamum et de miel, en liniment, guérit l'amaurose, les troubles de la vue et la cataracte.

La fumée de ses plumes guérit la léthargie, l'hystérie et la frénésie. (Cf. texte grec, p. 87, §§ 13 et 14).

Ses ongles, brûlés et broyés avec du vin vieux, employés en liniment, guérissent la douleur de la tumeur de la luette. Pris en breuvage, ils délivrent les gens empoisonnés.

Si une femme prend en breuvage la moëlle de cet animal et qu'elle s'en mette un peu sur le col de l'utérus, elle deviendra incapable de concevoir.

Mets de côté ses os brûlés, réduits en poudre sèche : ils guérissent, en effet, lorsqu'on les saupoudre dessus, les ulcères des oreilles; injectés avec du vin, ils sont excellents pour l'odontalgie.

Le cœur de l'aigle, bouilli et donné en secret en aliment, ou sec dans un breuvage, procure aux femmes une grande amitié, et c'est un philtre d'amour à l'égard de leurs maris.

Ses pattes, portées, ont une grande efficacité pour faire remporter la victoire sur les ennemis.

Du coq.

Le coq est un animal domestique connu de tous.

Son ventre brûlé, broyé et pris en breuvage, guérit les dysentériques.

Si on mange souvent ses testicules et son croupion, il en résulte l'érection et un très grand désir de rapprochement sexuel.

(Voir le V. I. dans le texte grec, p. 84.)

De l'alcyon.

L'alcyon est un oiseau tout à fait joli, couleur de lapis lazuli changeante, qui vit sur les côtes de la mer et dans les étangs. Il engendre dans l'eau. Lors donc qu'il pondra ses œufs, c'est un pronostic de grand calme sur la mer, annonçant que les flots ne seront pas agités : en effet, il pond sur le bord de la mer là où les flots déferlent le plus. Il se nourrit de petits poissons. Lorsqu'il aura couvé et que ses petits voleront, de nouveau la mer, comme à l'ordinaire, recommencera à battre.

Si quelqu'un prend cet oiseau à la chasse et l'attache à sa tête dans un chiffon, celui qui dort beaucoup éloignera de lui le sommeil.

Le pilote de navire qui portera ses yeux, gouvernera son navire en toute sécurité et sans que les flots soient agités.

(Voir le V. I., p. 85. — Reprise du texte grec.)

De la mouette.

6] La mouette, oiseau de mer insatiable, connu de tous. S'il rencontre un navire voguant et qu'en volant il plonge dans la mer, il annonce un danger au vaisseau, mais s'il vole au-dessus ou se pose sur un rocher, il présage une heureuse navigation.

7] Son sang est un remède contre les bêtes venimeuses.

8] Son ventre séché, pris en breuvage ou porté, procure une bonne digestion et le bon état de l'estomac.

9] Son fiel, avec de la résine de cèdre, employé en collyre, ne laisse pas repousser les poils des paupières qui ont été arrachés.

10] La mouette tout entière, salée et mangée, guérit l'éléphantiasis. Elle a la même vertu pour la rate.

11] Ses œufs guérissent la dysurie, les reins et l'estomac.

LETTRE B

Du boros.

Le *boros* [le gourmand] est un oiseau noir connu de tous, car c'est celui que tous appellent corneille. Sa fiente, bue avec du vin, guérit la dyspnée et la toux. Son sang desséché, bu dans du vin, à la dose d'une cotyle, guérit l'hydropisie. Son cœur rôti, donné à une femme à son insu, soit comme aliment, soit comme breuvage, est un philtre d'amour pour elle à l'égard de l'homme, et si une femme et un homme qui se disputent réciproquement ou l'un des deux contre l'autre, prennent comme aliment ou comme breuvage ce qui vient d'être dit, ils changent leur haine en bon accord. La cervelle de l'oiseau, employée en pommade avec du miel et du satyrion sur le membre d'un homme, lui procure un très grand plaisir pendant ses rapports avec une femme, et celle-ci le préférera à tout autre et n'aura de rapports qu'avec lui.

Du hibou.

1] Quelques-uns disent que le hibou est un oiseau qui aime à veiller : ne sortant pas pendant le jour, la nuit il fait grand bruit et pousse des cris.

2] Son ongle, porté au cou par les hommes, est un porte-bonheur et un phylactère contre les calomnies, contre les pillards et les menteurs.

LETTRE Γ

Du vautour.

1] Le vautour est un très grand oiseau, très utile, connu de tous. Voici l'utilité du petit du vautour. Les os de sa tête, attachés par un fil de pourpre au coude, guérissent la céphalalgie et le vertige chronique de la tête.

2] Sa cervelle, broyée avec de la résine de cèdre et de l'huile vieille, employée en frictions sur les tempes, guérit toute céphalalgie et la léthargie.

3] Son fiel avec du miel et du suc de marrube, sert à soigner la cataracte.

4] Sa graisse, mêlée à la graisse de porc, sert aux arthritiques, aux gens atteints de tremblements et de frissons, aux goutteux, aux dyspeptiques, aux paralytiques, enfin à ceux qui sont malades à la suite d'évacuations.

5] De plus, son cœur, enfermé dans sa peau, arrête toute hémorragie : tout démon, brigands ou bêtes sauvages fuiront celui qui le porte. Il sera bien vu de tous les hommes et de toutes les femmes, il vivra dans l'abondance, il aura du succès dans toutes les affaires.

6] Le cœur du vautour adulte, bouilli et donné aux femmes secrètement à manger, ou sec dans un breuvage, est pour elle un puissant philtre d'amitié et de désir amoureux.

7] Ses pattes, portées, sont merveilleusement et incroyablement efficaces pour le succès des discours, la réussite des affaires, le silence des ennemis et la victoire sur les adversaires.

8] Ses ongles, calcinés et broyés avec du vin vieux et employés en frictions sur tout le corps et pris en breuvage sont efficaces pour vaincre ses ennemis.

9] Son bec avec sa langue, porté sur soi, est bon pour les voyages nocturnes ; en effet, il éloigne les démons, les bêtes féroces, tous les serpents, tout malheur, et pour tout dire, il procure toute victoire, l'abondance des richesses, le bonheur des paroles, et fait obtenir à celui qui le porte bonnes causes, gloire et honneur.

10] Porte donc avec sa langue ses yeux, étant pur de corps.

11] Si une femme fait fondre la moëlle de l'oiseau et s'en frotte pendant sept jours le ventre, puis qu'elle frotte le ventre de son propre mari, elle ne concevra jamais.

12] De ses os calcinés et broyés, fais une poudre sèche ; car elle guérit tout ulcère qui en est saupoudré : bue avec du vin et employée pour laver les dents, elle guérit l'odontalgie.

13] Son fiel avec une décoction de marrube, d'opobalsamum et de miel, en collyre, guérit supérieurement l'amaurose, les troubles de la vue et la cataracte.

14] Les fumigations faites avec ses ailes servent à soigner la léthargie, les spasmes hystériques et la frénésie.

15] Toutes les vertus de l'aigle, le vautour les a également ; mais si nous avons passé sous silence les plus nombreux de ses emplois, il faut que tu l'utilises comme l'aigle.

De la chouette.

La chouette est un oiseau qu'on appelle aussi corbeau de nuit : elle a un diadème qui ressemble à un nimbe ou à une couronne au-dessus du visage.

Son foie, instillé avec de l'huile de roses et du nard, guérit les maux d'oreilles.

Son bouillon, bu ou mangé, fait venir le lait.

Sa tête, en aliment, sert à soigner les maux de tête et les vertiges.

Son œuf, mais le mâle, teint les cheveux blancs. Voici comment tu reconnaîtras l'œuf mâle : enfilant une aiguille avec du fil blanc, tu perceras un trou au milieu de l'œuf et tu le traverseras, si le fil noircit, l'œuf est mâle, si non il est femelle.

Si, au déclin de la lune, tu fais bouillir cet oiseau et que tu le donnes à manger à un épileptique, il sera sauvé ; traite semblablement celui qui tombe frappé du mal sacré, car il est excellent pour soigner cette maladie.

De la grue.

La grue est un oiseau reconnaissable pour tous : c'est tout à fait un oiseau de présage. Lorsque les hivers doivent être durs, abandonnant les contrées septentrionales, elles gagnent l'Égypte et y vivent, puis, à l'époque du printemps, elles reviennent. Si en volant elles crient, c'est signe de beau temps ; si elles se taisent, signe de pluie. Dans leur vol, elles imitent les éléments des lettres.

Sa graisse, en liniment, apporte rapidement la santé aux malades, quelle que soit la maladie.

Son ventre, en aliment, procure à celui qui le mange une bonne digestion.

LETTRE Δ

Du pic-vert.

1] Le pic-vert, que certains appellent *dendrocolapte* est un oiseau au bec très fort qui, lorsqu'il pond, fait ses œufs dans le creux d'un arbre. Si quelqu'un bouche son nid de quelque façon que ce soit, soit avec une pierre, soit avec du bois ou une lame de fer, puis s'éloigne, le pic-vert viendra et apportera une plante qu'il connaît et en l'appliquant, il ouvrira toutes les fermetures.

2] Ses yeux, portés sur soi, procurent une vue perçante.

3] Son bec, suspendu au cou, guérit tous les maux de dents, les douleurs de la luette, l'amygdalite et l'esquinancie ; mangé bouilli, il rend promptement la santé aux malades et procure un bien-être merveilleux à ceux qui sont liés par des philtres magiques.

LETTRE E

Du héron.

1] Le héron est un oiseau qui fait son nid sur les toits ou sur les maisons des villes comme l'hirondelle ; il a sur la tête une aigrette, comme une couronne, haute d'environ trois doigts.

2] Si tu suspends au cou de ceux qui ne peuvent dormir son bec avec du fiel d'écrevisse dans une peau d'âne, tu les feras dormir.

3] Si dans un dîner quelqu'un met dans le vin le linge qui renferme le bec, ceux qui le boiront s'endormiront, comme si depuis plusieurs jours ils ne dormaient pas.

Du rossignol.

4] Le rossignol est un petit oiseau connu. Au printemps, il ne cesse de chanter nuit et jour et son chant est mélodieux et son nom lui vient de ce qu'il chante toujours.

5] Si quelqu'un avale son cœur [encore] palpitant avec du miel, puis qu'il porte un autre cœur avec la langue de l'oiseau, il sera beau parleur, aura une voix claire et sera écouté avec plaisir.

6] Si quelqu'un porte ses yeux, il ne cessera de dormir tant qu'il les portera.

7] Son foie avec du miel, en collyre, rend la vue perçante.

LETTRE Z

De la zéné.

1] La *zéné* est le petit oiseau du dieu Jupiter : il a sur la tête des plumes rouges et des plumes jaunes aux ailes, en un mot il est de plusieurs couleurs. Quelques-uns l'appellent chardonneret.

2] Mangé rôti, il est très bon pour les maux de ventre et la colique, et ceux qui entendent son chant deviennent tempérants.

LETTRE H

De l'héliodrome.

1] L'*héliodrome* est un oiseau indien qui, aussitôt né, vole vers le soleil qui se lève ; mais quand le soleil a tourné, alors il vole vers le couchant. Il ne vit pas plus d'une année, mais il enfante ses petits, mâles et femelles. Il a cette qualité : si quelqu'un, après l'avoir ouvert, porte ses entrailles embaumées, il deviendra très riche : mangé, il procure la santé, et l'homme qui le portera ne sera pas malade pendant tous les jours de sa vie et s'enrichira considérablement.

Du thératès.

Le *thératès* [le chasseur] est un oiseau appelé aussi guépard. Sa graisse, mélangée avec du vitriol bleu, guérit les gangrènes : avec de la cire et de la litharge, elle est bonne pour les anciennes blessures et les fistules.

Sa fiente, mélangée avec du vinaigre et de l'huile de roses, en frictions, guérit les migraines.

LETTRE Θ

Du thopeios.

1] Le *thopeios* est un oiseau de nuit ; ses yeux et son cœur, portés sur soi, écartent la crainte pendant la nuit et garantissent les yeux ; mangé, il procure le bien être et la bonne digestion.

LETTRE I

De l'épervier.

1] L'épervier a la même puissance que le vautour, mais moindre. Sa fiente, bue avec du vin sucré, facilite l'accouchement, bue surtout en quantité.

2] Plumé vivant et bouilli avec de l'huile de lin jusqu'à dissolution, l'huile étant filtrée, celui que tu en frotteras sera guéri des troubles de la vue et de toute amblyopie.

3] Cet oiseau, mangé rôti, guérit le mal sacré.

4] Ses yeux, suspendus au cou, font cesser la fièvre tierce.

5] Son cœur, porté sur une partie du corps, conserve indemne celui qui le porte.

Son fiel, avec du nerprun et du crocolyte, en collyre, guérit les troubles de la vue et l'amblyopie.

Du milan.

Le milan est un oiseau sacré. Sa tête, plumée, desséchée, pelée et absorbée dans de l'eau à la dose d'une exagie, est bonne pour les gens qui ont la goutte aux pieds et aux mains.

LETTRE K

Du corbeau.

1] Le corbeau, appelé aussi *mamygère*, est connu de tous. Pris et enfoui vivant dans du crottin de cheval pendant XL jours, puis brûlé et mis en pommade, c'est un remède excellent pour ceux qui ont la goutte aux pieds et aux mains.

2] Sa fiente, en fumigations, guérit les dartres blanches et la lèpre blanche.

3] Ses œufs, avec de l'alun, noircissent les cheveux blancs.

De la corneille cardidone (?)

4] Le cœur de la corneille, porté sur soi, procure la concorde entre l'homme et la femme.

5] Si tu donnes en secret son intérieur rôti à une femme, elle te chérira tout à fait.

6] Si tu frottes ton membre avec son cerveau mélangé à du miel et du satyrion et que tu aies des rapports avec une femme, elle te chérira et ne se donnera pas à un autre qu'à toi.

7] Son sang desséché, mêlé à deux cuillerées de vin, pris dans un breuvage, guérit merveilleusement les hydropiques.

8] Si quelqu'un a mal au pied, prends une corneille sans blessure, coupe-lui l'ergot de la patte droite auprès de l'articulation, puis après avoir fait un phylactère, attache-le sous le pied du malade en état de pureté ; puis ayant frotté toute la corneille avec de l'essence de thérébentine ou avec de l'huile, laisse-la s'envoler vivante. Attache son ergot au pied malade ; si c'est le pied gauche, l'ergot de gauche, si c'est le pied droit, l'ergot de droite. Mais que le phylactère ne soit pas mouillé et qu'il ne tombe pas à terre, mais qu'il soit porté attaché dans une peau de cerf. Et lorsque tu coupes l'ergot, dis : « J'enlève ton ergot pour la guérison de la sciatique, de la goutte et de toutes les articulations. » Et l'ayant frottée, laisse-la partir.

De la calandre.

La calandre est un petit oiseau connu de tous ; elle a une huppe sur la tête. Bouillie et mangée continuellement avec son bouillon, elle est excellente pour la colique et la dysenterie.

De la pie.

9] La pie est un oiseau intelligent qui imite la voix de l'homme.

10] Son cœur, porté sur soi, avec de la racine de lierre, calme les attaques de nerfs des femmes. Semblablement, c'est un remède pour la dysurie.

11] C'est un oiseau de couleur changeante, qui rend vertueux celui qui le mange.

Du merle.

12] Le merle est un oiseau à la voix agréable, qui chante beaucoup pendant l'été : son plumage est entièrement noir : seul son bec est couleur d'or.

13] Bouilli dans de l'huile vieille, jusqu'à dissolution, si on frotte de cette huile un malade qui a les membres retournés, il sera guéri ; il est également un remède pour la sciatique.

LETTRE A

De la mouette.

1] La mouette est un oiseau de mer. Elle a les mêmes vertus que l'alcyon.

2] Possédant un cœur de mouette, entre chez une femme dont l'accouchement est pénible, elle enfantera aussitôt ; mais pendant qu'elle accouche, retire-toi, de peur qu'elle ne rejette quelque chose de plus.

3] Son ventre, séché, pris en breuvage et porté, procure une excellente digestion.

Du ver luisant.

4] Le ver luisant est un ver ailé qui vole pendant l'été, et qui brille pendant la nuit comme une étoile : il a une lampe dans le sphinctère.

5] Si tu l'enveloppes dans une peau de mulet et que tu le suspendes au cou d'une femme, elle sera infailliblement hors d'état de concevoir.

6] Si on met un ver luisant dans un endroit où il y a des puces, elles s'enfuiront.

LETTRE M

Du guépier.

1] Le guépier est un oiseau tout vert ; mais ses ailes sont couleur de pourpre : quelques-uns l'appellent *gangrène*. Il est intelligent et a beaucoup de vertus comme l'alcyon. Lorsqu'il a des petits et que quelqu'un veut les lui prendre, il les transporte de place en place ; et lorsqu'il leur donne à manger, il vole dans différents endroits pour qu'on ne sache pas où il les nourrit.

2] Son cœur est utile pour composer des philtres ; mangé, il soulage les gens malades du cœur, du foie ou de l'estomac.

3] Il est nommé *mérops* [mortel], parce qu'il prend place immédiatement après l'homme et met son amitié en lui.

4] Son fiel, avec du miel et du suc de rue, guérit la cataracte.

Sa fiente avec du vin, en onguent, soulage les gens malades du cœur. Son cœur, broyé et pris en breuvage, secourt les malades du foie et procure l'amitié.

Les melissoi, oiseaux à huppe noire.

Le *melissos* [protecteur des abeilles], est un oiseau qui chante bien l'été. Calciné, broyé avec du miel, en liniment, c'est un remède pour les mélicéris et les tumeurs graisseuses. Mangé rôti, il guérit la dysenterie.

LETTRE N

Du canard.

1] Le canard de rivière et d'étang est un oiseau connu de tous.

2] Son sang chaud ou séché, bu dans du vin, sauve ceux qui le boivent quand ils ont été mordus par des animaux malfaisants ou par une vipère, et procure la force et la santé.

Sa graisse, en onguent, est utile pour la bonne santé et pour de nombreux usages.

LETTRE Ξ

Du xouthros.

1] Le *xouthros*, que d'autres nomment *strouthos* est un oiseau appelé aussi *pyrgite* ou trogl[od]ite [qui niche dans les tours].

2] Sa fiente, bue dans du vin, cause une grande érection.

3] Employée en pommade, avec de la graisse de porc, elle arrête l'alopécie.

4] Mangé rôti, il procure aux hommes la jouissance.

Sa graisse, en cataplasme avec de l'adiante, [appliquée] deux fois par jour sur les brûlures, procure du soulagement.

LETTRE O

Des poules.

L'oiseau domestique, appelé aussi poule, est connu de tous.

1] La cervelle de l'oiseau de basse-cour, en frictions, aide à la dentition des petits enfants.

2] Bue avec du vin, elle guérit les gens mordus par un scorpion.

3] Son cœur encore palpitant, attaché à la cuisse, est excellent pour faciliter l'accouchement.

4] Son foie, broyé et appliqué en cataplasme avec de la farine d'orge et de l'eau, soulage les goutteux.

5] Sa graisse, fondue avec du nard, est utile pour les maux d'oreilles ; elle sert à faire des pessaires pour les femmes, et pour les affections nerveuses.

6] Les poussins, coupés en morceaux et posés chauds sur les ulcères venimeux, tirent tout le venin : mais il faut continuellement les changer jusqu'à ce qu'ils ne deviennent plus du tout chauds ; ensuite, après avoir coupé des feuilles vertes d'olivier, les appliquer avec de l'huile et du sel sur les ulcères.

7] La fiente fraîche des poules, appliquée, guérit les engelures et les blessures occasionnées par les chaussures ; elle guérit également les verrues qui causent des démangeaisons ; bue avec du vin coupé, elle protège ceux qui mangent des champignons [vénéneux]. Sèche, broyée avec du sel de nitre et de la myrrhe sèche, elle arrête rapidement l'alopécie.

Sa fiente, bue avec de l'oxymel, convient à ceux qui ont des coliques ; appliquée en liniment, elle guérit les verrues qui causent des démangeaisons et le charbon.

Sa graisse, mélangée à la staphisaigre, guérit supérieurement les suppurations et le pityriasis de la tête.

De la caille.

8] La caille est connue de tous. Ses yeux, suspendus au cou, guérissent l'ophtalmie, la fièvre tierce et la fièvre quarte.

9] Son bouillon amollit le ventre ; en aliment, elle sert à soigner les reins.

LETTRE II

De la cigogne.

1] La cigogne est un oiseau très courageux. En effet, lorsque le printemps arrive, elles prennent toutes leur vol, enrôlant toutes sortes d'oiseaux, les oies sauvages, les canards et toute espèce d'oiseaux, puis quittent l'Égypte, la Lybie, la Syrie et se dirigent vers la Lycie, vers un fleuve qui s'appelle le Xanthus, et là, engagent la guerre contre les corbeaux, les corneilles, les geais, les vautours et tous les oiseaux carnivores. Comme ceux-ci connaissent l'endroit, ils se trouvent tous là.

2] L'armée des pélicans [lire des cigognes] se range en bataille sur un des côtés du fleuve : sur l'autre rive se dispose celle des corbeaux, des vautours et des autres oiseaux carnivores : pendant tout le septième mois, ils se préparent à la guerre : ils savent, en effet, les jours où ils doivent commencer la guerre : et lorsqu'ils commencent la guerre, leurs cris s'entendent jusqu'au ciel : et des flots de sang des oiseaux blessés coulent vers le fleuve, ainsi que des plumes dont on ne saurait dire la quantité. Les Lyciens les utilisent pour garnir leurs lits. Après leur retour de la guerre, on pourrait voir les corneilles blessées, ainsi que la foule des autres oiseaux carnivores : nombreux aussi sont les blessés parmi les cigognes, les pélicans et les oiseaux qui les accompagnent : beaucoup d'entre eux aussi tombent morts pendant la bataille.

3] La guerre qu'ils se livrent entre eux et la victoire des uns ou des autres fournit aux hommes un présage : car si l'armée des cigognes remporte la victoire, il y aura grande quantité et abondance de blé et des autres grains : si la masse des corneilles est victorieuse, il y aura abondance de brebis, de bestiaux, de bœufs et d'autres quadrupèdes.

4] Les cigognes ont aussi une autre particularité remarquable : car lorsque les parents vieillissent et ne peuvent plus voler, leurs enfants, les soutenant de chaque côté sous les aisselles, les transportent d'une place à l'autre et les nourrissent ainsi. Et lorsqu'ils n'y voient plus clair, leurs enfants leur mettent la nourriture dans le bec et cet échange, ce payement en retour, s'appelle ἀντιπελάρ-γωσις, piété filiale.

5] Les œufs de la cigogne ont cette propriété : dissous dans du vin, ils noircissent les cheveux. Mais il faut frotter le front et les yeux avec du levain : il faut aussi après avoir teint les cheveux, les laver et les oindre d'huile de myrrhe ou de verjus, dans quoi on aura fait fondre de la graisse d'ours ou de sanglier.

6] Si tu prends un petit poussin d'une cigogne, que tu le mettes dans une marmite neuve, et qu'après l'avoir lutée, tu le mettes cuire à sec sur le fourneau, lorsqu'il sera carbonisé, tu enlèveras la cendre, tu la broyeras convenablement et tu auras un collyre sec pour le néphélion, le larmoiement; le trichiasis ; et tout cela, fais-le comme un homme de l'art ; si tu veux en faire un collyre mou, mets la cendre dans du miel non enfumé, en quantité suffisante, mélange bien et emploie.

7] Ayant enlevé à une cigogne vivante les tendons des pattes, des jambes et des ailes, donne-les à porter à des goutteux des pieds et des mains, membre pour membre, et ils seront guéris.

8] Une cigogne, mangée bouillie une fois chaque année, au printemps, avant qu'elle se soit envolée pour la guerre, conserve indemnes et sans douleurs les nerfs et les articulations de celui qui l'a mangée : car elle fera fuir la goutte aux pieds, aux mains, aux genoux, la sciatique, l'arthrite, l'opisthotonos et toutes les maladies nerveuses et articulaires.

9] Sa fiente, en cataplasme avec des feuilles de jusquiame et de laitue, soulage les goutteux.

10] Prends la peau de son estomac, lave-la dans du vin, fais-la sécher à l'ombre, tiens-la bien unie. Si quelqu'un a bu un breuvage mortel, grattes-en, mets la raclure dans du vin avec de l'eau de mer, donne à boire et l'on sera conservé indemne.

11] Ses intestins, mangés, guérissent les coliques et les maux de reins.

12] Son fiel, en liniment, rend la vue perçante.

13] Si quelqu'un prend le cœur d'une cigogne victorieuse dans la guerre et le lie dans une peau d'épervier ou de vautour vaincue, et qu'il écrive sur le cœur ceci : « J'ai vaincu mes adversaires », puis qu'il suspende le tout à son bras : le porteur sera terrible et admiré ; il vaincra tous ses supérieurs à la guerre et dans les procès. C'est un phylactère inviolable, donnant la victoire et très puissant.

De la colombe.

14] La colombe est un oiseau connu de tous. Il existe dans l'Inde un arbre appelé *péridexion;* son fruit est si doux et si bon que les colombes, après en avoir mangé restent dans l'arbre et y font leur nid. Le serpent craint cet arbre au point d'en fuir même l'ombre. Si l'ombre de l'arbre s'étend vers l'orient le serpent fuit vers l'occident ; si l'ombre vient vers l'occident, le serpent court vers l'orient ; et la puissance de l'arbre l'empêche d'attraper les colombes. Mais si quelqu'une des colombes s'éloigne de l'arbre, le serpent les attire par son souffle et les mange. Mais si elles s'envolent toutes ensemble, ni le serpent, ni les oiseaux au vol rapide n'osent les toucher. Les feuilles de l'arbre ou son écorce, en fumigations, chassent toute espèce de mal.

15] Le sang chaud de la plume de la colombe, versé goutte à goutte, calme et guérit les troubles et les irritations purulentes des yeux.

16] Sa fiente, mélangée à de la farine d'orge et d'iris, de la glu et de la graisse de porc, détruit tout à l'entour les gangrènes et fait sortir les écrouelles ; en pommade, avec du vinaigre, elle fait disparaître les boutons et les taches du visage et les marques. Avec de la racine de cèdre elle guérit merveilleusement les dartres blanches, les lichens, la lèpre. Avec de la terre d'Égypte, de l'euphorbe et du safran, et frottée sur le front, elle guérit merveilleusement le mal de tête. Avec de l'huile, appliquée en onguent, elle dégage le ventre.

17] Les testicules du mâle, donnés par les hommes aux femmes, sont un philtre d'amour; il en est de même de l'utérus de la femelle donné aux hommes.

De la perdrix.

18] La perdrix est un oiseau fourbe ; elle fait prendre à la chasse ses semblables et couve les œufs des autres comme les siens; puis, lorsque les petits sont grands, elle s'éloigne pour s'appairer, laissant seule celle qui a couvé.

19] Le fiel de la perdrix, avec du miel et du jus de baumier et de fenouil, procure une vue perçante : bouilli avec des coings et des pommes, et mangé en prenant ensuite une potion astringente, il sert à soigner les coliques et les maux d'estomac.

20] Ses œufs, en aliment, excitent les désirs vénériens : on en fait des philtres d'amour ; mélangés à la graisse d'oie et appliqués au bout du sein des nourrices, ils font venir beaucoup de lait. Les coquilles de ses œufs, cassées, broyées, mêlées à la cire et à la cadmie, redressent les seins tombants des femmes.

LETTRE P

Du raphis.

1] Le *ramphios* est un oiseau qui vole le long des rives du Nil ; on l'appelle aussi pélican. Il vit dans les marais d'Égypte et voici comment il aime ses enfants. Lorsqu'ils sont nés et qu'ils commencent à grandir, ses petits le frappent au visage. Ne pouvant supporter cela, les pélicans battent leurs petits sur la tête et les tuent. Mais, plus tard, leurs entrailles sont émues et ils pleurent les petits qu'ils ont fait mourir. Le même jour, la mère a pitié de ses propres enfants, elle se déchire les flancs et les ouvre, et son sang dégouttant sur les petits cadavres les ramène à la vie et ils ressuscitent naturellement.

2] Leur fiel, mêlé au nitre, guérit les dartres noires, rend les cicatrices noires de la couleur de la peau, fait briller l'argent terni et guérit toute tache noire.

3] Leur sang, en potion, guérit l'épilepsie.

LETTRE Σ

Du pinson.

1] Le pinson est un joli petit oiseau, connu de tous, qui vit dans les champs.

2] Si on le mange, il donne la beauté et préserve l'homme de l'ivresse.

Du hoche-queue.

3] Le hoche-queue est un petit oiseau qu'on rencontre le long des berges et des rives des cours d'eau. Sa queue est sans cesse agitée, d'où vient son nom.

4] Si donc quelqu'un le met avec ses plumes dans une marmite et qu'après l'avoir carbonisé et broyé, le donne dans un breuvage à une femme, elle se consumera d'amour. Car, c'est un invincible philtre d'amour, que personne ne connaît.

LETTRE T

Du paon.

1] Le paon est un oiseau sacré de toutes couleurs, très beau, ayant son charme dans sa queue. Lorsqu'il chausse, il pousse un cri, et quand il a chaussé, il s'éloigne. Il chausse seulement au printemps. Ses œufs sont précieux pour la confection de l'or, comme ceux de l'oie. Lorsque le paon est mort, il ne se putréfie pas et n'exhale pas une mauvaise odeur, mais il demeure comme embaumé de myrrhe.

2] Son cerveau est un breuvage d'amour.

3] Son cœur, porté, procure la beauté et le succès.

4] Son sang, en potion, chasse les démons.

5] Ses entrailles et sa fiente, en fumigations, écartent toute laideur et toute folie.

6] Mangé lui-même, il sert à guérir la dysenterie.

7] Sa fiente, en potion, guérit l'épilepsie.

De la tourterelle.

8] La tourterelle est un oiseau connu de tous; elle n'a qu'un mâle.

9] Sa fiente, avec du miel, purifie les leucomes; mêlée à l'huile de roses, en liniment, elle sert à soigner l'utérus.

10] La tourterelle, en aliment, inspire aux hommes et aux femmes la modération dans leurs désirs réciproques.

Son sang, instillé chaud dans les yeux, en guérit les congestions.

De l'hirondelle de mer.

L'hirondelle de mer est un oiseau connu de tous. Ses excréments, bus dans du vin, produisent l'érection; délayés dans de la graisse de porc et employés en liniment, ils arrêtent l'alopécie. Sa graisse avec de l'adiante, en cataplasme, [appliquée] deux fois par jour, soulage les brûlures.

LETTRE Υ

De l'hypérion.

1] L'hypérion est la femelle de l'aigle. Sa vertu est la même que celle du mâle.

2] Sa fiente, avec du miel, guérit merveilleusement les gens atteints d'esquinancie, soulage toutes les affections de la gorge et la toux.

3] Son cœur, mangé par les femmes, les rend fortes et saines, plus fortes que les hommes, et modérées dans leurs désirs.

LETTRE Φ

Du pigeon ramier.

Le pigeon ramier est un oiseau connu de tous.

Son sang chaud, instillé dans les yeux, guérit leurs congestions, et mis sur la dure-mère, est un remède pour la folie survenant à la suite de coups.

Son ventre, broyé et bu peu à peu, fait sortir les calculs des reins.

De l'orfraie.

1] L'orfraie est un oiseau briseur d'os, qui non seulement se nourrit de chair, mais mange même les os.

2] Si après avoir broyé son ventre séché, on le boit avec du vin, il facilite merveilleusement la digestion; si on le porte, il produit le même effet; il sert également à soigner la pierre et la dysurie.

3] L'os de la cuisse de l'oiseau, attaché à la cuisse, est salutaire pour les varices des pieds.

4] Son fiel, employé en liniment avec du miel, fait cesser les leucomes et les lèpres.

Du faisan.

5] Le faisan est un oiseau connu de tous.

6] Sa fiente, employée en liniment et bue, produit l'érection.

7] Sa graisse soulage beaucoup les gens atteints du tétanos, et les affections de l'utérus.

8] Son sang est un antidote contre les poisons.

9] Son fiel procure une vue perçante.

De la poule d'eau.

10] La poule d'eau est l'oiseau dit, « au front blanc », car il est extrêmement noir, mais le dessus de son bec est blanc. Il se trouve dans les fleuves et dans les étangs.

11] Sa cervelle, mélangée à de la vieille huile, sert à soigner toutes les maladies du fondement de l'homme.

12] L'oiseau lui-même, mangé, est l'antidote nécessaire contre les poisons.

LETTRE X

De l'hirondelle.

1] L'hirondelle, qui le matin réveille tout le monde par son chant, a ces vertus : si on met ses petits dans une marmite, et qu'après l'avoir lutée avec de la terre, on chauffe fortement, puis qu'on ouvre la marmite et qu'on regarde, on trouve deux petits se bécotant et deux qui se détournent l'un de l'autre.

2] Si donc tu prends ceux qui s'aimaient, que tu les broyes avec de l'huile et que tu en frottes une femme, immédiatement elle te suivra.

3] Si tu lui donnes à boire de leur cendre, elle deviendra folle d'amour ; tu la délieras ainsi : prends de la cendre des petits qui se détournaient l'un de l'autre, frottes-en la femme ou fais lui en boire, et l'amour excessif sera détourné.

4] Leur cendre et celle des mères, en liniment, avec du miel, guérit l'esquinancie ; bue avec de l'hydromel, les ulcérations de la trachée-artère.

5] L'hirondelle elle-même, mangée d'une façon continue, sert à soigner le mal sacré.

6] Les pierres qui se trouvent dans l'intérieur du ventre des petits, suspendues au bras droit, guérissent les hépatiques ; elles préservent de la toux, du coryza, de l'enflure de la luette et des amygdales, et de toute ophtalmie.

7] Leurs yeux, attachés au front, calment l'ophtalmie et guérissent toute fièvre accompagnée de frisson. Mangés, ils calment l'épilepsie et donnent une vue perçante.

8] Leur cendre, en liniment, rend la vue perçante. En onctions, elle est également excellente pour soigner les ulcères du pharynx et de la langue, les chancres rongeants et les gangrènes.

9] La terre de son nid, délayée dans l'eau et appliquée sur la gorge et sur le pharynx, guérit les phlegmons et l'esquinancie ; avec du vinaigre, elle calme les maux de tête.

10] Sa fiente, en breuvage, guérit les abcès. Mélangée à du fiel de chèvre, elle teint les cheveux en noir et guérit les dartres blanches.

Sa cervelle, avec du miel, est également bonne pour la cataracte.

Le fiel de l'animal, avec de la terre de Cimole, teint les cheveux.

Du pluvier.

11] Le pluvier, oiseau à huppe, qui prévoit l'avenir. Car si quelqu'un est malade et que l'oiseau placé devant lui détourne le visage du malade, celui-ci meurt ; mais s'il fixe les yeux sur le malade, il enlève toute maladie, puis s'envole vers le soleil et rejette la maladie, et malade et oiseau sont sauvés.

12] Son cœur et sa tête, si on les porte, rendent le porteur exempt de maladie et indemne de toute souffrance pendant toute sa vie.

De l'oison.

13] L'oie est un oiseau connu de tous.

14] Si on coupe avec un ciseau la langue d'une oie vivante et qu'on la mette sur la poitrine d'un homme ou d'une femme endormis, ils avoueront tout ce qu'ils ont fait.

15] Sa cervelle, bouillie en décoction dans sa propre graisse avec du mélilot, appliquée, est excellente pour les crevasses, les hémorroïdes et toutes les inflammations de l'anus. Broyée avec de l'huile de roses, de la graisse, des jaunes d'œufs durs, elle est salutaire pour les inflammations de l'utérus. Avec de la moëlle de cerf, elle convient pour les crevasses des lèvres et pour les engelures. Injectée avec de l'huile de lis, elle fait sortir les fœtus morts. Avec du suc de solanum, elle est excellente pour les aphtes; avec du miel, elle guérit les affections de la langue. Avec du poivre, elle est bonne pour les écoulements des oreilles, même chroniques. Broyée avec de la staphisaigre, elle purifie les ulcères charbonneux.

16] Son fiel, surtout celui de l'oie sauvage, avec du suc de marrube ou de polygonum, en pessaire, aide à la conception et produit l'érection chez les hommes.

17] Sa graisse est utile pour les pessaires, les remèdes fortifiants, les cataplasmes émollients.

18] Sa fiente, en boisson dans l'eau, calme la toux ; celle de l'oie sauvage, en fumigations, éloigne les démons ; elle guérit aussi la léthargie et l'hystérie.

19] Son fiel, avec du fiel de bœuf et de l'eau de laurier, guérit la surdité.

20] Son bouillon, bu avec du vin, est secourable à ceux qui boivent du vin, soit d'aconit, soit de dorycnium.

21] L'intérieur de l'oie rôtie convient, le foie à ceux qui ont mal à l'estomac, le ventre à ceux qui ont mal au ventre, les intestins à ceux qui ont la colique ; son cœur et ses poumons guérissent les phtisiques.

LETTRE Ψ

Du perroquet.

1] Le perroquet est un bel oiseau vert : ses pattes et son bec sont rouges. On le trouve dans la Thébaïde d'Égypte et dans l'Inde. Son bec est dur au point de couper les barreaux de fer. Il imite la voix de l'homme et de tous les animaux.

2] Son bec, quand on le porte, chasse les démons, toute fièvre ; et il a les mêmes propriétés que l'oie.

3] Mangé, il guérit parfaitement la jaunisse et la phtisie.

De l'étourneau.

4] L'étourneau, petit oiseau moucheté, connu de tous, qui mange la ciguë, comme la caille, l'ellébore.

5] Mangé, il vient au secours de ceux qui ont bu n'importe quel breuvage délétère : s'il est mangé d'avance, on n'aura pas de mal, on ne courra aucun danger.

Lorsqu'il mange du riz, sa fiente devient purgative, de sorte qu'elle peut nettoyer entièrement : elle guérit les taches de rousseur et les pustules du visage.

De l'outarde.

L'outarde est un gros oiseau, connu de tous.

Sa graisse, mêlée à l'encens et à la myrrhe, en onguent, sert à soigner la gale.

Celui qui mange d'une façon continue, à jeun, des rognons d'outarde, n'aura jamais mal aux reins.

LETTRE Ω

Des œufs d'oiseaux.

1] Le blanc d'œuf frais, étendu avec une plume, guérit les brûlures; mêlé au blanc de céruse, il fait blanchir les cicatrices noires.

2] L'œuf qui vient d'être pondu, en liniment, accélère l'accouchement. Il est très utile et nécessaire dans les maladies des yeux.

3] Le jaune d'œuf, cuit avec de la myrrhe, guérit les écorchures causées par les chaussures : il arrête toute inflammation et tout écoulement. Il est utile en pessaire, ainsi que pour les affections du fondement; il guérit toute douleur, principalement les inflammations des érysipèles et des abcès. Avalé cru, il arrête les crachements de sang chez la femme et il fortifie les artères. Il convient merveilleusement contre toute inflammation, crevasse, douleur de l'anus.

4] La coquille d'œuf calcinée et broyée doit être respirée pour l'hémorragie nasale; frottée sur les dents, elle les fait briller.

5] Sa pellicule est salutaire contre les crevasses des lèvres et les érosions de la langue. Elle agit efficacement pour la confection de l'or. Les œufs de l'oie et du paon produisent les mêmes effets.

6] L'œuf de l'ibis, dur, chasse les bêtes sauvages.

7] Les œufs de la corneille, en onguent, sur les parties génitales, portent à la volupté et produisent un philtre. Les œufs de l'hirondelle produisent les mêmes effets et de plus noircissent les cheveux blancs.

8] Les œufs de la colombe, quand on les mange, produisent l'érection.

9] Les œufs de la perdrix, mélangés au miel, procurent une vue perçante et accélèrent l'accouchement.

10] L'œuf d'autruche, en liniment, soulage les goutteux.

11] Les œufs d'araignée, pris en breuvage, trois pour la fièvre tierce, quatre pour la fièvre quarte, chassent et la fièvre quotidienne et toute mauvaise fièvre.

12] Fais cuire dans l'urine d'âne des œufs de poule non fécondés, donne-les à manger à ceux qui souffrent des reins ou de coliques, et tu les guériras d'une façon surprenante.

13] Les œufs de tortue de mer, mangés, guérissent les lunatiques.

Les coquilles d'œufs de poule, calcinées et broyées, avec de l'oxymel, en breuvage, guérissent l'hémorragie de la vessie.

L'œuf entier, calciné jusqu'à sa réduction en cendre, mélangé avec de l'arsenic, insufflé dans les narines, arrête l'hémorragie nasale.

Le blanc d'œuf avec de la céruse et de l'amidon, en liniment, calme l'inflammation.

L'œuf cru, avalé à jeun, préserve les voyageurs de la soif.

Les œufs, frits dans la poêle avec du nitre et de la cire, mangés à jeun, arrêtent le cours de ventre.

Le liniment composé d'huile mêlée à des œufs, est excellent pour toutes les inflammations et les arrête comme pas un autre remède.

Pour les contusions, prends des jaunes d'œufs sans les blancs, bats-les, mêles-y de la poix sèche et fais cuire au feu, donne à prendre : le remède est tout à fait efficace.

A ceux qui éprouvent de violentes douleurs au fondement, les jaunes d'œufs, sans le blanc, mêlés à de la poix sèche, cuits au feu et avalés, procurent un grand soulagement.

On dit que les œufs de perdrix mangés excitent les désirs vénériens.

FIN DE LA TROISIÈME CYRANIDE.

QUATRIÈME CYRANIDE

DES POISSONS

LIVRE D'HERMÈS TRISMÉGISTE SUR LA CONNAISSANCE SCIENTIFIQUE
ET L'INFLUENCE NATURELLE DES ANIMAUX MARINS,
POISSONS DE MER, COMPOSÉ POUR ASCLÉPIOS, SON DISCIPLE. — DÉBUT DE LA LETTRE A.

LETTRE A

Du poisson appelé aigle.

1] L'aigle est un poisson de mer, sans écailles, de la couleur de l'épervier de mer, mais plus noir, semblable en tout à la pastenague, sauf l'épine.

2] Les pierres de la tête de ce poisson, suspendues au cou, guérissent les gens atteints de la fièvre quarte.

3] Son fiel, en liniment, procure une vue perçante.

4] Ses arêtes, brûlées sur des sarments, chassent les démons.

5] Le poisson, mangé, guérit l'épilepsie.

Du serran.

6] Le serran, très gros poisson

7] Son fiel, délayé avec du miel, en liniment, sert à soigner les éruptions et rend le visage florissant.

8] Sa graisse, avec de la cire, soulage les ulcères charbonneux, les tumeurs graisseuses, les abcès, les maladies des seins et les furoncles.

9] Les pierres de sa tête, suspendues au cou, guérissent la céphalalgie et toutes les affections de la tête et du cou.

Du thon.

10] Le thon, poisson très audacieux, qui attaque les autres poissons.

11] Ses dents, si on les fait porter aux enfants, leur font pousser les dents.

12] Mangé, il arrête la dysurie.

13] Ses dents, mises auprès des racines des arbres ou dans les plants de rosiers, font pousser beaucoup de fleurs.

Des acharnes.

14] Voir le Vieil Interprète, dans le texte grec, p. 104.

Du homard.

15] Le homard est un crustacé, dont la couleur ressemble à celle de l'huitre. Sa carapace calcinée, délayée dans de l'eau de riz, en boisson, guérit les coliques et la dysenterie; avec du vin noir, elle arrête l'hémorragie.

Sa chair, en aliment, facilite la digestion.

De la raie.

1 et 2] La raie, poisson de mer. Les Romains l'appellent *tupina*. Bouillie fraiche, son bouillon est laxatif, pris seul ou avec du vin. Mangée fréquemment, elle est stomachique et excite les désirs vénériens chez ceux qui la mangent.

De la sole.

3] La sole, poisson de mer appelé *scythopome* : placée sur le foie des gens malades du foie et fixée avec des bandelettes, elle dissipe naturellement la maladie. Mais il faut la suspendre pendant trois jours sur de la fumée.

Des sangsues.

4] Délaye dans du vinaigre la cendre de sangsues calcinées, arrache les poils qui poussent dans les paupières, oins la place avec ce liniment et ils ne repousseront plus.

Placées vivantes sur l'endroit du corps où surabondent les matières impures, elles les attirent et rendent la santé aux malades.

5] Appliquées sur le front, elles conviennent aux gens malades de la rate, à l'hydropisie, aux fluxions des yeux.

6] Enfumées, elles détruisent les punaises.

7] Les punaises, en fumigations, font rendre les sangsues qu'on aurait avalées ; car elles sont le contraire les unes des autres.

Du blanius,

8. V. I] Le *blanius* (il faut peut-être lire βλακείας) est un poisson des fleuves.

9] Sa tête calcinée, mêlée avec du miel et employée en onction, rend la vue perçante : son fiel produit les mêmes effets.

Des bogues.

10] Les bogues que quelques-uns appellent *boupes* ou *goupes* sont semblables à des petits muges.

Mangés cuits dans leur jus, ils guérissent la néphrite. Leur fiel, en liniment avec du lait de femme, rend la vue perçante. Ses arrêtes calcinées, en poudre sèche, purifient les ulcères.

LETTRE Γ

Des intestins de la terre [vers de terre].

1] Les vers de terre, appliqués sur les nerfs blessés, les guérissent merveilleusement ; car immédiatement ils procurent un soulagement admirable.

2] Ils conviennent également aux abcès des seins ; délayés avec du miel, ils résorbent les tumeurs sous-cutanées ; en application, ils guérissent les morsures des scorpions et les piqûres des murènes de mer.

3] Broyés avec du vin et bus sans le savoir, ils dissolvent la pierre et guérissent la dysurie ; bus comme il a été dit, ils font venir beaucoup de lait aux nourrices. Leur application est tout à fait excellente pour le mal de dents. Bouillis dans l'huile de nard ou dans du beurre, jusqu'à dissolution, les frictions de cette huile guérissent les maux d'oreilles. La cendre de vers calcinés, délayée avec du vinaigre, employée en frictions, guérit l'érysipèle.

Leur cendre, délayée dans de l'urine de vierge et employée comme pommade, empêche les cheveux de blanchir.

Desséchés avec de l'armoise, broyés et appliqués sur le nombril, ils font évacuer les helminthes.

Broyés avec une décoction d'éryngium ou de dictame, en potion, ils guérissent la dysurie.

4] Mis dans les cavités des molaires gâtées, il les font sortir sans douleur, au point qu'on peut enlever même la racine avec la main. Réduits en poudre, mêlés au cérat, appliqués avec des œufs, ils guérissent la goutte.

Du congre.

5] Le congre est un gros poisson de mer qui ressemble à l'anguille. Fais bouillir dans l'huile jusqu'à dissolution, filtre l'huile et ajoute de la cire. Si tu fais un cataplasme avec l'onguent ainsi composé : huile du congre III onces ; cire, II onces ; amidon, I once et demie ; il empêchera les femmes enceintes d'avoir le ventre déchiré. Il soulage aussi l'arthrite et les crevasses des pieds.

16

Du silure.

6] Le silure est un poisson de rivière et d'étang. Ses os, calcinés, chassent les démons.

7] Son fiel, en liniment, purifie les leucomes.

8] Son foie, mangé, guérit l'épilepsie.

9] Dans son entier ce poisson est stomachique, quoique plusieurs l'écartent.

Calcine la tête d'un silure salé, broye-la, puis après avoir lavé avec de l'eau tiède l'endroit des hémorroïdes, mets-y la poudre, et tu les guériras.

Du glaucus.

10] Le glaucus, très gros poisson de mer. Bouilli avec des légumes ou du fenouil et mangé, il donne beaucoup de lait aux femmes.

11] Les pierres qu'il a dans la tête, suspendues au cou, guérissent l'ophtalmie et les maux de tête.

Ses yeux, portés, sont un remède pour l'ophtalmie.

12] Son fiel noircit les yeux verts des enfants; il guérit les yeux et les leucomes.

13] Si tu fais un mélange de ses deux yeux, de ceux de l'orphe, du thon, de l'étoile de mer et du fiel de l'hyène et que tu y mêles de la graisse de l'animal sauvage que tu voudras, la lampe une fois allumée, fais-en une fumigation, et les spectateurs croiront que l'animal dont tu as mélangé la graisse est là. Semblablement, si tu y mêles de l'eau de mer, ils croiront que la mer est là; l'eau d'un fleuve, que le fleuve est là; de l'eau de pluie, qu'il pleut. Quant à l'étoile de mer, mets-la toute entière, après l'avoir broyée.

V. I.] Sa graisse est utile pour les maladies du fondement et de l'utérus.

Des poissons gnaphis.

Le bouillon des poissons *gnaphis*, mêlé à la lessive de cendres, éclaircit les yeux des vieillards et empêche qu'ils se fatiguent.

Les pierres de leurs têtes, suspendues au cou, amènent l'insomnie; mangées, elles donnent des cauchemars.

De la liche.

La liche, poisson de mer connu de tous. Le bouillon du poisson frais amollit le ventre, seul, bu avec du vin; ses dents, suspendues au cou, guérissent les maux de dents des vieillards comme des jeunes gens.

LETTRE Δ

Du dauphin.

1] Le dauphin, gros cétacée, est un animal marin. On le trouve en grande quantité dans le Pont-Euxin ; on en tire l'huile de dauphin et la colle de poisson.

2] Sa peau gonflée, tournée vers le nord, fait souffler Borée ; tournée vers le sud, fait souffler le Notus ; elle agit de même pour les autres vents.

3] Ses dents, suspendues au cou des enfants, favorisent leur dentition.

4] Son estomac, desséché et broyé, pris comme potion, guérit les gens malades de la rate.

Le foie du dauphin, mangé, guéri t merveilleusement les fièvres tierce, quarte et demi-tierce.

De la vive.

5] La vive est un poisson tout à fait venimeux : ouvert et appliqué, il sert à soigner la blessure qu'il a faite.

6] Son aiguillon, calciné, placé sur une dent avec une décoction de suc d'euphorbe, la déracine.

7] Les pierres qu'il a dans la tête, prises en boisson, servent à soigner la pierre de la vessie.

8] Incinérée et employée en poudre, avec du soufre, elle sert à soigner les ulcères qui proviennent de sa piqûre.

9] Son aiguillon, enfoncé dans un arbre, le fait aussitôt sécher.

Le poisson dans son entier, calciné et réduit en cendres, en potion, guérit la pierre et la strangurie.

La tête seule, avec ses aiguillons, calcinée et réduite en cendres, en potion, dissipe le frisson de la fièvre : prenez plusieurs têtes avec leurs aiguillons, car le poisson est petit.

La cendre du poisson, mêlée au suc de gouet, en liniment, guérit les dartres et les lèpres.

LETTRE E

De l'anguille.

L'anguille est un poisson très allongé, semblable au serpent. Elle se trouve le plus souvent dans les étangs situés au bord de la mer.

1] Si tu broyes le foie entier de l'anguille avec son fiel, que tu le délayes dans du vin et que tu le donnes à boire à quelqu'un sans qu'il le sache, il ne pourra plus jamais boire de vin.

2] L'anguille elle-même, étouffée dans le vin, combat l'ivresse, si tu fais boire le vin dans lequel elle a été étouffée.

3] Mangée grillée, elle guérit les gens malades de l'estomac et atteints de dysenterie.

Dépecée et appliquée, elle guérit les piqûres d'aspic.

De l'esturgeon.

Voir le Vieil Interprète, dans le texte grec, p. 108.

De l'oursin.

5] La chair de l'oursin de mer, mangée, amollit le ventre, et prise avec du vin aromatisé, elle sert à soigner supérieurement les reins et la pierre.

6] L'oursin, calciné et réduit en cendre, puis saupoudré, guérit la lèpre, cicatrise rapidement les ulcères des sourcils et amène aussi à l'état de cicatrice toutes sortes d'ulcères.

7] Employé en pommade avec de la graisse d'ours ou de dauphin ou de porc, il arrête l'alopécie.

Du rémora.

8] Le rémora est un poisson puissant. S'il s'attache à un navire en marche, porté par un vent favorable, il l'arrête.

9] Prenant donc un remora vivant, mets-le dans l'huile de pétrole pour l'étouffer, et lorsque tu voudras le faire bouillir, pèse le poisson. S'il pèse une livre, ajoute un setier de pétrole au poisson dépecé ; puis fais bouillir sur un feu doux, et lorsque tu t'apercevras que le poisson est dissous et que son jus est mélangé à l'huile, clarifie et mêle III onces de beurre de première qualité avec ce jus de poison et le setier d'huile, et lorsque le mélange est aussi bouilli, mets dans un vase de verre, puis, sers-t-en pour frotter les pieds, les mains, les articulations. Car lors même que l'affection de la goutte daterait de dix ans, elle sera guérie, qu'elle soit aux pieds, aux mains, aux genoux. Emploie au lit et au sortir du bain. En faisant bouillir, fais attention que le pétrole ne bouille pas trop, car il prendrait feu. Fais donc bouillir à ciel ouvert et non dans la maison, mettant le poids susdit. Si le poisson est de IX livres ou de VII au moins, mets le même poids d'huile, et VII onces de beurre. L'huile de pétrole est le naphte.

LETTRE Z

De la murène.

1] La murène est un animal marin, malfaisant et méchant, sans écailles,

ayant des taches noires sur l'épine dorsale et sur la peau, venimeux et s'atta-
quant à l'homme. La murène est l'ennemie du poulpe et le détruit. Le homard,
au contraire, détruit la murène, au point que lorsqu'on fait cuire ensemble un
homard et une murène, la murène disparaît. Mais le poulpe, à son tour, détruit
le homard.

2] Les dents de la murène, suspendues au cou des enfants, facilitent leur
dentition.

3] Mangée dans un bouillon au poivre, elle guérit les néphrétiques et guérit
supérieurement l'éléphantiasis et les affections galeuses.

Du marteau.

Le marteau est un poisson ayant une tête large et plate; pour le reste du
corps il ressemble au *cynogaleos*.

Son fiel, avec du suc de baumier, en liniment, rend la vue perçante.

LETTRE H

De l'hédonia.

L'hédonia, que quelques-uns nomment *abidis*, est un poisson de mer et
d'étang, car il vit dans ces deux éléments; mangé et bu en bouillon, il produit
l'érection ; il soulage aussi les néphrétiques.

Du foie.

1] Le foie est un poisson mou, paresseux, ayant un gros foie.

2] Son fiel, bu avec de l'hydromel, guérit merveilleusement les maladies de
foie.

3] Son foie desséché, saupoudré, guérit toute inflammation et la goutte des
pieds.

4] Sa tête calcinée, employée en poudre sèche, sert à soigner les vieux ulcères
et les plaies cancéreuses.

LETTRE Θ

Du thon.

Le thon est un poisson de mer, connu de tous. Son fiel, avec du suc de
joubarbe, en injections, détruit les leucomes.

1] Si quelqu'un broye les yeux d'un thon et un poumon marin, et qu'il en
mette sur le toit d'une maison, le soir, ceux qui seront dans la maison croiront
voir des étoiles.

2] Si, voyageant par une soirée sans lune, tu en frottes un bâton, tu croiras que du bâton jaillit une lumière.

3] Si tu dessines [avec la composition], sur un mur ou sur un papier, un animal sauvage quelconque ou que tu le peignes, on ne le verra pas le jour, mais le soir les spectateurs seront frappés d'effroi.

4] Le fiel et le foie des thons, broyés ensemble et mis sur la place des poils des paupières préalablement arrachés, les empêchent de repousser.

Les autres propriétés de ses yeux, cherche-les dans le poisson glaucus : là, tu les apprendras.

Ce mélange, c'est-à-dire celui du fiel, appliqué comme onguent, guérit les engelures [1].

De l'alose.

L'alose est un petit poisson de mer.

5] L'alose réduite en poudre, puis mangée, guérit la dysurie.

6] Calcinée, sa cendre avec de l'huile d'iris ou de lis, en pommade, embellit et épaissit les cheveux et en arrête la chute.

7] Grillée, elle calme les coliques et les maux d'estomac.

LETTRE I

De la lampuge.

1] La lampuge, poisson de mer, que quelques personnes appellent *coryphée*.

2] Son fiel, employé avec du miel non enfumé, en collyre, guérit toute amblyopie et amaurose.

De l'hippocampe.

L'hippocampe est un animal marin. Calciné, sa cendre, mélangée à la poix liquide et à de la graisse d'ours, arrête l'alopécie.

Le carapace de l'oursin de mer produit les mêmes effets.

De la joulie.

5] La joulie est un poisson moucheté, connu de tous.

6] Ses dents, portées au cou, chassent les démons et les fantômes.

7] Ses yeux repoussent les sorts ; mangés d'une manière continue, ils sont bons pour les épileptiques.

1. Note de première main dans le manuscrit M : « On dit que le thon lui-même, lors- qu'il est irrité ou affamé dévore ses propres petits. Hélas, quelle pitié ! »

LETTRE K

Le muge.

1] Le muge est un poisson de mer, connu de tous. Sa tête salée, calcinée, en onguent, avec du miel, est bonne pour les tumeurs du fondement, les hémorroïdes et les affections situées ailleurs. La tête du thon pélamis a également la même vertu. Il faut donc employer avec grand soin un mélange des deux.

Du korax.

Voir le Vieil Interprète, dans le texte grec, p. 111.

Du chien de mer.

Le chien de mer est un poisson malfaisant, connu de tous.

3] Ses dents calcinées, employées avec du miel et de l'os de sèche, sont bonnes pour les gencives malades.

4] Sa peau, si on la porte, met les chiens en fuite ; bien lisse, placée sur les morsures des chiens de terre, elle les guérit.

De la carpe.

5] La carpe est un poisson de rivière et d'étang.

Son foie, en fumigations, calme l'épilepsie.

6] La fumée de sa graisse et de son foie, met les démons en fuite.

7] Son fiel, avec du miel, en collyre, purifie toute amaurose, amblyopie, néphélion, leucome et leurs envahissements.

8] Sa graisse est un excitant vénérien. Si quelqu'un, après l'avoir fait fondre, en frotte le gland de son membre, il se produira aussi une vive couleur et la conception.

Des goujons (?).

9] Le goujon est un poisson de mer(?). Son bouillon, avec du lait, produit le relâchement du ventre.

De la grive de mer.

10] Le bouillon de grive de mer relâche le ventre, procure une bonne digestion, porte aux rapports sexuels et donne du lait aux nourrices.

De la squille.

11] Squille, animal marin. En applications, elle guérit la piqûre des scorpions. En effet, si tu inscris sur l'endroit de la piqûre : « Squille, enlève promptement la douleur », à l'instant le blessé sera guéri.

11 *bis*] Si on grave sur une pierre de jais une squille et qu'on porte la pierre dans un anneau, on ne sera jamais piqué par un scorpion.

De l'écrevisse.

12] Les écrevisses de rivières, broyées, bues avec du lait de chèvre, servent à soigner les gens piqués par les scorpions et ceux mordus par les vipères dipsas et cérastes.

13] Données dans du vin noir aux femmes dont les couches sont laborieuses, elles procurent un accouchement facile.

13 *bis*] Mises en poudre sur les blessures des flèches, elles font sortir les pointes des traits, les échardes, les épines et toutes les choses analogues.

14] Avec de la cire, en cataplasme, elles guérissent les engelures.

14 *bis*] L'écrevisse de mer crue, calcinée avec du plomb, puis broyée, guérit les carcinomes.

15] Sa cendre avec de l'huile de verjus, en applications soulage les engelures ; avec de la cire, la goutte.

Du crabe.

Le crabe est un animal des bords de la mer, plus petit, mais semblable au homard.

16] Le crabe, cuit, soulage ceux qui ont des maux d'estomac.

17] Son bouillon, bu avec du vin, guérit la néphrite et la dysurie, et met le ventre en mouvement.

Des coquillages de mer.

18] Le bouillon de coquillages marins, d'*acharnes*, de *phocides*, d'anchois et de lépades, amollit et assouplit le ventre devenu dur.

Les coquillages de terre et de mer sont petits, mais ils servent à guérir les plus graves affections : calcinés, ils soulagent la dysenterie, quand elle n'est pas purulente ; broyés, sans être calcinés, placés sur le ventre des hydropiques, sur les articulations des arthritiques jusqu'à ce qu'ils forment d'eux-mêmes un dépôt, ils sont utiles, parce qu'à travers la profondeur, ils dessèchent l'eau.

Leurs carapaces, réduites en cendre, font disparaître toutes sortes de dartres. Et si tu les joins au miel, tu guériras l'œdème du ventre, les blessures des muscles, les obscurcissements des yeux, l'hémorragie nasale, et, plein d'admiration, tu chanteras la puissance divine.

Des buccins ou trompes marines.

19. V. 1.] Les buccins de mer, attachés à une femme qui vient d'accoucher, calment les douleurs et les engorgements des seins.

20] Leur cendre, en frictions avec du miel, guérit les taches de rousseur, les tumeurs du visage et les ulcères rongeants.

21] Les pourpres et les trompes, cuites ensemble et mangées, sont salutaires à ceux qui ont bu de la ciguë ou de l'aconit.

22] Et leur bouillon très cuit, est fort salutaire à ceux qui ont pris quelque drogue dangereuse.

23] Leurs cornes (?), brûlées, guérissent les tendons retournés.

24] Leurs coquilles, calcinées et mêlées au miel, guérissent les fluxions des joues et les ulcères rongeants.

25] Délayés avec de l'eau, ils font sortir les esquilles d'os et renaître les chairs.

26] Leur chair, mêlée au blanc d'œuf, appliquée sur le front, guérit les douleurs rhumatismales de la migraine.

De l'escargot.

27. V. 1.] L'escargot ou limaçon terrestre, broyé et employé en cataplasme, calme les douleurs du front et la fluxion des yeux, fait disparaître les scrofules, et, en lotions, guérit les plaies des oreilles et les fractures.

28] L'escargot sans coquille, mélangé avec de la manne, c'est-à-dire du *pyrograne* du Liban, insufflé dans les narines, arrête le saignement de nez et ouvre l'entrée fermée de l'utérus.

29] Lorsque le soleil monte au ciel, fends l'entre-deux des cornes d'un escargot sans coquille et enlève, avec un bâton très pointu, l'os qui s'y trouve; en l'enveloppant dans une étoffe de lin, conserve-le pour toute espèce d'ophtalmie. Mangé, il empêche le développement de toute ophtalmie et des affections du pharynx, de la gorge, de la toux et les maux de tête et tous les accidents qui peuvent arriver autour de la tête et du cou. Si on en était atteint, en le portant au cou, on serait guéri.

30] La bave des escargots détruit les poils des paupières.

31] Une potion d'escargots, pilés avec leurs coquilles, avec du vin, de la myrrhe et des dattes, guérit la colique.

32] Leur cendre, en poudre, sur du cérat, guérit la chute du fondement.

LETTRE A

Du loup de mer.

1] Le loup est un poisson de mer semblable au muge. Son fiel, en liniment avec du miel, dissipe les leucomes et procure une vue perçante. On en compose un collyre de cette façon : fiel de loup et de vautour, de chaque, vi exagies; encens mâle, ix ex.; myrrhe, ii ex.; litharge, i ex.; baume et eau de joubarbe, de chaque, viii ex.; miel non enfumé, iii onces. Il est utile pour l'amblyopie et les débuts de la cataracte, les néphélions, la nyctalopie, les aspérités internes de la paupière, les poches d'eau qui se forment sous les paupières, les pustules des paupières, les fistules lacrymales. En vieillissant, il devient meilleur.

2. V. I.] Son ventre, mangé, facilite la digestion et fait beaucoup manger.

3] Porté, il a les mêmes vertus.

4] Le cristallin de ses yeux, porté, guérit l'ophtalmie.

5] Les pierres qu'il a dans la tête guérissent les maux de tête et la migraine, celle de droite doit être appliquée à droite, celle de gauche à gauche.

6] Ses dents, suspendues au cou des enfants qui font leurs dents, leur sont utiles.

7] L'os qu'il a au sommet de la tête, placé sur la tête, fait sortir les épines qu'on a avalées.

Du lièvre de mer.

8] Le lièvre de mer, broyé et appliqué en collyre, ne laisse pas repousser les poils des paupières qui ont été arrachés.

9] A ceux qui en ont mangé, fais boire le sang chaud d'une oie nouvellement tuée : c'est un contrepoison des choses délétères.

LETTRE M

De la mendole.

Les mendoles sont des poissons de mer. Leurs têtes calcinées, réduites en cendre, avec de la graisse d'ours, en pommade, arrêtent l'alopécie.

Dans leur entier, elles sont utiles aux gens mordus par des chiens ou piqués par des scorpions. Elles arrêtent les ulcères rongeants.

1. V. I.] La tête de la mendole, calcinée, en onguent, guérit les fics, les ongles purulents, les crevasses de l'anus et les loupes.

2] Le garum et la saumure de mendoles grasses, sont bons pour la gale : en gargarisme, ils guérissent merveilleusement les inflammations purulentes et les ulcères de la gorge.

3] Mangé rôti, le poisson guérit les reins et la dysurie, il est bon pour l'estomac et facilite la digestion.

La mendole entière calcinée, en onguent, fait disparaître les fourmillements, les verrues et les clous.

Le bouillon de mendoles et leur chair font un bon estomac et guérissent ceux qui ont la colique ou des crampes.

5. V. I.] Cuites avec du fenouil, leur bouillon donne du lait aux femmes.

Du bogue.

6] Le bogue, mangé rôti, rend la vue perçante.

7] Son bouillon, en boisson, guérit les gens qui se tordent de coliques.

Des moules.

8. V. I.] Les moules marines, cuites avec du maceron, des poireaux, du persil, mangées en buvant du vin, guérissent la sciatique.

9] Les moules sont des animaux à coquilles. Leur bouillon, en boisson, amollit le ventre.

10] Leurs coquilles, calcinées et broyées, employées en poudre sèche, arrêtent les ulcères rongeants et les gangrènes, et sont bonnes pour soigner les vieux ulcères.

11] En collyre, avec du miel, elles entravent l'épaississement des paupières et éclaircissent les leucomes; mais il faut laver la cendre dans de l'eau sucrée.

LETTRE N

De la torpille.

1] La torpille est un poisson de mer que beaucoup appellent *marga;* appliquée encore vivante sur la tête des gens qui ont mal à la tête, elle enlève la douleur; bouillie vivante dans l'huile, jusqu'à dissolution, après filtrage, en liniment, elle apaise les douleurs des arthritiques. Calcinée, réduite en cendres, employée en poudre sèche, elle rétablit la chute du fondement.

Sa graisse, étendue sur de la laine et placée sur le fondement, arrête les inversions de l'utérus. Si une femme s'en frotte les parties honteuses, son mari n'aura pas de rapports avec elle.

LETTRE Ξ

De l'espadon.

L'espadon est un poisson de mer semblable à la joulie, mais plus petit et plus mince. Frit avec du suc de bette et du plomb, son huile, en pommade, purifie les croûtes et la teigne de la tête. Et son fiel, mêlé aux préparations propres à rendre la vue bonne, convient parfaitement.

Du xythe.

1] Le *xythe* est un poisson que quelques-uns appellent picarel.

2] Sa tête salée, calcinée, resserre les plaies avec excroissances de chair, arrête les ulcères rongeants, fait disparaître les clous et les excroissances de chair ; crue, elle convient aux gens mordus par un scorpion ou par un chien ; comme aussi, salée, pour tous les maux.

LETTRE O

De l'âne marin.

1] L'âne marin que les uns appellent poulpe, les autres octapode.

2] Le mettant dans une marmite neuve encore vivant, fais-le bouillir, et l'eau qui en sortira, fais-la boire au bain, dans du vin vieux, aux gens malades des reins ou ayant la pierre, et ils seront guéris, et rendront dans leur urine, le calcul, fin comme du sable.

Les ânes qu'on trouve sous les eaux, sont des petits animaux à pattes nombreuses, ayant une vertu purgative et dessicative.

Délayés dans du vin, en potion, ils guérissent la dysurie et la jaunisse et, en liniment avec du miel, ils sont bons pour les maux de gorge. Injectes-en dans les oreilles pour l'otalgie, après les avoir fait chauffer avec de l'huile de roses.

De l'orphe.

L'orphe est un poisson de mer. Son sang, en liniment, guérit les dartres blanches ; son fiel, en liniment, guérit les leucomes. Mangé, ce poisson facilite la digestion et rend l'estomac bon, il guérit la néphrite et la dysurie. La pierre qu'il a dans la tête, suspendue au cou, guérit tous les maux de tête. Également, ses yeux, portés, guérissent merveilleusement l'épanchement de l'ophtalmie.

LETTRE Π

Des pélores.

1] Les pélores sont des petits poissons de mer.

2] Leur bouillon et celui des crabes, bu avec du vin, amollit le ventre.

Du poumon marin [méduse].

Le poumon marin est un animal informe, qui ne nage pas, replié sur lui-même. Broyé et en emplâtre, il fait cesser les douleurs de la goutte.

Si tu l'enveloppes dans un morceau d'étoffe propre et que tu le fasses sécher au soleil, la nuit tu le verras briller comme une lampe.

4. V. I.] Il sait attirer fréquemment au-dessus de lui tous les oiseaux du ciel, de telle sorte que lorsqu'ils viennent pour le manger, il les prend.

5. V. I.] Ses os, en fumigations, éloignent tous les maux, comme le fait l'étoile de mer.

Du thon pélamyde.

Le thon pélamyde est un poisson de mer qui, calciné avec sa tête, broyé et posé en emplâtre, arrête les ulcères rongeants et guérit la gangrène.

Son garum guérit les maux d'oreilles.

De la perche.

Voir le Vieil Interprète, dans le texte grec, p. 117.

De la lamproie.

Ibid.

Du poulpe.

Le poulpe ou octapode : mangé cuit dans son jus, il guérit la néphrite et la dysurie.

La substance noire qu'il laisse échapper, sert pour écrire.

De la pourpre.

La pourpre de mer, appelée aussi *conchyle,* est plus petite que le buccin.

En fumigations, elle arrête les inversions de l'utérus et fait cesser l'hystérie.

Son bouillon, en boisson, amollit le ventre et provoque l'évacuation.

Si tu broyes la chair crue de la pourpre et que tu l'appliques avec de la myrrhe, elle calmera la migraine, comme la douleur de toute autre partie du corps.

Attachée et fixée, elle guérit tous les maux de tête.

LETTRE P

De l'aiguille.

1] L'aiguille est un poisson de mer appelé aussi *belonis*. Son bec est long et ressemble à celui de la sphyrène [marteau]. Son bec, porté ou en fumigations, chasse les démons.

2] Calcinée et broyée avec de l'huile d'iris, elle fait repousser les cheveux dans l'alopécie. Quel grand don et quel remède!

De l'auge.

L'auge est un poisson de mer.

Sa peau, calcinée et broyée, en poudre, guérit les tumeurs et arrête les hémorragies nasales.

LETTRE Σ

La merluche.

La merluche est un poisson de mer, bon à manger.

Les pierres qu'il a dans la tête, portées, celle de droite contre le testicule droit, celle de gauche contre le testicule gauche, produisent l'érection.

Sa graisse, en pommade, est tout à fait excellente pour les plaisirs sexuels.

Du saure.

Le saure [1] est un poisson de mer, connu de tous.

Son fiel, en liniment sur les seins des femmes, fait venir beaucoup de lait.

Également aussi les *stellines* (?). Mangées, elles donnent du lait aux femmes : et le bouillon de stellines produit le même effet.

Macérées avec de la résine de cèdre, en cosmétique, elles ne laissent pas repousser les poils qui ont été arrachés.

Du scorpion.

Le scorpion est un poisson de mer, connu de tous. Étouffe-le dans du vin que tu donneras à boire aux gens malades de la rate, et ils seront guéris merveilleusement.

---

1. Le saure est ainsi nommé de sa ressemblance avec le lézard ; et la *stelline*, dont nous ne trouvons pas le nom, doit être le *stellio* latin qui veut également dire lézard : c'est donc un synonyme de saure.

Si tu en fais boire à une femme hémorroïsse, le sang s'arrêtera immédiatement.

Si tu veux arrêter une hémorragie, fais rôtir le scorpion et donne-le à manger et aussitôt le sang cessera de couler.

De la sèche.

4] L'os de la sèche enlève les aspérités des paupières et supprime les poils du corps, comme la pierre ponce. Ramasse-le donc sur les rivages de la mer ; employé comme poudre sèche, fréquemment, il fait disparaître les leucomes.

Du synagre.

5] Le synagre est un poisson de mer, connu de tous. Ses dents, suspendues au cou des enfants qui font leurs dents, les leur font sortir sans douleur et guérissent tous les maux de dents.

6] Son fiel, avec de l'huile d'amandes, guérit les maux d'oreilles.

Du muge.

7] Les dents du muge, portées, éloignent tous les maux de dents.

LETTRE T

Du mulet.

Le mulet est un poisson de mer. Calciné avec du miel, en onguent, il détruit les ulcères charbonneux et les guérit complètement. Étouffé, dans du vin, ce vin, donné à boire, facilite les couches laborieuses.

1] Si on coupe les barbes d'un mulet encore vivant qu'ensuite on relâche dans la mer, et qu'on les donne à une femme dans une potion, elles provoqueront chez elle un très grand désir érotique et une grande amitié.

2] Porté, il procure la réussite en toutes affaires.

3] Si après avoir broyé ses yeux, on en frotte les yeux d'une personne, elle sera aussitôt atteinte d'amblyopie.

Voici le remède : le fiel du poisson avec du miel, en collyre, procurera dans la suite une vue perçante.

Son bouillon, en boisson, soulage ceux qui ont bu du poison.

Son foie, broyé, en cataplasme sur les piqûres des pastenagues, des vives, des scorpions, des lamproies, les guérit merveilleusement.

Sa cendre avec du miel, en onguent, fait sortir les épines et sert à soigner les échardes.

De la sardine.

La sardine est un poisson de mer. Sa tête calcinée, en liniment avec du miel, guérit les ulcères mous et arrête l'alopécie.

Fondue avec de l'huile, filtrée, avec du ladanum et de l'adiante, elle arrête la chute des cheveux.

De la pastenague.

4] L'aiguillon de la pastenague, fiché dans un arbre, le fait sécher. Si elle est déposée dans une maison habitée ou dans un navire, elle présage l'insuccès, car, en toutes choses, elle est cause de grand dommage.

LETTRE Υ

De l'hydre.

1] L'hydre est un serpent, vivant la plupart du temps dans l'eau, nageant dans les étangs, se tenant jusqu'à la poitrine au-dessus de l'eau; c'est un animal dangereux. Il a une pierre dans la tête. Si donc on le prend, on trouvera la pierre sortant de la tête.

2] Le serpent, étant suspendu et exorcisé afin qu'il vomisse la pierre, l'enfumant avec du laurier, prononce ces paroles : « Par le Dieu qui t'a créé, que tu adores justement avec ta langue double; si tu me donnes la pierre, je ne te ferai pas de mal, mais je te renverrai dans tes propres demeures; » et lorsqu'il aura rejeté la pierre, prends un morceau de soie et garde-la précieusement. Et s'il refuse, prends un couteau et fends-lui le sommet de la tête et tu trouveras la pierre, comme beaucoup d'autres animaux en ont, possédant des vertus naturelles.

3] Voici comment on éprouve la vertu de cette pierre : remplis d'eau un vase d'airain, mets-y la pierre en l'attachant au vase : fais une marque et tu trouveras chaque jour l'eau diminuée de deux cotyles (c'est-à-dire un setier).

4] Pour moi, j'ai attaché une fois la pierre à une femme hydropique et, sans la faire souffrir, je suis devenu maître de sa maladie. Je mesurais chaque jour son ventre avec une bande de papyrus, et je trouvais chaque jour qu'il diminuait de quatre doigts : arrivé à la taille naturelle, j'enlevai la pierre. Car si la pierre demeurait attachée, elle absorberait l'eau naturelle et rendrait absolument sec celui qui la porte.

5] Car, attachée avec mesure, elle convient non seulement aux hydropiques, mais aux rhumatismes des pieds, au flux de larmes, et à n'importe quel membre.

6] Sa tête sert à soigner les rhumatismes des pieds, en raison des antipathies de sa nature.

7] Telles sont la nature et les vertus possédées par la pierre du serpent qu'on appelle hydre.

Du pagre.

Le pagre est un très beau poisson de mer. La pierre qui est dans sa tête fait cracher les arêtes avalées.

Son fiel, en collyre, procure une vue perçante.

Les pierres, trouvées dans sa tête, guérissent les maux de dents et favorisent le travail de la dentition.

LETTRE Φ

Du phoque.

1] Si l'on suspend à son cou la présure du phoque, on aura gain de cause contre ses adversaires au tribunal. Elle donne en effet la victoire et est efficace.

2] Les poils qui entourent son nez, portés dans son cœur, sont un gage de succès et un charme très grand.

3] Si on place sa peau dans une maison, dans un navire, ou si on la porte, aucun malheur n'arrivera à celui qui la porte, car elle détourne le tonnerre, les dangers, les sorts, les démons, les brigands, les rencontres nocturnes.

4] Il faut avoir en même temps qu'elle, la pierre marine appelée corail.

6] Celui qui, ayant la goutte aux pieds, portera des chaussures en peau de phoque, sera guéri : s'il est bien portant, il n'aura pas la goutte aux pieds.

7] Si quelqu'un attache [sa peau] au mât d'un navire, il ne fera jamais naufrage.

8] Si tu dresses au milieu d'une vigne une tête de phoque, toujours les fruits en seront très abondants.

9] Le cerveau du phoque, en potion, chasse les démons et sert à soigner le mal sacré.

10] Ses yeux guérissent toute ophtalmie. Son œil droit donne a celui qui le porte beaucoup de charme et de succès.

[La suite comme ci-dessus, page 95.]

LETTRE X

Du serran.

1] Le serran est un poisson de mer ; mangé rôti, il donne une vue perçante. En pommade, sur la tête, il fait disparaître l'alopécie et la teigne.

Son fiel avec du miel, en collyre, guérit les cicatrices des yeux et éclaircit les très anciens leucomes.

De la tortue.

2] Le sang de la tortue de mer est un remède contre toutes les bêtes féroces; et séché, en potion, il guérit toutes les morsures des animaux sauvages.

3] Ses œufs, mangés, guérissent les épileptiques et les lunatiques.

4. V. I.] L'urine de la tortue de cette espèce, en boisson, guérit ceux qui ont été mordus par un aspic ou par une vipère.

5. V. I.] Le sang de la tortue de terre, en potion, guérit merveilleusement les épileptiques et ceux qui ont été mordus par une vipère ou piqués par un scorpion. En pommade sur la tête, il guérit l'alopécie et fait tomber les pellicules.

6. V. I.] Délayé dans du vinaigre, avec de la peau de serpent, il guérit les douleurs d'oreilles et les brûlures.

7. V. I.] Avec du miel, son fiel fait énormément de bien aux cicatrices et aux leucomes.

8. V. I.] Calcinée toute entière, et prise avec du miel, avec suite, elle éclaircit les vieux leucomes; et le collyre guérit les douleurs et les néphélions : avec du vieux beurre, en onguent, elle guérit les ulcères charbonneux.

9. V. I.] Le sang de la tortue de marais, qui s'appelle *emylus,* en frictions sur le front, guérit la migraine et tous les maux de tête.

10. V. I.] Sa cendre, avec du cérat à la rose, en liniment, guérit admirablement les érysipèles et la goutte chaude. Sa cendre, en poudre, arrête toutes les éruptions de sang, du nez et des plaies.

11. V. I.] Le sang de la tortue de marais, en frictions sur la tête, guérit merveilleusement les maux de tête invétérés.

12. V. I.] En potion, le sang de la tortue de mer soulage ceux qui sont mordus par une vipère : en onction, il soulage également les ulcères.

13. V. I.] Mangé avec des purées de légumes, et bu, il guérit l'orthopnée et ceux qui ont absorbé quelque poison.

14. V. I.] Les pierres de la tortue, portées avec une racine de pivoine, donnent le succès.

15. V. I.] Son fiel, en collyre, écarte l'affaiblissement des yeux.

16. V. I.] Son foie, en potion, guérit la jaunisse.

Broyée avec du nitre et en onguent, la tortue de terre guérit la lèpre et les démangeaisons.

De l'exocet volant.

17] L'exocet volant est un petit poisson qui vole au-dessus des flots de la mer. Lorsqu'il est en troupe et agité, les marins pensent qu'il annonce le vent et la tempête sur mer.

18] Si quelqu'un le prend et le porte après l'avoir fait sécher, il sera vif, agile et heureux.

Du muge aux grosses lèvres.

19] La graisse du muge, avec une décoction de fenugrec, en liniment, guérit les crevasses des lèvres.

De la dorade.

La dorade est un poisson de mer. Ses yeux, portés au cou, écartent la fièvre tierce et la fièvre quarte et guérissent l'opthalmie.

20] Les pierres de la tête de la dorade, portées au cou, guérissent les phtisiques.

Porté dans une enveloppe pure, ou en onctions, son fiel procure une bonne odeur et une élégante prestance.

21. V. I.] Son fiel, en onctions, sur le membre viril, donne le désir et procure le plaisir dans les rapports sexuels.

Du porc marin.

Le porc est un poisson de mer. Sa peau, déposée dans une maison, écarte toute espèce de mauvais sorts et les démons.

LETTRE Ψ

De la vielle.

1] La vielle est un poisson de mer; cuit frais dans son jus, et mangé en buvant du vin, il fait un bon estomac.

Des puces de mer.

2] Si tu fais bouillir, dans l'eau de mer, des puces de mer avec du plantain et que tu en arroses une maison où il y a des puces, elles disparaîtront.

LETTRE Ω

De la mendole.

La mendole est un poisson de mer, appelé daus; sa tête calcinée, en onguent avec du miel, guérit les crevasses de l'anus; elle est utile dans l'obstruction du gosier.

Des œufs.

1] Les œufs des poissons salés, mangés en tous temps, surtout ceux des muges, des loups et des poissons de cette espèce, débarrassent de toute anoréxie.

2] Mangés frais et salés, ils guérissent tout dégoût.

3] Telles sont les vertus que la divine nature a donné pour l'utilité des hommes à tous les animaux qui vivent dans l'air, sur terre et dans les eaux, afin que rien dans la vie ne demeurât sans présent.

4] Mais encore, la bienheureuse nature n'a pas seulement montré dans les pierres, dans les arbres, dans les plantes, dans les eaux, sa puissance, et ne nous a pas seulement accordé en don, les choses nécessaires sans lesquelles la vie est impossible, comme l'eau, le feu, mais elle y a joint encore les nécessités de l'existence, ce qui est dans l'air, le soleil, la lumière et tout ce qui s'ensuit. Quant aux choses non nécessaires à la vie, elle les a rendus difficiles à se procurer, afin que les choses qu'on recherche à tort, manquent à cette vie, comme les pierres précieuses et les minéraux sur lesquels nous disserterons plus tard. Et d'abord nous ferons l'histoire des minéraux qui sont dans la terre, sous la conduite et l'influence de Dieu.

AMEN, FIN, AMEN, AMEN.